LENDAS DO
MUNDO
EMERSO

◁ 1 - O DESTINO DE ADHARA ▷

LICIA TROISI

LENDAS DO MUNDO EMERSO

⟨ 1 - O DESTINO DE ADHARA ⟩

Tradução de Mario Fondelli

Rocco

Título original
LEGGENDE DEL MONDO EMERSO
I – IL DESTINO DI ADHARA

Copyright © 2008 Arnoldo Mondadori Editore S.p.A., Milão

Direitos para a língua portuguesa reservados
com exclusividade para o Brasil à
EDITORA ROCCO LTDA.
Avenida Presidente Wilson, 231 – 8º andar
20030-021 – Rio de Janeiro – RJ
Tel.: (21) 3525-2000 – Fax: (21) 3525-2001
rocco@rocco.com.br
www.rocco.com.br

Printed in Brazil/Impresso no Brasil

preparação de originais
FRIDA LANDSBERG

CIP-Brasil. Catalogação na fonte.
Sindicato Nacional dos Editores de Livros, RJ.

T764d	Troisi, Licia, 1980- O destino de Adhara/Licia Troisi; tradução de Mario Fondelli. – Rio de Janeiro: Rocco, 2011. – (Lendas do Mundo Emerso; v. 1) Tradução de: Leggende del Mondo Emerso, I: Il destino di Adhara ISBN 978-85-325-2687-8 1. Ficção italiana. I. Fondelli, Mario. II. Título. III. Série.
11-3979	CDD – 853 CDU – 821.131.1-3

*Para Melissa e para os rapazes de
Lands & Dragons*

Farol
de Dessa
Promontório
Último
Ilhas
de Mista
Porto de
Giafta
Golfo
de
Barahar
Lome
Barahar
Laia
Província dos
Pântanos
Saar
Bosque
Marinho
Mar
Pequeno
Deserto
Central
Sossa
Terra
Cataratas
de Naël
Floresta
Ocidental
Montes do Sol
Laodameia
Loos
Província dos Bosques
Pradaria
Terra
do Vento
Grande
Terra
Salazar
Floresta
Daress
(Montes do Norte)
Terra dos Rochedos
Nassel
Thal
(Pai dos Montes)
Assa
Floresta
de
Pedra
Rephtà
Montanhas
Negras
Barreira do Fogo
Terra do Fogo
Passel
Campos
Mortos
Hora
(Cratera Meridional)

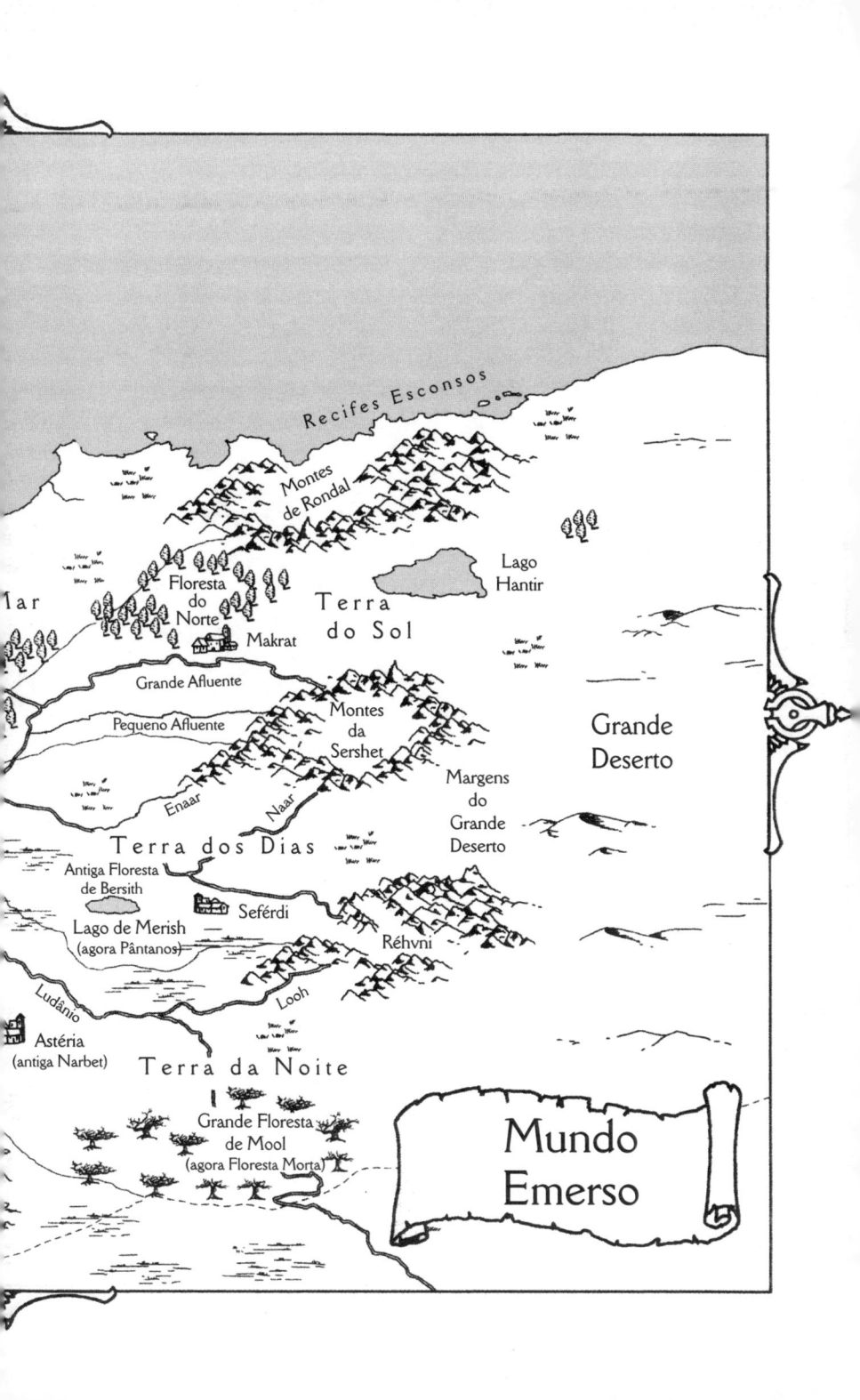

Mundo Emerso

- Recifes Esconsos
- Montes de Rondal
- Floresta do Norte
- Makrat
- Terra do Sol
- Lago Hantir
- Grande Afluente
- Pequeno Afluente
- Montes da Sershet
- Grande Deserto
- Enaar
- Naar
- Margens do Grande Deserto
- Terra dos Dias
- Antiga Floresta de Bersith
- Seférdi
- Lago de Merish (agora Pântanos)
- Réhvni
- Ludânio
- Looh
- Astéria (antiga Narbet)
- Terra da Noite
- Grande Floresta de Mool (agora Floresta Morta)

PRÓLOGO

O homem de preto seguiu adiante sem pressa. Movia-se com segurança pelas ruelas desertas da cidade, o capuz a encobrir-lhe o rosto, a capa roçando em suas botas. Sombra entre as sombras, virou decididamente na rua que já conhecia. Havia explorado o lugar alguns dias antes.

A entrada era anônima: uma porta de madeira encimada por uma viga de pedra. Não precisou olhar para o símbolo gravado na arquitrave para saber que tinha chegado.

Parou por um momento, sabendo bem que aquele não era o seu objetivo principal, pois a sua missão era outra.

– É imprescindível, é de vital importância que você encontre o sujeito, está me entendendo? – dissera Kriss, da última vez que haviam se encontrado.

– Eu sei – limitara-se a responder ele, baixando a cabeça.

– Então não pare até conseguir encontrá-lo, e não deixe nada ou ninguém se meter em seu caminho.

Kriss fitara-o sem acrescentar coisa alguma, para que o homem de preto pudesse avaliar devidamente aquele silêncio e preenchê-lo de sentido. Mas ele não era do tipo que podia ser amedrontado tão facilmente.

Pode funcionar com quem te adora como um deus, mas comigo não dá, meu chapa.

Fizera uma mesura em sinal de respeito e dirigira-se à saída.

– Não se esqueça do nosso trato – dissera Kriss, antes de ele superar o limiar da porta.

O homem de preto detivera-se por um instante. Nunca poderia esquecer, *pensou com seus botões*.

E agora, lá estava ele, diante daquela porta. Ainda tinha a possibilidade de parar, de ir embora. De retomar o seu caminho e voltar à sua missão.

Está preparado até para isto, a fim de alcançar o seu objetivo?, *perguntou a si mesmo, enquanto os olhos se demoravam nos veios da porta. Não precisou esperar por uma resposta.*

Respirou fundo, devagar, e desembainhou a espada. Em seguida deu um violento pontapé na madeira e entrou.

Uma sala de despojados tijolos, de teto absurdamente baixo. Era o que o Vidente costumava repetir continuamente: "É uma solução provisória, precisam ter paciência. Mas pelo menos nos garante aquele segredo, para nós tão necessário. Só poderemos pensar num local mais digno depois de o nosso plano estar bem encaminhado."

O espaço oprimente daquele subterrâneo era iluminado por uma série de tochas presas à parede. O cheiro de mofo confundia-se com o da penetrante fumaça. Homens vestidos de branco perambulavam pelos aposentos, de rostos escondidos atrás de máscaras de bronze, lisas, com apenas dois furos na altura dos olhos. Portas fechadas, das quais provinham abafados murmúrios e um salmodiar lento, hipnótico. Cheiro de sangue e magia, olor de morte. Naquele pesado silêncio, o estrondo da porta derrubada ressoou com a violência de uma explosão. Os primeiros Vigias, aqueles mais perto da entrada, nem mesmo tiveram tempo de perceber o que estava acontecendo. O homem de preto ceifou-os com um único e fluido movimento da espada. As capas brancas tingiram-se de vermelho, as máscaras de bronze caíram no chão, tilintando. Por baixo, os rostos torcidos de dor de dois jovens oficiais e de um ministro.

Os demais tiveram tempo para ensaiar uma reação. Quem estava armado desembainhou a espada e começou a lutar, alguns fugiram, tentando salvar o que ainda podia.

O homem de preto parecia irrefreável. Afinal de contas, os inimigos não estavam à sua altura. Durante os longos anos das suas andanças tivera a oportunidade de enfrentar adversários muito mais tarimbados, e as cicatrizes no seu corpo testemunhavam cada uma daquelas batalhas.

É nisto que dá a moleza de um mundo que se acostumou com a paz, *pensou com desprezo.*

Passos abafados atrás dele. Nem precisou olhar. Recitou as palavras, baixinho, e ficou envolvido numa esfera de prata. Os punhais levantados contra ele ricochetearam na superfície elástica da barreira.

— *Um mágico...* — *murmurou alguém com horror.*
O homem de preto sorriu com maldade.

Adrass trancou a porta com o ferrolho. A sua respiração parecia não encontrar o caminho que, dos pulmões, levava para fora. Colou o corpo na madeira, encostando o ouvido. Estridor de lâminas, gritos, baques de corpos que tombavam no chão. O que estava acontecendo? Haviam sido descobertos? Começou a tremer. Lutou para não se deixar tomar pelo pânico. Não. Não. O que lhe haviam ensinado não era nada daquilo. Desde a primeira aula, quando pusera os pés lá dentro.

"Se, porventura, algum dia formos descobertos, só pensem em salvar o nosso trabalho. É a única coisa que realmente importa aqui. Estamos cuidando de algo maior, de um fim superior, não se esqueçam disto."

Palavras do Vidente. Adrass engoliu em seco. Salvar o nosso trabalho.

Afastou-se resolutamente da porta e dirigiu-se com firmeza às estantes presas a uma pequena parede do cubículo onde se encontrava. Procurou entre os velhos pergaminhos, entre as minuciosas anotações escritas com sua grafia miúda e elegante. Guardou numa bolsa de couro alguns documentos, rasgou outros. Revistou potes e filtros, remexeu ampolas e ervas. Anos de trabalho. Como escolher o que deveria ser salvo de uma vida inteira de labuta, apenas em poucos momentos apressados?

Um vago ganido chamou a sua atenção para a mesa no meio do aposento.

Adrass recuperou a calma. Ali estava o que ele tinha de salvar: a criatura. Era a única coisa que valia a pena levar para fora. Era algo muito mais importante do que sua vida desprezível, do que os estudos deles todos. Era tudo.

Gritos de moças do outro lado da porta.

Não! Estão matando até elas!

Chegou perto da mesa, desatou as tiras de couro que prendiam a criatura, libertou-a. Segurou-a rudemente pelos ombros forçando-a a se levantar.

– *Vamos lá, acorde, acorde logo!* – disse, dando-lhe uns tapas nas faces. *Mas ela permanecia inerte em seus braços, de olhos entreabertos que pareciam não vê-lo.*
Do outro lado da porta, ruídos mais violentos. Os inimigos estavam se aproximando.
O coração de Adrass pulou descontrolado.
– Morrerei, mas o nosso trabalho não será perdido. Sim, morrerei, mas o nosso trabalho não terá sido em vão... – *repetia como um mantra as frases que lhe haviam ensinado quando se tornara Vigia.*
Se pelo menos colaborasse!, surpreendeu-se ao pensar quase com raiva. Por que a criatura não acordava?
Puxou-a para longe da mesa, com força, ela desmoronou inerte no chão. Mal conseguia mexer os lábios.
Adrass pegou uma ampola com água e derramou-a em cima da criatura. Ela estremeceu.
– Isso mesmo, muito bem... preste atenção.
Segurou-a pelos ombros, fitou-a nos olhos, olhos apagados. Talvez ainda fosse cedo demais... Procurou afastar o pensamento.
– Agora vamos sair daqui, está entendendo? Preste atenção!
Um vislumbre de vaga compreensão animou os olhos da criatura.
– Isso mesmo, é assim que se faz!
Um estrondo do outro lado da porta. Adrass estremeceu. Segurou o corpo por trás, voltou a levantá-lo e arrastou-o consigo.
Conseguiu alcançar um botão na parede. Uma pequena parte do muro estalou revelando um caminho estreito e escuro.
– Procure manter-se de pé, eu lhe peço... – *gemeu.*
Curvou-se para entrar na passagem. A criatura se queixava, mas finalmente começava a mexer-se.
– Isso mesmo, vamos lá...
Roçava nas paredes úmidas de musgo. Logo atrás, a criatura avançava a duras penas. Os ruídos da luta abafaram-se a distância, e o coração de Adrass deteve a sua louca corrida.
Posso conseguir, acho que posso conseguir...
– Por aqui! – *berrou, virando-se ao chegar à primeira bifurcação, e continuou em frente, até parar diante de uma parede.*
– Chegamos, chegamos – *disse mais para si mesmo do que para a criatura. Com mãos trêmulas empurrou um tijolo e, à sua frente, descortinou-*

se um minúsculo aposento. Segurou um braço da criatura e empurrou-a para dentro. Ela ensaiou um gemido de queixa. Quando passou a mão no seu rosto, percebeu que estava molhado. Ela estava chorando. Por um momento, o homem ficou com pena, sentiu um aperto no coração. Lembrou as palavras do Vidente: "As criaturas não passam de meros objetos. São os instrumentos da nossa salvação, e é deste jeito que devem ser consideradas. Não pensem nelas como pessoas; não são nada disto. Livrem-se de qualquer pena ou afeição que possam porventura sentir por elas: estes sentimentos seriam meros estorvos no cumprimento da nossa missão."
    Adrass recuperou o controle de si mesmo.
    — Agora fique em silêncio, está entendendo? Fique aqui, não se mexa e espere por mim. Não vou demorar, está bem?
    A criatura anuiu molemente.
    — Isso mesmo! – Adrass não conteve um sorriso. – Não saia daqui por nenhum motivo.
    Fechou então a porta de tijolos e ficou ali, parado, por alguns instantes. Não se ouvia qualquer ruído. Talvez a criatura tivesse compreendido. Concedeu-se alguns momentos de descanso. Já podia morrer em paz, agora. Quem sabe aquele ser patético que jazia do outro lado pudesse de fato salvá-los todos. De qualquer maneira, ele tinha cumprido com o seu dever. Fez todo o caminho de volta.

O homem de preto não se deteve diante de coisa alguma. Já fazia um bom tempo que não se entregava a tamanha fúria, desde aquele longínquo dia em que fora capturado e travara conhecimento com Kriss. A sensação do próprio corpo que se movimentava com precisão, o leve entorpecimento dos músculos sob tensão, o cheiro de sangue... era algo que o inebriava, que lhe dava prazer.
    Matou todos, indistintamente. Os soldados e os mandatários, os jovens e os velhos, e as moças, principalmente as moças. Afinal de contas, tinha vindo por causa delas. Pobres coisinhas nas mãos daqueles bruxos insanos. Por um momento chegou até a pensar que estava lhes fazendo um favor.
    Aqui está o mundo que você ajudou a criar, Mestre. Talvez você estivesse certo, naquele dia, quando decidiu ir embora e repudiá-lo.

Em seguida derrubou a derradeira porta. Ele estava lá. Segurando antigos livros e pergaminhos. Seus dedos tremiam. O Vidente, o chefe daquela turma de loucos.

O homem de preto avançou devagar. Atrás dele, a sua espada deixava um rastro de sangue.

— Um só homem? — disse o Vidente, incrédulo.
— Só um — respondeu ele, com um sinistro sorriso.

O Vidente deu um passo para trás, encostando-se na parede.

— Quem o mandou?
— Ninguém. E mesmo que lhe contasse quem é o meu soberano, você não saberia de quem estou falando.

O Vidente ficou por alguns instantes calado.

— Nós estamos salvando o Mundo Emerso, será que não se dão conta disto? Continuam prestando atenção nos delírios daquela velha doida? Sem nós só haverá o caos, a morte!

— Não dou a mínima para o caos e a morte. E menos ainda para a salvação do mundo.

Apesar da máscara que lhe ocultava o rosto, o homem de preto percebeu todo o desespero do Vidente.

— Você não passa de um louco.
— Pode ser.

Um só golpe de espada, e o Vidente tombou no chão.

A Congregação dos Vigias tinha deixado de existir.

PRIMEIRA PARTE

A JOVEM NA CAMPINA

I
O DESPERTAR

Calor. Alguma coisa que espeta nas costas, algo úmido. Um universo vermelho todo ao redor, e dor, por toda parte. Como estar sendo queimado por um fogo interior, como se cada partícula do corpo estivesse berrando. A mão foi percebida pelo ser, em algum lugar. Moveu lentamente os dedos e sentiu que se animavam com ameno calor. Abriu os olhos, devagar. O vermelho foi substituído por uma ofuscante brancura. Foi como recuperar todos os sentidos de uma só vez, como ver-se entregue a um único caos ensurdecedor. Um zunido insistente, por toda parte, um barulho estrídulo, descontínuo e cacarejante, e depois cheiro de terra e de grama, e a percepção úmida do orvalho nas costas. O ser rendeu-se ao espanto.

Pestanejou algumas vezes e então, com um movimento vigoroso, conseguiu virar-se de lado. Cada músculo do seu corpo gemeu, deixando-o sem fôlego. Pouco a pouco, na brancura, foi se desenhando a forma de um braço pálido, apoiado na grama, e duas pernas magras, cândidas e delgadas, apenas encobertas por uma túnica manchada.

Onde estou?

A pergunta surgiu na sua consciência, simples e terrível. Não conseguiu encontrar uma resposta. Olhou a mão iluminada pelos raios do sol. As cores iam vagarosamente se definindo. O rosa pálido da pele, o verde ofuscante da relva, os ambíguos tons da roupa que vestia.

Quem sou?

Nenhuma resposta. Um aperto gelado envolveu suas têmporas. Passou a mão no peito, onde o coração marcava o tempo da sua ansiedade. Peitos, pequenos e empinados.

Sou uma mulher.

A consciência disto não aliviou minimamente os seus temores. Olhou em volta. O céu era de um azul profundo, sem sombra de

nuvens. O relvado que a cercava pareceu-lhe infinito; pontilhando a grama, as pequenas manchas brancas de tímidas margaridas e o puro vermelho das papoulas.
Ninguém à vista.
Tentou sondar as lembranças, trazer de volta à memória algum nome, um rosto, qualquer indício que a ajudasse a entender. Nada. Sentiu uma fisgada de dor no flanco apoiado no chão, como se algo lhe espetasse a carne. Com algum esforço, virou-se de novo para levar a mão ao local que doía. Um objeto alongado, relativamente áspero, estava preso à sua cintura por uma tira de algum material que não conseguiu identificar.

Poderá cuidar disso mais tarde, agora só pense em ficar de pé, impôs uma voz interior. Colocou a palma da mão sobre a grama. Somente então percebeu o halo vermelho que circundava seu pulso. De instinto murchou-o com um dedo, mas se retraiu de súbito. Queimava terrivelmente. Também o outro pulso tinha o mesmo sinal.

Não tem importância, deve levantar-se, insistiu a voz. Apoiou no chão a outra mão também. Os músculos dos braços se queixaram, assim como as pernas quando as flexionou. Trincou os dentes, enquanto os lábios soltavam abafados gemidos. Só conseguiu levantar-se a duras penas. Arquejava toda vez que a dor lhe infligia novas fisgadas. Reparou que os tornozelos também estavam marcados por halos vermelhos.

Esfolados. Deve significar alguma coisa. Mas não conseguia imaginar o quê.

Ainda trôpega, ficou de pé. Estava no meio de um grande gramado. A coisa de nada adiantava. Não fazia ideia de como chegara lá, ignorava completamente onde estava, nem mesmo sabia quem era. Baixou os olhos para o seio, olhou para os braços, as pernas, até os pés. Surpreendeu-se com o próprio corpo. Não o reconhecia, era algo alheio. Nem mesmo a consciência de ser uma criatura feminina sugeria-lhe alguma coisa. Vestia uma longa túnica manchada de grama e sangue. Nada mais, por baixo. Na cintura, aquela tira na qual já reparara e uma coisa alongada, presa nela. Tinha uma empunhadura, na qual apoiou a mão insegura. Os dedos fecharam-se puxando o objeto para cima. Com um leve chiado surgiu algo que brilhava ao sol. Apertou os olhos e examinou o objeto com cuidado.

A empunhadura marrom estava quente e se adaptava perfeitamente à sua mão. A parte inferior, por sua vez, era feita de um material diferente, brilhoso e frio. Tinha um aspecto serpentino, com símbolos estranhos que não conseguiu decifrar. Passou o dedo no gume da parte fria e sentiu dor na mesma hora. Tirou a mão e viu que o indicador estava marcado por um filete vermelho. Um lampejo de consciência iluminou sua mente.

Um punhal.

O objeto que acabava de desembainhar tinha a finalidade de ferir, e servia para defender-se, sabia disto instintivamente. Mas, por enquanto, isto tampouco ajudava. Colocou a lâmina de volta e, mais uma vez, deu uma olhada ao seu redor. O gramado parecia não ter fim.

Só há isto, disse a si mesma, angustiada. E então percebeu uma fina linha mais escura, lá no fundo, bem longe. Árvores?

É para lá que você precisa ir.

Não chegou a perguntar-se por quê. Não podia encontrar uma resposta. Só sabia que era o que tinha de fazer. Mexeu-se com cuidado. Era como se nunca tivesse andado antes. Quase não conseguia manter o equilíbrio, suas pernas gemiam, os músculos das costas gritavam. Talvez fosse melhor sentar-se de novo.

Vou ficar parada, até alguém chegar. Um pensamento reconfortante, e só por uns poucos momentos pareceu-lhe a coisa certa a fazer.

Ninguém vai aparecer, concluiu com gélida certeza. Virou então o olhar para a linha verde mais escura, e começou simplesmente a andar, um passo depois do outro, insegura. Em volta dela, as flores baixavam a cabeça no leve sopro do vento, e a grama ondeava molemente. Não se deixou demover. Naquele nada em que sua mente estava mergulhada, no pegajoso terror que a dominava, agora ela tinha um objetivo e devia alcançá-lo.

Viu as árvores surgindo diante de si, cada vez mais altas, à medida que se aproximava. Fustes castanhos, galhos esticados para o céu azul e folhas de forma estranha, de um verde mortiço. Observou-os como se fossem miragem, enquanto suas passadas se tornavam cada vez mais firmes. Quando afinal chegou a tocar na casca áspera de um fuste, não pôde evitar um sorriso de alívio. Estava exausta. Deixou-se escorregar ao longo do tronco, com a roupa que se enredava e levantava deixando à mostra as pernas, só detida pelo cinto – *eis o nome, cinto* – que usava na cintura. Olhou para trás, para o caminho que tinha percorrido. Não estava em condições de quantificá-lo, nem sabia quanto tempo levara. Não se lembrava de como medir o espaço, não se recordava de como marcar a passagem do tempo. O desânimo tomou conta dela. Percebeu alguma coisa úmida escorrendo por suas faces e, ao tocá-las, deu-se conta de que estavam molhadas. Ficou ainda mais triste. Escancarou a boca e entregou-se ao mais completo desespero, enquanto grandes gotas caíam dos seus olhos, desenhando na túnica manchas escuras perfeitamente redondas. Da sua garganta só saíam confusos gemidos.

Quando acordou, a luz tinha mudado. Já não era ofuscante como quando avançara pela pradaria, mas sim cor de âmbar, avermelhada. Fazia mais frio. Adormecera e nem se dera conta. Passou a mão no rosto e percebeu que alguma coisa áspera lhe encobria as faces. Raspou-a com a unha para então lamber a ponta do dedo. Era sal.

A dor é salgada, disse para si mesma.

Tentou procurar mais uma vez na memória. Talvez o descanso tivesse sido proveitoso, quem sabe se lembrasse de alguma coisa, agora. Mas sua mente era uma tábula rasa da qual só emergiam com precisão as experiências que tivera a partir de quando acordara na campina. Antes disto, nenhuma lembrança, somente um magma escuro e confuso. Mais uma vez o medo, gélido e insinuante. Havia mais alguma coisa, no entanto, a atormentá-la. Uma espécie de ardência interior, uma sensação de profunda secura que lhe rasgava a boca e a garganta. Os ouvidos perceberam um som ritmado e estrídulo, mais intenso do que aquele que ouvira quando acordara.

Preciso ir lá. Não sabia a razão disto, mas achava que era a coisa certa, que depois se sentiria melhor.

Lembrou o terrível esforço que enfrentara antes, para levantar-se. Agarrou-se à casca da árvore e preparou-se para a dor. Agora, no entanto, tudo foi menos penoso e complicado do que da primeira vez. Claro, os músculos ainda estavam doloridos e as juntas doíam, mas no conjunto ela já se sentia melhor. Afastou-se do tronco e saiu andando. Já sabia como caminhar, e foi avançando com bastante segurança, concentrada no movimento cadenciado, na sensação das folhas secas sob os pés.

Vislumbrou então uma fita prateada que serpeava entre os troncos, espelhando em seus olhos os reflexos rosados do pôr do sol. Correu para o regato e mergulhou o rosto, bebendo com volúpia. *Sede, eu estava com sede*, concluiu. A água desceu pela garganta, gelada e deliciosa, aplacando a ardência que a atormentava. Abriu os olhos, ainda dentro da água. Viu longos cabelos negros, azulados, que se moviam ao léu da correnteza. Seus cabelos. Levantou-se, respirou fundo. Acabava de ter uma ideia. Olhou em volta, à cata daquilo que precisava, e viu o que procurava não muito longe de onde estava. Avaliou o caminho necessário para alcançá-lo. Era preciso atravessar o regato, pulando numa série de pedras, e depois nadar por um curto trecho. Nada de mais.

Percebeu estar se mexendo com extrema agilidade, pulando sem problemas, de uma pedra para outra. Alcançou a meta. Naquele ponto, uma formação rochosa obrigava o riacho a fazer uma curva fechada, forçando-o a formar um pequeno lago de água quase parada. Ela estava de costas para o sol, e aquela espécie de poça parecia-lhe uma superfície branca e reluzente. Curvou-se. Titubeou por alguns instantes, atemorizada e insegura. O pavor de ver um rosto que não reconhecia voltou a dar um nó em suas entranhas, mas procurou dominar-se. Talvez fosse melhor assim, talvez aquela vista pudesse desbloquear a sua memória.

Debruçou-se devagar. Cabelos negros e lisos emolduravam o oval miúdo da sua cabeça. Entremeados, pequenos cachos de um azul reluzente. Um rosto delgado, alongado, mas com faces redondas. Uma testa ampla, em volta da qual os cabelos se abriam como as cortinas de um teatro. Uma boca pequena e bem desenhada, lábios rosados e lisos que sobressaíam na tez pálida. Um nariz decidido, sobrancelhas finas. Como receava, era o rosto de uma desconhecida. Franziu a testa e uma sombra anuviou seus olhos, que logo se tornaram úmidos.

É assim que o medo aparece no meu rosto, disse para si mesma.

A coisa que mais a impressionou, no entanto, foram os olhos. Grandes, mas de feitio alongado, um era extremamente negro, enquanto o outro era de um violeta vivo, límpido, quase perturbador.

Não eram muitas as pessoas com olhos de cores diferentes: por alguma razão, ela tinha certeza disto. A testa da imagem refletida alisou as rugas. Era uma boa notícia. Não seria difícil reconhecê-la com aquela característica.

Ficou de pé, fingindo uma determinação que na verdade não tinha.

Preciso sair daqui.

Mais uma ordem da qual não compreendia o sentido, mas em cuja peremptoriedade confiava cegamente. Não reconhecia o próprio corpo, mas respeitava a sua autoridade; quando ficara com sede, coubera a ele sugerir o que fazer. Percebia que devia aproveitar as insensatas certezas que vez por outra lhe passavam pela cabeça. Era por causa delas que, até agora, ela se mantivera viva.

Seguiu adiante, acompanhando o regato, pois certamente iria ficar com sede de novo, e não fazia ideia de como levar a água consigo. Além do mais acreditava que, se quisesse encontrar alguém, alguém que soubesse quem era ou que simplesmente pudesse ajudá-la, devia seguir a correnteza.

O sol descreveu o seu arco no céu, invisível atrás das copas das árvores. A luz ambreada tornou-se rosada, assumindo tons de um azul esmaecido. Por alguns momentos, no entanto, ficou roxa, e em seguida, com seu cortejo de trevas, a noite chegou.

A jovem não fazia ideia do caminho percorrido. Só sabia que estava escuro e que não conseguia ficar de olhos abertos. Precisava descansar.

Subiu numa árvore. Por algum motivo, achou que era o que devia fazer. Ajeitou-se a cavalo em um galho e recostou-se no tronco. Seus músculos doíam, mas a dor já não era a mesma de quando havia acordado. Agora estava simplesmente cansada.

Levantou os olhos para o céu. As árvores permitiam-lhe divisar um quadrado de céu negro como piche, pontilhado da trêmula brancura de dúzias de pequenas luzes. O ar tinha um cheiro gostoso, de úmido e de frescor, e por um momento sentiu-se quase confortada. À sua volta, os ruídos do dia haviam deixado o lugar a novos sons: um uivo longínquo e insistente, o passo furtivo de algum animal na mata, o doce assobio de algum inseto do qual não conseguia lembrar o nome. Não estava com medo. A vitalidade comedida e circunspecta do bosque noturno não a assustava: longe disso, o problema era o vazio absoluto da sua mente, o nada pelo qual parecia ter sido gerada. Viu a lua, cândida e enorme, aparecendo atrás da cortina das árvores, e sentiu o coração encher-se de uma paz fugidia, de uma precária serenidade. Uma ave bastante grande, de aspecto atarracado e bico pequeno e pontudo, riscou rápido o espaço entre ela e a lua. Ouviu-a soltar um chamado grave e repetido. Acompanhou o seu voo até onde pôde. Adormeceu tentando lembrar o nome.

Os dias seguintes foram de marcha contínua. O tempo era marcado pelo sol, que surgia e se punha acima dos seus passos e das necessidades do corpo. A primeira vez que ficou com fome, coube ao seu estômago endereçá-la para umas frutinhas vermelhas que apareciam entre a vegetação rasteira. Encheu a boca e juntou outras para levar consigo. A fim de não machucar os pés, envolveu-os em longas tiras de tecido arrancadas da túnica, que ficou muito mais curta. Toda aquela andança, no entanto, parecia inútil. O bosque em volta continuava o mesmo, sem qualquer sinal de um semelhante seu.

Talvez nada mais exista além disto. Talvez o mundo não passe apenas de uma imensa floresta.

Certo dia, ouviu vozes. Confusas, distantes. A jovem foi atrás como se fossem miragens, correndo entre as samambaias e os espinhos que lhe arranhavam as pernas.

Desembocou de repente numa pequena clareira e ficou diante deles. Eram todos mais jovens do que ela.

Garotos, sugeriu uma voz interior. Uma menina, um menino baixinho, outro mais alto. Ficaram todos parados, entreolhando-se por um tempo que pareceu infinito.

Fale com eles, diga alguma coisa, peça-lhes ajuda.

Deu uns passos para a frente, tentou abrir a boca e esticou os braços para a meninada. Dos seus lábios surgiu apenas um ganido confuso, que aos seus ouvidos pareceu lúgubre, insano.

O encantamento estava quebrado. A menina levou as mãos à boca, o garotinho escondeu-se atrás da saia dela, o mais alto simplesmente gritou. Desapareceram no bosque o mais rápido que puderam.

A jovem decidiu correr atrás. Durante todos aqueles dias de caminhada não tinha feito outra coisa a não ser pensar naquele momento, encontrar alguém que pudesse salvá-la. Estava decidida a não desperdiçar a oportunidade.

Mas os garotos eram mais baixos que ela e conseguiam esgueirar-se mais facilmente no emaranhado das brenhas e da vegetação rasteira. Ela não demorou a perdê-los de vista. Continuou então no encalço da respiração ofegante da garotada, até ficar inaudível. Estava novamente sozinha.

Parou, desconsolada, com uma fúria cega que lhe enchia o peito. Apertou os punhos, reprimiu as lágrimas. Não, não podia parar. Continuou a avançar, procurando intuir o caminho seguido pela meninada.

Quando já quase tinha perdido a esperança de alcançá-los, de repente as árvores rarearam e diante dela descortinou-se uma ampla clareira. O seu olhar perdeu-se nos confins do horizonte, entre o verde viçoso da grama e o azul impiedoso do céu. Ao longe, justamente onde a terra se juntava às nuvens, havia alguma coisa enorme. Parecia marrom, mas daquela distância era difícil identificar claramente a cor. Era algo afunilado e ao mesmo tempo pesado. A jovem ficou olhando boquiaberta. Não sabia do que se tratava, podia ser uma montanha ou o quê; havia, no entanto, uma faixa marrom no chão, que levava para lá.

Deve haver pessoas ali, disse a si mesma, *muitas pessoas*. E no meio de todo aquele pessoal devia certamente haver alguém capaz de ajudá-la.

Será que consigo chegar lá antes de ficar novamente com sede e com fome?

Àquela altura já tinha deixado para trás o riacho, mas ainda tinha a chance de juntar uma boa quantidade de frutas, e demorou-se mais algum tempo no bosque. Em seguida encaminhou-se para a construção.

Tentou, primeiro, caminhar na faixa marrom, mas era bem pior do que avançar descalça na grama, razão pela qual desistiu quase de pronto. Entretanto, continuou a margeá-la. Era a maneira mais direta para alcançar o seu destino.

Viu a torre – era assim que se chamava, agora lembrava, que se tornava cada vez mais imponente. Meio bojuda na parte de cima, com uma vaga forma cilíndrica. Dos lados, entretanto, surgiam estruturas menores, e entreviam-se abóbadas redondas e telhados pontudos. À sua volta, casas de tijolos que se espalhavam pela planície, como se aquele volumoso cilindro não conseguisse contê-las e as deixasse proliferar. Era um espetáculo grandioso e terrível, e o coração da jovem estremeceu. Havia um mundo desconhecido, fora da floresta, um mundo cheio de coisas que a deixavam sem fôlego. No bosque, era capaz de intuir inconscientemente o que era perigoso e o que não era. Mas ali? Agora já não dispunha de meios de comparação, e o seu instinto parecia não poder ajudá-la.

Andou durante mais um dia inteiro, sem parar nem mesmo quando o sol se pôs além do horizonte. A escuridão ia tomando conta de tudo, mas ela tinha de seguir adiante. Estava assustada demais para dormir ao relento, à margem da estrada.

Quando chegou já era noite e, ao se aproximar da torre, sentiu-se aniquilada. De longe já parecia enorme, mas de perto o seu tamanho era francamente amedrontador. Encobria uma boa parte do céu e parecia erguer-se a desmedidas alturas. As casas que se encontravam aos seus pés eram como que achatadas pela sua massa gigantesca. A jovem ficou olhando estática, o rosto para cima. Só mesmo a vista da lua, logo atrás, foi capaz de devolver-lhe alguma coragem. Diante dela abria-se um labirinto de ruelas tortas. Nenhum sinal de grama, somente pedra por todo canto e sapé cobrindo algumas choças.

Enfiou-se numa daquelas vielas, olhando em volta. Tijolos avermelhados, pedras esbranquiçadas, baixas moradas com pesadas portas de madeira, trancadas. No interior, luzes difusas e trêmulas, e o barulho de vozes que falavam baixinho.

O que fazer, agora? Parar alguém para fazer-se entender a gestos? Mas não havia ninguém por perto. Seguiu adiante escolhendo os becos ao acaso, esperando encontrar alguma pessoa. Só encontrou, à sua espera, um mundo frio e desconhecido.

Virou numa rua mais larga e, finalmente, o panorama mudou. Havia nela grandes portões iluminados, além dos quais se divisavam numerosos grupos de pessoas sentadas. Na própria rua havia transeuntes, não muitos, na verdade, mas de qualquer maneira o cenário era bastante animado. A jovem apertou nervosamente entre as mãos o pano da túnica, e então tomou coragem. Escolheu uma mulher, pois lhe parecia poder confiar mais nela. Foi ao seu encontro de mão estendida. A moça encarou-a por um momento e desviou-se do caminho, evitando-a. Ela permaneceu de pé, no meio da rua, observando a longa saia da desconhecida que se afastava ondeando. Tentou de novo, abordando um cavalheiro que vestia uma ampla túnica. Esticou o braço para chamar a sua atenção e o homem, como resposta, remexeu numa bolsa presa à cintura. A jovem suspirou aliviada e voltou a abrir a boca. Mas o sujeito deteve-a segurando sua mão e colocando nela alguma coisa fria.

– Compre pelo menos uma roupa decente – disse, antes de afastar-se apressado.

A jovem abriu a mão. Um objeto redondo e dourado brilhava na palma da sua mão, com alguma coisa gravada: estranhos símbolos e o desenho estilizado da torre. Olhou melhor. Pouco a pouco os símbolos assumiram algum sentido.

50 ESCUDOS.

SALAZAR.

Tentou ler a escrita em voz alta, e seus lábios se mexeram, só produzindo, no entanto, sons indistintos. Fechou a mão e olhou em volta, perdida. O que vinham a ser os escudos? E o que era Salazar? Reparou que as pessoas olhavam para ela e, instintivamente, afastou-se do meio da rua. Apoiou-se na parede e respirou fundo.

– Meia carola por uma boa tigela de sopa.

Virou-se de chofre. Diante dela, o rosto rubicundo de uma mocinha. Pequenas manchas barrentas pontilhavam o seu nariz, enquanto os cabelos rebeldes e arruivados emolduravam seu rosto gorducho.

– A nossa sopa é realmente de primeira – prosseguiu com um sorriso. – Veja, vou até acrescentar uma fatia de pão, pois me parece que está mesmo precisando.

A jovem tentou falar. Queria perguntar que lugar era aquele, explicar que havia algo de errado com ela, que alguma coisa não funcionava em sua cabeça. Só conseguiu articular um murmúrio confuso.

A mocinha arregalou os olhos.
– Cabeça? O que é que tem a cabeça?
Ela iluminou-se. Tinha conseguido dizer algo que fazia sentido! Deu um tapinha na cabeça com a mão.
– Ruim... – tentou dizer, junto com outras palavras resmungadas.
Com um sorriso maroto, a mocinha apoiou as mãos nos quadris.
– Pois é, para a dor de cabeça não pode haver coisa melhor do que uma boa sopa. – Segurou-a pelo braço e puxou-a para dentro de um daqueles espaços iluminados que tinha visto logo que chegara por lá.
Diante dela descortinou-se uma cena que a deixou transtornada. Era um amplo salão, de pé-direito bastante alto, todo de pedra, com grandes vigas de madeira a sustentar o teto. Num canto, dentro de um nicho relativamente grande, crepitava uma fogueira. Ali perto, um longo balcão de madeira cheio de copos e tigelas, atrás do qual se atarefavam dois homens robustos e acalorados. Quanto ao resto, a sala estava apinhada de gente sentada a pesadas mesas de madeira. Eram quase todos homens, muitos dos quais usavam na cintura objetos parecidos com o punhal dela, porém mais compridos.
Espadas, sugeriu a costumeira voz.
A mocinha continuou a puxá-la, até levá-la ao balcão.
– Kel, uma sopa para a minha amiga.
Um dos dois homens, careca mas de longa barba, virou-se examinando a forasteira.
– E ela tem dinheiro, a sua "amiga"?
A mocinha de cabelo ruivo sorriu dengosa. Segurou a mão da jovem e pegou o objeto metálico. Ela tentou rebelar-se, mas a outra torceu-lhe o pulso.
– Calminha aí, pode ficar tranquila que não vou roubá-la! – Jogou o objeto no balcão. – Aqui está. Pensou que ia trazer uma freguesa sem dinheiro?
O homem careca sorriu de um jeito que a jovem não gostou nem um pouco.
– Uma sopa saindo – disse, pegando uma tigela.

— Vou mandar reforçar com um pedaço de carne, tudo indica que está precisando — continuou dizendo a empregadinha, esquadrinhando-a com olhar crítico.

Ela tentou articular mais algumas palavras:

— Me... me ajudem...

— É justamente o que estou fazendo, você não acha? — replicou a outra. — Fique sabendo que, com esse dinheiro aí, certamente não dá para pagar a carne. — Mandou-a sentar à ponta de uma mesa. — Agora vou trazer a sua comida, está bem? E, só para sua informação, o meu nome é Gália — acrescentou.

A jovem respondeu com um tímido sorriso. E o dela, qual era o seu nome? Suspirou. Deu uma olhada nas demais pessoas sentadas. Um homem e uma mulher, três garotos usando túnicas, um sujeito todo vestido de metal, um baixote com o rosto encoberto por uma espessa barba, dois brutamontes com braços enormes. Finalmente, dois caras magros, um deles extremamente pálido. Eram diferentes dos demais, mas ela não saberia dizer por quê. Talvez fossem as proporções do corpo ou a atitude. Só sabia que à volta deles pairava uma aura de ambiguidade.

Seus pensamentos foram interrompidos por Gália, que lançou uma tigela diante dela.

— Sopa de feijão com duas salsichas dentro. — Dobrou-se para cochichar em seus ouvidos: — Eu mesma botei, às escondidas. Remexa bem com a colher, vai encontrar. — Deu-lhe uns tapinhas nas costas e desapareceu apressada.

A jovem ficou sozinha com a sua tigela. Ao lado, um utensílio comprido com uma parte redonda na ponta.

Colher. Mas conhecer o nome do objeto de nada adiantava, pois não se lembrava de como usá-lo. O cheirinho gostoso que a tigela emanava, no entanto, tinha mexido com seu estômago. Pensou em enfiar a cara naquele líquido de aroma tão convidativo e comer tudo, até lamber o fundo. Em seguida olhou para o sujeito sentado ao seu lado. Imergia a colher na sopa diante dele, puxava-a para cima e enfiava-a na boca.

Então é isto.

Segurou a colher com firmeza e procurou imitar os demais comensais. Teve de superar algumas dificuldades, mas acabou en-

tendendo como aquilo funcionava. Quando engoliu a primeira colherada achou que ia desmaiar de prazer. Depois de todas aquelas frutinhas frias, comer alguma coisa quente era simplesmente fantástico. Sem mencionar a consistência aveludada da sopa, o sabor da carne... Comeu apressada, procurando os pedaços de salsicha, mastigando-os com vontade. Limpou tudo, sorvendo o que sobrava diretamente da tigela.
O homem sentado diante dela deu uma gargalhada.
– Estava com fome, não é?
Ela limitou-se a anuir.
Gália passou ao seu lado e, como quem não quer nada, deixou escorregar alguma coisa branca cercada por uma crosta espessa e escura. Também cheirava bem. A jovem segurou-a e cheirou-a. Mordiscou-a e ficou surpresa com a sua fragrância. Só precisou de umas poucas mordidas para acabar com ela. Àquela altura, finalmente, seu estômago já deixara de resmungar. Passou as mãos na barriga e soltou um longo suspiro de satisfação. Ficou sentada no meio de toda aquela confusão, observando os fregueses. Viu que se levantavam logo que acabavam de comer, sendo então substituídos por outros. Aquilo se repetiu umas duas vezes antes de ela ficar com sono. Já estava quase dormindo quando Gália veio sacudi-la.
– Como é, ainda aqui?
Ela olhou para a mocinha com ar interrogativo.
– Não me leve a mal, mas já lhe fiz um favor e tanto com a carne, então procure não me criar problemas. – A empregadinha segurou-a pelo braço e forçou-a a levantar-se, falando baixinho em seus ouvidos: – Não pode ficar aqui. Deve deixar o lugar para outros fregueses. Se continuar sentada aí, o patrão vai ficar desconfiado. Vamos lá, levante.
Afastou-se, e a jovem reparou um vislumbre de remorso em seus olhos cor de avelã.
Apesar disto, a mocinha foi empurrando-a para fora.
– Fique aqui, eu não demoro – disse, voltando para dentro.
Uma luz piscou na cabeça da jovem, uma luz fraca e confusa. Aquelas palavras, aquela situação... Por um momento achou que a escuridão iria finalmente aclarar-se, que afinal algo poderia revelar quem ela era e de onde vinha. Depois Gália reapareceu, botou em

suas mãos alguma coisa levemente amarelada e um tanto gordurosa, com casca mais escura, e um pedaço daquele negócio branco que comera com a sopa.

– É o máximo que posso fazer. E agora vá embora, eu lhe peço – acrescentou, e desapareceu novamente no grande aposento e não voltou a sair.

A jovem ficou parada, encostada na parede. De pão e queijo – pois é, era assim que se chamavam – na mão. A efêmera fagulha de pouco antes havia desaparecido. Mas pelo menos estava alimentada. A rua se encontrava escura e deserta, e o labirinto de becos que se abriam de ambos os lados parecia um antro cheio de insídias.

E agora?

Nada de árvores onde passar a noite, somente duras pedras.

Acabarei encontrando alguma coisa.

Apertou no peito o pão e o queijo e mergulhou no lado escuro da torre.

2
AMHAL

Por algum tempo, o único barulho que a jovem ouviu foi o dos seus passos abafados, no caminho. Caminhar na pedra não era nada agradável, apesar das tiras com que voltara a proteger os pés. A superfície era dura e irregular, e os cantos dos pedregulhos sumariamente esboçados agrediam seus ossos, arrancando-lhe pequenos gemidos. Tinha de encontrar, quanto antes, um lugar para descansar. No bosque, afinal de contas, fora relativamente fácil achar um refúgio. O próprio corpo levara-a a procurar abrigo na árvore. Mas agora sentia-se desprovida de referências. No meio daqueles muros, o instinto parecia não funcionar. Por algum estranho motivo, agora que se tornara levemente mais consciente de si mesma e do lugar no qual se encontrava, a sua voz interior demorava mais a dar-lhe respostas, quase parecia amordaçada por alguma coisa.

    Vagueou por becos desertos e ruas mais largas igualmente vazias. Percebia que atrás das paredes das casas desenrolava-se a meada de existências tranquilas. Talvez fosse melhor bater à porta de alguma delas e tentar explicar, quem sabe precisasse pedir ajuda. Mas com quais palavras? E além do mais já tivera a chance de ver, naquela noite, o que as pessoas achavam dela. Não, era preciso encontrar outra solução.

    Quase sem querer, acabou dando de cara com um paredão de pedra. Tratava-se da muralha externa da torre. Até então movimentara-se entre as casas que ficavam do lado de fora da poderosa construção. Passou a mão nos grandes blocos quadrados e olhou para cima. A parede estava pontilhada pelas aberturas de inúmeras janelas, algumas iluminadas, outras fechadas com tábuas, mais poucas vazias. Talvez alguns locais da torre fossem desabitados, talvez pudesse encontrar abrigo ali.

    Seguiu adiante, ao longo do muro, procurando algum tipo de entrada. A primeira que encontrou era vigiada por dois guardas armados. Vestiam peitorais de metal nos quais estava gravado um símbolo difícil de decifrar no escuro. Continuou andando, como se não fosse com ela.

Precisou caminhar por mais um bom pedaço, com os pés cada vez mais doloridos e os braços pesados, cansados de carregar até mesmo o leve fardo do pão e do queijo. Estava esgotada, tinha de encontrar um lugar para descansar.

Um buraco na parede foi a sua salvação. Nada mais que alguns seixos soltos, que abriam caminho para um antro escuro como piche. Avaliou seus quadris delgados, o seio miúdo, e concluiu que não haveria problema.

Meio a contragosto, colocou o pão e o queijo do outro lado da abertura, para mexer-se melhor. Em seguida enfiou-se no buraco. Foi mais fácil do que imaginara. Mais uma vez ficou surpresa com a própria agilidade. Moveu-se sem dificuldade na estreita passagem, até pular do outro lado dando meia cambalhota.

Estava escuro. Às apalpadelas, conseguiu encontrar o pão e o queijo, e então parou no meio do local, indecisa. Em volta dela, só breu, sem qualquer coisa que pudesse lhe servir de referência. Esticou um braço diante de si e deu alguns passos inseguros. Um joelho bateu num canto, ela tropeçou e levou um tombo, caindo em cima de alguma coisa macia. Ficou uns momentos parada, respirando fundo. Levara um grande susto. Apalpou a superfície na qual se encontrava. Parecia um tecido qualquer, uma espécie de volumoso fardo de pano. Levantou-se devagar e recomeçou a sua exploração. Desta vez foi mais cuidadosa e moveu as mãos procurando tocar não só naquilo que estava à altura dos olhos, mas também no que se encontrava mais acima ou mais perto do chão. Demorou algum tempo, mas conseguiu criar um mapa mental bastante preciso do lugar. Tinha caído em cima de alguma mesa baixa, na qual estavam amontoados rolos de pano de vários tamanhos. Havia outros perto das paredes, empilhados em pesadas armações de madeira. Quando sua mão achou a fria nudez do muro, deu-se por satisfeita. Foi apalpando até encontrar de novo a madeira. Uma porta.

Hesitou. Tinha achado um abrigo, um lugar fechado e protegido. Talvez pudesse descansar e levantar logo que o sol raiasse. Mas o local não parecia propriamente abandonado. Todos aqueles rolos guardados lá dentro, aqueles tecidos... E também não havia

janelas, estava quente, quente demais. Não, melhor procurar um quarto vazio.
Segurou a maçaneta e empurrou-a para baixo. Nada. Tentou de novo. Virou-a até ouvir o barulho estrídulo da barra de metal que rangia, sem contudo fazer estalar a fechadura. O ruído encheu o espaço ao seu redor, e ela ficou em pânico. Estava em apuros, sentiu-se encurralada. Apoiou as costas na parede. Tinha de sair dali e encontrar um lugar seguro nas casas que cercavam a torre. Mas então teve uma ideia. Precisava de alguma coisa pontuda e sorriu: o seu velho amigo reaparecera, lá estava ele de novo para ajudá-la, o instinto voltara.
Experimentou primeiro com o punhal. Sacou-o e tentou enfiar a ponta na fechadura. Era espesso demais. Não, precisava de algo mais delgado. Começou a procurar. Tinha certeza de que no meio de todos aqueles panos encontraria alguma coisa pontuda. E, com efeito, seu dedo acabou esbarrando em algo que o espetou. Levou imediatamente a mão à boca e percebeu um vago sabor de sangue. Apalpou com mais cuidado e, desta vez, encontrou o objeto. Segurou-o devagar.
É bastante curto, avaliou mentalmente.
Terá de servir assim mesmo, respondeu a costumeira voz.
Voltou à porta e enfiou a agulha na fechadura. Era realmente curta, mas ela não se deu por vencida. Começou a manuseá-la com a ponta dos dedos. Não sabia ao certo o que estava fazendo, quase via a si mesma de longe, como se aqueles movimentos não lhe pertencessem, como se mais alguém estivesse guiando suas mãos.
O trinco estalou suavemente e a porta se abriu, deixando entrar um feixe de luz que lhe pareceu ofuscante.
Onde aprendi? Será que isto fazia parte da minha vida?
A agilidade, as marcas de antigos ferimentos nas mãos e nos pés, e agora isto. Eram todos indícios que a levavam a uma conclusão bastante clara, que, no entanto, continuava para ela desconhecida. Aqueles fatos significavam alguma coisa, mas era como se não dispusesse do código capaz de decifrar o enigma.
A abertura da porta já tinha feito com que se desse por satisfeita. Enfiou a agulha no rolo de fazenda mais próximo e deu uma rápida olhada para fora. Havia um longo corredor iluminado por algumas tochas e amplas janelas. Devia tratar-se do interior da torre.

Saiu, circunspecta. Ninguém à vista. Fechou a porta atrás de si e dirigiu-se para um dos janelões. Dava para um grande jardim protegido por altos muros. Plantas ornamentais, dispostas ao longo de ordenadas alamedas e podadas com formas estranhas, ocupavam mais da metade dele, enquanto o resto era tomado por uma horta muito bem provida. Identificou toda uma série de frutos certamente comestíveis, mas dos quais não lembrava o nome, e uma longa lista de plantas rasteiras de folhas mais ou menos largas. Levantou os olhos e a vista deixou-a sem fôlego. Os paredões que fechavam aquele poço eram extremamente altos. Lá em cima, um pedaço redondo de céu, iluminado por uma reluzente lua cheia. A luz, no entanto, chegava até o chão graças a uma série de superfícies espelhadas colocadas verticalmente ao longo das paredes. Até onde a vista alcançava, contou pelo menos dez. Quer dizer, então, que aquele era o interior da torre.

Livrou-se dos devaneios, pois afinal não estava ali para apreciar o panorama. Precisava de um abrigo.

Seguiu de maneira decidida pelo corredor. Ali, pelo menos, não havia a confusão que reinava entre as casas; ao contrário dos becos, traçados de qualquer jeito e conectados das formas mais bizarras, aqui o caminho era unívoco e reto. Havia um só corredor curvo que começava com uma escada para baixo e acabava com outra para cima, e que se desenvolvia em torno do poço central. Dele partiam passagens laterais, mas também retas, que davam para a parede externa do torreão. A jovem decidiu explorar sistematicamente todas elas. Encontrou uma longa fileira de portas fechadas, algumas delas muradas.

Não desanimou e continuou passando de um andar para outro. Quanto mais subia, mais o tamanho e o comprimento do corredor central diminuíam. Teve de examinar muitas passagens, subindo cada vez mais, antes de encontrar alguns aposentos abandonados. Viu-se, finalmente, diante de uma porta escancarada, que jazia despedaçada num canto. Aproximou-se com cuidado. Deu uma rápida olhada lá dentro. A escuridão não deixava ver muita coisa. Entrou, procurando não fazer barulho. Depois da primeira saleta, conseguiu chegar a um aposento mais amplo, desta vez iluminado por uma janela. Sem vidros nem cortinas, dava para a campina esbranquiçada pelo luar. A jovem debruçou-se, olhando para baixo. Calculou que devia estar mais ou

menos na metade da torre, mas que a altura já era considerável. A planície parecia imensa, com um espelho de água calmo, só levemente encrespado pelo sopro leve do vento estival. Aí o olhar se defrontava com a mancha escura da floresta, não muito longe, à direita. Olhou para ela com saudade. Dera-se bem, por lá: entre as árvores e os animais sentira-se menos sozinha do que agora, naquele lugar cheio de seres parecidos com ela. A floresta era um enigma cuja solução ela conhecia, enquanto a cidade, ainda, era algo além de qualquer explicação.
De muros enegrecidos, o aposento estava vazio. Uns poucos cepos de madeira no chão, um pergaminho num canto. Nada que pudesse tornar o descanso mais confortável.

Sentou-se na fria pedra, o pão e o queijo entre as pernas, e apoiou a cabeça na parede. Não demorou mais que um minuto para fechar os olhos.

Vozes confusas, um indefinido burburinho. A jovem abriu os olhos, de chofre, imediatamente atenta. À sua volta nada mudara. Não devia ter passado muito tempo, pois a luz no aposento pareceu-lhe bastante semelhante à de quando chegara. Só havia uma pontinha de lua que agora se avistava da janela. Concentrou-se nos ruídos que a tinham acordado. Vinham da sala adjacente àquela em que se encontrava.

Levantou-se devagar e, na ponta dos pés e com todo o cuidado, aproximou-se da luz alaranjada e trêmula filtrada pela porta. Escondeu-se contra a parede, segurando o fôlego. Sua mão correu rápida ao cabo do punhal, no qual se fechou. Havia dois deles, um de archote na mão e o outro encostado na parede. Eram os estranhos sujeitos que já reparara na taberna, e mesmo agora transmitiam uma vaga sensação perturbadora. Falavam baixinho, numa língua diferente daquela que até então ouvira. Ainda assim, conseguia entender algumas palavras.

O homem apoiado na parede parecia estar passando mal. Quase não conseguia respirar, sua testa estava coberta por um véu de suor. As gotas escorriam ao longo das suas faces, levando consigo a substância pegajosa e compacta que lhe encobria o rosto. Sua tez rosada mostrava, portanto, as marcas de longas linhas pálidas, dentre as quais se entreviam impressionantes manchas negras. O outro, diante dele, parecia estar melhor e mantinha as mãos nos ombros

do companheiro. Murmurava frases que deviam ser de consolo. A jovem só pôde discernir umas poucas palavras:
– Fique firme... A missão... vamos conseguir.
O companheiro conseguiu responder, com dificuldade:
– Acha mesmo? Ninguém... muito mal...
O outro mandou que segurasse o archote e enxugou-lhe a cara com um pano branco. Deixou à mostra um rosto pálido e cansado, quase completamente encoberto por assustadoras manchas negras. Em seguida pegou na sacola um vidrinho do qual tirou uma substância rosada. Espalmou-a até devolver às faces do amigo uma cor aparentemente normal. Continuava falando, mas cada vez mais baixinho. A jovem já não conseguia ouvir, e seu coração batia descontrolado. Não entendia o sentido daquilo que estava vendo, mas achava-o assustador. Havia alguma coisa terrível naquilo tudo, na cor obscena das manchas que cobriam o rosto do homem, algo assim como um obscuro presságio.

O sujeito tirou, então, do bolso uma ampola cheia de um líquido ambreado e derramou-o entre os lábios do companheiro.

Ele tentou recusar, virando a cabeça para o lado.
– Não... mal...
O homem insistiu, até que conseguiu fazê-lo beber.

Quando acabou, olhou em volta. A jovem espremeu-se ainda mais contra a parede. Se decidissem entrar, iriam descobri-la, e então não fazia ideia do que poderia acontecer.

Apavorada, segurou o punhal, mas o chiado da lâmina que saía da bainha acabou chamando a atenção deles. O archote iluminou repentinamente o aposento, e eles entraram.

O tempo pareceu parar. Os homens imóveis na soleira – um apoiado nos ombros do outro, que segurava a trêmula tocha –, e ela, de punhal levantado na mão inerte, completamente vazia de qualquer pensamento. Aí o encanto quebrou. A jovem atacou com a arma, mas o homem surpreendeu-a agarrando seu pulso e torcendo-o. O punhal caiu ao chão tilintando.

Idiota! Idiota! Idiota! Tinha de ser mais rápida!, gritou a sua voz interior.

O sujeito deteve-a segurando-a pelo pescoço e jogando-a novamente contra a parede. Com um só movimento contínuo, encostou

a ponta da espada na sua garganta. A jovem engoliu em seco, enquanto o gume da lâmina espetava gélido sua traqueia.
— Quem é você?
Falava com um sotaque estranho, e as palavras só saíam da sua garganta com dificuldade. A jovem fitou-o, apavorada.
— Você já era, está sabendo? — disse com maldade.
Ela sentiu alguma coisa despertar nos braços e nas pernas. Uma longínqua lembrança, a sombra de um instinto.
— Só mais dois dias e estará cuspindo o seu próprio sangue — prosseguiu o homem, sorrindo. — Mas Radass e eu não dispomos de tanto tempo. Por que não morrer logo, então?...
Em câmera lenta, a jovem viu-o apertar os dedos na empunhadura e preparar o golpe que rasgaria sua garganta. Mas àquela altura o medo tinha sumido, e seu corpo abrigava uma gélida certeza, a consciência daquilo que precisava ser feito. Mal tinha começado a movimentar a mão quando um lampejo negro arrancou o homem de cima dela. Viu uma capa esvoaçar no ar e o repentino reflexo de uma espada brilhando na escuridão do aposento.
— Que tal lutarem com alguém que pode defender-se?
Era um soldado, usava uma ampla capa preta que o escondia da cabeça aos pés e da qual só despontavam as mãos, segurando uma longa espada.
Os dois não demoraram muito a recobrar o controle de si mesmos. O que já estava de arma na mão atacou logo o recém-chegado, o outro levantou-se com dificuldade e abrigou-se num canto. A luta começou. As lâminas jogavam sinistros reflexos nas paredes, o clangor dos metais que se chocavam preencheu o ambiente. A jovem observou os dois adversários e reconheceu alguma coisa familiar naquela dança mortal.
Defesa, esquiva, pulo...
Tinha a capacidade de prever os movimentos de ambos. Apertou a mão na parede, esperando que o soldado levasse a melhor. Era mais ágil, mais forte, e a sua espada era irrefreável.
Em seguida, com o canto dos olhos, percebeu um reflexo atrás dele. Agiu por instinto, sem pensar.
— Cuidado! — gritou a plenos pulmões.

O soldado virou-se rápido, abaixando-se. O punhal do segundo adversário, que aproveitara a rinha para cercá-lo e atacá-lo pelas costas, só o atingiu no ombro, de raspão. Ele pareceu nem sentir e, dando meia-volta, afundou a lâmina no abdome do sujeito. Ainda dobrado em cima dos joelhos, rodou sobre si mesmo e acertou as pernas do outro, que tombou no chão com um grito. Dominou-o de pronto. Ficou um momento parado, a fitá-lo. Era um inimigo vencido, inerme, indefeso. Pareceu deleitar-se com aquela fraqueza, enquanto um obscuro sorriso de satisfação se desenhava em seus lábios. O olhar do homem caído estava carregado de uma muda súplica. Por alguns instantes o soldado pareceu ouvi-la. Depois fechou os olhos e afundou a espada. Olhou para o teto, enquanto deixava a lâmina entrar lentamente na carne.

A jovem teve um arrepio, pois por um momento achou que o soldado se regozijava com aquela morte, saboreando cada gota de dor infligida ao adversário. Então o homem parou de respirar, e ele deixou-se cair em cima da empunhadura.

Levou a mão ao rosto e permaneceu por algum tempo sem se mexer. Em seguida, quase com horror, puxou de um só golpe a arma para fora e afastou-se dos corpos dos homens abatidos.

Aproximou-se dela, abaixou-se para ficar na mesma altura que ela e, finalmente, a jovem pôde vê-lo direito. Era só um pouco mais velho do que ela, com longos cabelos castanhos cacheados e presos na nuca. Durante a luta o rabo de cavalo se desatara deixando a cabeleira solta em cima dos ombros. Era magro e pálido, mas o que mais a impressionou foram seus olhos. A tocha tinha caído no chão e se apagara, e agora só havia uma luz um tanto mortiça, mas mesmo assim o verde daqueles olhos reluzia. Tinha um olhar fluido, vivo, que deixava transparecer verdadeira preocupação. Ainda ofegante, segurando a espada que continuava a pingar sangue, perguntou:

– Tudo bem com você? Está ferida?

Talvez fosse o tom com que falou ou aqueles olhos que pareciam *realmente* interessados nela. A jovem sentiu-se derreter por dentro. Agarrou-se ao seu pescoço e entregou-se a um pranto descontrolado.

– Obrigada, obrigada, obrigada... – murmurou entre os soluços.

Logo a seguir percebeu a mão dele, grande e calorosa, que se apoiava em suas costas.

3
A BUSCA

Vento no rosto. Uma sensação de vazio no estômago. Estava voando. O mundo passava rápido sob seus pés: rios, florestas, vilarejos. Só precisou levantar de leve os olhos para ver-se diante de escamas reluzentes, de um vermelho vivo, flamejante. Um ruído intenso e grave chamou a sua atenção. Virou a cabeça de lado: asas negras, imensas, que se enchiam ao vento. Moviam-se para baixo e para cima, mantendo-o no ar e aquele corpo imenso no qual ele estava sentado. Cavalgava um dragão. Fechou os olhos e de algum modo sentiu-se levado para longe, alhures. Quando voltou a abri-los, já não estava montando o dragão, mas pairando no ar, desprovido de corpo. Outro alguém estava a cavalo sobre o animal, de quem só conseguia ver as costas.

Concentrou-se, procurou ver além daquele dorso, tentou vislumbrar o rosto do cavaleiro desconhecido.

– Cerveja?

O homem de preto estremeceu. Olhou em volta. Estava numa enfumaçada taberna cheia de ruidosos fregueses. Soldados, em sua maioria. Apoiava as mãos numa rústica mesa.

– Cerveja? – insistiu a voz.

O homem se virou. Quem lhe dirigia a palavra era uma moça gorducha com cara de camponesa. Muito jovem. E então lembrou. Pois é, tinha ido àquela taberna justamente para encontrá-lo. Ele mesmo o chamara. Depois chegara a visão, repentina e inesperada como sempre, e fora levado para longe.

– Isso mesmo, uma caneca, faz favor.

A moça sorriu e foi embora. O homem de preto entregou-se mais uma vez aos seus pensamentos. Tentou segurar de novo as sensações confusas da visão. Era uma coisa que lhe acontecia amiúde, nos últimos tempos, sinal de que estava ficando perto da meta. E tratava-se sempre da mesma imagem: um jovem que cavalgava um dragão de asas pretas. Só podia ser ele.

A cerveja chegou, trazida pela mesma moça. O homem ocultou ainda mais o rosto dentro do capuz. Não tinha a menor vontade de se socializar. Começava a ficar cansado. Fazia mais de um mês que vagueava por aquelas bandas onde teria preferido nunca mais pisar. Muitas lembranças penosas. Ainda bem que já havia passado muitos anos, e a essa altura ele já podia ser considerado um perfeito estranho naquela terra.

De qualquer forma, pensou tomando um gole de cerveja, a missão forçava-o àquele sacrifício, e ele iria aceitá-lo. A missão, acima de tudo.

O sujeito com quem devia se encontrar chegou de repente e sentou-se à mesa sem dizer uma única palavra. Também estava usando um capuz, com o qual procurava esconder a extrema palidez. Baixou a cabeça ocultando ainda mais o rosto, mas a luz penetrava no tecido e deixava entrever os olhos de um violeta muito vivo.

– Não acha este lugar movimentado demais?

O homem de preto sorriu.

– Relaxe. Não poderia haver outro melhor. Aqui há um contínuo vaivém de sujeitos estranhos, uma pitada de todas as raças, e cada um só pensa em seus próprios negócios, sem mencionar que quase todos já estão bêbados ou estarão muito em breve. – Tomou mais um gole de cerveja. – Pode ficar tranquilo, ninguém vai reparar em você.

O outro olhou em volta, com ar preocupado.

– Assim espero – acrescentou, não muito convencido.

A garçonete materializou-se ao lado deles e perguntou ao recém-chegado o que queria.

– Uma sidra – resmungou ele, virando a cara.

– Bom, se continuar com esse seu ar de conspiração, não vai demorar a chamar a atenção – brincou o homem de preto.

O outro não fez comentários. Enxugou o suor do rosto com um pano e perguntou:

– A maquiagem ainda aguenta?

O homem de preto anuiu.

– Há quanto tempo está passando mal?

– Há uns dois dias.

– Está a fim de sacrificar a vida?

O outro fitou-o com um olhar significativo.
– Todos nós sabíamos, desde o começo, que a missão era esta, e concordamos.
– Não foi isto que eu perguntei. Quero saber se tenciona se tratar.
– Pode ser. Mas, muito mais que a minha vida, o que importa é o objetivo final, e por ele estou disposto a morrer.
A sidra foi servida, e o recém-chegado pareceu gostar da ideia de esconder o rosto em cima da caneca.
– E você, como é que está passando?
– Nunca me senti melhor na minha vida. Sabe como é, sou imune.
O interlocutor assumiu uma expressão irritada.
– Está achando que é brincadeira? Considera isto tudo uma farsa?
O homem de preto espreguiçou-se.
– Nada disso. Mas até mesmo durante as missões mais perigosas uma pitada de humor não faz mal, você não concorda?
O sujeito não respondeu.
O homem de preto suspirou, e então cruzou os braços sobre o peito.
– Acho que as coisas estão bem encaminhadas.
O outro ficou atento.
– Conte, quero saber de tudo – murmurou, debruçando-se sobre a mesa.

Decidira partir dispondo apenas de uma informação muito vaga, um indício quase inconsistente. A voz de um sacerdote num templo.
"Aparecerá um mestiço, como os outros, mas não surgirá da nossa estirpe. O seu sangue virará água, e a sua chegada transformará as águas do mundo em sangue."
Tivera longas conversas com Kriss sobre o sentido daquelas palavras. Mas nenhum dos dois conseguira chegar a uma conclusão. Até aparecer a primeira visão.
Havia sido um sonho, obsessivo e recorrente, que passara a atormentá-lo noite após noite.

Uma aldeia pacífica, casas de madeira sobre palafitas, suspensas sobre o encanto de águas límpidas. Ao redor, florestas povoadas por criaturas evanescentes, maravilhosas, que se escondiam entre as árvores, das quais, às vezes, assumiam a forma. E um nome: Kahyr. Continuamente repetido, por mil vozes, escrito por toda parte: nos troncos das árvores e nas tábuas das choupanas, até mesmo na água.

– Vai ver que tem sangue de ninfa – disse certo dia o homem de preto a Kriss.

O soberano assumiu uma estranha expressão.

– De quem está falando?

– Do próximo Marvash, o anunciado pela profecia do velho, no templo. Só pode ter sangue de ninfa. – E falou do seu sonho.

Kriss ficou um bom tempo passando a mão no queixo, pensativo.

– O que acha que significa?

– Parece-me bastante claro: o sangue das ninfas é aquoso, justamente como o de Marvash. Deve ser por isso que vi uma aldeia da Terra da Água, no meu sonho.

Ao ouvir aquele nome, Terra da Água, Kriss teve um imperceptível estremecimento.

– E além do mais aquele nome, Kahyr... Acho que é o nome da aldeia. Não há dúvida, de alguma forma ele deve vir de lá.

Os olhos do soberano se iluminaram de uma luz feroz.

– Está querendo dizer que podemos encontrá-lo? Que você sabe como encontrar Marvash?

O homem de preto sorriu.

– O fato de eu ter estes sonhos quer dizer que estou começando a perceber a sua presença. Ele está por aqui, em algum lugar do Mundo Emerso. E espera por mim.

– Precisa encontrar – declarou decidido o soberano. – Com vocês dois do nosso lado, o sonho poderá realizar-se. São duas armas que não podem faltar no meu arsenal, se eu quiser realmente devolver ao meu povo o que lhe pertence.

– Eu posso ir me juntar a ele, mas você cumprirá o que prometeu?

Kriss voltou a sorrir ferozmente.

– Não é este o seu destino, afinal? Encontrá-lo e juntar-se a ele?
– Não dou a mínima para o meu destino. Já deixei para trás. Só tenho um propósito agora, e você sabe muito bem qual é.
O silêncio que se seguiu foi mais eloquente que muitas palavras. Afinal, Kriss voltou a recostar-se no assento.
– Fiz uma promessa e estou decidido a cumpri-la. Você cuide de voltar com Marvash e, quando tudo acabar, quando o Mundo Emerso for devolvido aos seus legítimos donos, terá o que bem quiser.
O homem de preto fez uma mesura.
Foi assim que tudo começou.

Lá estava ele. A contragosto, mesmo tendo jurado a si mesmo que nunca mais botaria os pés naquele lugar. Quando, depois de tanto tempo, voltara a pisar mais uma vez o solo da Terra da Água, fora tomado por uma sensação de desânimo que lhe apertava o coração. Apesar de tantas coisas haverem acontecido durante aqueles anos, lá estava ele de novo, naquele lugar que agora detestava.

Encontrar a aldeia não foi nada simples. A Terra da Água estava cheia de vilarejos idênticos ao que lhe aparecera no sonho e, além de parecidos, eram tão pequenos que praticamente ninguém conhecia todos.

Fora forçado a uma busca interminável, andando para baixo e para cima. Surgiram os primeiros indícios, umas referências vagas e imprecisas, e finalmente tinha encontrado o caminho que procurava. Kahyr. Umas poucas choupanas à margem de um minúsculo regato. Pescadores, que em sua maioria viviam cercados por ninfas que encarnavam as árvores do bosque logo em frente e compartilhavam a sua existência com os humanos do vilarejo.

– Elas chamam este lugar de Damahar, "a experiência" – disseralhe uma mulher da aldeia, a única que aceitara falar com ele. – Porque, sabe como é, não faz muito tempo que decidimos viver juntos, nós e as ninfas.

O homem de preto assumiu uma expressão interrogativa.
– De onde você vem?
Ele fez um gesto vago.

— Venho de longe. E já faz um tempão que não volto para cá.
   A mulher tomou fôlego e explicou:
   — Até vinte anos atrás este lugar era dividido em dois: ao norte a Província dos Pântanos, onde moravam os homens, e ao sul a Província dos Bosques, que pertencia às ninfas.
   — Disso eu me lembro — disse o homem.
   — Pois é, então decidimos ter mais uma vez um governo único, como já acontecera muitos anos antes, quando ainda havia Nihal. Para dizer a verdade, quem teve a ideia foi o rei Learco, o monarca da Terra do Sol que conseguiu a paz de que agora desfrutamos. Pediu-nos para tentar, e os dois soberanos concordaram. E deu nisto — disse, olhando em volta e abrindo os braços. — Surgiram alguns vilarejos dos humanos aqui no sul, assim como outros tantos de ninfas no norte, e os dois governos se fundiram num só. Mas não creia que tudo seja um mar de rosas. Fique sabendo que este é de fato um dos raros vilarejos em que os homens e as ninfas vivem realmente juntos.
   — Bastante estranho — disse o homem de preto. — Ninguém sabe de vocês, tive um trabalho danado para encontrá-los.
   A mulher deu-lhe uma cotovelada.
   — Já basta dizer até que ponto a experiência funciona, não acha?
   Era a mulher de um pescador. O homem de preto tinha imaginado encontrar no lugar tabernas ou lojas onde se informar sem dar muito na vista. Mas não havia nada. De forma que tivera de pedir informações diretamente a alguns pescadores atarefados com seus afazeres.
   Descobrira, no entanto, que o pessoal local era bastante fechado. Resmungos e convites a cuidar da sua vida haviam sido as únicas respostas que conseguira. Até encontrar aquela mulher.
   — Houve, por acaso, alguns casamentos mistos por aqui?
   Ela ficou imediatamente desconfiada.
   — Por que quer saber?
   — Estou à procura do filho de um amigo meu.
   A mulher assumiu um ar conspirador.
   — A união de homens e ninfas não é bem-aceita. Já passou muito tempo desde a época de Gala e Astreia, ele humano e ela ninfa, casados e soberanos desta terra. E afinal nunca houve um período

em que se considerasse realmente normal o casamento entre as duas raças.
 O homem de preto permaneceu em silêncio. Teria gostado de menos fofoca e de mais substância, mas preferiu não forçar a barra. Ainda mais porque a história que inventara para justificar a sua curiosidade não tinha pé nem cabeça.
 – De qualquer maneira – continuou ela, retomando o fôlego –, havia uma mestiça entre nós. – Fez uma pausa para ver a reação do homem, mas ele permaneceu imperturbável. – Chamava-se Guerle, filha de mãe ninfa e de pai humano. Cresceu entre nós. A mãe morreu de parto e o pai se casou de novo. Era praticamente humana, a não ser por aqueles cabelos... Já conhece as ninfas, não conhece? São feitas de água, diáfanas. Pois é, os cabelos dela eram assim. E o sangue, obviamente. Sangue transparente, gelatinoso, uma coisa realmente impressionante.
 O coração do homem passou a bater mais rápido.
 "O seu sangue se transformará em água", dizia a profecia.
 – De qualquer maneira, foi criada entre nós. Mas então ocorreu o fato. Sabe como é, nos primeiros tempos da união entre os dois reinos aconteceram alguns desentendimentos. Bom, talvez algo mais que desentendimentos. Em resumo, estávamos quase à beira de uma guerra civil, razão pela qual mandaram o Exército Unitário, com vários Cavaleiros de Dragão que vieram juntos. Pois bem, eu sempre soube que os Cavaleiros de Dragão são boas pessoas, e francamente não sei dizer como foi, talvez ela não tenha tido sorte... Seja como for, dezessete anos atrás, a jovem, que na época só estava com quinze anos, caiu na lábia do tal cavaleiro. Sabe como é: longas noites passadas a contemplar o céu, românticos passeios ao luar, de mãos dadas, todo aquele tempo sozinhos, no meio da floresta... Resumindo: ela ficou grávida.
 – Menino ou menina?
 A mulher pareceu não gostar da interrupção.
 – Por que quer saber? – perguntou, franzindo as sobrancelhas.
 – Estou procurando o filho de um amigo, já se esqueceu? Um menino.
 – Menino – respondeu ela, desconfiada. Em seguida voltou a dedicar-se com visível prazer aos mexericos. – De qualquer maneira,

a gente só descobriu mais tarde. Pois, quando soube que a sua nova conquista esperava um nenê, o cavaleiro desapareceu na mesma hora, e obviamente ela teve de aguentar a desaprovação da comunidade inteira. Sabe como é, entregar-se daquele jeito a um desconhecido, como uma prostituta... Uma coisa indecente, o senhor não acha?

O homem de preto forçou-se a anuir. Já não estava prestando atenção naquela história banal. Só estava interessado no fato de a criança, em cujo corpo corria um quarto de sangue de ninfa, ser de fato um menino.

– Onde posso encontrá-la? Quer dizer, a mulher, ela e o filho?

– Foi embora antes de parir. Não gostava do falatório por trás, e além do mais queria evitar constrangimentos para a família. Só voltou a aparecer uma vez, apenas para mostrar o menino aos avós, mas brigaram, e ela nunca mais apareceu.

– Onde posso encontrá-la? – insistiu o homem.

– Dá para ver que está realmente interessado em encontrar o bendito rapaz! Ora, ora, quer dizer que você é amigo daquele sem-vergonha do cavaleiro! – exclamou a mulher, com uma luz maldosa nos olhos.

O homem de preto estava realmente perdendo a paciência.

– Ele morreu, mas antes de morrer ficou arrependido, e pediu-me para encontrar o seu menino – disse para encerrar de uma vez a conversa.

Ela ficou toda vermelha. Provavelmente já estava pensando para quem contar aquela história clamorosa.

– Andaram dizendo que tinha ido morar em Nova Enawar.

Finalmente! O homem ficou de pé.

– Você realmente ajudou.

– Mas, conte, como era o sujeito? O senhor era muito amigo dele?

Ele não estava a fim de perder mais tempo.

– Agora preciso ir. Trata-se de um assunto muito urgente. – E deu as costas.

A ladainha petulante das perguntas da mulher acompanhou-o até ele sair do vilarejo.

* * *

A cerveja tinha acabado, enquanto o outro nem havia tomado metade da sidra.
– Só isto? É só isto que você sabe? – perguntou.
– Agora há pouco tive outra visão.
O sujeito ficou ainda mais atento.
– Tenho motivos para pensar que o rapaz seja um Cavaleiro de Dragão e que esteja por aqui ou, no máximo, em Makrat.
– Quer dizer que está a ponto de solucionar o mistério!
O homem de preto limitou-se a anuir.
– Mas a sua tarefa é bem mais complexa, não é?
O homem de preto sentiu um arrepio correr pelo corpo.
Levantou os olhos para o interlocutor, que sorriu maldoso e prosseguiu:
– Sua Majestade quer ter certeza, não se esqueça disso, quer saber de que forma você planeja cuidar de quem você já conhece. – Olhou em volta, desconfiado.
– Já lhe disse, pare de brincar de conspirador – repreendeu-o, irritado, pensando na segunda parte da sua missão. A mais terrível. Mais que a chacina que acabara de levar a cabo umas poucas noites antes.
O outro enfiou a mão na capa e tirou alguma coisa. Uma ampola cheia de um líquido vermelho.
– Eu mesmo fiz. Arrumei hoje de manhã, e portanto podemos ter certeza de que vai funcionar. Imagino que já sabe o que fazer com ele, não sabe?
O homem de preto ficou como que hipnotizado pelos reflexos rubros do vidro. Permaneceu por um momento calado e então tirou os olhos da ampola.
– Por que desse jeito? – perguntou, um tanto atônito.
– Porque o nosso soberano sabe que de outra forma você não conseguiria. Há dívidas muito difíceis de serem esquecidas, e você ainda tem alguma coisa que o prende a este lugar, não é verdade?
O homem de preto apertou o queixo. Bem que gostaria de negar, de dizer que não, que não era nada daquilo. Mas não pôde.
– É o jeito mais simples e limpo.
– Vai ter uma morte horrível.
O outro deu de ombros.

— Mas não será propriamente você a matá-lo, não estou certo? O homem de preto assentiu com a cabeça. Só teve um momento de hesitação antes de pegar a ampola. Então foi como se a tensão provocada entre os dois pelo aparecimento do vidrinho desvanecesse por encanto. Ambos se descontraíram, as mãos segurando as canecas.

— Não voltarei a ver o meu soberano. Conte-lhe que morri a serviço do meu povo.

O homem de preto fitou-o sem prestar muita atenção e, com o mesmo descaso, anuiu. Não estava minimamente interessado no plano que Kriss tramara a fim de colocar as mãos no Mundo Emerso, nas razões que alardeava para justificar aquele mero ato de conquista. Só se importava com aquilo que iria fazer nos próximos dias e com o objetivo final, infelizmente ainda muito longínquo.

O outro acabou de tomar a sua sidra.

— Adeus, então — disse, levantando-se e apertando sua mão. — Sei que não está fazendo isto por nós, entendo perfeitamente o seu comportamento, mas obrigado assim mesmo. A nossa estirpe ficará eternamente agradecida a você.

— Só cumpro com o meu dever — respondeu ele debilmente.

O sujeito saiu e logo se confundiu com a multidão. O homem de preto acompanhou-o com o olhar até ele desaparecer. Depois também se levantou. Tinha muitas coisas a fazer.

4

O NOME

Dera-lhe a sua capa para que se protegesse e fitara-a nos olhos com um sorriso que queria fosse reconfortante. Não lhe perguntara quem era nem o que estava fazendo ali.

— Você tem onde ficar?
— Não, não tenho... — A jovem ficou espantada com a rapidez, com a facilidade com que respondeu.

Ele continuou olhando para ela por mais alguns instantes.

— À noite, Salazar não é um bom lugar para uma jovem sozinha, ainda mais aqui na torre.

Então ajudou-a delicadamente a se levantar. Ela sentiu-se imediatamente levada a confiar nele. Era a primeira pessoa a mostrar-se, de fato, preocupada com ela. Quando lhe ofereceu o braço, reparou de relance no amplo rasgão que a lâmina do adversário deixara no pano da sua roupa. Era muito estranho, mas o tecido não estava manchado de sangue. Só parecia molhado, como que embebido de um líquido viscoso e transparente.

Não fez perguntas. Estava cansada, tinha uma desesperadora necessidade de confiar em alguém.

Caminharam pelos corredores da torre, na pálida luz das janelas internas que os iluminava a intervalos regulares. Quando ela começou a mancar, os pés já não conseguindo sustentá-la, ele não hesitou nem por um segundo: curvou-se e segurou-a nos braços.

— Eu... consigo... — tentou queixar-se a jovem, cada vez mais espantada com a repentina volta da fala.

Ele sacudiu a cabeça.

— Você já teve de enfrentar muita coisa esta noite.

A sensação dos braços dele sob os joelhos, daquela mão protetora no ombro, deixava-a vagamente perturbada. O ritmo ondeante daqueles passos e as batidas calmas do coração no peito do rapaz levaram-na de repente a dar-se conta do seu cansaço. Ela envolveu o pescoço do jovem com força e deixou o sono subir das pernas até o coração, tomando todo o seu corpo. Mal chegou a reparar na claridade da hospedaria onde pararam, percebeu vagamente o chiado do soalho de madeira sob as botas dele. Uma anelada escuridão envolveu-a.

O soldado ficou algum tempo olhando para ela. Quando a colocou na sua cama, ela já dormia. Agora descansava tranquila, com a respiração pesada de quem está exausto. Ver aquela figura adormecida desanuviava-lhe a mente, ajudava-o a não pensar no que pouco antes acontecera, na hora de salvá-la. Mas as imagens pululavam prepotentes à margem da sua consciência, e com elas as sensações que tinha experimentado. O arrepio que correra pelas suas costas ao afundar a lâmina na carne. A satisfação diante do último suspiro do adversário. O prazer proporcionado pela dor que estava infligindo. Passou as mãos no rosto, e de repente o desespero tomou conta dele. Ficou de pé, pegou a espada e saiu, desaparecendo na noite.

Um. Dois. Três. Movimento circular pela esquerda, movimento circular pela direita, ataque. Um. Dois. Três.
O rapaz estava molhado de suor, e os músculos dos braços gemiam esgotados. Segurando a pesada espada de dois gumes com ambas as mãos, entre os dedos cheios de bolhas, continuava treinando.
Um. Dois. Três.
Mas, por mais que suasse, por mais energia que gastasse naquele exercício, e apesar da violenta dor física que aquele treinamento lhe provocava, o desespero e o sentimento de culpa continuavam lá, intatos, a tirar-lhe o sono e a razão. Pois assim como acontecera da primeira vez, agora também se regozijara ao provocar sofrimento. Porque de novo, como sempre, deixara-se seduzir pelo chamado do sangue e da morte.

Está com seis anos. Contaram para ele. Finalmente disseram. Pai morto heroicamente em combate coisíssima nenhuma. A mãe mentiu durante aqueles anos todos. Não passa de um bastardo. Filho de ninguém. E a mãe é uma puta. É o que diz o menino diante dele.

– A sua mãe não passa de uma puta! – E a garotada em volta ri.

Acha que o mundo vai desmoronar em cima dele, que a realidade se desfaz diante dos seus olhos. As lágrimas ofuscam-lhe a vista, as risadas dos garotos fazem o sangue pulsar nas suas têmporas.

E então pula adiante aos berros. Investe contra aquele garoto bem maior do que ele e deixa a fúria escorrer pelas veias até se satisfazer. Dá pontapés, esbraveja, morde, arranha. Sente-se como um animal, e é assim mesmo que age. E se no começo parecia um anão lutando com um gigante, pouco a pouco, sabe-se lá de onde, a força aparece. Os outros procuram arrancá-lo de cima da sua vítima, mas não conseguem. Está levando a melhor. Ouve o inimigo gemer sob os seus golpes. Em seguida, pela primeira vez na vida, dá-se conta dela, percebe-a claramente. Uma satisfação surda, compensadora. O cheiro do sangue, o seu sabor, e aquela consciência obscura e inebriante. Está fazendo mal, está infligindo dor. E a coisa o excita. Não tem nada a ver com a revelação que acabaram de lhe fazer, não tem nada a ver com o desprezo e o escárnio com que foi tratado. E deixa-se levar por aquele desejo, por aquele abismo aconchegante.

Retoma a consciência de si mesmo quando um adulto o segura e o tira de cima do adversário.

– O que deu em você? Ficou louco?

A realidade volta a correr na velocidade normal. No chão, o outro menino não se mexe. O rosto intumescido, os braços abertos em cruz, pálidos sob todo aquele sangue. O coração martela em seu peito, ele mal consegue respirar, de tão ofegante.

Finalmente chega o sentimento de culpa, o horror. E então ele chora. O adulto diz alguma coisa que ele não entende. Está assustado, com medo daquilo que fez, e ainda mais daquilo que experimentou.

Naquela mesma noite, sozinho em casa, sai nu pelo bosque, no frio. Porque deste jeito o desespero se abranda, pois assim o sentimento de culpa parece apertar menos seu coração.

Quando a jovem acordou, o sol já brilhava alto no céu. Por um momento teve a impressão de estar novamente no gramado onde nascera, como se tudo aquilo que acontecera daquele momento em diante não tivesse passado de um sonho. Então lembrou-se do soldado que, na noite anterior, a salvara, e pouco a pouco tudo voltou ao devido lugar. Paulatinamente, na luz difusa, foram se desenhando os contornos de um pequeno quarto de paredes de pedra, com o teto sustentado por grandes vigas de madeira. Num canto havia uma mesa, ao lado um saco de viagem. Na parede em frente abria-se uma bonita janela ogival, pela qual o sol entrava com violência. A jovem se levantou protegendo os olhos com a mão. Lá fora avistava-se uma parte da imensa planície, margeada pela floresta.

Era uma cama macia e confortável. Lençóis recém-lavados, que cheiravam bem, um travesseiro fofo atrás das costas e ataduras limpas nos pulsos e tornozelos. Mas vestia novamente as suas roupas despedaçadas.

Desceu devagar da cama. Estava sozinha. Sabe-se lá onde ele se metera. Uma pontada de desapontamento maculou a perfeição do conjunto. Talvez tivesse ido embora. Afinal de contas a salvara, levara-a para lá, o que mais podia querer? Ele certamente não podia ficar a paparicá-la, tinha sido até prestativo demais. Bocejou espreguiçando-se e entregou-se ao agradável calor do sol nas costas. Reparou numa arca aos pés da cama. Encontrou, na tampa, um pedaço de pão e uma tigela cheia de um líquido branco coberto por uma fina camada de espuma cremosa. Sorriu consigo mesma. Mesmo que tivesse ido embora, ele ainda tinha, carinhosamente, se lembrado dela.

Sentou-se no chão, de pernas cruzadas, e começou a mordiscar o pão e a saborear o conteúdo da tigela: uma delícia.

Enquanto comia, descobriu à sua volta muitos sinais da presença dele. O saco de viagem, antes de mais nada. A não ser que guardasse roupas novas para ela, só podia ser do homem. Alguns livros num canto, um deles aberto. Até mesmo uma pena de ganso, apoiada num pergaminho. Sentiu uma repentina felicidade: ele não podia ter ido embora de vez.

Ficou imaginando o que fazer. Estava sozinha, e nem mesmo sabia ao certo onde se encontrava. A julgar pela vista, pelo menos dois andares acima daquele onde fora agredida na noite anterior. Ainda estava na torre: Salazar, como o soldado dissera. Mas quanto ao resto, as lembranças do que acontecera depois do resgate eram bastante confusas. Estava, quase certo, numa hospedaria. Tinha de esperar pela volta dele? Ou talvez ele preferisse que ela seguisse o próprio caminho? Apoiou os cotovelos no peitoril da janela e o rosto nas mãos. Fechou os olhos e saboreou o prazer do sol que lhe aquecia a pele.

Ao ouvir a porta que se abria, assustou-se e estremeceu. Virou a cabeça na mesma hora, as mãos ainda apoiadas no peitoril, com uma expressão culpada nos olhos. Lá estava ele, emoldurado pelo umbral. Vestia a capa preta da noite anterior, desta vez com o capuz cobrindo o rosto, e, por baixo, calças de camurça e uma folgada camisa branca, apertada no peito por um colete de couro reforçado com tachas de ferro. Por trás dos ombros, despontava o cabo da longa espada de dois gumes.

Ele foi logo descobrindo o rosto.

– Sou eu! – disse.

A jovem se acalmou, envergonhada com a própria reação.

– É que... eu... – Mais uma vez faltavam-lhe as palavras.

– Tem toda razão – foi dizendo ele, tirando dos ombros a mochila cheia de coisas que usava a tiracolo. – Teria sido melhor não deixá-la sozinha, hoje cedo, ainda mais pensando no que teve de enfrentar ontem, mas reparei na roupa que estava usando, e então a tentação de comprar alguma coisa mais apropriada levou a melhor...

– Sorriu para ela. – Eu sou Amhal.

Tinha um bonito sorriso, aberto e franco, mas no seu rosto havia uma sombra de sofrimento. A jovem fitou-o perdida, sem saber o que responder.

Olhou fixamente nos seus olhos. Eram daquele verde perturbador que bem lembrava.

– Não sei quem sou – disse de uma só vez, e sentou-se desconsolada na cama, torcendo as mãos.

Levou algum tempo para explicar tudo. A voz parecia ter voltado, mas ela ainda achava difícil juntar as palavras, encontrar as mais apropriadas para expressar a confusão que sentia dentro de si. Contou do gramado, das andanças na floresta, da sua chegada a Salazar.

Tentou, principalmente, explicar que não se lembrava de nada, nem mesmo do seu nome, que tinha a impressão de ter nascido naquele dia, deitada de barriga para cima naquela grama.

Ele se tornava cada vez mais pensativo à medida que o relato prosseguia, uma pequena ruga formara-se entre suas sobrancelhas.

– Quer dizer que não sabe em que terra estamos?
– O que significa "terra"? – perguntou ela com ar de perdida.
– Nem que este é o Mundo Emerso?
A jovem desviou o olhar, constrangida.
Amhal sorriu.
– Desculpe, não é minha intenção deixá-la sem jeito, só estou procurando entender...
– É justamente o que venho fazendo há vários dias, sem contudo chegar a nenhuma conclusão. Sei fazer algumas... coisas, mas não me pergunte como consigo.
– Por exemplo?
Contou-lhe da fechadura e da estranha sensação que experimentara ao ser agredida.
– E além do mais sabia exatamente o que você estava fazendo enquanto duelava. Eu... – procurou as palavras – ... podia prever os seus movimentos – disse afinal.
O rapaz fitou-a intensamente.
– Quem eram os dois sujeitos de ontem à noite? – perguntou ela.
Ele ficou sério.
– Não faço ideia. Malandros. Quem sabe, ladrões. Certamente marginais, pois do contrário teriam arrumado um quarto em alguma hospedaria.
A jovem teve vontade de contar das estranhas manchas na pele de um dos dois, e da língua que falavam, mas então pensou que naquele tal de Mundo Emerso talvez fosse normal que as pessoas se expressassem em vários idiomas, e que, para esconder as manchas, o sujeito passasse alguma coisa na cara.
– E agora não sei o que fazer... – gemeu. – Gostaria de encontrar alguém que me conhece, alguém que pudesse contar de onde venho...
– Descreva-me o lugar onde acordou.
Ela procurou mencionar cada detalhe, até o mais insignificante. Mas, afinal de contas, era somente um gramado, e durante aquele

tempo todo no bosque tinha se movido sem nem mesmo saber para onde ia.
— Se, por um bom pedaço, acompanhou um riacho, então devia estar vindo do leste — concluiu o soldado.

Ela animou-se:
— Quer dizer que pode dizer de onde venho?
— Nova Enawar fica daquele lado, e ainda mais para o leste há a Terra dos Dias. Você me parece humana, e tudo indica que deve vir de uma terra em que os humanos são a maioria. Mas seus cabelos, seus olhos...
— Acha que podem ser um indício? — perguntou ela, ansiosa.
— Tenho certeza disto. Reparei na arma que usava na cintura. Acredito que ela também signifique alguma coisa.

Seguiu-se um longo silêncio, constrangido.
— Arranjei umas roupas para você — disse o jovem de repente, segurando a mochila. — Podemos eventualmente guardar as suas, quem sabe nos ajudem a descobrir quem você é, mas não me parece oportuno que continue andando por aí desse jeito. — Começou a puxar para fora vários indumentos, de diferentes cores e feitios. — São coisas velhas, a hospedeira me deu de presente, mas, de qualquer forma, são melhores do que esse trapo que está vestindo agora.

A jovem ficou olhando enquanto ele mexia na bolsa e continuava a falar:
— Este, talvez, seja pequeno demais... Ora, umas calças, não, estas são para mim.

Ela segurou com força um dos vestidos. De um vermelho vivo, flamejante.
— Vai me ajudar? — perguntou de repente.

Ele pareceu surpreso.
— Estou indo para Laodameia — disse. — Tenho uma missão. E portanto...
— Eu não sei para onde ir — interrompeu-o ela. — Gostaria... gostaria de ter algum tempo para poder entender... Se você pudesse pelo menos indicar o caminho... — As suas palavras perderam-se num soluço sufocado.

Por um momento, Amhal olhou para ela e sorriu.

– Estava dizendo que vou para Laodameia e que, portanto, se quiser ir comigo, ficarei feliz. Não sei se poderei ajudá-la de alguma forma, mas... uma vez que não sabe para onde ir...

Baixinho, ela suspirou aliviada e tirou da pilha o primeiro vestido ao seu alcance.

– Acho que este pode servir – disse.
– Tudo bem. Vou sair para que possa experimentar.

Quando o jovem já chegava à porta, ela arrumou coragem:
– Obrigada! – exclamou, virando-se para ele.

Amhal limitou-se a sorrir.

– Um ditado afirma que quem salva uma vida depois também precisa cuidar dela. Eu acredito nisso. – E saiu.

Ficou de costas, apoiado na porta. Do outro lado, frufru de roupas e passos nus no soalho.

Perguntou a si mesmo a razão daquele consentimento, por que tinha concordado em levá-la consigo. A sua vida já era bastante complicada do jeito que estava, e o episódio da noite anterior era prova disto.

Porque ela precisa de você, concluiu. *Porque é o que se espera de um cavalheiro.*

A honra. A obsessão que o perseguia havia muito tempo, desde que descobrira ser um bastardo. Resgatar-se, demonstrar o próprio valor e dominar a sua sede de sangue.

E além do mais é graciosa, disse a si mesmo, sem conseguir evitar um sorriso.

– Pode entrar! – chamou ela.

Amhal voltou, mas ficou parado na porta. Então deu uma gargalhada.

– Alguma coisa errada? – quis saber ela.
– Acontece que são trajes de homem, e para você são muito folgados.

Com efeito, vestira uma calça larga e longa demais, razão pela qual fora forçada a dobrá-la várias vezes na cintura e segurá-la com o cinto do punhal. E a camisa, bufante, era enorme, tanto assim que tivera de ajustá-la ao corpo com um corpete feminino tirado

de outro vestido. Não conseguira, no entanto, atar todas as fitas, e a vestimenta acabara ficando enviesada no seu peito.
— Achei-os, de qualquer maneira, mais confortáveis que os outros. Experimentei aquele vestido vermelho, mas não me senti à vontade nele... — eximiu-se, apontando para as roupas femininas na cama.
— Sem problema, se acha mais confortável desse jeito... Mas deixe-me pelo menos arrumar o corpete.
Com mãos habilidosas, Amhal atou as várias fitas até o corpete aderir direitinho ao corpo miúdo.
Em seguida avaliou-a com um olhar crítico.
— Talvez, mais tarde, seja melhor encontrarmos uma calça do tamanho certo, o que acha?
Ela corou.

Salazar recebeu-os com sua costumeira confusão. A jovem agarrou instintivamente a capa de Amhal. Mercadores que berravam nos becos, meninos que corriam sem parar, balbúrdia de todo tipo e o corriqueiro vaivém de pessoas atarefadas. Ficou pensando em como pudera esperar encontrar ali a solução para os seus problemas. Muita gente, ocupada demais com os próprios negócios para perder tempo com uma mocinha em apuros.

Já era um bocado tarde, e portanto procuraram uma taberna onde almoçar. Ao contrário daquela em que estivera na noite anterior, esta tinha uma aparência menos tosca e uma freguesia um tiquinho mais fina. As garçonetes, jovens e graciosas, moviam-se ligeiras e ninguém berrava.

Amhal encarregou-se dos pedidos, e escolheu pratos que eram reforçados demais. Mas ela estava realmente faminta: as marcas das privações dos dias anteriores ainda continuavam presentes, e precisava recobrar as forças. Engoliu tudo com vontade, saboreando os aromas fortes e condimentados da comida.

O jovem riu diante de toda aquela fúria.
— Puxa, estava mesmo com fome!
Com alguma dificuldade, ela contou-lhe da sua vida na floresta.

Ele apoiou o rosto na mão.
– Soube se virar até bem demais. Não é fácil sobreviver num ambiente hostil. Fique sabendo que o nosso treinamento de Cavaleiros de Dragão também inclui aulas de sobrevivência. Somos deixados sozinhos no bosque, sem comida nem água. É uma das provas mais duras, e até houve casos de gente que morreu.

A jovem olhou para ele.

– O que é um Cavaleiro de Dragão?

Amhal sorriu.

– Um soldado, nestes tempos de paz, é antes de mais nada um defensor da ordem constituída. Uma espécie de guarda, mas treinado nas artes da guerra. E, principalmente, os cavaleiros montam os dragões, seus inseparáveis companheiros de luta.

Diante do olhar interrogativo dela, voltou a sorrir.

– Os dragões são animais magníficos, eu tenho um, poderá vê-lo mais tarde.

Ela anuiu, cada vez mais perplexa. Desconhecia aquelas coisas porque vinha de algum lugar distante, diferente do Mundo Emerso, ou simplesmente tinha esquecido tudo?

– Como acha que poderei descobrir quem sou? – perguntou de repente.

– Sei lá... – respondeu Amhal, incerto. – Eu já disse, por enquanto tenho de ir a Laodameia, partiremos amanhã bem cedo, e portanto... De qualquer forma, não creio que você seja originária daqui. Chegou andando, não foi?

Ela anuiu, dando uma mordida na maçã que comia.

– Em Laodameia podemos ter como ponto de partida os seus olhos e os seus cabelos. Eu nunca vi nada parecido. Quem sabe, talvez fosse uma boa ideia procurar em algum livro.

– Livro?

– Isto mesmo, um negócio escrito... – Parou de estalo. – Você sabe ler?

Ela ficou com a maçã suspensa no ar.

– Não sei ao certo o que significa.

O rapaz remexeu no alforje e encontrou alguns daqueles discos de metal que a jovem tinha usado na taberna, na noite anterior.

– Esses eu conheço. Trocam-se por comida.

– São moedas – explicou ele. Em seguida mostrou-lhe as inscrições. – Saberia dizer o que está escrito?
– Claro! "Salazar, cinco escudos."
– Ótimo – comentou ele sorrindo. – Quer dizer que sabe ler. Os livros são objetos cheios de escritas sobre os mais variados assuntos. Até sobre pessoas com os cabelos meio negros e meio azuis, e com olhos de cores diferentes.

A jovem sentiu-se mais animada. Amhal debruçou-se, apoiando os cotovelos em cima da mesa.

– Se formos viajar juntos, no entanto, não poderemos continuar nos chamando somente de "você aí!" ou "moça". Precisamos arranjar um nome para você.

Um vislumbre de luz brilhou dentro dela. Um nome. Uma identidade. Sair daquele anonimato e dar um pequeno passo rumo ao ser e a um existir que fosse algo mais que apenas sobreviver, beber e comer.

– Esqueci o meu nome...
– Não faz mal, eu mesmo escolherei. Como é que gostaria de se chamar?

Ela já tentara chamar à memória um nome, um fragmento qualquer que a ajudasse a entender, mas sempre fora inútil. Mesmo agora que conhecia Salazar, Nova Enawar e Laodameia, aqueles nomes não lhe diziam coisa alguma, eram meros sons surgidos do nada, aquele mesmo nada que aprisionara as suas lembranças.

Meneou a cabeça.
– Não conheço nenhum nome de mulher. – Olhou para a maçã.
– Nem de homem, para dizer a verdade. – Ficou pensando por mais um momento. – Ontem à noite, na taberna, fui ajudada por uma garota que se chamava Gália.

Amhal fez uma careta.
– Um nome ordinário, de criada. Não, nada disso, você precisa de alguma coisa melhor.

A jovem fitou-o, trêmula.
– Tem alguma proposta?
Ele sorriu de leve.
– Adhara.

Adhara. Não fazia ideia do que significava, não dispunha de outros nomes com que o comparar para saber se gostava ou não.

Mas percebeu-o de pronto como sendo dela, sentiu-se definida por aquele som. Adhara.
– Bonito...
Amhal deu uma forte palmada na madeira da mesa.
– Que seja, então! A partir de agora você será Adhara.
Era uma sensação nova, que lhe provocava um estranho efeito, ter um nome com o qual se mover pelo mundo. Ficou repetindo-o mentalmente, enquanto acabava a maçã com mais umas mordidas. Adhara. Já não era a mocinha sem nome que perambulava pelo bosque, inconsciente do mundo. Agora era alguém.

5
A DOENÇA

Na manhã seguinte acordaram bem cedo. Amhal disse que queria sair em viagem sem demora.
— Seja como for, precisamos encontrar alguma coisa que você possa vestir. Com essas roupas que escolheu, parece mais um espantalho — acrescentou.
Adhara ficou vermelha.
Passaram rapidamente numa feirinha: algumas barracas encostadas umas nas outras, frutas e verduras à mostra sob o sol, peças de carne, algumas roupas. Adhara deixou-se encantar pelos perfumes e pelas cores. Era incrível como só o fato de ter um nome mudava de alguma forma todas as coisas. Ainda se considerava estrangeira numa terra estranha, mas muito menos perdida do que um dia antes. É claro, também tinha a ver com Amhal, que estava ao seu lado, mas não era só isso. Agora ela tinha uma identidade.
Dirigiram-se a uma barraca apinhada de roupas penduradas por toda parte. Acanhada, Adhara deu uma olhada na mercadoria. Quando se sentiu bastante segura, aproximou-se. Esticou a mão, apalpou uma calça de camurça. Encarou fixamente o mercador e esboçou um tímido:
— Quanto?
Vestiu-a atrás de um pequeno biombo armado num canto. Não tinha certeza de que ninguém pudesse esticar a cabeça para espiar, mas havia um espelho. Virou-se de costas, tentando ver como lhe caía nas pernas e no traseiro. Assentava-lhe muito melhor do que as outras. Também escolheu um par de botas, mas ficou com a blusa e o corpete que já tinha. Finalmente, ajeitou o cinto com o punhal. Quando acabou, sentiu-se perfeitamente à vontade. Eram trajes de homem, como Amhal dissera antes. Mas, então, por que se sentia tão confortável ao vesti-los? E por que o peso do punhal, na cintura, dava-lhe toda aquela segurança?

Estes pequenos indícios guardam o mistério daquilo que sou e de onde venho, disse a si mesma. Talvez Amhal pudesse realmente ajudá-la a destrinchar aquela meada. Dera-lhe um nome, talvez também pudesse dar-lhe um passado. Obviamente, quem se encarregou da conta foi ele.

– Obrigada... Espero que não tenha sido demais – disse enquanto o via mexer no alforje com ar preocupado.

– Não, não... são coisas relativamente baratas. E além do mais lhe caem bem – respondeu ele, admirando-a. Adhara enrubesceu, mas ficou lisonjeada.

Saíram da torre, os guardas afastaram as lanças deixando-os passar, e lá estavam eles de novo, na zona mais externa e mais nova de Salazar.

Amhal sabia muito bem para onde ir, e Adhara troteava tranquilamente ao seu lado, segura. Só tinha perambulado por lá à noite, e no escuro o lugar parecera-lhe caótico e assustador. Mesmo sob a luz do dia permanecia indecifrável, mas já não era tão ameaçador. Reconheceu algumas vielas pelas quais perambulara dois dias antes, perdida. Também passaram diante da taberna de Gália. Adhara teve vontade de entrar e apresentar-se.

Olá, sou Adhara. Pois é, acabei me lembrando de tudo. Sou a ordenança de um jovem cavaleiro. Uma agradável mentira que teria gostado muito de contar.

Saíram da cidade, mas não pelo caminho que ela percorrera ao chegar. Depois pararam diante de um conjunto de longos galpões de madeira. Amhal entrou com passo decidido e foi falar com um sujeito de aparência horrorosa. Estava coberto de pelos arruivados da cabeça aos pés, com ameaçadoras presas que sobressaíam do focinho queixudo. Não era muito alto, mas tinha braços de um comprimento descomunal. Juntava palha com um forcado e mexia-se de forma desajeitada.

Adhara levou instintivamente a mão ao punhal.

Amhal deteve-a.

– Não sabe o que é?

Ela sacudiu a cabeça. Fez um esforço, mas não conseguiu se lembrar de nada.

— É um fâmin. Este estábulo fica aos cuidados deles. — Amhal aproximou-se mais do estranho ser. — Olá, Etash — disse, sorrindo. Interrompendo o trabalho, a criatura respondeu com um grunhido.

— Como vai a minha Jamila?

Etash deu de ombros.

— Melhor do que nunca. Ninguém cuida dos dragões tão bem quanto a gente, você sabe disto. — Tinha uma voz ríspida, cheia de sons guturais, que parecia inadequada, falando aquela língua.

— O meu mestre diz que vocês dariam ótimos cavaleiros.

Etash riu com amargura.

— O seu mestre é o único a ter um escudeiro fâmin. Quanto aos outros, já sabe o que pensam de nós... escória, e da pior espécie.

— As coisas vão mudar.

— Já faz cem anos, e tudo continua igual. Ouça as minhas palavras, nada vai mudar.

Etash abriu caminho. Avançaram ao longo de um corredor ladeado por grandes portas de bronze. Do outro lado, ruídos estranhos, passos pesados, que faziam estremecer o chão, e assustadores rugidos. Adhara ia ficando cada vez mais inquieta.

— Vejo que, ao contrário, você prefere ordenanças humanos — observou Etash.

— Pois é. Ela é Adhara — respondeu Amhal. — A história dela é um tanto... esquisita.

— Assim como seus olhos.

— Já viu algo parecido antes?

Etash fez que sim com a cabeça.

— É por isto que chamaram a minha atenção. Às vezes nós temos iguais, mas nunca tinha visto antes nos humanos. — Parou diante de uma porta. — Por favor.

Segurando a mão de Adhara, Amhal puxou-a para perto.

— Fique calma e não se mexa. Olhe diretamente em seus olhos. É provável que queira cheirá-la: deixe. Se rosnar, fique parada, estamos entendidos?

A jovem enrijeceu.

— O que há lá dentro?

Amhal não respondeu. Simplesmente entrou, escancarando a porta.

Adhara ficou de pernas bambas, ao mesmo tempo que era tomada por uma irresistível vontade de fugir.

Estavam dentro de um enorme galpão de madeira, com uma altura de pelo menos quinze braças. No chão, palha. No meio daquele espaço havia um animal imenso. Tinha um focinho pontudo e escamoso, que se alargava atrás dos olhos numa crista óssea com aguilhões que pareciam punhais. O corpo, enorme e delgado, era coberto de escamas e acabava numa longa cauda. Na altura das omoplatas havia duas imensas asas membranosas, diáfanas e negras. O resto do animal era de um vermelho vivo, só interrompido por olhos de um verde extremamente intenso. Logo que os dois jovens entraram no aposento, o dragão levantou-se sobre as patas posteriores, chegando a roçar o teto com a cabeça, e soltou um poderoso rugido. Adhara levou as mãos aos ouvidos, apavorada.

– E aí, Jamila, está contente com a minha volta?

O animal baixou a cabeça, levando-a à altura de Amhal. Só ela era do tamanho de pelo menos todo o torso do rapaz. Mas ele não ficou com medo. Levantou o braço e lhe fez alguns afagos no focinho. Em seguida deu um passo para o lado e apontou para a amiga.

– Ela é Adhara, vai viajar conosco. É a minha ordenança.

A enorme criatura olhou-a fixamente com expressão feroz e soltou umas baforadas de fumaça pelo nariz.

– Procure não assustá-la, ela nunca viu um dragão antes – acrescentou Amhal.

Adhara permaneceu imóvel, apavorada. Pensou em todos os animais como aquele, que deviam esconder-se atrás de cada uma das portas de bronze que acabara de ver, e achou que ia desmaiar.

– Muito bem, quietinha, assim mesmo – murmurou Amhal, e ela achou que não teria conseguido mexer-se mesmo querendo, estava paralisada.

Jamila aproximou o focinho, cheirou-a, e Adhara percebeu com horror o fogo daquela baforada que corria por todo o seu corpo. Finalmente deu-lhe um empurrão com a cabeça, no ombro, quase jogando-a no chão. Então empertigou-se com ar de altiva superioridade, dedicando toda a sua atenção a Amhal.

– Muito bem, boa menina – disse ele com ternura, voltando a afagar-lhe o focinho. – Nasceu nas estrebarias de Dohor, já ouviu falar nele? – acrescentou dirigindo-se a Adhara.

A jovem, ainda aturdida, só conseguiu sacudir a cabeça.

– Dohor foi o último rei que tentou conquistar o Mundo Emerso, cinquenta anos atrás. Conseguira acasalar os dragões normais com os negros, criando verdadeiras abominações, criaturas terríveis que depois usava em combate.

Adhara ouvia sem entender, petrificada pelo animal diante dela.

– Quando Dohor foi vencido por Ido, o Novo Conselho decidiu matar todos aqueles bichos. Na época, Jamila só era um filhote. Quem a salvou foi um cavaleiro um tanto extravagante, que a levou embora consigo. Durante alguns anos, criou-a às escondidas, nos bosques, em volta de Makrat. Em seguida foram descobertos, mas àquela altura Jamila já tinha sido treinada. Juntaram-na aos demais dragões e ali ficou, sem que ninguém tivesse coragem de usá-la em combate. Quando me tornei cadete, o meu mestre permitiu que ficasse com ela para torná-la o meu dragão.

Amhal se virou e viu Adhara encolhida contra a parede de madeira, branca como um trapo.

Deu uma sonora gargalhada.

– Está tudo bem...

Ela deixou-se escorregar ao longo da parede até ficar sentada. Ele acudiu:

– Já lhe disse, não se apavore, não há motivo...

Adhara engoliu em seco.

– Agora vamos partir e não haverá mais problemas, você vai ver. – Amhal virou-se para Etash. – Abra a porta.

O fâmin anuiu e desapareceu.

A jovem apontou para Jamila com um dedo.

– Ela vai com a gente?

– Para dizer a verdade, quem vai com ela somos nós. Viajaremos na garupa do dragão.

Adhara não conseguiu reprimir um gemido.

– É muito menos complicado do que parece. Só precisa segurar-se em mim, só isto.

Ofereceu-lhe a mão e Adhara não teve outra escolha a não ser levantar-se. Apertou os dedos em volta do punhal. Aquele contato fazia com que se sentisse um pouco mais segura.

Ouviu um ruidoso chiado e levantou os olhos. O teto do galpão estava se abrindo, movendo-se sobre duas grandes rodas dentadas nas quais não havia reparado antes. Um céu de um azul total e absoluto começou a aparecer pela abertura. Jamila soltou mais um rugido para cima.

Amhal levou Adhara para o lado do dragão e deu uns tapas com a mão no ventre do animal.

– Aqui, Jamila, aqui.

Ela obedeceu achatando-se no chão. Adhara pôde notar os arreios: uma sela metálica, presa com largas tiras de couro, e rédeas também de metal, de argolas bastante espessas. Estremeceu ao ver Amhal ficar na garupa com um único, leve pulo. Recuou instintivamente.

– É normal que você esteja com medo. Sempre acontece, da primeira vez. Vamos lá, ânimo.

Adhara olhou para o animal, para o ventre amarelo no qual se desenhavam as costelas. Ficou hipnotizada pelo movimento da respiração, que enchia e contraía ritmicamente aquela enorme caixa torácica. Segurou a mão de Amhal e forçou-se a montar.

O rapaz puxou-a sem hesitação, para cima, colocando-a na sela, diante de si. Amparou-a entre os braços enquanto segurava firmemente as rédeas.

– Respire fundo – aconselhou.

Um estalo seco das bridas, depois uma repentina sensação de vazio no estômago. Adhara fechou os olhos enquanto o vento agitava seus cabelos com violência cada vez maior.

– Pode olhar – ciciou Amhal, e ela abriu um olho de cada vez. Lá embaixo, os galpões de madeira ficavam cada vez menores, enquanto a Torre de Salazar, um penhasco isolado no meio da desmedida planície, vinha ao encontro deles. Ficou boquiaberta de pasmo; o medo desaparecera para dar lugar a uma espécie de muda comoção que a deixava sem palavras.

Viu também a torre ficar para trás, acompanhou com os quadris os movimentos cadenciados de Jamila e depois cravou os olhos no

solo, no veludo da floresta por onde passara, na fita prateada do riacho, companheiro das suas andanças. Percebeu quão grande era o mundo e sentiu-se perdida naquela imensidão. De onde vinha? Que ventre a gerara, entre as árvores da floresta e a maciez da grama? Pertencia realmente àquele mundo?
— Para Laodameia — gritou Amhal, despertando-a dos seus devaneios.
Jamila deu uma virada e a viagem começou.

Voaram durante um dia inteiro sem parar. A planície desenrolava-se, verde e desmedida, sob as asas do dragão. Os raios do sol batiam impiedosos, e Adhara achou melhor cobrir a cabeça com o capuz da capa de Amhal.
— Quando chegarmos a Laodameia teremos de comprar uma capa para você — observou ele.
Adhara ficou o tempo todo de cabeça para baixo. Sentia-se oprimida pela maravilha. Observou a encrespadura da grama e gravou na mente todas as mudanças de panorama que aconteciam durante o voo. Queria encher os olhos daquele lugar, torná-lo próprio, assimilá-lo para então procurar pistas dentro de si, na sua memória atormentada.
Vez por outra Amhal explicava. Saar, o grande rio que ficava à esquerda deles, mas que dali não dava para ver, era o que dava vida aos riachos que estavam sobrevoando. As cidades-torres da Terra do Vento, o país cuja capital era Salazar. A imensa planície, pontilhada de lavouras e vilarejos.
Nomes e mais nomes, esplêndidos panoramas, mas nada que lhe fosse familiar.
Passaram a primeira noite ao relento e, afinal de contas, foi bastante agradável. Na campina soprava uma leve aura de verão que cheirava a umidade e frescor.
No fim da segunda etapa, Amhal decidiu parar num vilarejo.
— Acabamos de entrar na Terra da Água — disse, enquanto voavam a toda a velocidade, cercados pelo ofuscante rubor do sol poente.
Adhara virou-se para baixo, e o seu olhar ficou preso numa densa trama de árvores emaranhadas, tecida sobre uma rede de riachos sinuosos.

– É por causa dos regatos?
Amhal entendeu na hora.
– Isso mesmo. Há uma aldeia de humanos logo em frente. É lá que vamos parar.

Desceram numa pequena clareira. Jamila teve de pousar com cuidado, pois suas imensas asas mal cabiam nela.
– Infelizmente você terá de esperar aqui – disse-lhe Amhal, enquanto tirava os arreios. Em seguida virou-se para Adhara. – Na Terra da Água não há dragões e, portanto, não há acomodações onde abrigá-los. Em Laodameia será diferente, mas agora não há outro jeito, teremos de deixá-la aqui.

Então mostrou o caminho. O céu ia lentamente se tornando roxo, e pouco a pouco a cor pareceu tomar conta de tudo em volta. Adhara sentia-se estranhamente tranquila, como se estivesse em casa. Comentou isto com Amhal.
– Procure ter paciência até Laodameia, lá poderá fazer todas as pesquisas que quiser – disse ele.

Seguiram andando pelo bosque. O roxo esmaeceu até tornar-se um azul mortiço, cada vez mais escuro, enquanto minúsculas luzes se acendiam entre as árvores. Adhara ficou olhando, encantada.
– Vaga-lumes – explicou Amhal. – São insetos que se iluminam. Muitos, muitos anos atrás, quando se viam luzes na floresta, podia tratar-se de duendes.

Adhara fitou-o com ar interrogativo.
– Eram minúsculas criaturas, do tamanho da palma da mão, com enormes olhos coloridos, cabeleiras de todas as cores e pequenas asas diáfanas. À noite emitiam uma leve claridade, como os vaga-lumes.
– Deviam ser lindos...
– Há quem diga que sobrou somente um deles, na grande Floresta da Terra do Vento. Vagueia sozinho, único sobrevivente do seu povo, condenado a viver para sempre. À noite, aquela luz triste e solitária assinala suas lentas andanças pelo bosque.

Adhara pensou na solidão do último duende e nos viajantes que procuravam a sua luz quando se perdiam. A condição dela era

exatamente a mesma: perdida, abandonada, e Amhal, como aquele duende, era a sua única e incerta luz num mundo de trevas.
O rapaz apontou com o dedo.
— Aquelas, por sua vez, são as luzes da aldeia de Cyrsio. Há uma hospedaria muito aconchegante por lá, e além do mais sou amigo da dona. Você vai ver, será uma noite agradável, e quem sabe não a ajude a recobrar a memória.
Adhara sorriu. Havia alguma coisa mágica no ar, e talvez tudo fosse realmente possível.
Seguiram adiante por uma trilha de terra batida, guiados apenas pela claridade de um gomo de lua e pela luz trêmula que haviam vislumbrado no bosque. Só levou mais alguns minutos para a aldeia aparecer: um conjunto de choupanas de madeira com teto de sapé. Debruçava-se ao longo de um riacho, e algumas casas eram palafitas. Adhara teve a impressão de estar diante de um lugar mágico encastoado num bosque encantado.
Um arrepio gelado começou, no entanto, a correr pela sua espinha à medida que se aproximavam. Amhal devia ter tido a mesma sensação, pois segurou o cabo da espada logo que chegaram às portas da aldeia.
A entrada principal tinha uma arquitrave de madeira, meio rústica mas bem-feita, com dois suportes de metal para tochas. Um estava intato, com sua luz trêmula, mas o outro tinha sido arrancado e jazia agora no chão, soltando o brilho moribundo que eles já haviam avistado do bosque. Amhal parou e, com o braço, deteve Adhara. O cri-cri dos grilos encheu o espaço em volta deles.
— Tem algo errado.
As janelas de algumas casas estavam escuras, vazias como órbitas de caveiras; outras ficavam trancadas.
— Da última vez que estive aqui este lugar estava cheio de vida.
Adhara levou de impulso a mão ao punhal. Mesmo assim, tudo parecia tão quieto, tão tranquilo...
Amhal deu mais um passo, segurando com firmeza a empunhadura da espada, a lâmina solta dentro da bainha.
Nenhum som vinha do vilarejo. As ruas estavam desertas, as tochas usadas na iluminação se haviam consumido e jaziam espalhadas

no chão. Adhara teve a impressão de estar sendo observada. Havia alguém, que não queria ser visto e que os espionava.
— Talvez fosse melhor a gente ir embora... — sugeriu.
Amhal não respondeu. Estava tenso, seu rosto assumira a mesma expressão do dia em que a salvara. Ela percebia que se movimentava com cuidado, mas seguindo um caminho preciso, como se soubesse perfeitamente para onde ir.
Pararam diante de uma graciosa pousada com um alegre letreiro de madeira pintada. A TOCA DO... e mais alguma coisa, ilegível. Uma parte do letreiro havia sido consumida pelo fogo.
— Era aqui? — perguntou Adhara num murmúrio. Amhal limitou-se a anuir com a cabeça.
A porta já não existia, as janelas estavam enegrecidas pelo fogo e pela fumaça. Não devia ter acontecido há muito tempo, pois ainda se percebia o cheiro acre de queimado.
Amhal entrou.
— Não acho uma boa ideia... — tentou dizer Adhara, mas ele mergulhou na escuridão. Ela hesitou, ficou mais uns instantes na entrada, mas então decidiu ir atrás.
A sala de jantar da hospedaria tinha as paredes completamente pretas. No chão, uma espessa camada de cinzas e pedaços de madeira carbonizada. Algumas mesas haviam se salvado e jaziam agora de pernas para o ar. Do balcão sobravam apenas uns fragmentos de madeira esfumaçada, enquanto todas as garrafas e as panelas de barro nas prateleiras tinham estourado. Adhara aproximou-se de Amhal e apertou seu braço.
Ele pareceu tomar uma decisão.
— Talvez não tenha sido, de fato, uma boa ideia.
— Melhor a floresta — acrescentou ela.
— Melhor a floresta.
Saíram, cautelosos, percorrendo de volta o caminho pelo qual tinham vindo. Só desviaram-se um pouco porque acharam ter descoberto um atalho que lhes permitiria afastar-se mais depressa.
Acabaram chegando a uma pequena praça. De um dos lados havia uma ponte de madeira, sob a qual corria um riacho murmurante. Na frente, uma construção, também de madeira, porém mais requintada do que as que tinham visto até então. O portão, de duas folhas,

era finamente esculpido, encimado por algum tipo de escrita. Adhara teve a impressão de poder decifrar algo como Theevar, Thiinar, mas não tinha certeza. Um dos batentes estava entreaberto, e dele vinha um gemido baixo e constante. A jovem sentiu um arrepio gelado correr pela espinha. Alguma coisa a impelia a ir embora. Mas Amhal parecia não concordar com a ideia. Com passo firme aproximou-se da construção. Ela tentou segurar a sua capa para detê-lo.
– Alguém está passando mal, precisa de ajuda – protestou ele.
– Neste caso, já o teriam levado embora para socorrê-lo.
– Não há mais ninguém para ajudar.
Adhara chegou perto.
– Há um montão de olhos que nos espiam – sussurrou.
– E como é que você sabe? – rebateu Amhal, quase com escárnio.
– Eu sinto.
O rapaz olhou em volta, hesitando, mas virou-se e se dirigiu sem demora para a construção. Ela não teve outro jeito a não ser acompanhá-lo, a mão segurando cada vez com mais ansiedade o cabo do punhal.

Lá dentro estava escuro, e um cheiro adocicado e enjoativo pairava no ar. Ambos levaram a mão à boca, e Adhara mal conseguiu conter o vômito. Amhal tirou da mochila fuzil e pederneira, e acendeu o que sobrava de uma tocha presa à parede. A imagem que surgiu diante deles foi um verdadeiro pesadelo. Os bancos que, com suas fileiras, deviam ter enchido o aposento estavam todos amontoados num canto, e havia alguns corpos caídos no chão, pelo menos cinco ou seis, todos envolvidos em brancos sudários manchados de sangue e jaziam imóveis, como pilhas de trapos. A lamúria preenchia todo o espaço, como se ressoasse no chão de terra batida, ou então viesse da tosca estátua de um homem, no fundo: um homem de longos cabelos desgrenhados pelo vento, um raio numa mão e uma espada na outra, com uma expressão benevolente estampada no rosto.

Adhara ficou petrificada na entrada, a mão na boca, os olhos arregalados. Percebia que sob cada lençol devia haver uma pessoa, uma pessoa morta. Amhal, por sua vez, adiantou-se, curvando-se sobre as mortalhas.

– Eu lhe peço, vamos embora... – murmurou ela, mas o companheiro parecia não ouvi-la. Só parou quando descobriu a quem pertenciam aqueles gemidos.
– Aqui!
Adhara permaneceu imóvel, as pernas pareciam não querer obedecer.
Amhal virou-se.
– Mexa-se!
Ela moveu-se devagar, os olhos fixos no chão para não roçar nos cadáveres nem mesmo com o olhar. Só levantou a cabeça quando já estava perto de Amhal. No chão, aos seus pés, havia o que parecia ser uma mulher, de traços transtornados. Não dava para determinar claramente a idade e tampouco o sexo.
A boca era o poço escuro do qual emergia aquele estertor ininterrupto, uma respiração ofegante e inatural que já sabia a morte. A testa estava molhada de suor, e a pele quase completamente coberta de manchas pretas, as que Adhara tinha visto nos sujeitos que a agrediram.
Deu uns passos para trás.
– Precisamos sair daqui.
Amhal não respondeu.
– Os dois que me agrediram... tinham as mesmas manchas, um deles estava passando mal.
Amhal observava fixamente o rosto da moribunda, o sangue que parecia escoar do seu corpo sofrido.
– Amhal!
O grito finalmente despertou-o. Ficou de pé, ainda de olhos fixos na mulher. Deu uns passos para trás, o bastante para Adhara segurá-lo e arrastá-lo para fora dali.
Correram no ar fresco, no tranquilo murmúrio do riacho, no ininterrupto cri-cri dos grilos. Deixaram apressadamente para trás as ruas do vilarejo, decididos a fugir para o mais longe possível.
Dois sujeitos os detiveram.
Um segurando um bordão, o outro uma velha lâmina enferrujada, ambos vestidos de trapos e com parte da pele já coberta de manchas. O mais alto mostrava os sinais da doença no pescoço, o outro, em metade do rosto. Os dois tinham uma expressão alucinada, transtornada pela ira.

– Quem são vocês?

Amhal, pego de surpresa, levou imediatamente a mão ao cabo da espada.

– Parado aí, e responda! – intimou o homem, brandindo a sua arma corroída pelos anos. – Quem são?

– Estão trazendo a doença, não é? Vieram espalhá-la por aqui, como aquele maldito forasteiro... – acrescentou o companheiro armado de bordão.

– Como as ninfas, as ninfas que não adoecem... Só quem toma o sangue delas pode ficar bom – continuou o primeiro.

O outro cuspiu.

– Malditas, malditas...

– Deixem-nos passar – disse Amhal. Adhara apertou seu braço. Estava com medo, aterrorizada, e não só por aquilo que tinham encontrado na construção de madeira, mas também devido à lembrança de Amhal que afundava com prazer a lâmina no peito do inimigo só algumas noites antes.

– Ninguém sai! – exclamou o armado de espada. – A aldeia está de quarentena.

Adhara ouviu claramente o rangido dos dentes de Amhal, a tensão que tomava conta dos seus músculos.

– Não me force a fazer aquilo que preferiria não fazer.

– Os mortos ficam com os mortos, e vocês estarão agonizando dentro de dois dias, ou talvez, se tiverem sorte, durem um pouco mais, como a gente. Mas daqui ninguém sai, podem ter certeza disto – acrescentou com uma careta desdentada o que tinha o bordão.

Amhal levantou a espada diante de si, segurando o cabo com as duas mãos.

– Amhal, não...

– Estou lhe dizendo pela última vez: deixem-nos passar. Não quero machucá-los, mas vocês precisam nos deixar passar...

Adhara se deu conta de toda a sua raiva e da vontade de enfrentá-los. Recuou alguns passos, mas o do bordão avançou em cima dela, golpeando-a no ombro e jogando-a no chão. Ela só teve tempo de ver a capa de Amhal rodar à sua frente, e então ouviu o já conhecido barulho estrídulo da sua lâmina, que enfrentava as armas dos dois homens.

Desarmou-os num piscar de olhos, mas não foi o suficiente. Com um grunhido feroz, caiu em cima deles.

– Não, Amhal! Não! – berrou Adhara.

Não adiantou, como igualmente vão foi o grito do homem:

– Eu me rendo!

Amhal afundou a espada em seu peito e puxou-a devagar. Virou-se para o outro, os olhos raivosos, cheios de um prazer obscuro.

– Amhal!

Desta vez o berro desesperado de Adhara surtiu efeito. Baixou a arma, fechou os olhos por uns instantes. O homem aproveitou para investir contra ele, tentando acertá-lo com o bordão.

Amhal agarrou seu braço e o torceu.

– Suma daqui – sibilou.

O sujeito fitou-o com olhar de fogo.

– Saia da minha frente e viva – insistiu Amhal, com expressão sofrida. Torceu o braço do homem com mais força, forçando-o a soltar o cassetete.

Segurando o pulso dolorido, o camponês olhou para ele com ódio.

– De qualquer maneira, você está morto – disse, antes de desaparecer num beco.

6
A RAINHA E O PRÍNCIPE

Em Makrat o sol brilhava alto no céu. Um lindo dia do começo do verão, com ar límpido e uma luz pura que definia o contorno das coisas. Dubhe estava no jardim, como todas as manhãs. De punhal na mão, vestindo apenas uma ampla blusa e calças confortáveis, treinava entre as árvores, num local abrigado do grande parque que cercava o palácio.

Durante algum tempo, bastante breve na verdade, parecera-lhe quase ridículo treinar todos os dois. Aconteceu na época em que começou a sentir-se velha. Tinha ficado pasma ao constatar como a consciência deste fato a pegara de surpresa. Certa manhã olhara para si mesma, no espelho, e de repente notara as rugas, o ar cansado do rosto, os inevitáveis fios grisalhos nos cabelos. Estava com cinquenta e cinco anos então, e já reinava havia trinta e sete.

Talvez já esteja na hora de parar com o treinamento, afinal de contas já faz muito tempo que não sou uma ladra em Makrat.

Deixara passar algumas manhãs sem ir ao jardim.

O marido, Learco, fizera troça dela:

– Como é, decidiu pendurar o punhal na parede?

– Só estou um pouco cansada – respondera ela, e era verdade. Afinal de contas, a velhice não passa de um cansaço mortal que pouco a pouco nos arrasta para o único descanso possível.

Mais tarde, no entanto, seu corpo decidira rebelar-se. Porque seus membros, suas pernas ainda ágeis, os braços musculosos, sob o fino véu de uma pele só levemente mais flácida do que alguns anos antes, precisavam daquele exercício. E sua cabeça também necessitava daquela hora, de manhã, em que tudo desaparecia, além do seu corpo, que se movia como uma máquina. E então voltara a treinar, mas escolhendo outro lugar, desta vez mais escondido, mais secreto. Somente uns poucos homens de sua confiança sabiam onde ela estava. Para o caso de alguém precisar dela.

Dubhe ensaiou um último ataque e completou o movimento lançando o punhal. Era sempre o mesmo, continuava com ela havia sessenta anos: a arma que lhe havia sido doada pelo seu mestre, Sarnek, que tantos anos antes a treinara nas artes do assassinato e lhe salvara a vida. De vez em quando ainda pensava nele, mas sem o desespero de quando o amava e se sentia responsável pela sua morte. Aquela dor havia sido substituída por uma doce saudade. Os anos envolvem todas as lembranças num delicado halo de beleza.
O punhal fincou-se com precisão no tronco de uma árvore a várias braças de distância. A lâmina gemeu balançando, muito perto de um homem que respirava ofegante.
Dubhe se aproximou na mesma hora.
– Deveria ter avisado. Eu podia matá-lo – disse friamente, enquanto se aprontava para puxar o punhal da madeira.
O homem ajoelhou-se baixando a cabeça.
– Minha rainha, a senhora nunca erra – respondeu com voz trêmula.
– Levante-se – ordenou Dubhe, e ele obedeceu.
– A situação é bastante grave – anunciou logo a seguir, com um olhar que não disfarçava a preocupação.
Dubhe ficou séria.
– Então vamos – disse.

O quartel-general ficava nos subterrâneos do palácio. A própria Dubhe mandara construí-lo. Começou como uma espécie de brincadeira. Nos primeiros anos em que fora rainha, sentira-se bastante deslocada no seu novo papel. A vida da corte, feita de fofocas e de cerimoniais que pareciam não ter fim, as roupas de gala, as enfadonhas obrigações da sua condição, tudo era para ela motivo de confuso titubeio. Sentia terrivelmente a falta do perigo e da ação. De forma que havia começado a apagar-se lentamente.
Quem lhe dera a ideia fora o próprio Learco.
– Por que não volta a fazer aquilo de que tanto gostava? Há muitas maneiras de ser rainha. Invente um jeito só seu, que a deixe mais satisfeita, que não a force a tornar-se algo que nada tem a ver com você.

Então Dubhe decidira criar um serviço de informações. Era uma coisa que a Terra do Sol não tinha. Costumava-se recorrer ao trabalho de profissionais contratados, que obviamente não eram lá de muita confiança. Dohor valera-se do apoio da Guilda dos Assassinos, e por isso mesmo o reino não podia contar com uma verdadeira agência de contraespionagem.

– Eu sei, estamos em paz, mas a paz é um bem precioso que precisa ser preservado, não concorda? É justamente em tempos como estes que costumam proliferar as conspirações e as intrigas – dissera a Learco para convencê-lo a aprovar o seu projeto.

Mas não tivera de fazer muito esforço.

– Tudo bem, se isso faz com que se sinta melhor, então faça.

Assim, Dubhe entregara-se de corpo e alma ao projeto. Tinha levado adiante os seus planos, praticamente em segredo. A escolha dos candidatos, o planejamento e a implantação do quartel-general do qual cuidara pessoalmente. Fora um período fantástico. Ela tinha voltado a desabrochar: conseguira encontrar uma dimensão própria e dar, ao mesmo tempo, um sentido a tudo aquilo que aprendera durante os anos em que vagueara em busca de si mesma e do seu lugar no mundo. As suas habilidades, que no passado lhe haviam parecido coisas terríveis e obscuras, tornavam-se agora úteis para criar algo bom, para garantir um futuro luminoso à sua terra.

Nos primeiros anos, o serviço de informações não serviu para muita coisa, e Learco passara a considerá-lo nada mais que um passatempo bastante extravagante da mulher. Mas logo Dubhe começou a fornecer-lhe dados extremamente úteis a respeito da sub-reptícia guerra civil na Terra da Água, e tudo mudara.

– A sua ajuda foi inestimável – disse-lhe o marido, quando tudo acabou.

– Nunca poderia ter imaginado que a minha ideia pudesse ser tão bem-sucedida – admitiu ela.

A partir de então o serviço de informações havia se expandido, estabelecera novas bases em outras partes do Mundo Emerso, tornando-se assim um instrumento fundamental nas mãos do rei e do Conselho. Às vezes a própria Dubhe entrava em ação diretamente. Voltava então a ser a máquina eficiente que já fora alguns anos antes, mas não para finalidades mesquinhas ou deploráveis, e sim para objetivos mais elevados.

Ninguém na corte estava a par da sua vida dupla. Até mesmo os seus homens – que só raramente apareciam no palácio e agiam de forma tão elusiva e furtiva que mais pareciam fantasmas – eram um mistério em todo o Mundo Emerso. Só Learco e o filho, Neor, sabiam.

Dubhe entrou na Sala Deliberativa. Nada de excepcional, só um aposento maior que os demais, de pé-direito baixo e abobadado, com uma grande mesa de mogno no centro cercada por numerosas cadeiras. Sentou-se numa, e o seu homem, Josar, fez o mesmo.

– Fale – foi logo dizendo ela.

Josar, enquanto isso, recobrara o fôlego, mas nem por isso parecia menos preocupado.

– Acabo de chegar da Terra da Água. Está acontecendo alguma coisa extremamente perturbadora por lá. – Fez uma breve pausa. – Eu e Khan estávamos viajando, como de costume, pelos vilarejos do norte. Conforme a senhora pediu, queríamos controlar a situação entre as duas raças, à cata de eventuais sinais de tensão.

Dubhe limitou-se a anuir.

– Pois bem... – O homem hesitou, como se receasse continuar. – Acabamos chegando a uma aldeia... estranha.

– Ninfas e humanos estão brigando de novo? – perguntou Dubhe com um toque de impaciência na voz. Não estava entendendo. A ansiedade no rosto de Josar fazia supor algo realmente sério, mas o homem não conseguia chegar ao ponto.

– Não, minha rainha... Ou talvez sim, não sei. Acontece que estavam todos mortos.

Dubhe estremeceu.

– Era um vilarejo de cerca de vinte pessoas, todos humanos. Um lugar insignificante, que vivia principalmente da pesca. Fomos até lá porque nos disseram que ninguém sabia deles havia mais de duas semanas. Quando chegamos... percebi logo que alguma coisa estava errada.

– Como foi que morreram?

– Uma doença, minha senhora.

Os arrepios de Dubhe transformaram-se num garrote gelado que lhe apertava a garganta.

— Poderia ser febre vermelha. Você sabe, de vez em quando ela volta.
— Mas não mata um vilarejo inteiro.
— Continue — disse ela, impassível. Ao longo dos anos aprendera a aproveitar a fria lógica que lhe havia sido ensinada pelo Mestre quando ainda tentava tornar-se um sicário: nunca deixar-se envolver, manter a lucidez, raciocinar sem qualquer emoção.
— O único a entrar foi Khan, eu fiquei do lado de fora. Quando voltou, estava transtornado. Contou que as casas estavam cheias de cadáveres. Havia um repugnante cheiro de putrefação, sinal de que os corpos já estavam ali havia vários dias. Homens, mulheres, crianças. Nas camas, alguns no chão. E todos estavam cobertos de manchas pretas.
Dubhe apoiou-se no encosto do assento. A febre vermelha não deixava manchas escuras no corpo.
— Não podiam ser hematomas? Não podiam ter sido espancados?
Josar meneou a cabeça.
— Minha senhora, eram manchas pretas, realmente pretas, diferentes de qualquer hematoma. E além do mais, havia sangue. O sangue tinha escorrido pelo nariz, pela boca, pelos ouvidos. Havia até sob as unhas.
— E só havia cadáveres humanos? Nenhuma ninfa?
— Nenhuma, minha senhora. Somente humanos.
Dubhe ficou pensativa, depois fitou o sujeito.
— O que houve com Khan?
— Está de quarentena.
Suspirou bastante aliviada. Os seus homens tinham aprendido a lição direitinho.
— Deixei-o na Terra da Água, com tudo o necessário para garantir a sua sobrevivência, e de qualquer maneira procurei manter o menor contato possível com ele.
A rainha permaneceu mais alguns momentos em silêncio, pensando.
— A situação que descreveu é muito séria — concluiu afinal, levantando-se. — Se de fato estivermos encarando uma nova doença, teremos de investigar profundamente, com todo o cuidado, e para fazermos isto precisaremos informar Sua Majestade.

Josar anuiu. Compreendia, entendia muito bem.
– Por enquanto fique onde está, e faça-se examinar por um sacerdote. Mandaremos mensagens a Khan, para que ele também seja examinado. Voltaremos a nos falar amanhã.
Josar se levantou e levou a mão fechada ao coração, em sinal de despedida. Depois de ajoelhar-se, dirigiu-se à saída.
A rainha ficou sozinha. Estava acostumada a avaliar as coisas usando a lógica, mas também procurava não subestimar o instinto, que lhe dizia que algo terrível estava prestes a acontecer.

Dubhe bateu delicadamente à porta. Sabia que não iria receber qualquer tipo de resposta, mas aquele era uma espécie de ritual. Bater antes de entrar, anunciar de alguma forma a sua presença. Esperou alguns segundos, e então abriu. Ele estava lá, no meio da sala, sentado à mesa. Os vitrais davam ao ambiente uma luminosidade quente, amarelada, e cercavam com um halo de luz a sua figura absorta.
Era um jovem de cerca de trinta anos, magro, pálido. Os cabelos longos e finos eram de um louro tão claro que pareciam brancos, e estavam presos num rabicho. Seus traços delicados eram marcados por um toque de sofrimento. Encontrava-se sentado numa poltrona provida de rodas, as pernas abandonadas encobertas por um pesado pano. Estava inclinado sobre uma papelada que ia examinando com toda a atenção, enquanto acariciava o queixo com a pena que usava para as anotações.
Dubhe não pôde deixar de sorrir. Entrou devagar, fazendo o possível para evitar qualquer barulho. Gostava de contemplar as pessoas que amava enquanto existiam sem ela, e com o filho este prazer era ainda mais intenso. Senti-lo igual e ao mesmo tempo diferente, lembrar-se dele ainda menino, em seus braços, e vê-lo agora, adulto, atarefado em cuidar dos negócios do reino. Ele fora um filho muito desejado e por longos anos esperado. Durante muito tempo, Dubhe e Learco haviam tentado ter um herdeiro, mas alguma coisa parecia não dar certo: talvez a maldição que Dubhe sofrera no passado tivesse quebrado algo dentro dela ou talvez o casal fosse simplesmente fadado a não ter filhos. Neor chegara quando já parecia não haver esperança, às vésperas do outono de suas vidas.

Tinha recebido o nome do tio que Learco tanto amara. O tio que, muitos anos antes, morrera tragicamente, justiçado por Dohor. Havia sido como encontrar afinal um sentido para a existência, como chegar finalmente a um porto seguro.

Dubhe sentou-se diante do filho sem parar de contemplá-lo. Mesmo sem tirar os olhos dos papéis que estava lendo, no fim ele acabou sorrindo.

– Não pense que não a ouvi entrar, e se aproximar.

Dubhe sorriu enternecida.

– Estava parecendo tão concentrado...

Neor era o herdeiro do trono, mas todos sabiam que nunca se tornaria rei. Suas pernas paralisadas e a saúde precária faziam dele um péssimo sucessor. Ou, pelo menos, era assim que ele pensava. Dubhe, durante algum tempo, tinha procurado convencê-lo do contrário:

– Para ser rei, a força física não importa. Há capacidades que valem muito mais, e você tem todas.

– Um rei também lidera o seu exército em combate. Como acha que eu poderia fazer uma coisa dessas?

– É para isto que existem os Cavaleiros de Dragão.

Mas ele sacudia a cabeça.

– Este não é o corpo de um rei. E esta aqui – dizia batendo o dedo na têmpora – é muito mais a cabeça de um estrategista, de um diplomata, que a de um soberano.

Assim, embora Learco já estivesse na casa dos setenta, e Neor já tivesse mais de trinta anos, o herdeiro ainda não se tornara rei. Havia arrumado para si, no entanto, um papel todo especial no gerenciamento dos negócios do reino, e no palácio todos sabiam que as escolhas políticas da Terra do Sol cabiam a ele. Era um diplomata sutil, um homem de uma inteligência fria e aguçada, que de simples conselheiro do rei se havia tornado, pouco a pouco, a verdadeira eminência parda do reino. Ele e o pai quase constituíam duas personificações da mesma entidade: Learco era o corpo, a força física, Neor era a mente. E era por isso que a mãe tinha ido vê-lo, antes mesmo de procurar o marido.

Neor deixou na mesa os documentos que estava lendo e olhou para ela.

– Então?

– Recebi dos meus homens notícias bastante perturbadoras – foi dizendo ela, com uma expressão severa.

Neor conhecia muito bem aqueles informantes. Em alguns casos tinha até participado de suas reuniões, e às vezes ajudava a mãe na direção do serviço de informações.

– Continue.

Dubhe transmitiu o relato de Josar o mais fielmente possível, cuidando para não se esquecer de nenhum detalhe. Sabia que até a coisa mais insignificante era importante para o filho.

Quando ela acabou, Neor ficou por alguns momentos em silêncio. Sempre fazia isso quando pensava: o seu olhar tornava-se distante, perdido no vazio. A expressão do seu rosto, para quem não o conhecesse, poderia quase parecer a de um mentecapto. Mas era justamente nestas horas que a sua lógica se tornava mais afiada.

– Chegou a alguma conclusão? – perguntou finalmente à mãe.

– Não. Há muito poucos elementos em que me basear. Disponho apenas das palavras de um dos meus homens, que só me retransmitiu o que o companheiro viu. Como posso ter certeza de que aquele pessoal realmente morreu de uma doença? Mesmo assim, precisamos ser muito cuidadosos na investigação. Se eu enviar mais dois homens para controlar, e porventura eles pegarem uma doença nova e desconhecida, ao voltarem eles podem contagiar os outros.

Neor sorriu.

– Fale a verdade, só veio aqui para que eu lhe confirme as suas próprias suposições ou, pior ainda, para fazer alarde da sua lógica.

Dubhe também sorriu, mas voltou logo a ficar séria.

– Eu não confio somente no raciocínio. Algo me diz que há alguma coisa muito feia por trás disto. E além do mais não havia sequer um único cadáver de ninfa. Pode ser apenas uma coincidência, mas e se não for? Se nos encontrássemos de frente a uma recrudescência do conflito entre os dois povos? Deixei Khan de quarentena e mandei Josar ir a um sacerdote. Mas e agora? Qual acha que é a melhor coisa a fazer?

– Como você mesma disse, precisamos esclarecer os fatos – respondeu Neor. – E se estivermos mesmo diante de uma nova doença, também precisaremos recorrer a um sacerdote. Estou pensando num, em particular, muito competente. – Lançou para a mãe um olhar significativo.

— Espero que não esteja pensando em incomodar uma pessoa tão importante por um assunto que poderia revelar-se sem fundamento – objetou Dubhe.

— Aprendi a confiar no seu instinto. E além do mais, ele não terá de ir até lá pessoalmente. É só mandar alguns dos Irmãos do Raio. Ele deve saber como protegê-los de eventuais perigos, não acha? Muito melhor, pelo menos, do que nós mesmos poderíamos fazer.

— E depois?

— Depois falarei com meu pai. Daqui a um mês teremos o novo Conselho. Será oportuno transmitir a notícia aos soberanos da Terra da Água, para que possam tomar as medidas necessárias contra a difusão da eventual doença. Enquanto isto, no entanto, continue investigando, principalmente a respeito do relacionamento entre ninfas e humanos. É a melhor pista que temos, e a mais perturbadora.

Neor encostou-se no espaldar do assento. Dubhe apoiou de leve a mão numa das suas pernas. Era sempre bastante comedida nas suas manifestações de carinho; não era desse jeito que demonstrava o amor pelo filho. O relacionamento entre os dois era quase desprovido de contato físico, pois ambos preferiam outros meios para demonstrar seus sentimentos. Mais uma vez pensou em quão parecidos Neor e ela eram.

— Satisfeita? – disse ele.

Ela tirou a mão.

— Satisfeita. – Levantou-se para ir embora. – E Amina, como vai ela? – acrescentou.

Os olhos de Neor mal deixaram transparecer uma leve sombra de preocupação.

— Como sempre. Irrequieta, rebelde e, receio, infeliz. – Passou a mão no rosto. – Eu também era tão complicado assim, quando menino?

— Somos todos diferentes uns dos outros, Neor. A sua filha... talvez seja como eu – suspirou Dubhe. – Mas ainda é muito jovem, vai acabar encontrando o seu caminho.

— Nem pode imaginar como gostaria de ajudá-la... mas os negócios do reino, as obrigações... E, além do mais, ela não quer a ajuda de ninguém, a verdade é esta.

– Sei que gosta muito dela. Já é muito.

    Dubhe dirigiu-se à porta. Como sempre, para ela, falar com o filho era de alguma forma um alívio. Sentia-se mais calma, pronta a enfrentar a nova tempestade que talvez estivesse se formando no horizonte.

7
AS FACETAS DE AMHAL

Seguiram adiante apressados, mas sem correr. Amhal na frente e Adhara logo atrás, angustiada. Saíram pela mesma porta pela qual haviam entrado, e só pararam quando chegaram à clareira.

— Não saia daqui — intimou Amhal. Adhara tentou protestar, mas ele deu as costas antes mesmo de a jovem ter tempo de dizer uma única palavra.

Ficou sozinha, ao lado de Jamila. Lembrou o dia em que conhecera Amhal, pensou naquela noite e na maneira insana e feroz de ele lutar. Talvez fosse mais prudente evitá-lo, talvez fosse melhor ter medo e fugir enquanto tivesse tempo. Mas não conseguia deixar de confiar nele. Havia alguma coisa que o devorava, algo pavoroso, mas que não fazia parte dele, Adhara tinha certeza disso. Sentia muita pena e um pungente desejo de ajudá-lo de alguma forma.

Viu-o aparecer de volta do cerrado do bosque segurando algumas ervas nas mãos. Sentou-se no chão e começou a arrancar as folhas dos caules, uma de cada vez. Seus movimentos eram secos, ríspidos.

— Talvez fosse melhor a gente ir embora — tentou dizer ela, só para quebrar aquele silêncio ameaçador que se estabelecera entre os dois.

— Sente aqui.

Adhara continuou de pé, olhando.

— Tudo bem, você só estava se defendendo...

— Sente logo e cale essa boca! — gritou ele com raiva. Tinha os olhos cheios de um misterioso desespero.

Ela obedeceu.

— Aqueles dois sujeitos dos quais a salvei também tinham as mesmas manchas? — perguntou enquanto esmiuçava as folhas com as mãos.

Ela apressou-se a anuir:

— Pude vê-los antes que entrassem no aposento onde eu me encontrava. Um deles estava passando mal e tinha alguma coisa na cara, algo que cobria a sua pele. Em alguns pontos, porém, a maquiagem tinha derretido e dava para ver as manchas. Não falavam a nossa língua, mas mesmo assim dava para entender.

Amhal fitou-a com severidade.

— Por que não me contou?

— Porque não achei que fosse importante, porque, pelo que sei deste mundo, podia até ser normal um sujeito andar por aí tentando disfarçar as manchas que tem na pele.

Amhal continuou a olhar para ela com uma raiva reprimida e, em seguida, voltou ao trabalho.

— Não é com você que estou zangado — acrescentou baixinho.

— Não, não mesmo.

Adhara viu que se concentrava fechando os olhos, as palmas das mãos apoiadas nas coxas, e começou a murmurar alguma coisa. Suas mãos tornaram-se coradas e quentes, e espalharam uma luz difusa na grama. Colocou-as sobre as folhas que tinha esmiuçado, transmitindo-lhes parte daquela luz.

Magia, sugeriu uma voz distante. *Alguma coisa que você conhece.* Mas ela não podia dizer de que fórmula se tratava. Só sabia que aquela luz lhe dava uma reconfortante sensação de paz, uma coisa da qual tinha extrema necessidade naquele momento.

Finalmente, Amhal parou. As mãos voltaram a ser as de sempre, mas as folhas continuaram a brilhar por mais alguns instantes. Juntou algumas e entregou-as a Adhara.

— Coma.

Ela pegou-as, indecisa. Ele, ao contrário, enfiou-as na boca com vontade, todas juntas. Adhara foi comendo devagar, umas poucas de cada vez. O sabor era bom, descia fresco e saudável pela garganta.

— Se tivermos sido infectados não será suficiente, mas pelo menos atrasará o contágio. Aquele homem disse que só levaria dois dias para ficarmos doentes. Talvez estas folhas nos concedam alguns dias a mais.

Adhara sentiu um repentino frio no estômago.

— Acha que ficaremos realmente doentes?

Ele preferiu não encará-la.
— Não sei. Mas tivemos contato com eles, e nem sabemos como a doença se transmite. Mas você diz que os dois de Salazar apresentavam os mesmos sintomas, e ficamos em contato direto com eles também. Isto foi há quatro dias; se aquele homem falou a verdade, já deveríamos estar passando mal.

Adhara levou a mão ao peito. Tinha a impressão de que ardia por dentro, achava que já não conseguia respirar direito. Estava com medo e apavorada.

— O que vamos fazer?
— Só podemos esperar — respondeu Amhal, com um suspiro. Então esticou o braço. — Dê-me o seu punhal.

Ela entregou, sem fazer perguntas.
— E a sua mão também.

Adhara teve um momento de hesitação. Ainda se lembrava do olhar dele, pouco antes, a dificuldade que tivera para controlar-se. Esticou a mão, trêmula. Amhal segurou-a com delicadeza, apertando com firmeza o indicador.

— Vai doer um pouco — disse, e na mesma hora espetou-o com a ponta da lâmina. A jovem soltou um breve gemido. Ele comprimiu o dedo até conseguir uma gota vermelha de sangue, redonda e reluzente. Aproximou a boca e sorveu-a. O contato dos lábios dele com o seu dedo provocou uma estranha sensação de calor em Adhara, que puxou a mão de estalo, desnorteada.

Amhal fechou os olhos, quase saboreando aquela gota.
— Você tem sangue de ninfa — disse, olhando para ela. — Só um pouco, mas tem.

Ela fitou-o, sem entender.
— Aquele homem, no vilarejo, disse que as ninfas são imunes. Talvez seja por isto que não adoeceu.

Um repentino alívio envolveu-a, mas uma nova alfinetada de preocupação ofuscou aquele momentâneo consolo.
— E você?

Amhal sorriu amargamente. Descobriu o antebraço, encostou o punhal e, de um só golpe, incidiu um profundo corte na carne.

Adhara agarrou sua mão fechando os olhos.
— Chega, chega!

Ele afastou-a de leve, segurando seu rosto nas mãos.
– Veja.
A jovem abriu os olhos. Do corte saía um líquido denso, levemente rosado, transparente como água. Passou o dedo nele. Deixava na pele uma sensação de frescor.
– As ninfas são criaturas feitas de água. São diáfanas e lindas, e em suas veias não corre sangue, mas sim água de nascente. A minha mãe tinha o mesmo sangue que eu, transparente e fresco. Era meio ninfa.

Voltara a ser criança. Ainda morava na aldeia, e a coisa acabava de acontecer. A imagem não tinha a consistência esmaecida das lembranças. Nada disso, era verdadeira, palpável.
Tudo não passara de brincadeira. Mostrar aos amigos o poder que tinha nas mãos, as coisas extraordinárias que sabia fazer com a magia. Clarões coloridos, levitar os objetos no ar, dar ordens aos animais. Não sabia explicar como aquilo acontecera. Lá estavam eles, todos animados e achando graça, ele e os companheiros que o cercavam e batiam palmas. E então, de súbito, um lampejo diferente, e sua mão que em lugar de levantada para o céu apontava para um menino. O garoto tombara no chão desmaiado, sem um gemido.
Amhal se lembrava muito bem daquele dia. Foi quando jurou nunca mais voltar a praticar a magia. Recordava os olhares atônitos e assustados dos amigos, a surra da mãe, a repreensão do guarda que chamaram para socorrer o menino.
– Nunca mais faça uma coisa dessas, se não quiser ser preso!
E agora estava novamente ali. Parado entre o círculo mudo da criançada. O menino que recebera o golpe, deitado no chão, de olhos abertos, vidrados, o rosto mortalmente pálido. Só em seguida reparou no vulto de preto. Fora de foco, indistinto. De pé, à margem do círculo, sem rosto. Levava consigo uma espada preta, maravilhosa.
O vulto aproximou-se dele, colocou a mão no seu ombro.
– Sabe muito bem que não pode evitar. Sabe que a sua natureza é esta.

Embora não pudesse ver o seu semblante, *sentia* que o vulto sorria, e aquele sorriso lhe trazia conforto, acalmava-o. Pouco a pouco o sentimento de culpa desapareceu. De repente sentia-se em paz consigo mesmo.

— Quando nos encontrarmos, tudo lhe ficará claro — continuou dizendo o homem de preto, e sumiu, deixando no ar uma espécie de neblina escura e pastosa, que acabou obscurecendo a cena até torná-la invisível. Mas a voz não se fora:

— Quando nos encontrarmos, você irá entender.

Amhal levantou-se de um pulo. Onde estava? Seus olhos se acostumaram com a escuridão, e pouco a pouco vislumbrou a clareira, Jamila enroscada num canto e Adhara adormecida. Lembrou. A aldeia, a doença, os assassinatos. E o sonho. Escondeu o rosto entre as mãos.

Não era a primeira vez que tinha aquele sonho. Lembrava amiúde aquele episódio da infância; afinal, não é fácil esquecer que quase matou um companheiro de folguedos com a magia.

Foi sem querer. Foi apenas um erro, acrescentava uma rápida voz dentro dele.

Pois é. Mas daquela vez também, como sempre, tinha percebido um tiquinho de satisfação que o induzira a punir-se. Mergulhara as mãos na água fervendo. A mãe conseguira detê-lo antes que se machucasse demais, mas mesmo assim ficara com febre por vários dias.

A novidade, de uns tempos para cá, era o homem de preto. Aparecia em muitos dos seus sonhos. Nunca conseguia ver seu rosto, mas o vulto sempre lhe inspirava um ar de paz. Havia alguma coisa reconfortante nele, algo que o fazia sentir-se bem. Só se lembrava da roupa, preta, e da espada da mesma cor.

Se, pelo menos, existisse realmente alguém capaz de tirar este peso dos meus ombros...

Observou Adhara adormecida. Sorriu. Não, certamente não seria ela, que precisava de tudo. Mas talvez fosse justamente o fato de a moça ser tão frágil, tão indefesa, a fazer com que ele se sentisse tomado, toda vez que a via, por uma estranha sensação de calma. Como quando se olha para uma criança dormindo.

Passou de novo as mãos no rosto.
Bela porcaria de cavaleiro que você é. Veja só para onde a levou, veja só em que enrascada a meteu.
Voltou a pensar nos mortos, no rosto desfigurado da mulher doente. E no homem que matara. O desespero subiu novamente das entranhas à cabeça, fazendo suas têmporas pulsarem, dolorosamente.
Deitou-se e ficou olhando o céu. Lembrou as palavras que o seu mestre costumava dizer: "Está lutando, Amhal, e isto é o que realmente importa, mesmo que tenha de lutar a vida inteira. Mas você é uma boa pessoa e um grande cavaleiro também."
Fechou os olhos, reprimindo as lágrimas.
Mestre...

Adhara acordou logo após o alvorecer. O sol era filtrado por entre os galhos das árvores, criando jogos de luz no verde do gramado. Mais uma floresta, como a da primeira vez, como a da noite anterior. Mas nenhuma sensação de bem-estar, somente ansiedade.

Levantou um braço por cima dos olhos, tentando proteger-se da luz. O que tinha visto enquanto dormia? Ainda sentia em si uma sutil inquietação. Devia ter sonhado alguma coisa. Procurou se lembrar.

Um lugar escuro. Tijolos. Uma ladainha monótona e lenta, parecida com os lamentos da mulher moribunda, porém mais hipnótica.

Tentou se lembrar de mais alguma coisa, mas só conseguiu vislumbrar imagens vagas e confusas, e uma sensação desconfortável cuja origem não sabia identificar: seria por causa da experiência da noite anterior ou por causa do sonho?

Virou-se, procurando Amhal. Só viu mesmo o focinho de Jamila apoiado na relva. O ventre enorme do dragão subia e descia num ritmo lento e poderoso. O animal ainda estava adormecido.

Adhara se levantou. As coisas do rapaz estavam empilhadas num canto. Não tinha ido embora. Devia estar em algum lugar por ali.

Olhou em volta. A consciência do que precisava ser feito eclodiu em sua memória espontânea, imediata. Dar uma olhada no chão, procurar pistas, folhas arrancadas, gravetos quebrados.

Seguiu as pegadas movendo-se devagar, em silêncio, sem nem mesmo saber por quê.

Viu-o em pé, numa pequena clareira, de costas. Nada da capa nem do peitoral de metal que vestira durante a viagem. Só a camisa colada nos ombros molhados de suor. Treinava com a espada. Um fendente depois do outro, de cima para baixo, em seguida uns diagonais em ambos os sentidos, e finalmente um amplo movimento horizontal da esquerda para a direita. E assim por diante, num ciclo infindável, sem parar. Adhara reparou nos músculos dos seus braços tensos no esforço, cobertos por um véu de suor. O ferimento do dia anterior no antebraço devia estar sangrando de novo, pois a atadura que o envolvia estava encharcada, toda ela da cor suave e clara do seu sangue mestiço. As mãos também sangravam, cobertas de filetes diáfanos e viscosos.

Amhal contava. Cada golpe, um número, murmurado com raiva. Adhara sentiu-se invadir por um profundo mal-estar. Deu um passo adiante, e ele, pego de surpresa, virou-se na mesma hora, baixou a espada e ficou todo vermelho.

– O que está fazendo aqui? – perguntou, talvez com rispidez exagerada.

Ela aproximou-se mais.

– Já chega – limitou-se a dizer.

Amhal desviou o olhar, constrangido. Ficou por alguns instantes parado e, em seguida, levantou a espada mais uma vez e guardou-a na bainha que levava nas costas. Passou ao lado dela sem dizer mais nada.

Comeram mais um pouco de pão com toucinho. O rapaz mal tocou na comida. Adhara lhe ofereceu um pouco da dela.

– Há mais, não se preocupe, acontece que estou sem fome.

A jovem deu uma olhada nas feridas decorrentes do treinamento. Amhal percebeu, pois tentou esconder as mãos.

Então ela levantou-se, puxou a blusa para fora da calça e rasgou algumas tiras.

– O que...

Ela não quis papo. Segurou as mãos de Amhal e molhou-as com um pouco da água que estava levando consigo, e começou a enfaixá-las.
– Por quê? – murmurou ela.
Seguiu-se um silêncio que pareceu, a ambos, infinito.
– É simplesmente o meu dever. Quando a gente erra, precisa pagar.
Adhara continuou atarefada com o curativo, cabisbaixa, olhando para as mãos dele.
– Só que...
Ela levantou a cabeça.
– Só que nunca se paga o bastante. – Amhal desviou o olhar.
– É como se... – Tinha dificuldade para encontrar as palavras, falar custava-lhe um enorme esforço. – Como se houvesse alguma coisa errada dentro de mim, alguma coisa que me leva na direção contrária daquela para onde deveria ir.
Adhara apertou os últimos nós das ataduras e, depois, deu um pequeno passo para trás, sentando-se nos calcanhares.
– Não há nada de errado com você. Como poderia haver se, afinal, salvou a minha vida? Agora está me ajudando, é o meu único guia. Não pode haver algo errado com uma pessoa que se porta assim com uma estranha!
Brindou-o com o sorriso mais largo e sincero que conhecia, mas Amhal respondeu desanimado. A sombra continuava com ele.
– Esta noite tive um sonho – disse Adhara, mudando de assunto. Tentou descrever as impressões que sentira ao acordar. – Acha que pode ser algum tipo de lembrança?
Amhal esboçou uma careta.
– Pode ser. Talvez a sua memória esteja voltando.
– O fato de eu ter sangue de ninfa... Acredita que eu possa ser desta terra?
– Na verdade, há muito pouco de ninfa em você. Trata-se, provavelmente, de algum longínquo antepassado. Para ser franco, é uma coisa que não consigo entender direito.
Adhara baixou a cabeça.
– Tudo é sempre tão complicado quando se trata de descobrir quem sou e de onde venho...

Amhal se levantou.
— Só precisa de mais um pouco de paciência. Ainda hoje vamos chegar a Laodameia.

Adhara viu-o aprontar suas coisas e prontificou-se a ajudar na hora de ele vestir a couraça. Jamila, atrás, bufava impaciente, já pronta para recomeçar a voar.

Chegaram a Laodameia naquela tarde. O sol já tinha começado a sua parábola descendente e se refletia com luz dourada na rede dos mil rios que entrecortavam a cidade. Adhara ficou observando-a atentamente. Parecia completamente assentada sobre cursos de água. As casas eram de alvenaria, construções sólidas e pesadas, dos mais variados tamanhos, de tijolos ocra que mimetizavam a capital da Terra da Água entre os bosques que a cercavam. A construção mais surpreendente, no entanto, era um enorme palácio que se desenvolvia à beira da cachoeira. A água corria logo abaixo das suas muralhas, mas, em alguns lugares, até por cima dos contrafortes. Havia sido esculpido diretamente no penhasco cinzento de onde se derramava a cachoeira. A coisa mais curiosa era o fato de pelo menos metade do palácio se desenvolver lateralmente, ao longo do abismo no qual a água mergulhava, e era de uma brancura ofuscante, provavelmente mármore.

— Desde que a Terra da Água tornou-se um só país, é governada ao mesmo tempo pelos homens e pelas ninfas. Cada grupo elege o próprio soberano, e os dois reinam juntos e têm os mesmos poderes — explicou Amhal. — Nenhuma decisão pode ser tomada sem a concordância de ambos. Isto torna a política do país um tanto demorada e complicada, mas em tempo de paz, como agora, nunca surgiram problemas realmente graves. O palácio foi construído acrescentando uma ala ao antigo paço, que era usado só pelas ninfas. A parte mais antiga é a morada da rainha das ninfas e da sua família, enquanto a branca, a mais nova, é a residência dos humanos.

Adhara observou atentamente o panorama abaixo dela, tentando descobrir se lhe lembrava ou não alguma coisa. Esperava, de alma e coração, pertencer àquela terra, mas não havia coisa alguma, naquilo que via, capaz de trazer à sua mente um resquício sequer de lembrança.

Pousaram, com Jamila, não muito longe do palácio real, do lado da ala mais nova.

– A Ordem dos Cavaleiros de Dragão tem um quartel próprio nos arredores do palácio, que também é o único lugar em condições de abrigar os dragões. É lá que ficaremos esta noite, para então seguirmos até Nova Enawar amanhã de manhã. Antes, no entanto, faremos o nosso relatório e pediremos a um sacerdote que nos examine – explicou Amhal.

Aterrissaram numa estreita plataforma de mármore que dava diretamente na cachoeira. Foram recebidos por um jovem que vestia um casaco azul-celeste e uma calça de cânhamo. Ambos desmontaram e o rapaz segurou as rédeas de Jamila.

– Cuide bem dela – recomendou Amhal.

Parecia ter assumido uma atitude marcial que Adhara ainda desconhecia. Vestia a armadura e já não usava a espada nas costas, mas sim na cintura, enviesada para que não arrastasse no chão.

Entraram num aposento de muros caiados, cheio de soldados que se moviam atarefados. Amhal movimentou-se entre eles de peito estufado e com uma postura altiva e digna. Adhara percebeu alguma coisa nova nele, uma tensão que o rapaz nunca demonstrara em Salazar. Uma atitude difícil de ser definida. Não sabia se todos os humanos se portavam assim, e se ela também se mostrava daquele jeito a quem a visse de fora, mas Amhal mudava continuamente de cara. A sua alma parecia estratificada, e a máscara com que se apresentava ao mundo nunca era a mesma.

– Amhal, aprendiz do mestre Mira – disse. – Preciso falar com o general, sem demora.

O homem de plantão ficou olhando por alguns instantes para o rapaz e, em seguida, voltou à papelada.

– Já sabíamos da sua chegada – disse secamente. – Yerav está à sua espera.

Amhal deu uns passos adiante e Adhara foi atrás.

O guarda deteve-a com rispidez:

– E esta aqui, quem é?
– A minha ordenança, Adhara – respondeu Amhal.
– Terá de esperar aqui fora. Nada de ordenanças na sala do general.
– Terei de tratar de um assunto que precisará da presença dela.
O homem fez uma careta, avaliando a jovem.
– Sem armas – concluiu afinal, a contragosto.
Adhara levou a mão ao punhal. Percebeu que não gostava nem um pouco de separar-se dele. Levou algum tempo antes de tirar o cinto e entregá-lo ao soldado.
– Trate-o com carinho. É muito importante para mim – disse.
O homem sorriu com desdém.
– Está pensando o quê? Acha que sou uma ladra?
Finalmente entraram.

8
RESPOSTAS

A sala era bastante ampla, dominada por uma grande janela que dava para a cachoeira. Só havia uma mesa, de mármore, à qual sentava um homem corpulento, sem um único fio de cabelo na careca brilhosa. Estava ocupado, escrevendo alguma coisa com uma longa pena de ganso. Amhal bateu continência e pronunciou, tímido:
– Senhor? – O homem levou algum tempo antes de interromper a escrita e depois olhou para os dois sem mostrar interesse.

Amhal recitou novamente o seu nome e o seu posto, e então apresentou Adhara como sua ordenança.

Yerav guardou a pena e massageou a base do nariz.
– Aproximem-se – disse.

O jovem obedeceu, e Adhara fez o mesmo.

– General, o meu mestre Mira me disse que o senhor tinha alguns documentos que precisavam ser enviados para ele, em Nova Enawar. Fui encarregado de levá-los para lá.

O homem ficou por uns momentos pensativo e, em seguida, pareceu se lembrar.

– Sim, sim, isso mesmo. Farei com que lhe sejam entregues amanhã cedo.

Amhal baixou levemente a cabeça, retomando a palavra:
– Há mais uma coisa.

O seu relato acerca do que tinham visto no vilarejo foi claro e conciso. À medida que falava, Adhara notou que o general ficava mais nervoso.

– Posso saber por que se apresentou aqui? Deveria ter avisado, eu teria enviado um sacerdote para a quarentena! – disse, pulando para levantar-se e dando um passo para trás logo que o jovem acabou.

– Tenho motivos para pensar que sou imune – replicou o jovem, com calma.

Mencionou a sua teoria a respeito das ninfas e daquilo que haviam dito os dois homens doentes. Nem por isso, no entanto, Yerav pareceu tranquilizar-se. Sentou-se, mas continuou a fitá-los com desconfiança. Tocou uma campainha e apareceu um soldado.

– Mande um sacerdote descer imediatamente às celas. Rápido!

O homem bateu continência e apressou-se em sair.

– Para as celas, agora mesmo – intimou, então, o general os dois.

Amhal assentiu baixando a cabeça, mas antes de sair acrescentou:

– Nunca teria vindo, se houvesse algum risco; se estou aqui, é porque tenho uma razoável certeza de que a situação está sob controle.

Yerav anuiu com um apressado sinal de cabeça, mas não parecia estar muito convencido.

Ficaram sozinhos na cela por um bom tempo. Amhal permanecia calado, Adhara torcia as mãos. Estavam num quartinho de teto baixo, com muros úmidos de mofo e uma parede formada por uma grade de ferro. Do lado de fora, um guarda que se mantinha prudentemente distante olhava para eles com expressão preocupada.

– Já tinha imaginado que iria dar nisto – disse o rapaz, sorrindo para ela.

Adhara virou-se de chofre.

– Poderia ter avisado...

Foi então que ele entrou. Um jovem, só um pouco mais velho que eles. Parou no limiar da porta, pálido. Vestia uma longa túnica branca, com uma tira de tecido azul-celeste que descia do pescoço até os pés. No peito, o bordado de um raio estilizado que cruzava uma espada. Trazia, a tiracolo, uma pesada mochila que, com seu peso, o forçava a uma postura bastante enviesada.

– Sou o sacerdote encarregado de examiná-los – disse com voz trêmula.

Amhal apresentou-se junto com Adhara e convidou-o a entrar.

O recém-chegado adiantou-se dando passos rápidos e curtinhos, deixou a mochila no chão e começou a remexê-la com mãos nervosas. A jovem teria gostado de perguntar a Amhal quem era o sujeito, o que vinha a ser, exatamente, um sacerdote, e qual era o sentido daquele bordado que tinha na túnica. Sentia-se, no entanto, constrangida, não queria mostrar a própria ignorância diante de um desconhecido, e portanto preferiu ficar calada. Viu-o sacar da bolsa toda uma série de vidrinhos cheios de estranhos líquidos, alguns pequenos galhos frondosos e uma porção de tigelas.

— Quem vai ser o primeiro? — perguntou com um olhar perdido.

Amhal se levantou.

— Eu.

Foi um exame bastante demorado. O sacerdote mandou-o tirar a camisa e apalpou longamente seu ventre. Analisou com cuidado a boca, os dentes e os olhos, para então dedicar-se a gestos mais incompreensíveis. Amassou numa das tigelas algumas ervas que trouxera consigo, molhou nelas um dos pequenos galhos após tirar a casca e as folhas, e começou a passá-lo pelo corpo do cadete salmodiando uma ladainha, de olhos fechados.

Adhara observou tudo, pasma e curiosa ao mesmo tempo. Era magia? De onde vinha aquela espécie de reza hipnótica? Seus olhos fixaram-se no tronco nu de Amhal. O desenho dos músculos dos ombros, a quase invisível maranha de cicatrizes nas costas, o ventre firme e sarado. Sentiu-se perturbada sem entender o motivo, enquanto um estranho fogo se espalhava dentro dela. Gostava de vê-lo, e aquilo fazia com que se sentisse bem e mal ao mesmo tempo.

— Tudo certo — disse afinal o sacerdote, e Adhara voltou de chofre à realidade. Cruzou por um instante o olhar de Amhal, mas baixou os olhos quase na mesma hora, enquanto suas orelhas pareciam estar queimando. — Tudo indica que não há nada de errado com você. Mas conte-me exatamente o que aconteceu.

Amhal teve, mais uma vez, de falar daquela terrível noite.

O jovem sacerdote ouviu tudo em silêncio, mas Adhara notou que pequenas gotas de suor iam molhando sua testa à medida que a história avançava. Não deu qualquer outro sinal de preocupação, no entanto. Bateu as mãos nos joelhos, levantou-se e, virando para ela, disse:

— É a sua vez.

Aproximou-se e repetiu os mesmos gestos que já usara com o rapaz. Houve um momento de embaraço quando pediu que tirasse

a blusa. Adhara lançou um olhar preocupado a Amhal, que ficou todo vermelho.
— Só preciso que a levante. Tenho de controlar o seu ventre — disse, então, o sacerdote, tão sem jeito quanto ela.
Foi uma coisa estranha sentir as mãos de um desconhecido pelo corpo. Tinha um toque leve, vagamente trêmulo. Adhara não se lembrava de ter sido apalpada antes, pelo menos de forma tão delicada. E aquilo deixava-a confusa. Pois sentia sobre si, nas costas magras e nos imaturos quadris, o olhar de Amhal. Era uma sensação física, quase como se os dedos apoiados na sua pele não fossem do sacerdote, mas sim do seu companheiro de viagem.
A parte que previa o uso do galho desfolhado foi a mais complexa. Adhara teve de arregaçar as mangas para livrar os braços e prender a blusa com um nó logo abaixo do seio, a fim de deixar à mostra a maior parte de pele possível. Quando a operação acabou, respirou aliviada.
— Tudo bem com você também — disse o jovem sacerdote. Estava visivelmente aliviado.
— Posso pedir-lhe um favor? — perguntou Amhal de repente.
— Diga.
— Gostaria que examinasse mais um pouco a minha amiga — apressou-se em explicar. Só umas poucas palavras concisas para contar da amnésia de Adhara.
A jovem sentiu-se desmascarada, e quase ficou mais envergonhada que antes, quando fora forçada a tirar a roupa. Mostrar-se tão fraca diante de um estranho era, para ela, uma coisa humilhante.
— Mexer com a mente de quem não lembra é uma coisa complexa, nem mesmo sei se é possível... — eximiu-se o sacerdote.
— No momento podemos nos contentar com algo mais simples — tranquilizou-o Amhal. — Só para dar uma ideia, esses cabelos, esses olhos não lhe dizem nada?...
O jovem segurou entre as mãos o rosto miúdo de Adhara. Ela teve vontade de evitar o contato. Quando a fitou nos olhos, desviou o olhar.
Ele afastou-se um momento e começou a procurar na mochila. Tirou dela um pedaço de madeira bastante tosco e enegrecido, ao qual ateou fogo com fuzil e pederneira. Surgiu um vapor aromático,

que provocava um leve entorpecimento. Segurou um braço dela e começou a passar o tição perto da pele. Com surpresa, Adhara não percebeu nenhuma sensação de calor. A fumaça que a envolvia, ao contrário, parecia transmitir frescor. Bastaram uns poucos segundos para seu braço se encher de símbolos estranhos, fluorescentes, que apareciam logo que a fumaça lambia sua pele e desapareciam quando a sensação de frescor se esvaía. Amhal levantou-se para olhar. Ele também estava sinceramente surpreso.

O sacerdote franziu a testa.

– O que... – murmurou Adhara.

Soltou o braço dela e apagou o tição. Respirou fundo.

– Então? – perguntou Amhal.

O sacerdote indicou as mechas azuis de Adhara e seus olhos.

– Traços físicos como estes, às vezes, aparecem espontaneamente, ainda mais em quem tem sangue mestiço, e tudo indica que esta jovem é mestiça.

– Há uma parte de ninfa nela – afirmou Amhal.

– Percebi. Mas...

Adhara sentia o coração pular dentro do peito.

– É muito raro que dois traços como estes se apresentem naturalmente numa pessoa. E, além do mais, os cabelos azuis eram uma particularidade dos semielfos, que se extinguiram.

– O que significa? – perguntou Adhara. Não assimilava direito o sentido do que o sacerdote dizia, e achava que, mesmo que soubesse o que vinham a ser os semielfos, não teria, ainda assim, conseguido compreender aquelas palavras.

– Características físicas tão peculiares, em alguns casos, podem ser encontradas em sujeitos que foram objeto de magia.

– Como assim? – replicou Amhal.

– O Tirano fazia experiências com todo tipo de criatura, sabe disso, não sabe?

Adhara ficou perdida, olhando ora para um, ora para outro. Quem era o Tirano?

– Sei.

– Aplicava Fórmulas Proibidas aos seus corpos, procurando criar novas raças. Foi assim que surgiram os fâmins. Pois bem, algumas das criaturas podiam apresentar as peculiaridades físicas de várias raças, devido justamente ao fato de terem sido manipuladas pela magia. Às vezes o resultado podia ser monstruoso.

– Não estou entendendo nada – disse Adhara de repente. – Quem era o Tirano? Há alguma coisa errada comigo?

Diante do seu olhar perdido, o sacerdote pareceu de alguma forma ficar com pena. Parou de dirigir-se a Amhal e olhou diretamente para ela.

– O cabelo dessa cor, os olhos... não eram assim quando você nasceu. Alguém tornou-os desse jeito com a magia. Acabo de certificar-me. Reparou no tição que passei na sua pele?

Adhara assentiu que sim.

– É uma forma específica para identificar as artes mágicas. Permite, em resumo, dizer se uma pessoa foi afetada pela magia. E tudo indica que é justamente o seu caso.

Adhara ficou sem palavras.

– Quem pode ter feito uma coisa dessas? – indagou afinal, com um fio de voz, a única pergunta sensata que lhe veio à cabeça.

O sacerdote voltou a franzir a testa.

– Não faço ideia. Nem sei ao certo que tipo de magia foi empregado. Além do mais, é proibido operar magias permanentes nas pessoas.

Saíram de lá atordoados.

O sacerdote entregara a cada um deles um vidrinho com um líquido azulado.

– No caso de passarem mal, de repente. É um remédio brando, mas cura muitas infecções. Pode ajudar.

Adhara, no entanto, não conseguia pensar na peste. Todas as suas preocupações se haviam focalizado no que acabara de saber.

– Se por acaso ainda houver coisas que não entendeu, fique à vontade para perguntar – disse Amhal, interrompendo os seus pensamentos.

– Não sei – comentou ela desanimada. – Ou melhor, entendi a história da magia, mas como acha que isto poderá ajudar-me a descobrir quem sou?

Amhal encarou-a por alguns instantes.

– Sinto muito – disse afinal. – Esperava poder ser mais útil...
Ela tocou no seu braço.
– Já fez muito. Já fez até demais.
Sorriu tristonha. E agora? Agora estava novamente só. Amhal iria seguir pelo seu caminho, e ela ficaria de mãos vazias, a não ser por aquele nome com que se apresentar ao mundo. Um presente de despedida de Amhal.
– Bom – disse ele de repente. – Ainda há uma coisa que não investigamos. Isso. – E encostou a mão no punhal que Adhara tinha na cintura. – Talvez ele nos proporcione algum indício importante.
Ela anuiu, não muito convencida.
– É um punhal estranho, bastante diferente – arriscou Amhal.
– Talvez pertença a alguma família conhecida, importante... O meu mestre é um profundo conhecedor de armas e brasões. É um Cavaleiro de Dragão.
Haviam instintivamente parado, e agora estavam no meio do caminho, um diante do outro.
– Acho que seria bom mostrá-lo para ele – prosseguiu Amhal.
– Talvez possa ajudar a descobrir a sua identidade.
Adhara sentiu o coração bater mais rápido, mas preferiu não se entregar a falsas esperanças.
– E onde está o seu mestre?
– Em Nova Enawar, a minha próxima parada. Voarei para lá amanhã mesmo.
Ela não se atreveu a fazer comentários. Permaneceu parada, a mão apoiada no punhal, os olhos fixos nos de Amhal, e nenhuma palavra sensata nos lábios.
– Voaremos – corrigiu ele.
Adhara concedeu-se algum tempo para elaborar aquela frase, para avaliar o seu sentido mais profundo. Então baixou a cabeça.
– Obrigada – murmurou.
– Não precisa agradecer – disse ele, retomando o caminho. – Mas acho que já está na hora de comermos alguma coisa.

Jantaram, em silêncio, num canto afastado do refeitório. Amhal parecia ter ficado repentinamente carrancudo e mantinha os olhos

baixos, sobre a tigela. Adhara remoía as revelações daquela tarde. Afinal de contas, agora tinha algo em que se basear. De alguma forma, alguém abusara dela com a magia, mesmo que ela não conseguisse entender com que finalidade. Talvez fosse por isso que não tinha memória. Era um primeiro passo, um passo importante. Agora conhecia alguma coisa do seu passado.
– Quem era o Tirano? – perguntou de chofre, decidida a interromper o silêncio do companheiro.
Amhal pareceu despertar de algum devaneio.
– Um mago poderoso e terrível. Mais ou menos cem anos atrás, tentou conquistar todo o Mundo Emerso usando os seus poderes mágicos e as tropas que conseguira juntar. Os fâmins, como aquele sujeito que tomou conta de Jamila enquanto eu estava em Salazar, são criaturas que ele mesmo criou com a magia, para serem guerreiros perfeitos e sem alma.
– E eu seria como eles? Como os fâmins?
Amhal sorriu.
– Uma versão muito mais graciosa.
Ela corou.
– De qualquer maneira, eu também fui manipulada com a magia, não é isto?
– É o que o sacerdote afirma.
Adhara engoliu mais algumas colheradas de sopa.
– E o Tirano? Que fim levou?
– Foi derrotado por uma grande heroína dos nossos tempos, uma guerreira, a única mulher Cavaleiro de Dragão: Nihal.
Foi como uma paulada. O tempo pareceu parar, com a sala que rodava como um turbilhão em volta de Adhara. Nihal. A mulher semielfo. A jovem de cabelos azuis e olhos violeta, maga e guerreira, a Consagrada. A história inundou a sua mente como um rio caudaloso, enchendo-a de imagens, datas, sugestões.
– Aster...
Amhal gelou.
– Sim, claro, Aster, o Tirano.
Adhara pareceu sair de um sonho.
– Como é? O que foi que disse?
– Você falou Aster, o verdadeiro nome do Tirano.

A colher de Adhara estava parada no ar, gotejando a sopa leitosa em cima da mesa.
— Eu me lembro... — sussurrou ela com um fio de voz. — Lembro-me da história... Nihal nasceu na Terra dos Dias, mas foi criada em Salazar, pelo pai, Livon, que a adotara. Tinha sangue de elfo, a estirpe exterminada por Aster, ele mesmo um semielfo... Eu me lembro! Apertou com força o braço de Amhal, e ele fitou-a, sorrindo.
— A sua memória está voltando?
Havia uma luz de excitação no olhar dele. Adhara soltou-o.
— Não sei, mas... só sei que desta história eu me lembro. Antes não lembrava, mas agora, sim!
— Que bom, então. Quem sabe uma boa noite de sono a ajude a juntar as peças que ainda faltam — disse Amhal, afastando a tigela de sopa, a essa altura vazia.
Adhara estava eufórica. Finalmente as coisas pareciam seguir pelo caminho certo.

Partiram no dia seguinte, logo após a alvorada. A noite não trouxera novidades, mas Adhara estava, mesmo assim, bem-humorada. Depois de tantos dias em que não havia conseguido reconstruir coisa alguma de si, ficava feliz com aqueles indícios, por mais insignificantes que fossem. Reparou que Amhal, por sua vez, tinha o rosto marcado por profundas olheiras. Imaginou que tivesse mais uma vez exigido demais de si, com seu treinamento, mas nada disse.

Voaram durante o dia inteiro, quase em silêncio. Abaixo deles, mais florestas entremeadas por faixas reluzentes e água por toda parte.

Ao anoitecer, pararam numa clareira: Jamila enroscada de um lado, e os dois perto da fogueira. Mais uma vez toucinho e pão, e mais silêncio.

Quem o quebrou foi Adhara:
— Como é a tal cidade para onde estamos indo?
— Chama-se Nova Enawar. Na verdade é uma cidade bastante antiga e com uma história complicada.

Adhara preparou-se para ouvir. Gostava de aprender com Amhal, de olhar para ele e de prestar atenção em suas palavras.

– Faz muito tempo, cerca de cento e cinquenta anos atrás, havia ali uma cidade chamada Enawar, que acabou sendo arrasada pelo Tirano. Também se lembra disto?

Adhara procurou na memória. Sim, ela lembrava.

– Vagamente – respondeu.

– Muito bem. Então, durante o reino de Dohor... já lhe falei a respeito, está lembrada?

Ela anuiu. Na verdade já se esquecera. Aquele nome, ao contrário de Aster e Nihal, não lhe dizia absolutamente nada.

– Pois bem, durante o período em que Dohor tentou se apoderar do Mundo Emerso, a área onde ficava Enawar foi deixada do jeito que estava. Naquele tempo ainda guardava as ruínas da Fortaleza, o palácio do Tirano. Quem pensou em restaurar a cidade foi Learco, o novo rei da Terra do Sol. E foi assim que nasceu a Nova Enawar. Isto lhe desperta alguma lembrança?

Adhara sacudiu a cabeça. Aquilo não passava de uma confusa mixórdia de nomes que nada lhe sugeriam.

– Talvez, quando chegarmos lá, a memória volte toda de uma vez, de repente.

Amhal deitou-se de costas na grama.

Ela ficou por alguns instantes olhando para ele.

– Quanto tempo ainda vai levar para chegarmos?

– Mais três dias no máximo.

A noite encheu-se do trinado baixinho dos grilos.

Viajaram por mais três dias. No fim da segunda tarde arrumaram coragem e pararam num vilarejo da Terra da Água. Não se atreviam a confessar, mas a lembrança do que acontecera na primeira noite que haviam passado naquela terra ainda marcava profundamente os dois, fazendo com que se mantivessem longe de cidades e aldeias. Às vezes, e apesar das palavras animadoras do sacerdote que os examinara, Adhara dava uma olhada no próprio corpo e apalpava furtivamente a testa à cata de eventuais sinais da doença. Em alguns casos surpreendeu Amhal fazendo a mesma coisa, mas ambos preferiram não fazer comentários. Havia uma espécie de acordo tácito para ignorarem e esquecerem o assunto de uma vez por todas.

A parada na aldeia, no entanto, foi tranquila. Jamila ficou esperando no bosque, e os dois encontraram abrigo numa pequena pousada. Houve apenas um momento de constrangimento, quando se deram conta de que o único quarto disponível só tinha uma cama.

— Dormirei no chão — propôs Amhal, e Adhara não teve coragem de dizer que teria ficado contente em dormir com ele. De forma que ficou a noite inteira a observá-lo, envolvido em sua capa, deitado nas tábuas do soalho que rangiam, imaginando como seria compartilhar o aconchegante espaço do colchão e sentir de perto a sua respiração.

Na noite seguinte chegaram à Grande Terra.

Adhara ficou favoravelmente impressionada. Estavam numa viçosa floresta, mas a terra tinha uma cor mortiça e era marcada por estranhas listras escuras. Apalpou uma daquelas estrias e sua mão ficou cheia de pequenas partículas pretas, iridescentes.

— Cristal negro, o material mais duro de todo o Mundo Emerso. É o que sobra da Fortaleza do Tirano. Ao que parece, de alguma forma o mal nunca se extingue por completo. — Amhal indicou o bosque que os cercava. — Tudo aquilo que você vê aqui em volta, antes de Learco assumir o poder, não existia. Esta área era uma terra árida e desolada. Quem pensou primeiro em reflorestá-la foi o nosso rei. Mas o solo era estéril, e então recorreu-se à magia. Foi um trabalho gigantesco, levado adiante por uma centena de magos, um esforço sem comparação na história do Mundo Emerso. Foi assim que nasceu este bosque. Na verdade, o encantamento precisa ser periodicamente renovado: a terra continua estéril, serão necessários séculos antes de tudo voltar a ser como antes, mas, de qualquer maneira, as coisas continuam melhorando.

Adhara olhou em volta. Animada pelos recentes sucessos, procurou remexer na memória para ver se achava alguma lembrança daquele lugar. Não encontrou coisa alguma, mas nem por isto ficou abatida. E aproveitou aquela natureza que estava levando a melhor sobre o mal.

9
O MINISTRO OFICIANTE

Um forte cheiro de incenso pairava no ar. As lentas espirais de fumaça envolviam num abraço sensual as colunas e os bancos do templo. De olhos fixos na estátua à sua frente, o Ministro Oficiante balançou o turíbulo, espalhando em volta nuvens aromáticas. A imagem representava um homem de cenho severo e corporatura imponente. Segurava uma espada em uma das mãos e um raio na outra. O seu semblante aparentava uma hierática austeridade, suavizada, no entanto, por algum tipo de arcana sabedoria que tornava menos duros os seus traços.

O Ministro Oficiante entregou o incensório à irmã ao seu lado e, em seguida, ajoelhou-se. Fechou os olhos e repetiu mentalmente aquelas mesmas palavras que desde muitos anos subiam aos seus lábios toda vez que o templo se enchia. Mas, embora as conhecesse tão bem, elas ainda não haviam se tornado uma coisa automática. A fé continuava presente, tão viva quanto no primeiro dia, talvez até mais. Porque tinha superado a prova da dor, fora fortalecida pelos anos de solidão e forjada pelo árduo esforço de difundir o novo culto.

Rogou força e paciência, pediu para ser somente um meio, como sempre fazia, e, como sempre, o seu último pensamento foi para o pai.

Seja lá onde você estiver, cuide de mim.

Só com muita dificuldade o Ministro Oficiante voltou a ficar de pé. Suas pernas já não eram tão confiáveis quanto antigamente, e levantar-se tornava-se cada dia mais difícil. A irmã aproximou-se, mas, com um peremptório gesto da mão, a sua ajuda foi recusada. Quando se sentiu mais firme, virou-se. Abriu os braços para a nave apinhada.

– Já podem vir a mim, um de cada vez, como de costume, e todos serão curados.

Um só movimento, lento, percorreu a multidão, agitando-a como a onda de um mar tempestuoso. O Ministro Oficiante desceu do altar e misturou-se aos fiéis.

– Foi sem dúvida um ótimo dia – observou a irmã, enquanto ajudava o Ministro Oficiante a despir os paramentos cerimoniais. – Dava para perceber a fé dos crentes, a sua participação... Ajudar Vossa Senhoria e servi-la é, para mim, uma honra extraordinária.

O Ministro Oficiante sorriu amargamente.

– Às vezes não posso deixar de pensar que venham a mim somente pelas minhas capacidades curativas. Afinal de contas, tudo não passa de uma espécie de chantagem: tenham fé e eu os curarei.

– Excelência! – exclamou escandalizada a irmã.

O Oficiante fez um apressado gesto displicente com a mão.

– Não ligue para o que digo. Às vezes sinto-me velha e cansada, e o peso de tudo aquilo que vi e vivi deixa-me um tanto desiludida.

A irmã plantou-se diante dela. Era jovem, jovem até demais. Os cabelos presos num sóbrio rabo de cavalo, as maçãs do rosto gorduchas de uma moça ainda não saída da adolescência. O olhar sério criava um estranho contraste com os traços infantis do rosto.

– Antes da senhora, o culto tinha sido jogado na lama pela seita, que conspurcara o nome de Thenaar dobrando-o às suas torpes finalidades. Antes da senhora, as pessoas tremiam ao ouvir o nome do nosso deus. Mas veja só, agora: centenas de templos por todo o Mundo Emerso, milhares de fiéis, a chama de uma nova fé que reúne povos e raças diferentes. E isto tudo graças ao seu trabalho.

O Ministro Oficiante sorriu. Era reconfortante saber que parte daquele fogo que agora animava a jovem se devia à sua incessante obra de catequese, assim como, afinal de contas, aos seus conhecimentos curativos, que de qualquer maneira não considerava seu apanágio exclusivo. Todos os irmãos e irmãs eram treinados nas artes médicas. Sim, claro, nenhum deles era tão bom quanto ela, mas o ponto fundamental não era este.

Depois de trocar de roupa, recostou-se pesadamente na poltrona.

– Pode ir – disse com um sorriso cansado. Queria ficar sozinha, depois daquela orgia de pessoas no templo.

A jovem ajoelhou-se.

– Ao seu dispor. Chame, se precisar – disse, antes de afastar-se.

O Oficiante ficou sozinho. Era bastante raro gozar de alguma solidão no templo: os fiéis que precisavam de cura, os irmãos e as irmãs a serem ensinados, e ainda a condução administrativa da Confraria. Sobrava deveras pouco tempo para si mesma e para a reflexão. Mirou-se no grande espelho encostado numa das paredes. Sem os paramentos cerimoniais voltara a ser a de sempre, a que fora desde o começo: Theana, a jovem que acreditava num deus desprezado por todos. Mas já fazia muito tempo, tempo demais, e cada ano que se passara havia deixado uma marca no seu corpo. Embora os cabelos ainda brilhassem lustrosos, com suas melenas vaporosas, já não eram louros, mas sim brancos, e seu rosto de mocinha tinha deixado o lugar ao semblante severo de uma idosa, ressecado e riscado pelas rugas. Seu corpo tornara-se pesado, e as formas que emergiam das pregas da túnica preta que vestia já eram desajeitadas: quadris largos demais, ombros caídos, seios murchos.

Mas tanto faz, agora que já não há quem deseje este corpo...

Passou a mão na roupa escura. Nunca deixara de vestir-se de preto, desde a morte do marido, quinze anos antes. Uma doença lenta e inexorável, que pouco a pouco tirara dele o uso dos membros, até sufocar-lhe a respiração no peito. Ela não se poupara uma etapa sequer daquele insuportável sofrimento e permanecera ao seu lado até o fim. Depois, o nada. Theana havia morrido com ele, e sobrara apenas o Ministro Oficiante: a fé como único consolo, a Confraria como derradeiro refúgio.

Apoiou os cotovelos na mesa e começou a examinar alguns documentos. Relatórios, donativos e complicados papéis burocráticos que regulavam a vida daquele lugar. Relembrou, por um momento, as simples normas do culto, a sua pureza quando só havia ela, antes de a Confraria dos Irmãos do Raio ser fundada. O nome de Thenaar, naquela época, ainda era odiado pela maioria, mas a crença nele talvez fosse mais autêntica, mais espontânea. A estrutura de poder na qual a Confraria inevitavelmente se transformara não estaria de alguma forma sufocando aquele sentimento tão singelo e imediato?

Pensamentos inúteis, aos quais vez por outra se entregava. Talvez fosse a velhice.

Deu uma olhada nos documentos, assinou alguns, acendeu umas velas quando a luz lá fora começou a esmorecer. E então seus dedos se fecharam sobre um pequeno rolo. Nada mais que um pedaço de pergaminho de bordas esfiapadas. Conhecia muito bem aqueles fragmentos. Eram os relatórios que diariamente os irmãos dos templos distantes enviavam, recorrendo à magia. Muito poucas daquelas anotações chegavam às suas mãos, entretanto. A maioria era lida pelos irmãos encarregados da organização do culto nas várias terras, para acabar quase sempre no esquecimento de poeirentos arquivos. Aquela mensagem, no entanto, havia chegado até ela.

"Ao Ministro Oficiante", estava endereçada.

Theana revirou-a entre as mãos. Só umas poucas linhas. Por que fora enviada diretamente a ela?

Leu. Frases concisas, escritas depressa, com uma grafia trêmula e infantil. Precisou ler duas vezes.

A porta se abriu e a jovem de pouco antes voltou a aparecer. Pega de surpresa, Theana sobressaltou-se.

– Queira desculpar o incômodo, minha senhora – disse a irmã, baixando a cabeça.

– Não está incomodando, Dália, não precisa se desculpar... Só estava perdida em meus pensamentos. Pode falar.

– Minha senhora, uma pessoa quer lhe falar.

Theana massageou a base do nariz.

– Não é o momento. Estou cansada e...

– Minha senhora, é a rainha – explicou a jovem, com uma mesura.

Theana não escondeu uma reação de pasmo. Dubhe não gostava de aparecer no templo. Quem sabe fosse devido à sombria lembrança dos tempos da seita, quando Thenaar não passava de uma divindade terrível que se alimentava de sangue humano, ou talvez fosse porque ela não queria acreditar em deus nenhum. De alguma maneira, qualquer que fosse o motivo, preferia manter-se longe daquele lugar. Todas as vezes que as duas haviam se encontrado fora longe dali, quase sempre no palácio, na ocasião de alguma cerimônia importante. Nunca tinham parado de se frequentarem, bem cientes do vínculo que as aproximara quando juntaram suas forças na luta contra Dohor, mas com o passar do tempo estes encontros se tornaram mais raros. Afinal de contas, Theana passava a maior parte da sua vida no templo. O apreço, a amizade e o afeto que sentiam uma pela outra, entretanto, não haviam esmorecido.

— Então mande-a entrar! — apressou-se a dizer.

Dália acenou com a cabeça e saiu.

Theana guardou a mensagem na mesa, sob uma pilha de papéis. Ficou imaginando se era oportuno falar a respeito daquilo com Dubhe. *Melhor descobrir, antes, o que tem a me dizer*, decidiu. Tentou lembrar a última vez que haviam se encontrado. Não conseguia recordar com clareza. Mais ou menos um ano antes? Quando a rainha mandara chamá-la devido a uma repentina piora das condições do príncipe Neor? Considerou que quase todos os encontros delas, após a morte de Lonerin, haviam sido de algum modo impostos pelo cerimonial ou pela necessidade. Sabe-se lá que motivo a amiga aduziria, agora, para justificar a visita.

Dubhe estava vestindo os seus antigos trajes de ladra; nunca deixara de sentir-se plenamente à vontade usando calça e casaco de couro, e quando precisava viajar pelo Mundo Emerso — coisa bastante comum, aliás — gostava de envolver-se na velha capa, a mesma com que muitos anos antes o seu Mestre a presenteara.

Como já imaginara, Theana percebeu logo que não se tratava de uma visita de cortesia. Ficou surpresa com a aparência juvenil da soberana. Sim, claro, os cabelos estavam grisalhos, presos num rabo de cavalo, como quando ainda era uma mocinha, as mãos e o pescoço enrugados. Mas o corpo mantinha-se vigoroso graças ao exaustivo treinamento que, ela bem sabia, a amiga enfrentava todos os dias. A cútis ainda mantinha o frescor, seus movimentos continuavam elegantes e furtivos, as pernas musculosas e bem torneadas. E, como sempre, seus olhos eram um poço de escuridão, vivos e irrequietos. As duas tinham praticamente a mesma idade, mas, comparada com ela, Theana parecia uma velha decrépita.

Sorriu para a amiga.

— Espero que me perdoe se não me ajoelho, mas as minhas juntas não estão em boa forma como as suas e me criam alguns problemas.

Dubhe eximiu-a com um apressado gesto da mão enquanto se sentava.

– Nunca me importei com a etiqueta, você sabe disso.
Um silêncio absorto desceu entre as duas, até a rainha quebrá-lo com perguntas circunstanciais. Como vão as coisas, o culto está indo bem, parece-me cansada... Conversas que só podiam adiar o momento em que iriam chegar ao ponto.
– Fale logo, por que veio me ver? – disse, afinal, o Ministro Oficiante.
Dubhe fitou-a com um sorriso maroto.
– Será que não posso simplesmente ter vontade de rever uma velha amiga?
Theana olhou para ela de soslaio.
– Logo aqui? Neste lugar onde você nunca gostou de botar os pés?
– Para mim, o céu continua vazio, você sabe disso. – Dubhe riu, um dos poucos sorrisos abertos e sinceros que só se concedia a quem realmente amava. – E, além do mais, há umas lembranças ruins que não posso esquecer. Nunca deixei de sentir cheiro de seita neste lugar. – Logo deu-se conta do que dissera e procurou se corrigir: – Não estou insinuando que o verdadeiro culto de Thenaar tenha alguma coisa a ver com aqueles loucos. Mas, depois de tudo aquilo que a Guilda fez comigo, parece-me bastante compreensível não conseguir ter fé, você não acha?
Theana afastou-se com algum esforço do espaldar do assento.
– Não precisa dar explicações. Conheço-a muito bem e posso entender. A herança mais terrível que a seita nos deixou é justamente esta: apesar dos anos que se passaram e de todo o trabalho que tive, para alguns o nome de Thenaar continua sendo algo obscuro e sombrio. Devido à Guilda dos Assassinos, muitos de nós perderam a fé.
Ficou por alguns momentos perdida, contemplando o vazio diante de si. Coube à rainha trazê-la de volta à realidade:
– De qualquer maneira, você está certa. Vim vê-la por um motivo específico.
A outra ficou atenta.
Dubhe relatou rapidamente as notícias trazidas pelo seu espião, assim como a conversa que tivera com o filho.
O rosto de Theana assumiu uma expressão preocupada, a mão gelada pareceu apertar suas entranhas. Seus dedos correram à pilha

de papéis em cima da mesa. Pegaram o pequeno pergaminho e entregaram-no à amiga.
— Acaba de chegar. Estava justamente dando uma olhada nele quando me foi anunciada a sua presença.

Dubhe leu, e as rugas em sua testa ficaram mais marcadas. Porque as palavras daquela mensagem eram terrivelmente parecidas com a história que ela acabava de contar a Theana.

Irmão do Raio Damyre, Terra da Água.
Vigésimo quinto dia do primeiro mês de verão.

Examinados dois jovens com suspeita de terem contraído uma doença desconhecida. Contaram ter chegado a um vilarejo desta terra, Cyrsio, cujos habitantes estavam todos mortos devido a uma doença que provoca febre, delírio, sangramento prolongado e manchas pretas no corpo. Os dois resultaram saudáveis, mas aconselho ulteriores investigações.

Pela glória de Thenaar.

— Já estava a par? — perguntou Theana.
Dubhe levou algum tempo antes de responder:
— Não, não deste caso específico, pelo menos...
— Acha que pode ser um recrudescimento do antigo conflito entre ninfas e humanos?
— Não disponho de dados suficientes para uma afirmação dessas. Seja como for, é uma hipótese que não podemos descartar. De qualquer maneira, creio que você também ache oportuna uma investigação mais profunda. Algo muito sério está acontecendo, algo perturbador.
Um silêncio pesado tomou conta da sala.
— Preciso ver os corpos — disse, afinal, Theana.
Dubhe sorriu.
— Foi justamente por isso que vim procurá-la. Mas não é necessário que vá pessoalmente. Pode mandar alguns dos seus, o que me parece, aliás, a melhor coisa a fazer.
Theana anuiu, um tanto aérea, o rosto contraído e os dedos que tamborilavam nervosamente na mesa.
— Preocupada? — perguntou Dubhe.

A outra fez um gesto vago, sem saber exatamente o que dizer. Era uma sensação e uma recordação, a lembrança de uma escolha feita alguns anos antes. Meneou a cabeça.

– Mais ou menos. Mas, de qualquer maneira, não deve ser nada sério, você vai ver.

– Assim espero. Seja como for, preciso saber do que se trata. Já acionei os meus homens para descobrirem de onde vem esta eventual doença, e espero poder dizer-lhe alguma coisa dentro em breve. E confio que mande os seus tomarem as devidas precauções, obviamente.

Theana anuiu com um sinal de cabeça. Na verdade, estava muito mais preocupada do que dera a entender.

Dubhe levantou-se.

– Voltar a vê-la é sempre um prazer – disse, um tanto formal, e a sacerdotisa sorriu daquela atitude marcial e apressada. Os anos de serenidade não haviam conseguido descontrair a amiga, que ainda continuava sem jeito quando tinha de mostrar a alguém o seu carinho. – Venha visitar-me no palácio, quando puder. Ficar trancada aqui dentro, entre incenso e doentes, só pode lhe fazer mal.

Theana fez um gesto displicente com a mão.

– É a minha vida. Mas quem sabe... um dia destes.

Acenando de leve com a cabeça, Dubhe dirigiu-se à saída.

Ao ficar sozinha, Theana procurou convencer-se de que não devia ser nada de mais: os seus acabariam descobrindo que aquele pessoal tinha morrido de mera febre vermelha. Mas alguma coisa forçava-a a lembrar-se da longínqua conversa que tivera alguns anos antes, num momento muito sombrio para a Confraria.

– É do fim do mundo que estamos falando. Do eterno ciclo que rege o Mundo Emerso. Estamos falando da guerra total, definitiva, como na época de Aster!

Quem esbraveja é um jovem irmão. Está fora de si, abalado com aquilo que acaba de descobrir: um texto élfico que poderia revolucionar a maneira de ler e interpretar a história do Mundo Emerso, um livro grande e terrível.

Ela e o rapaz, Dakara, estão sozinhos.

— Procure acalmar-se.
— Não, a senhora não está entendendo! Embora, apesar de tudo, todos nós devêssemos saber muito bem o que aconteceu quando o último Destruidor apareceu no Mundo Emerso. Vai acontecer de novo, e desta vez precisamos estar preparados.
— O que você propõe é subverter as regras naturais, forçar o curso de um ciclo sobre o qual, de qualquer forma, não podemos ter controle algum. Você mesmo disse, é assim que o Mundo Emerso funciona, desde sempre. Destruidores alternam-se a Consagrados, numa sequência eterna à qual as raças deste mundo sempre sobreviveram, independentemente de quem ganhasse a luta. É a própria essência do mundo, e nós precisamos aceitá-la. Nada é eterno.
— Quer dizer, então, que devemos ficar parados, assistindo à destruição sem fazer coisa alguma?
— Só estou dizendo que lutaremos quando chegar a hora certa, e faremos isto como sempre fizemos. É o nosso papel.
— A senhora acha, então, que não passamos de marionetes nas mãos dos deuses? Acha que foi para isto que Thenaar nos criou, para que desempenhássemos o papel de títeres na peça que ele escreveu?
Theana sacode a cabeça.
— Há coisas, no mundo, que não podem ser mudadas, que precisam ser aceitas do jeito que são. A alternância que você descobriu é justamente uma delas. Não podemos alterar o ciclo, não cabe a nós. Isto não significa que não somos donos do nosso destino; significa apenas que precisamos reagir de forma correta diante daquilo que é inevitável.
Mas Dakara não se deixa convencer, insiste. E descreve o cenário futuro, quando o Destruidor estará de volta.
— Porque ele vai voltar, é o que os textos élficos afirmam! E haverá guerra, morte, destruição. Doença.

Doença.
Devo estar delirando. Pelas informações que tenho, poderia tratar-se de mera febre vermelha.
Mas desde o dia em que Dakara deixara os Irmãos do Raio, Theana tinha ficado obcecada, angustiada só de pensar que podia ter cometido um erro. Talvez ele estivesse certo, talvez tivesse sido

realmente necessário prevenir o advento do Destruidor. Por muito tempo continuara repetindo a si mesma que as ideias desvairadas do jovem o tinham levado a conclusões insanas, que o rapaz havia cometido erros com a desculpa de querer salvar o Mundo Emerso do seu fim inevitável. Mesmo assim, no entanto, ela não conseguia silenciar suas dúvidas. Era a sua maneira de acreditar, de ter fé.

E se aqueles mortos da Terra da Água fossem realmente o sinal da chegada do fim dos tempos?

10
CONFISSÃO

Nova Enawar apareceu como uma mancha colorida encravada no verde da floresta que a cercava. Surgiu como uma variada mistura de cores no céu límpido do entardecer. Havia áreas que, lá de cima, pareciam amarronzadas, outras de uma ofuscante brancura, algumas rústicas, outras extremamente rebuscadas. A cidade era dominada por um edifício muito alto, cheio de pináculos e obeliscos, todo de vidro, que vez por outra feria os olhos com seus reflexos de fogo. Espalhadas como cogumelos num tapete irregular de folhas, erguiam-se construções amplas e imponentes. Amhal indicou-as a Adhara.

– Esse prédio que estamos sobrevoando é a sede do Conselho do Mundo Emerso, onde se reúnem os reis das várias terras e os magos eleitos pelo povo. O outro mais adiante é o Palácio do Exército Unitário, e aquele outro mais longe é o Tribunal Plenário.

Adhara vagueava com o olhar de uma para outra construção, tropeçando em frisos pomposos, telhados dourados, domos elaborados.

– Por que os bairros são tão diferentes uns dos outros? – perguntou pasma.

– Porque, para planejá-los, foram chamados arquitetos originários de todas as partes do Mundo Emerso, e cada um quis infundir na área que lhe cabia alguma coisa que lembrasse a sua terra. Pois é, você está certa, acabou dando numa verdadeira mixórdia – disse Amhal, sorrindo.

Adhara não fez comentários. Comparada com a elegância de Laodameia, Nova Enawar saía-se realmente muito mal, e nem mesmo levava a melhor no confronto com a rude e pesada imponência de Salazar. Ainda assim, lá estava a capital do Mundo Emerso, a sede dos mais importantes mecanismos que o regiam.

– É uma cidade nova, sem história – comentou Amhal, intuindo os pensamentos da companheira. – Não nasceu devagar, do desejo das pessoas de criar uma comunidade que pouco a pouco vieram povoá-la. Foi construída para apagar o passado, para ser a bandeira de uma nova ordem. O pessoal foi induzido, incentivado a morar nela. É um lugar artificial, um lugar sem memória.

Amhal calou-se de chofre. Deu-se conta do que acabava de dizer, mas era tarde demais.

Uma cidade sem passado, como eu, a minha cidade, pensou Adhara, desconsolada.

Jamila começou a descer, os prédios passando velozes sob as asas escancaradas. Pousaram numa ampla plataforma de terra batida, diante de uma das grandes construções que haviam avistado de cima. Levantaram nuvens de poeira e Adhara viu brilhar nelas um enxame de partículas negras.

Talvez não seja propriamente uma cidade sem passado. Vai ver que se trata apenas de um lugar que não consegue esquecer seus próprios escombros.

Um tratador encarregou-se de Jamila, e Amhal pulou logo da garupa, impaciente. Adhara reparou que olhava em volta, excitado, como que procurando alguém ali perto ou sob os arcos que se vislumbravam no fundo.

Aquele era o Palácio do Exército, uma construção maciça, mais larga que alta, com toda uma série de frisos e adornos que a tornava ainda mais pesada, desde a grega, logo abaixo do telhado plano, até as estátuas e os relevos esculpidos que enfeitavam o portal. Havia uma porção de dragões ali em volta. Adhara ficou olhando para eles enquanto acompanhava distraidamente Amhal, que continuava a mover-se bastante frenético. Dragões verdes, vermelhos, alguns pequenos com asas diáfanas e corpo alongado, azuis; nenhum deles, no entanto, era como Jamila, nenhum deles tinha asas pretas.

— Ainda procurando a saia da mãe? Já deveria ter aprendido a sair de uma enrascada sozinho. Afinal, foi por isso que o mandei viajar.

Era uma voz áspera, rouca. Amhal virou-se rápido na direção dela.

— Mestre! — exclamou, e saiu correndo ao seu encontro.

Sob os arcos, na sombra, havia um vulto que soltava vagos reflexos, envolvido naquilo que devia ser uma armadura.

A sombra engoliu Amhal, e Adhara só pôde intuir que o amigo estava abraçando alguém, e que essa pessoa correspondia com vigorosas palmadas nas costas do rapaz.

Aproximou-se devagar, torcendo nervosamente um cachinho de cabelos entre os dedos. Era a primeira vez que alguém se intrometia entre ela e Amhal, o que provocava uma estranha sensação. Sentia-se vagamente incomodada.

Pouco a pouco seus olhos se acostumaram com a penumbra, e conseguiu distinguir a figura de um homem de aspecto imponente que a mirava. À medida que se acercava, os detalhes se tornavam mais nítidos: vestia uma armadura reluzente e imaculada, mas de feitio básico e essencial. Tinha um símbolo gravado no peito: a imagem de um círculo que envolvia outros menores, cada um circundando uma pedra de uma cor diferente. Da couraça emergiam um pescoço taurino e uma grande cabeça raspada. Era um homenzarrão e devia ter uma força descomunal. A careca brilhosa contrastava com o rosto coberto por uma fluente barba e vistosos bigodes louros. Os olhos, azuis, quase sumiam sob as sobrancelhas espessas e severas.

Adhara sempre considerara Amhal bastante magro, mas, de qualquer maneira, alto e de ombros largos. Comparado com aquele homem, no entanto, parecia miúdo e franzino. Os olhos do rapaz brilhavam enquanto olhava para o mestre.

– Esta aqui é Adhara – disse apontando para ela.

A jovem ficou imóvel, de braços cruzados atrás das costas, com a horrível sensação de não saber o que fazer com o próprio corpo.

O homem observava-a com um olhar penetrante, como se a estivesse estudando.

– A sua missão não incluía sair por aí à cata de moças bonitas – objetou.

Amhal deu uma gargalhada.

– É uma longa história, mestre, uma história complicada...

– Poderá me contar enquanto almoçamos – replicou o homão com simplicidade. Virou-se para a jovem. – Eu sou Mira, muito prazer em conhecê-la, Adhara.

Ela ficou muda, meio abobalhada.

— Um tanto tímida, a mocinha — disse Mira, esboçando um sorriso.
— Eu já disse, mestre, é uma longa história — repetiu Amhal.

O interior do Palácio do Exército era austero. Paredes de tijolos à mostra, sem emboço, amplas salas de teto abobadado, sem qualquer adorno a não ser por umas poucas estátuas bastante severas, não mais de uma para cada aposento. Tratava-se quase sempre de guerreiros em poses hieráticas ou com as espadas levantadas para o céu. Alguns tinham uma coroa na cabeça.

— Reis particularmente simpáticos — murmurou Amhal no ouvido de Adhara, reparando o seu espanto.

A sala do refeitório era imensa e apinhada de gente. Armaduras por toda parte, barulho de espadas, de colheres mergulhadas em tigelas de louça. E o burburinho, as risadas e o tilintar de alguns brindes. Quase todos vestiam armadura, mas mesmo quem estava sem ela tinha, bordado no peito, um símbolo como aquele gravado no peitoral dos demais.

Adhara nunca tinha estado num salão tão grande, no meio de tantas pessoas. A confusão de Salazar pareceu-lhe irrelevante diante da balbúrdia que reinava lá dentro.

Ela, Amhal e Mira sentaram num canto. Foram atendidos por um jovem de casaca azul. Os olhos do criado brilharam ao reconhecer Mira. Não escondendo a sua admiração, o rapaz só lhe dirigia a palavra dizendo "meu senhor".

— Mais sopa, meu senhor? Gostaria de mais um pouco de pão, meu senhor?

Mira recusou amavelmente. Aproximou-se então de Amhal, debruçando-se em cima da mesa.

— Às vezes me deixa bastante constrangido toda essa deferência. — Deu uma gargalhada e Amhal riu com ele, feliz como uma criança.

Adhara já se havia perguntado várias vezes se, em algum momento, a sombra poderia desaparecer do rosto de Amhal, se de repente ele poderia ficar despreocupado, feliz com alguma coisa. Pois bem, agora era um daqueles raros momentos. Olhava para o mentor com uma admiração talvez menos evidente que a do jovem criado, mas sem dúvida mais profunda; parecia, de fato, senti novamente em casa. Adhara mordeu o lábio, sabia que estava se portando como uma boba, mas não podia evitar uma ponta de inveja ao constatar que Amhal nunca se portara daquele jeito com ela.

Não pode competir, é o mestre dele, sabe lá há quanto tempo já se conhecem.

Enquanto isso, Amhal estava pondo Mira a par da missão. Falou da viagem de ida, na qual, ao que parecia, tinha levado um criminoso a Salazar, para em seguida tratar dos documentos recolhidos em Laodameia.

– E quanto à gentil donzela aqui presente? – perguntou Mira.

Amhal contou sumariamente o que havia acontecido, passando por cima dos detalhes mais cruentos do salvamento de Adhara. A conversa, no entanto, concentrou-se quase de pronto na doença. Mira ficou prestando a maior atenção durante toda a duração do relato.

– Você tinha sido atacada pelos tais sujeitos? – perguntou, quando soube de que maneira os dois jovens haviam se conhecido.

Adhara limitou-se a anuir, e coube então a Amhal salientar a estranheza dos dois agressores.

Mira passou a acariciar a barba, pensativo.

– Na sua opinião, quem poderiam ser? – perguntou Amhal.

Mira continuou calado por alguns segundos.

– Não faço ideia – respondeu afinal –, mas não estou gostando nem um pouco. Há uma óbvia conexão entre eles e a aldeia empesteada pela doença.

– É verdade, mas a infecção só existia lá, e parecia uma espécie de febre vermelha... quer dizer, uma coisa que já conhecemos... eu acho.

Mira continuava alisando a barba.

– Não sei... Pedirei o relatório do exame dos cadáveres, terei de consultar Feo. De qualquer maneira, precisamos ficar atentos à situação.

Amhal anuiu. Estava visivelmente satisfeito consigo mesmo: acabava de levar ao mestre notícias interessantes.

– Seja como for – prosseguiu Mira –, agora estou curioso para saber mais desta linda mocinha.

Ela ficou toda vermelha. Aquele homem a deixava sem jeito. Amhal começou a contar desde o princípio. Adhara limitou-se a acabar a sopa com rápidas colheradas. Era uma sensação estranha ouvir falar de si diante de um desconhecido. Instintivamente, sua mão esquerda começou a tamborilar no cabo do punhal.

Mira ouviu a história toda, fitando-a de vez em quando com olhares penetrantes. Ela achou melhor ficar cabisbaixa.

– Achei que talvez pudesse ser originária destas bandas. A pé, leva mais de quinze dias daqui a Salazar, e para o sul há densas florestas – concluiu Amhal.

Mira voltou a cofiar a barba. Sempre fazia isto quando se perdia em seus pensamentos.

– Pode ser, mas ainda que você descobrisse de onde ela vem, sei lá... adiantaria alguma coisa? Ela se lembra bem do gramado, não lembra?

Adhara anuiu.

– Se a minha hipótese for correta, devia morar aqui por perto – insistiu o rapaz.

– Não dá para saber – observou o mestre. – Você diz que ela vestia uma túnica branca, e também estou vendo que tem marcas nos pulsos, como se tivesse sido acorrentada.

Adhara olhou instintivamente para os pulsos. As marcas vermelhas iam desaparecendo e agora não passavam de pálidos riscos esbranquiçados.

– Isto nos leva a pensar que poderia tratar-se de uma presidiária.

Amhal ficou a ponto de insurgir, enquanto Adhara sentia um aperto no coração. Uma criminosa? Toda aquela viagem, todo aquele sofrimento para descobrir que era uma criminosa?

Mira levantou a mão.

– Isto também explicaria os seus dotes: saber lutar, por exemplo, ou então a sua habilidade com as fechaduras. – Dirigiu-lhe um olhar ambíguo, e Adhara sentiu-se ofendida.

– Francamente, mestre...

– Mas em nenhuma prisão do Mundo Emerso os presos vestem túnicas brancas. Na Terra do Sol recorrem a uma espécie de jaleco de linho cru, na Terra do Vento os detentos usam trajes vermelhos. Aqui na Grande Terra a preferência é por calças e camisas verdes. E além do mais os ferrolhos foram abolidos pelo Conselho mais de dez anos atrás, e alguma coisa me diz que a sua amiga tem marcas nos tornozelos também.

— É verdade... — acabou murmurando ela com admiração, enquanto Amhal olhava para Mira, pasmo.

— Não precisa fazer essa cara! Ela fica se coçando com a ponta da bota, ou será que você não reparou nisso? Amhal desviou o olhar, e Mira permitiu-se um leve sorriso.

— Não, eu acho que foi raptada. O que também explicaria a amnésia. O medo, a lembrança da terrível experiência... Talvez alguém a tenha libertado, mas então a teria levado consigo. É mais provável que tenha fugido sozinha. E depois de arrastar-se por algumas léguas, deve ter chegado àquele gramado onde adormeceu. Na manhã seguinte, zás! Nada mais de lembranças.

Amhal e Adhara ficaram olhando para ele boquiabertos.

— Então eu estava certo, mestre, ela não se afastou muito, deve ser daqui mesmo.

Mira levantou um dedo.

— Deixe-me acabar. Pode ser que estivesse presa em Nova Enawar, mas ninguém pode dizer de onde veio. Talvez de muito longe. Graças à insistência pessoal de Sua Majestade Learco, a escravidão foi abolida, mas não podemos esquecer que o comércio de escravos continua muito intenso. Ainda acontece de jovens serem raptadas de suas casas para ser vendidas a ricos cavalheiros que depois dispõem delas como bem quiserem. Poderia ser o nosso caso.

Amhal recostou-se no assento.

— Quer dizer, então, que ela poderia vir de qualquer lugar.

Mira deu de ombros.

— Mas há uma coisa muito interessante. — Levantou a mão e apontou para o rosto de Adhara. — Não se veem muitos olhos como esses por aqui, e menos ainda cabelos azuis.

Amhal deu uma leve palmada na cabeça.

— Mestre, esqueci o mais importante! — E contou do encontro com o sacerdote e das revelações que ele lhe fizera.

— Isso pode convalidar a minha teoria do rapto — comentou Mira, sem parar de alisar a barba. — Mas com alguma finalidade provavelmente pior que a escravidão.

Adhara sentiu um arrepio correr pela espinha.

— Mostre o punhal — disse Amhal.
Ela virou-se.
— Ah, sim — disse, atordoada, e desprendeu-o da cintura para colocá-lo na mesa.
— Estava com ela quando a encontrei. Afirma que já o tinha quando acordou.
Mira revirou a arma nas mãos. Pela primeira vez, Adhara observou atentamente aquele punhal. Até então considerara-o um mero apêndice do seu corpo, e estava tão acostumada com a sua presença que nem pensara em examiná-lo de verdade.
Era, de fato, uma arma incomum. O cabo tinha a forma de uma cobra bicéfala enroscada sobre si mesma, com uma cabeça branca e a outra preta. O resguardo da mão era bastante simples, somente uma barra de metal reta, virada para baixo nas pontas. A lâmina, por sua vez, era luminosa, ondulada e extremamente afiada. Ao longo da parte superior havia uma gravação, que Mira examinou com atenção.
— O senhor conhece alguém que use armas como essa? — perguntou Amhal, ansioso.
— É élfico... — murmurou ele, olhando de perto. — Pena que eu não conheça a língua — acrescentou, recolocando o punhal na mesa.
— Não, nunca vi nada parecido — concluiu.
Pela primeira vez, Adhara examinou atentamente a gravação. Aguçou os olhos e soletrou:
— *Thenaar...* está escrito "Thenaar".
Tanto Mira quanto Amhal olharam para ela, surpresos.
— Você conhece o élfico?
Adhara ficou indecisa.
— Não... não sei. A escrita diz "Thenaar". É importante?
Mira levou alguns instantes antes de responder:
— Não necessariamente. Não é raro encontrar o nome de Thenaar gravado nas lâminas.
Adhara suspirou. Amhal parecia decepcionado.
— Não desanime. Afinal de contas, não conheço todas as armas deste mundo. E uma boa pesquisa na biblioteca talvez possa nos dar as respostas que procuramos. — Mira virou-se para Adhara. — Sabe ler?
— Sei.

– Muito bem, uma visita à biblioteca pode ser um bom começo. O punhal é a única coisa que você possui, e portanto só nos resta concentrar a nossa investigação nele.

Ela anuiu.

– Acho que amanhã não tenho compromissos importantes, e se quiser poderei levá-la até lá.

Adhara voltou a ficar toda vermelha.

– Mestre, eu poderia...

– Você ficará encarregado de outra tarefa. Conheço uns informantes que poderão nos dar umas dicas quanto ao comércio de escravos por aqui, e você irá falar com eles. Não é que eu confie muito nos resultados, mas frequentar um pouco a malandragem só lhe fará bem. Portou-se muito bem na missão que lhe confiei, mas já está na hora de você começar a agir sozinho, sem ficar o tempo todo preso a mim.

– Como quiser, mestre.

Adhara tentou conformar-se com a ideia de passar uma manhã inteira na companhia de um ilustre desconhecido que a intimidava e, de alguma forma, despertava nela um instintivo antagonismo. Mesmo assim, tinha de admitir que, desde o seu despertar no gramado, era a primeira vez que se formulavam hipóteses concretas acerca da sua origem.

– Mas não se esqueça – acrescentou o homem, fitando-a diretamente nos olhos. – A sua única e verdadeira esperança é recuperar a memória. Você poderia ter nascido em qualquer lugar, e tudo aquilo que eu digo talvez não passe de mera teoria: há outras explicações para as marcas nos pulsos. A nossa busca poderia ser inútil.

Adhara mordiscou os lábios.

– Até agora só consegui mover-me num mundo desconhecido, dependendo completamente de Amhal. É melhor procurar e nada encontrar do que continuar tateando no escuro.

Mira sorriu.

– Gosto de você. Não desanime, acredito que acabaremos descobrindo alguma coisa – acrescentou num tom quase paternal.

Por um momento, Adhara achou que podia entender o que Amhal sentia por ele.

* * *

Naquela tarde procuraram um quarto para Adhara numa hospedaria. Mira e Amhal tinham seus alojamentos no Palácio do Exército, mas não era permitido que estranhos usassem aquelas acomodações. Diante disso, Amhal decidiu também ficar com um quarto na hospedaria.

– Não quero que fique sozinha – disse ao mestre.

Mira sorriu.

– Quer mesmo portar-se como um verdadeiro cavalheiro, não é?

Amhal não poderia ter ficado mais ruborizado.

Encaminharam-se todos juntos para o albergue, percorrendo as desertas ruas noturnas de Nova Enawar. Conversaram coisas sem importância, mas na hora de se despedirem Mira teve uma atitude inesperada.

– Pode subir – disse a Adhara. – Eu e Amhal vamos ficar mais um pouco falando de trabalho.

Ela olhou para os dois, um tanto perplexa, mas estava com sono e decidiu ir para o quarto, sem mais delongas.

– Não vou demorar – tranquilizou-a Amhal, e acompanhou com o olhar a jovem que subia as escadas sozinha e indefesa.

– Vamos lá fora – disse Mira.

O rapaz não fazia ideia de qual poderia ser a razão daquela inesperada conversa, mas ficou contente com a possibilidade de permanecer mais alguns minutos com o mestre. Gostava de comentar com ele os resultados de uma missão, de perceber nos olhos do mentor um vislumbre de aprovação.

– Gosta dela? – foi logo dizendo Mira, depois que saíram da hospedaria e se sentaram à beira de um pequeno chafariz.

– Mestre! – protestou Amhal.

O homem deu uma gargalhada.

– Você é jovem, Amhal, e as moças devem fazer parte da sua vida! Deixe de ser tão sisudo, você precisa mesmo é de uma garota simpática e graciosa.

Amhal ficou cabisbaixo, olhando para a ponta das próprias botas. As mulheres não tinham lugar na sua vida. A sua existência era complicada demais, envolvida em dilemas bem mais profundos e dolorosos que os meros problemas do coração.

— Precisava de mim e eu a ajudei. É o que se espera de um cavalheiro. Só isso — sentenciou.

Mira sorriu, paternal.

Não é bom que leve a vida sempre tão a sério, meu rapaz. Ela precisa de alguma leveza, de alguma diversão, para realmente merecer ser vivida. Afinal, gosta ou não gosta dela?

De repente, Amhal viu diante de si a imagem de Adhara assim como lhe aparecera no mercado, quando haviam ido comprar roupas novas. Os seios pequenos, mas firmes e empinados, apertados no corpete, os quadris enfaixados pela camurça da calça justa. Engoliu.

— Pode ser... mas o problema não é este!

Mira riu de novo, e o rapaz saboreou aquele sorriso como um fresco bálsamo que lhe aliviava o coração. Sentira falta do mestre, naqueles dias de romaria solitária.

— Muito bem, digamos que o problema não é este... E qual é, então?

O homem assumira novamente uma expressão séria. A amena serenidade de pouco antes sumira.

— O que foi? Aconteceu alguma coisa durante a viagem, alguma coisa que não quer me contar, não é isso?

Amhal não conseguiu encarar o olhar do mentor. Sentiu a confissão subir aos seus lábios como um bocado amargo do qual precisava livrar-se.

— Suas mãos estão cheias de bolhas, e esse corte feio no braço...

— Matei três homens. — Pronunciou as palavras gritando, como se sua boca já não pudesse conter aquela horrível verdade.

Depois tudo foi mais fácil. O relato do que acontecera, o desejo de não esconder coisa alguma acerca da fúria, do prazer do homicídio. Amhal ficou destruído como sempre, aniquilado. Mas também, de alguma forma obscura, aliviado: era como livrar-se dos próprios pecados, como buscar uma impossível absolvição.

Mira deixou-o desabafar e em seguida colocou a mão no seu ombro.

— É a luta, Amhal, a essência desta vida com que a sorte nos brindou. E você está lutando, é disto que deve se lembrar quando se sente mal, de que está lutando. A queda faz parte da batalha, e você precisa aprender a se perdoar.

– Sei lá, mestre, é como... como se houvesse alguma coisa errada comigo, como se... – Não conseguiu continuar.

Mira apertou-o com mais força, e o rosto de Amhal acabou se apoiando no seu corpete de couro, onde o coração forte e vigoroso marcava o tempo.

O rapaz fechou os olhos e pensou no pai. Onde estava, agora? Havia sido ele a plantar aquela semente de violência na sua alma? O ser desprezível que abandonara a mãe, que nem mesmo se dera ao trabalho de conhecê-lo, deixando-o só e entregue a um destino de rejeição, fazia-lhe muita falta. E quando Mira o apertava contra o peito daquele jeito, sem dizer coisa alguma, desejava de todo o coração que pudesse ser ele o seu pai, o buraco negro que engolira uma grande parte da sua vida.

A dor suavizou-se, pouco a pouco deixou de apertar suas entranhas. As lágrimas correram fartas e silenciosas, riscando suas faces e o corpete de couro de Mira.

Ficaram sozinhos, sob os raios impiedosamente luminosos da lua.

II

O ENCONTRO

O homem de preto acordou numa estupenda manhã ensolarada. Os raios entravam fartos pela janela do quarto onde se hospedara. O tempo bom só conseguia irritá-lo. Detestava o calor e o verão, preferia as tristonhas tardes de inverno, com seu ar calmo e parado, seus céus de um cinza uniforme, e o frio que penetrava através da capa até insinuar-se nos ossos. O inverno era a coisa de que mais sentira falta, longe do Mundo Emerso. Orva era o lugar da eterna primavera, insuportável, infinita. E agora que finalmente voltara a uma terra onde havia invernos longos e rigorosos, tinha de viajar por aquelas bandas no verão.

    Levantou-se zangado com o mundo. Vestiu-se depressa e, quando já estava a ponto de sair, reparou no reflexo avermelhado da ampola na mesinha de cabeceira. Tinha quase se esquecido do presente que lhe dera o amigo, alguns dias antes.

    O amuo transformou-se numa ira mortal. Não queria admitir consigo mesmo que a verdadeira razão da sua fúria era aquela. Não desejava aceitar que, apesar do tempo que se passara, a despeito das escolhas feitas e da plena consciência do que ele na verdade era, a ideia de matar aquele homem ainda o incomodava.

    Agarrou a ampola com raiva e, com o mesmo ímpeto, desceu as escadas. Jogou o que havia sido combinado na mesa do hospedeiro e foi embora sem pronunciar uma única palavra.

O encontro aconteceu numa taberna, o melhor lugar para quem quer passar despercebido na multidão, e para o homem de preto o anonimato era tão importante quanto o próprio ar que respirava. Era a hora do almoço, e tinha tido o cuidado de escolher um lugar cheio de gente, onde ninguém se importasse demais com seu rosto perenemente coberto.

Passara os dois últimos dias naquela maldita cidade, à procura da mulher, Guerle, sem conseguir nada. Não tinha pistas que o pudessem ajudar, e até mesmo as visões haviam deixado de visitá-lo. Decidira então esquecer o contratempo e dedicar-se a ele, a Marvash. Um rapaz. Cavalgando um dragão. Um dragão bastante peculiar, aliás.

O sujeito chegou e parou diante dele.
– Você é Mayar? – perguntou, encarando-o.
O homem de preto anuiu sem nem mesmo se virar. Mayar, o nome que escolhera para movimentar-se naquele lugar. Pelo menos até sentir-se bastante seguro para usar o verdadeiro.
O outro sentou-se e chamou a criada.
– Uma sidra e um prato de carne – pediu.
Mayar observou o recém-chegado, um homem magro, vestindo um casaco imundo e calça remendada. Achara melhor falar com alguém de baixo nível: o sujeito faria menos perguntas acerca dele e do motivo pelo qual queria aquelas informações, e seria mais fácil comprar o seu silêncio. A coisa, além do mais, também lhe permitia não chegar perto demais do Palácio do Exército, um lugar para ele bastante perigoso.
Ficaram em silêncio até a chegada da sidra e da carne. Depois o homem começou a comer, esfomeado.
– Está pensando que vou pagar por isto? – perguntou Mayar.
O outro mal levantou a cabeça do prato.
– Foi o que combinamos.
O homem de preto olhou em volta, chateado.
– Acho bom você começar a merecer essa refeição, então.
– Não gosto de falar enquanto almoço.
Teve de aguentar enquanto o sujeito enchia a boca com pedaços de carne sangrenta, um depois do outro, e os mastigava devagar, saboreando. Tinha vontade de enfiar a cara dele no prato e esmagá-la até sufocá-lo.
O homem limpou a boca com a manga da casaca.
– E então?
– Soube que trabalha no Palácio do Exército.

O sujeito anuiu.

– Isso mesmo, servente no refeitório.

Mayar perguntou a si mesmo se não estava conversando com alguém de nível baixo demais para ficar a par de certas coisas.

– E o que sabe dos cavaleiros do exército?

– O bastante para levar seus pedidos à mesa. Que comem como porcos e não dão a mínima para mim.

– O que quero saber é se conhece os que trabalham lá, os cavaleiros residentes, que prestam serviço permanente nesta área. Sabe quem são?

O homem mergulhou o nariz na caneca de sidra.

– Levo a comida, não sou o encarregado do censo, ora essa. De qualquer maneira, creio que você não tenha uma ideia muito clara de como as coisas funcionam lá dentro.

Mayar cruzou os braços, aborrecido.

– E como funcionam?

– Acontece que na verdade o Exército Unitário não existe. Existem Cavaleiros de Dragão destacados, que intervêm em caso de guerra, mas que não moram fisicamente aqui em Nova Enawar. Só precisam ficar aqui um determinado número de dias por ano. E além do mais, nesta época, com a reunião do Conselho, o lugar fica cheio dos mais variados cavaleiros e soldados que escoltam os monarcas. Portanto, meu amigo, dizer quem está prestando serviço permanente aqui não é propriamente a coisa mais fácil do mundo.

Mayar observou o rosto parvo do homem, seus olhos porcinos e o meio sorriso beócio, e sentiu crescer em si o desejo de violência. Apertou com os dedos a borda da mesa.

– Vou tentar torná-la bem fácil para você. Estou procurando um rapaz, não sei como se chama. É um Cavaleiro de Dragão e cavalga um animal de asas pretas.

O homem enfiou uma unha entre os dentes, procurando tirar um resquício fibroso de carne. Em seguida passou a língua por cima e continuou calado.

Mayar perdeu a paciência. Foi silencioso e rápido. Sacou o punhal, segurou o sujeito pela casaca, por baixo da mesa, e espetou sua coxa com a ponta da lâmina. Depois aproximou o próprio rosto do dele.

— Já encheu a minha paciência. Posso levar menos de um minuto para fazer com que vomite tudo aquilo que comeu, estou sendo claro? Conhece ou não conhece?

Os olhos do homem, fixos nos dele, ficaram arregalados. Tão de perto, talvez tivesse vislumbrado sob o capuz o que o homem de preto mantinha escondido desde que chegara ao Mundo Emerso.

— Quem é você? — perguntou trêmulo.

Mayar segurou-o com mais firmeza e comprimiu o punhal na carne, rasgando o pano.

— Conhece ou não?

O outro fechou os olhos, apavorado.

— Vez por outra aparece um dragão destes, mas não sei quem é o dono. Não trabalho nas estrebarias e ignoro o tipo de cavalgadura daqueles aos quais sirvo a comida. Já vi o bicho por aqui, mas não sei de quem é, eu juro!

Mayar soltou a presa. Voltou a guardar calmamente o punhal na bainha. Levantou e jogou na mesa algumas moedas.

— Não peça mais — disse seco.

— Você... você é...

Mayar apoiou as mãos na mesa.

— Eu sou eu. E você não precisa conhecer a minha identidade.

Deu as costas e saiu.

Estava furioso. A coisa não dera em nada. Um fracasso. Dias e mais dias passados naquela cidade para não chegar a resultado nenhum. O que fazer, agora? Ficar de tocaia perto da estrebaria e esperar que o rapazola levantasse voo em seu dragão vermelho e preto? Admitindo, além do mais, que se encontrasse ali.

Pensou no seu trato com Kriss e nas humilhações às quais estava se sujeitando só para ser fiel àquela promessa, no intuito de alcançar os seus propósitos. E amaldiçoou a si mesmo, como aliás já fazia havia muito tempo, por aqueles dois dias de loucura, muitos anos antes, que o tinham levado àquele ponto.

Em seguida um ruído indistinto, atrás dele.

Escolheu uma péssima hora, matutou consigo mesmo.

Virou-se, lançou o punhal e caiu em cima do inimigo pregando-o na parede.

Um garoto. Apavorado. A lâmina tinha prendido uma parte da sua capa nos tijolos do muro.

O homem de preto arrancou-a e apontou-a para sua garganta.

– Então?

O rapaz levantou as mãos e procurou respirar para falar.

– Estou aqui para ajudá-lo... – disse com voz esganiçada.

Fitou-o nos olhos aterrorizados. Relaxou o aperto, mas continuou a ameaçá-lo com o punhal.

– E o que o leva a pensar que eu preciso de ajuda?

O rapaz pareceu retomar a cor e a coragem.

– Ouvi você agora há pouco, na taberna.

– Estava espionando?

– Não, nada disso, só estava sentado ali perto, não podia deixar de ouvir!

Mayar achou que já havia se divertido o bastante e que talvez aquele garoto realmente tivesse alguma informação proveitosa. Baixou a arma mas não a guardou na bainha.

– Seja rápido.

O rapaz massageou o pescoço, depois parou um instante.

– Acontece, porém, que para o sujeito na taberna você deu algum dinheiro...

O homem sorriu com expressão feroz e voltou a levantar o punhal.

– E você percebeu que ele não me disse lá grande coisa. Vamos fazer o seguinte: você diz o que tem a dizer, e então a gente decide se merece ou não alguma recompensa.

– Ouvi que está procurando um jovem cavaleiro que monta um dragão de asas pretas. Eu sei quem é, mas não se trata propriamente de um cavaleiro.

Mayar sentiu uma leve tontura, sinal de que estava ficando perto da verdade.

– Quem é?

– É um antigo companheiro meu de curso na Academia.

– Você é um cavaleiro?

O rapaz levou alguns segundos antes de responder:

– Não, desisti... Mas isto não vem ao caso. Ele estudava comigo e, pelo que sei, agora está sendo treinado por um cavaleiro.

– Como é que ele se chama?
– Quem?
– O jovem, quem mais?
– Amhal.

Amhal. Um nome comum, banal, que ocultava sabe-se lá quais abismos de poder e corrupção. Amhal, o que se parecia com ele, o objeto da sua procura, Marvash. O coração lhe dizia que era ele, sentia isso nas entranhas, e foi tomado por uma estranha calma.

– Não sei ao certo o que deve estar fazendo agora, ou onde se encontra, mas por via de regra os cavaleiros e seus aprendizes ficam na Terra do Sol ou então aqui.

– É um mestiço, não é verdade? Um mestiço com sangue de ninfa – disse Mayar, com um amplo sorriso feroz a iluminar-lhe o rosto.

O rapaz não soube interpretar aquela careta.

– Sim... isso mesmo... Na Academia todos faziam troça dele por causa disso.

Mayar não conteve uma risada abafada e triunfante. O jovem, diante dele, encolhia-se cada vez mais. Deu-lhe uma palmada no ombro.

– Espertinho, o menino.

Procurou na mochila e sacou algumas moedas, que entregou em suas mãos.

– Você nunca me viu, nunca nos encontramos.

O rapaz engoliu em seco, mas devia ser realmente uma cobra, pois criou ânimo e rebateu:

– Terá de pagar um extra, se quiser que eu fique calado.

Mayar levou na mesma hora o punhal à sua garganta, espetando de leve a carne. Percebeu, sob o aperto da mão, a pulsação convulsa da jugular.

– Acho bom não abusar da sorte. Poderia matá-lo aqui mesmo, e isto me garantiria o seu silêncio.

O rapaz mal conseguia respirar, arfava aterrorizado.

– Vou ficar de boca fechada! Nunca o vi na vida, não sei quem você é!

Será mesmo? Talvez você saiba... cogitou Mayar, sorrindo. Sentia a fúria correr em suas veias, despertando um urgente desejo de morte. Mas um corpo deixado a apodrecer ali seria um problema, e de qualquer maneira já havia desabafado bastante, nos últimos tempos. Soltou o rapaz, que caiu no chão de joelhos, tossindo.

— Suma daqui e me esqueça — intimou.

E então mergulhou nas trevas.

Dois dias. Foi o tempo que levou para encontrá-lo. Só precisou fazer amizade com um dos serventes da estrebaria. Umas poucas carolas, e o cara foi logo contando que, sim, o dragão de asas pretas estava lá. Amhal estava em Nova Enawar. O homem de preto teve um estremecimento.

— Mas dentro de dois ou três dias irá embora, porque Sua Majestade Learco viajará de volta a Makrat, e o seu mestre Mira faz parte da guarda pessoal do soberano.

Dois ou três dias. Só dispunha deste tempo para entrar em contato com ele e levá-lo embora consigo. Mas seria realmente a coisa mais inteligente a fazer? Quem lhe garantia que o jovem iria acompanhá-lo?

É um aprendiz de cavaleiro, sinal de que está tentando lutar contra a sua própria natureza.

Achou melhor investigar. Não era o tipo de homem amante da lógica e das intrigas. Gostava mesmo era de ação, e teve, portanto, de fazer um esforço para não invadir o aposento do rapaz e levá-lo embora na marra. Pois a luta que estava prestes a enfrentar era bem mais complexa, e do seu resultado dependia o que ele mais desejava no mundo, a razão pela qual tinha vivido uma boa parte da sua existência.

Foi perguntando por aí. Acerca da infância do jovem, de como era a vida dele agora. Voltou a procurar o rapaz que lhe dera as informações. Não foi fácil encontrá-lo. Quando o viu, o sujeitinho fugiu apavorado, e teve de correr atrás dele até encurralá-lo numa viela.

— Não falei com ninguém, não abri o bico, eu juro!

— Não é por isso, seu boboca. É por causa do seu amigo mestiço. Preciso saber mais sobre ele.

No fim, acabou matando-o. Depois de prometer-lhe novamente a salvação e de entregar-lhe mais umas poucas moedas de ouro.

— Pelos seus serviços.

Cortou-lhe a garganta. Porque não podia segurar por muito tempo a fúria, pois o desejo de matar, para ele, era uma droga. *Assim como para Amhal.*

Foi vê-lo. Agora já sabia quem era e onde encontrá-lo. A hospedaria era anônima. Galgou o muro externo, num beco deserto por onde ninguém passava. A lua resplendecia cândida no céu e definia com clareza as sombras. O homem de preto não precisava saber qual era o quarto. *Percebia* a sua presença. Agora já não tinha dúvida. O seu similar era ele, o ser enviado pelo destino, a porta que iria levá-lo à realização dos seus sonhos. Pulou para a janela aberta, devido ao calor, e lá ficou, equilibrando-se.

Dormia. A grande espada apoiada aos pés da cama, um punhal ao alcance da mão, como era de esperar de um bom guerreiro. Vestindo somente a calça, com o corpo molhado de suor, tinha um braço em cima da cabeça e dormia um sono inquieto.

O homem de preto demorou-se, olhando. Um garoto. Justamente como imaginara. A pequena ruga entre as sobrancelhas era a de um ser atormentado, exatamente como o haviam descrito. Uma criatura confusa e irrequieta, perdida entre os impulsos que se desencadeavam à margem da sua consciência e o louco desejo de ser uma pessoa normal.

Mas você e eu não somos normais, nunca seremos. Você e eu fomos feitos para algo bem maior.

Em seguida foi vencido por uma tontura, com uma sensação de vazio a apertar-lhe o estômago. O mundo exterior desapareceu, dissolvendo-se numa espessa escuridão.

Estavam num lugar desolado. Escombros, chamas ao longe, cheiro de queimado. No chão, corpos, sangue e árvores derrubadas. Cinzas turbilhonando em volta, impalpáveis.

Amhal e o homem de preto. E cada um percebia a presença do outro. O homem de preto podia finalmente ver o rosto do seu similar, o Marvash que vinha perseguindo havia muito tempo, o ser que o trouxera de volta àquele lugar onde teria preferido nunca mais botar os pés.

Amhal, por sua vez, só via um vulto indistinto, um homem vestido de preto, de contornos desfocados e sem rosto.

– Quem é você?

O homem percebeu o medo na sua voz.

– Sou você.

Amhal levou a mão à pesada espada, desembainhou-a e ficou em posição de ataque.

– Quem é você? – repetiu.

Desta vez o homem de preto limitou-se a sorrir.

– Estamos a ponto de nos encontrar, e então, pouco a pouco, você poderá entender.

– Pare de tirar o meu sossego – insistiu Amhal, com voz trêmula.

– O que quer de mim, e que lugar é este?

– O lugar para o qual o destino nos levará – respondeu o homem de preto.

Finalmente tudo estava ficando claro. A visão, agora, estava nítida.

– Irá compreender – prosseguiu – assim como eu compreendi, muitos anos atrás. E, quando compreender, irá aceitar.

Amhal investiu contra ele. O outro deteve-o segurando a espada com a mão. A lâmina não foi capaz de cortar sua carne.

– É você que me atormenta? Que cresce dentro do meu peito e semeia nele a fúria que me devora? – O rapaz falava com raiva, entre os dentes.

– De alguma forma, sou. – O homem de preto desarmou-o, jogando a espada no chão. – Quando nos encontrarmos, Amhal, confie em mim. Eu sou a resposta.

E então as cinzas que turbilhonavam em volta deles envolveram-nos, confundindo a vista.

O homem de preto recobrou-se, ofegante, sentado na janela, a mão agarrando nervosamente o muro. Levou algum tempo para entender direito onde estava: a hospedagem, a janela, Amhal que dormia.

Havia sido uma visão. Uma visão nítida, palpável. Um gemido, e viu Amhal, que se agitava inquieto, na cama. Sem dúvida, ele também passara pela mesma experiência. Por um instante, no sonho, haviam se encontrado.

Já era hora de ir.

Percorreu de volta o caminho que fizera para subir até lá e, quando chegou à rua, procurou descansar apoiando-se na parede. Estava ansioso. Custava a acreditar, mas a visão o deixara abalado.

Olhou para cima, para a janela. De qualquer maneira, fora uma experiência proveitosa. Porque agora sabia. Amhal ainda estava longe dele, e pegá-lo agora, levá-lo consigo, de nada adiantaria.

Não, tinha de lutar pela alma dele e de convencê-lo dos seus motivos, e só então levá-lo embora, quando ele mesmo implorasse para ir.

Sorriu. Pois é, agora sabia o que fazer.

12
INDÍCIOS PARA UMA NOVA VIDA

Quando Amhal acordou, sentia-se perturbado. Dormira pouco e mal, talvez devido ao calor. Mas havia o outro. Estava inquieto, e levou algum tempo para lembrar.

A visão tomou forma na sua consciência, devagar, com contornos indefinidos. A imagem do homem de preto foi a primeira a aparecer, inspirando nele um ambíguo sentimento de frieza e segurança. Temia aquele homem, mas ao mesmo tempo sentia-se atraído por ele.

Levantou-se de um pulo. Queria livrar-se daquela mistura de sensações. E a melhor maneira para fazê-lo era agindo. Vestiu a roupa e preparou-se para a tarefa a ser cumprida naquele dia.

Quando Mira veio bater à sua porta já estava pronto, disfarçado conforme as instruções que recebera.

– Ansioso para começar? – perguntou, sorrindo, o mestre.

Amhal retribuiu o sorriso.

– Mais ou menos.

Adhara estava esperando por eles, sentada na cama. Mira insistiu para que não poupasse roupas.

– A sua aparência dá muito na vista, é melhor que mantenha o anonimato. – Virou-se para Amhal. – Não poderia tomar alguma providência a esse respeito?

O rapaz se fez de desentendido.

Mira aproximou-se.

– A sua aversão pela magia deixa-me cada vez mais perplexo. Já lhe disse que é um recurso precioso, algo que deveria usar sempre que necessário, em lugar de ignorá-lo.

Amhal ficou levemente ruborizado e aproximou-se de Adhara. Colocou a mão nos seus olhos e murmurou algumas palavras. O cabelo da jovem assumiu uma uniforme cor negra, e seus olhos tornaram-se intensamente azuis.

– Uma mágica de camuflagem... – sussurrou ela, quase falando consigo mesma.
– O que foi que disse? – perguntou Amhal.
Adhara pareceu voltar à realidade.
– A magia que usou comigo... eu a conheço... de instinto. Só vai durar umas poucas horas.
– Está cheia de truques! – exclamou Mira com um sorriso, enquanto se encaminhavam à saída.

Adhara olhou para ele quase assustada, e pela primeira vez Amhal perguntou seriamente a si mesmo quem poderia ser aquela garota que caíra do céu em seus braços.
– Vamos levar em conta, na biblioteca – comentou o mestre. E, dirigindo-se a Amhal, acrescentou: – Quanto a você, siga em frente. Hoje à noite poderá contar-me o que descobriu.

O jovem baixou a cabeça em sinal de concordância e, em seguida, sumiu na multidão. Esperou que aquela nova tarefa tirasse dos seus ombros a inquietação que o dominava, e que os estranhos poderes de Adhara, de alguma forma, haviam exacerbado.

Nova Enawar estava apinhada de gente, principalmente de militares. Mira explicou a Adhara que a cidade ficava daquele jeito somente na ocasião em que o Conselho se reunia, quando os vários soberanos ali chegavam com seu séquito. Naqueles dias, não era diferente das demais grandes cidades do Mundo Emerso; parecia um lugar realmente habitado, animado pelo suave caos da vida.
– Quando todos voltam para casa, esvazia-se. Estas ruas ficam mais uma vez desertas, como de costume: nada de vaivém de transeuntes, somente poeira preta, poeira preta por toda parte.

Mira passou a mão numa mureta e a mostrou a Adhara: na palma, milhares de quase impalpáveis corpúsculos pretos.
– Na verdade, teria sido melhor deixar este lugar entregue à memória; um inóspito deserto que lembrasse para sempre a loucura do Tirano, a insanidade do Mundo Emerso. Mas, ao contrário, procurou-se abafar o passado erguendo uma cidade no local de uma verdadeira tragédia. Mas as lembranças voltam a reclamar o próprio espaço, e a poeira negra chega até aqui, do bosque, cobrindo tudo.

Adhara olhou em volta e reparou que estava em toda parte. Ficou imaginando como devia ser aquele lugar antes, quando não passava de um mausoléu de escombros. Mas não conseguia ir além do que via: prédios imponentes, amplas avenidas arborizadas, a ordem fictícia de uma cidade artificial.

Passaram de um bairro para outro, sempre por ruas largas e retas. Adhara não sabia muita coisa acerca das cidades, a sua experiência limitava-se a Salazar e Laodameia. Mas percebia algo absurdo naquele lugar. Antes de mais nada, o fato de cada setor ter um estilo arquitetônico próprio: era um tanto bizarro passar subitamente de pesados quarteirões em alvenaria para rústicas moradas de madeira e sapé, de toscas construções de pedra a edifícios de mármore. E, além do mais, aquela impressão de alegria excessiva, de vitalidade fictícia que parecia envolver qualquer coisa.

Amhal está certo, não tem passado, falta história.

Pensou na própria memória arrasada, no fato de ter sido parida pelo nada. Uma forma de vida artificial, uma criatura de algum modo construída, era isto que ela era.

– Não lembra absolutamente nada? – perguntou Mira, quase lendo seus pensamentos.

Adhara fez sinal que não.

– A minha primeira recordação é aquele gramado. Vez por outra vêm à tona informações fragmentárias, e capacidade que eu desconhecia possuir, mas nenhuma verdadeira lembrança. Até mesmo o meu nome foi Amhal que escolheu.

Mira sorriu.

– O que acha dele?

Era uma pergunta direta, que a pegou de surpresa.

– É o meu salvador – respondeu, mas sentiu que a simplicidade da afirmação não podia de fato englobar o universo de sentimentos que experimentava por ele.

– É muito bom que pense assim. Nem imagina por quanto tempo Amhal tem procurado alguém capaz de salvá-lo... E às vezes acho que ainda não encontrou.

Adhara teria gostado de dizer que sabia disso, que o *sentia*, mas parecia-lhe quase um sacrilégio falar de Amhal com o homem que o conhecia muito melhor que ela.

O que é que você pode saber? Acha que, só por ter partilhado com ele alguns dias de viagem, pode julgá-lo?

– Acredito nele – prosseguiu Mira, como que perdido em solitários pensamentos. – Sempre acreditei, e gostaria de ser a sua força. Mas também sei que, muitas vezes, não consigo. É uma alma nobre, uma pessoa generosa, não concorda?

– Tenho certeza disso – respondeu Adhara, procurando infundir firmeza na voz.

A biblioteca surgiu diante deles de repente, enorme e inesperada. Parecia um tanto espremida entre as outras inúmeras construções apinhadas à sua volta. Talvez fosse por isso que dava a impressão de ser ainda mais alta e imponente. Era o prédio de vidro cheio de pináculos e domos que Adhara vira na chegada. Suas paredes eram todas de vidro opalino que mal deixavam entrever o interior. Lá dentro, só se viam figuras desfocadas, pequenas manchas de cor que subiam e desciam ou, simplesmente, ficavam imóveis examinando alguma coisa. A luz só podia sair pura de algumas aberturas cobertas com vidro transparente: janelas ogivais incluídas no contexto geral.

Adhara observou-a de baixo para cima. A sua massa compacta e ao mesmo tempo a vertiginosa altura, o intrincado desenho dos pináculos que se erguiam para o céu em amplas volutas espiraladas.

– Bonita, não acha? Foi um presente do povo de Zalênia – explicou Mira. Diante do silêncio indagador de Adhara, deu uma palmadinha na testa. – Claro, você não pode saber... São pessoas que vivem sob a superfície do mar, numa espécie de enormes ampolas de vidro. Constroem muitas coisas com o vidro. O palácio do seu rei também é assim. Temos sido inimigos por muito tempo, e agora, veja só, até nos dão prédios de presente.

Deu umas risadinhas, mas Adhara não conseguia sair dali, pasma de admiração, encantada com o lugar.

Mira teve de dar-lhe um empurrãozinho nas costas.

– Acredite, lá dentro é melhor ainda – sussurrou, rindo, em seu ouvido.

Foram recebidos por um alto portão que parecia um grande corte vertical infligido à construção. Entraram.

* * *

A biblioteca era um contínuo alternar-se de corredores e amplas salas de leitura. Os livros estavam acondicionados em enormes estantes de ébano, cuja cor escura criava um estranho contraste com a luminosidade do ambiente. Eram protegidos por vidros, às vezes por grades, e em sua maioria não eram diretamente consultáveis. Tiveram de recorrer a um dos muitos bibliotecários encarregados dos vários setores, que buscavam o volume pedido e estabeleciam por quanto tempo podia ser lido. A Adhara, apareceu um homem consumido pelo seu trabalho. De tanto ficar no meio de livros, assumira a mesma cor do pergaminho, e seus dedos, frágeis e magros, só pareciam apropriados a folhear delicadamente as páginas amareladas pelo tempo.

– Quase tudo isso que está vendo se deve à constante dedicação de um único homem, Lonerin, um personagem quase lendário por estas bandas – explicou o mestre enquanto pegavam os livros de que precisavam. – Desempenhou um papel muito importante na derrota de Dohor. Pois é, coube a ele coletar a maioria dos livros aqui guardados, principalmente os textos élficos ou escritos pelo Tirano. Pena que a sua obra tenha sido interrompida cedo demais.

– O que houve?

– Morreu uns quinze anos atrás. Uma doença incurável, que pouco a pouco o esvaziou e arrastou para o túmulo. A mulher dele tentou levar adiante o trabalho, mas na verdade dedica-se muito mais à religião. É o Ministro Oficiante, a suprema autoridade da Confraria do Raio. – Mira parou um instante e, depois, percebeu que aquele apelido, muito conhecido no Mundo Emerso, não devia dizer absolutamente nada a Adhara. – É a religião da maioria, no momento. Adoram um deus que se chama Thenaar.

Um arrepio correu pelo corpo de Adhara. Aquele nome despertava alguma coisa dentro dela, uma sensação de calor, ou talvez uma lembrança.

– Shevrar... – murmurou.

Mira virou-se de chofre para ela.

– O que foi que disse?

Adhara fitou-o atônita.

– Não sei, um nome... um nome de que me lembro. Acha que pode ser o meu? – perguntou animada.

– Shevrar é o antigo nome élfico de Thenaar.

Mas a revelação morreu ali mesmo. Era apenas uma pequena chama acesa no escuro, que só conseguia iluminar um espaço mínimo ao seu redor.

Mira pediu uma pilha enorme de volumes para consulta. Relações de símbolos heráldicos, livros históricos e religiosos, listas de armas. Tiveram de fazer várias viagens para buscar todos.

– Mas o senhor tem certeza de que pode dedicar-me todo este tempo? – perguntou Adhara quando se sentaram.

– Hoje não é a minha vez de cuidar da segurança do Palácio do Conselho; sabe como é, existe um rodízio.

– De qualquer maneira, fico-lhe extremamente grata.

– Talvez não faça por você, mas sim pelo meu pupilo. Acho que desperta alguma coisa nele, e os deuses bem sabem como ele precisa disso.

Adhara ficou toda vermelha. Seria realmente fantástico poder ajudar Amhal de alguma forma.

– Estes aqui são para você – disse Mira, empurrando para ela uma considerável pilha de volumes –, e estes outros para mim.

Adhara pegou um, e a poeira que saiu dele a fez espirrar.

– O que estamos procurando, exatamente?

– O seu punhal. Acredito que seja uma arma muito especial, própria de alguma família ou de algum grupo armado específico. Não precisa ler tudo, portanto, mas somente o que pode nos interessar neste sentido, está claro? Só dispomos de um dia, amanhã a gente vai embora.

Adhara abriu o livro diante dela. A escrita miúda espantou-a, mas não se rendeu. Respirou fundo e entregou-se à tarefa.

Foi extenuante. Depois de algum tempo as palavras começaram a tremer diante dos seus olhos, deixando-a meio tonta. Datas e dados, grafias diferentes, ora miúdas e certinhas, ora quase ilegíveis, e também desenhos, anotações, prospectos... Adhara sentiu-se sufocar por todos aqueles sinais pretos. Mira, estóico, estava mergulhado na leitura e não aparentava qualquer cansaço.

Todo este trabalho é por mim, afinal; preciso resistir.

A luz filtrada pelas janelas e pelas paredes mudou de cor, os olhos de Adhara já estavam ardendo quando Mira a chamou:

– Venha dar uma olhada nisto.

A jovem ergueu a cabeça e se levantou. O mestre tinha um livro aberto diante de si; ficou atrás dele. Levou algum tempo para seus olhos cansados focalizarem a imagem. Quando conseguiram, ela estremeceu.

– O próprio!

– Isso mesmo – disse Mira com calma.

– O que é?

– Um punhal ritual, usado nas cerimônias de iniciação de uma seita chamada A Congregação dos Vigias.

Adhara sentiu o coração bater com força. Dizia-lhe alguma coisa aquele nome? Lembrava-se dele?

– Aqui, no entanto, nada mais dizem que nos possa ajudar. – Mira virou-se para ela. – Esqueça todos aqueles livros, já não precisamos deles. Temos que descobrir mais sobre estes Vigias.

Levantou-se e foi falar novamente com o bibliotecário, com o qual conversou baixinho por algum tempo.

Adhara ficou sozinha diante do desenho do punhal. Leu o comentário. Nada além daquilo que Mira já dissera. Nenhuma informação acerca da seita.

Vigias... Vigias...

"Fique aqui, não se mexa. Não vou demorar."

Ficou petrificada. Aquelas palavras haviam voltado à sua memória, tão claras, tão cristalinas. E agora preenchiam-na. Percebeu uma sensação de extremo sofrimento.

Estava sozinha, na escuridão.

O barulho dos novos volumes colocados na mesa pelo mestre a fez estremecer.

– O que foi? – perguntou ele.

Adhara fitou-o desnorteada.

– Tive uma espécie de lembrança. Mas não sei o que é... Uma voz que me diz para não sair dali, que voltará para me buscar.

– Talvez a sua memória esteja voltando. Vamos continuar. – Mira sentou-se. – Preste atenção, só procure informações sobre os tais Vigias.

Adhara voltou ao seu lugar.

* * *

Tiveram praticamente de escorraçá-los.
– Estamos fechando.
Mira estava lendo as últimas linhas do último volume; Adhara ainda tinha dois diante de si.
– Sinto muito, mas agora terão realmente de ir embora – insistiu o bibliotecário.
A contragosto, foram forçados a sair. Adhara estava exausta. Encontraram-se com Amhal no Palácio do Exército, no refeitório. O rapaz também estava cansado.
– Descobriu alguma coisa? – perguntou Mira.
– Nada, mestre, absolutamente nada. Fiz como o senhor mandou, procurei ser discreto. Ninguém sabe de nada. Não há escravas que conseguiram fugir, nem qualquer tipo de rapto. Só outros crimes prosperam por aqui, atualmente. E o senhor?
Mira espreguiçou-se, então contou o resultado das pesquisas. Amhal pareceu aliviado.
– Acho muito bom!
Adhara reanimou-se com o entusiasmo dele. Estava tão cansada que não percebera ter acrescentado uma peça ao mosaico do seu passado.
– É um bom ponto de partida – reconheceu Mira. – Mas por que ela tem o punhal? Pertence à seita dos Vigias, sejam eles quem forem? Ou foi raptada por eles?
– Precisamos investigar mais – disse Amhal.
Mira fitou-o de soslaio.
– Amanhã voltamos para casa.
Essa frase lapidar esfriou a conversa. Adhara sentiu-se tomar pelo desânimo.
– Mas... não podemos parar – protestou Amhal. – Logo agora que conseguimos alguma coisa.
– Sim, claro. *Ela* não pode parar. Mas nós temos de pensar nos nossos compromissos.
Adhara vagueava com o olhar de um para o outro. Tinha aprendido a prezar aquele homem, ao longo do dia que ele passara com ela. O que havia sido, afinal? Uma espécie de cruel brincadeira?
– Por que a ajudamos, então?

– Porque tínhamos a oportunidade. Mas também temos deveres.

Amhal apoiou-se no encosto da cadeira. Não sabia mais como argumentar.

Mira virou-se para Adhara.

– Já viu o que tem de fazer, não viu? Amanhã pode voltar à biblioteca e procurar nos livros que ainda não consultamos.

Ela fitava-o desnorteada. Teria então de ficar naquela cidade? E onde moraria? Onde iria arrumar o dinheiro para sobreviver?

– Quer dizer que está tudo acabado? – murmurou.

Amhal ia falar alguma coisa, mas Mira adiantou-se:

– Não estou dizendo isso.

Adhara mordeu o lábio.

– Já se passou bastante tempo desde que acordei naquele gramado, e desde então a situação não melhorou nem um pouco. Lembrei o que é uma colher e como usá-la, lembrei como arrombar uma fechadura e que o nome élfico de Thenaar é Shevrar. Mas nada sei de mim, do meu rosto, daquilo que sou. E agora que vislumbro uma pequena luz, uma pista...

Mergulhou a colher na sopa.

– É como não existir – repetiu, assim como dissera algumas noites antes a Amhal. – É como não ser ninguém. E eu preciso saber quem sou.

Mira permaneceu impassível diante desse desabafo.

– Fizemos o possível.

Essa afirmação tão brusca e a verdade incontestável que ela continha fizeram com que se envergonhasse de si mesma. Mas sentia que ninguém a entendia de verdade, que ninguém se dava realmente conta do seu drama.

– Não estou dizendo que deve desistir. Só estou incitando-a a encontrar o seu próprio caminho. Eu e Amhal temos a nossa vida, e você? Claro, o passado é importante, mas construir para si mesma uma existência no presente também é fundamental. E é isto que você deveria começar a fazer. Nós temos de ir embora, mas você pode escolher o que achar melhor: arrumar um trabalho e continuar a procurar. Está na hora de sair do limbo em que se encontra. Você não existe porque ainda não se construiu uma identidade.

Adhara baixou os olhos sobre o prato. Como é que alguém pode construir para si uma identidade se à sua volta há somente escombros?

Acabaram de jantar num clima de silêncio hostil.

Amhal não conseguia pegar no sono. Talvez fosse a sensação desagradável da noite anterior, com aquele sonho perturbador, ou então a agitação pela iminente partida... Mas o ponto central da sua ansiedade era Adhara. No dia seguinte iriam despedir-se de vez. E de alguma forma isso o incomodava. Haviam partilhado coisas importantes durante os dias de viagem, e ela era... Não sabia dizer o que era. Fresca. Pura. E, além do mais, precisava da sua ajuda.

Levantou-se, vestiu apressadamente a calça e saiu. Titubeou algum tempo no corredor, mas depois bateu à porta dela.

A jovem abriu quase na mesma hora, de olhos avermelhados e cabelo desgrenhado. Amhal experimentou uma avassaladora sensação de ternura. Teve vontade de abraçá-la, mas achou que seria meio bobo.

– Posso entrar?

Ela limitou-se a abrir caminho.

– Não é por maldade que ele faz isso. Qualquer coisa que diga, sempre tem uma razão de ser, está entendendo? E se fala assim, é pelo seu bem. Faz o mesmo comigo também.

Adhara torcia as mãos, sentada na cama. Levantou a cabeça.

– Você gosta muito dele, não é?

– É como um pai para mim – afirmou Amhal, orgulhoso. A imagem da noite anterior, à beira do chafariz, voltou à sua mente com força. – Só quer que você encontre o seu caminho.

Uma sombra de raiva passou pelos olhos da jovem, aqueles olhos extraordinários que haviam assumido mais uma vez sua cor perturbadora.

– E o que acha que deveria fazer? Não tenho um tostão e não sei fazer coisa alguma, sinto-me jogada num mundo desconhecido

e ele me diz "vire-se sozinha". É justamente o que fiz na floresta e em Salazar, mas, sozinha, não vou aguentar!
— Então venha conosco. — A frase veio aos seus lábios espontânea e fez com que os dois ficassem em silêncio, com a jovem a fitá-lo de olhos arregalados. "Também há bibliotecas em Makrat. Não tão ricas quanto essa, mas ainda assim boas. No palácio real, a do príncipe é muito bem provida. E na corte você teria a possibilidade de arrumar um trabalho."
Ela ficou mais uns instantes em silêncio.
— Acha mesmo? Está falando sério? — murmurou afinal.
Amhal anuiu, convencido.
— Para você, seria um lugar tão desconhecido quanto este, mas pelo menos a gente estaria lá... eu estaria.
Achou que estava se portando como um idiota. Nada existia que o vinculasse àquela jovem, nada mesmo. Salvara a vida dela, é verdade, mas e daí? Afinal de contas, era o seu dever. Mas, então, por que ligava para ela, por que queria tê-la por perto?
Porque ela precisa de você.
Adhara continuava a torcer as mãos.
— Acha que não incomodarei?
— Nem um pouco.
Mais um longo silêncio, que a ele pareceu eterno.
Em seguida:
— A que horas, amanhã?
Amhal sorriu aliviado.
— Eu mesmo virei acordá-la.

SEGUNDA PARTE

A DAMA DE COMPANHIA

13
A FAMÍLIA REAL

Adhara viu-o aparecer ao longe. Amhal já lhe falara.

— Pode ser que fique um tanto acanhada, no começo, mas lhe asseguro que se trata de uma pessoa extraordinária. Seja como for, siga as regras do cerimonial. Quando chegar a uns dez passos de nós, todos deverão ajoelhar-se. Você é mulher, e apoiará, portanto, ambos os joelhos no chão, com as mãos na frente e a cabeça baixa. Não a levante até ele lhe dirigir a palavra. Não fale coisa alguma até ele lhe fazer perguntas e, de qualquer maneira, não diga nada antes de ter sido apresentada. Chame-o sempre de Vossa Alteza.

A jovem estava atordoada com todas aquelas regras. Tinha uma ideia bastante vaga do que vinha a ser um rei, mas o tom obsequioso e levemente preocupado com que Amhal lhe havia feito aquelas recomendações deixara-a ainda mais apreensiva.

É desse homem que depende o meu futuro. Se me aceitar, poderei ficar ao lado de Amhal; do contrário, terei de pôr o pé na estrada, sozinha.

Viu o vulto tornar-se pouco a pouco maior, cercado por muitas outras figuras. Mira estava perto dela. Não sabia como Amhal lhe anunciara que se juntaria a eles. Por sua vez, o mestre não fizera qualquer tipo de comentário e a cumprimentara como nas outras manhãs.

Adhara aguçou os olhos na névoa matinal. Estavam numa ampla esplanada de mármore, dentro do Palácio do Exército. Tudo em volta daquele amplo espaço oval, uma série de arcos, dava acesso às cocheiras. Era ali que ficavam os dragões. Jamila já estava pronta, com um moço de estrebaria segurando suas rédeas metálicas. Também havia outro dragão, de um marrom indeciso que tendia ao avermelhado, bastante encorpado e com um focinho cercado por uma espessa crista coriácea, maior e mais imponente que Jamila. Tinha o ventre castanho-claro e patas abrutalhadas, providas de longas garras. Na sua garupa havia um enorme baldaquim dourado, encimado por pesados panos de veludo vermelho. Em volta, vários dragões azuis, menores e irrequietos.

Adhara levou a mão à testa. O ar parecia inflamado pelos reflexos do primeiro sol matinal. Fazia calor. Ia ser um dia abafado.

A figura foi se definindo: um homem alto e magro, ao que parecia, vestindo uma capa rígida e pesada, sob a qual devia estar suando em bicas. À medida que se aproximava, tornava-se cada vez mais evidente o seu andar claudicante, quase incerto. À sua volta, outras figuras se moviam rapidamente, prestativas.

Adhara apertou os olhos. *Um velho? Era então aquele o famoso rei?*

Todos caíram de joelhos e ela fez o mesmo, com um leve atraso que Amhal desaprovou com uma olhada severa. Ficou olhando para as pedras do calçamento. Já podia ouvir os passos do rei e do seu séquito. Teve vontade de levantar os olhos.

Os passos pararam.

– De pé, de pé, não precisamos de todas estas formalidades, ainda mais porque nos próximos dez dias estaremos suando, uns ao lado dos outros, e compartilhando os mesmos catres.

Uma voz flébil, cansada. Pouco a pouco todos se levantaram. Adhara ficou imaginando se poderia, finalmente, erguer a cabeça e olhar para Learco.

– Tudo pronto?

Devia estar falando com Mira, pois quem respondeu foi ele:

– Tudo, Vossa Alteza. Nesta viagem, usareis Dragona.

– E quanto à minha cavalgadura? – Uma ponta de preocupada surpresa naquela voz fina.

– Belog está cansado. Ainda não se recobrou completamente da doença. Eu mesmo o montarei, com a vossa permissão.

A curiosidade levou a melhor. Adhara levantou timidamente a cabeça. O rei mantinha o braço apoiado no de Mira e, comparado com ele, parecia um velho doentio. Tinha cabelos cacheados que lhe lambiam os ombros, roçando no tecido rígido e pesado da capa. A cabeleira era de uma candura ofuscante. Na cabeça, uma argola de ouro vermelho, burilada, provavelmente o que na noite anterior Amhal tinha chamado de coroa. Não usava barba, e o rosto era enxuto, só marcado por umas poucas rugas, mas profundas. Dois riscos na fronte, mais um no meio das sobrancelhas finas, também níveas, e pregas cavadas dos lados da boca. Olhos verdes, como os de Amhal, mas de uma cor mais mortiça, que cercavam pupilas de reflexos leitosos. Sorria. Um velho, nada mais do que isso. Adhara estava decepcionada. O grande rei, Learco, o Justo, que nos últimos cinquenta anos conseguira manter a paz no Mundo Emerso, o herói que lutara contra o próprio pai pela salvação de inúmeras almas, não passava de um velho cansado.

– Sim, claro. Não o confiaria a ninguém mais a não ser você, sabe disso.

Mira sorriu.

O soberano aproximou-se então de Dragona, o corpulento dragão aparelhado com o baldaquim.

– Vossa Majestade... – adiantou-se Amhal, dobrando no chão o joelho esquerdo.

O soberano virou-se.

– Amhal, levante-se, não precisa...

Deitou a mão no seu ombro, mão diáfana, marcada pelos traços azulados das veias salientes. O aperto, no entanto, era firme, pois forçou o rapaz a ficar de pé. A capa do monarca abriu-se sobre um peitoral de metal preso em volta de uma jaqueta vermelha. Logo abaixo, calça amarela e botas de couro. Uns trajes inesperadamente sóbrios, pensou Adhara.

– Vossa Majestade, gostaria de vos apresentar alguém...

A voz do rapaz estava levemente trêmula. Adhara ficou imaginando se não seria melhor ajudá-lo dando um passo adiante, se não seria o caso de apresentar-se sozinha. O próprio rei encarregou-se de resolver o pequeno impasse. Deu uma rápida olhada nos presentes amontoados à sua volta e logo fixou os olhos nela. O seu olhar era extremamente penetrante. Adhara lembrou-se das recomendações de Amhal e baixou de pronto a cabeça.

– De fato, há alguém que não conheço...

– O meu mestre já está a par de tudo, a vossa segurança está garantida e...

– Não tinha a menor dúvida quanto a isso – interrompeu-o o soberano, com um sorriso que tinha algo de paternal. Olhou de novo para Adhara. – Então? O que espera para apresentar-me a recém-chegada?

Amhal tentou ser conciso e só disse que era uma jovem desmemoriada que ele ajudara, e que agora estava tentando reconstruir uma vida. O rei ouviu em silêncio, a sombra de uma vaga participação escondida no fundo dos seus olhos, entre as pregas imóveis do rosto.

– Achei que Sua Excelência o Ministro Oficiante poderia ajudá-la, e gostaria, portanto, da sua permissão para levá-la conosco.

Amhal calou-se, como se tivesse tirado um peso do coração. Dava para ver que não estava acostumado a tratar diretamente com o soberano.

– Olhe para mim.

Adhara levantou a cabeça e fixou os olhos nos do rei. Por alguns momentos ficaram simplesmente se observando, então Learco sorriu com um toque de ternura.

– Há quem passe a vida inteira tentando fugir das lembranças, e você, ao contrário, deseja ter pelo menos uma na qual se agarrar...

– Uma vida sem lembranças é uma vida pela metade – disse Adhara, engolindo. Era o que todos lhe diziam. Um lugar cheio de saudade e lástima, o Mundo Emerso...

– Sabe, algum tempo atrás... bom, talvez fosse melhor dizer muito tempo atrás... – acrescentou o rei com um sorriso – eu mesmo tive de fazer uma escolha parecida. Havia, diante de mim, duas pessoas que precisavam de ajuda, e eu, ainda um jovem imprudente, fiz uma loucura e as levei ao palácio comigo. Naquela época eu não passava de um príncipe assustado. Uma delas, como eu, carregava nas costas um pesado fardo de memórias. Menos de um ano depois disso, ela se tornou minha esposa.

O monarca olhou para Mira e este retribuiu com um sorriso. Lembranças compartilhadas, experiências que talvez fossem conhecidas por todos, mas não por ela.

As pessoas falam uma linguagem que não entendo, que não posso entender, a linguagem da memória.

– É com prazer que agora faço a mesma escolha – sentenciou o rei. – A minha corte é grande, o palácio é uma máquina infernal que precisa de muita gente para funcionar. Você será bem-vinda. – Sorriu mais uma vez, então virou-se. – Acho que agora já podemos ir...

Mira ofereceu-lhe o braço e o levou até Dragona.

— Pronto, conseguimos — ciciou Amhal no ouvido de Adhara. — Dentro de um mês, no máximo, terá o seu encontro com o Ministro Oficiante, e, você vai ver, ela saberá como ajudá-la.

Em seguida fez um sinal e encaminhou-se, com ela, na direção de Jamila.

Dez dias depois da partida, Makrat apareceu diante deles encoberta por nuvens ameaçadoras. Fazia um calor úmido e pesado, que prometia tempestade, talvez um vendaval de verão capaz de levar para longe o ar abafado.

Adhara ficou observando tudo, atentamente, enquanto Amhal explicava que era a capital da Terra do Sol, uma cidade antiga, demorando-se a descrever em detalhes o seu aspecto caótico, os prédios requintados e cheios de preciosos adornos. Ela, no entanto, só deixou-se levar pelas sensações e pelo panorama que a cercava. E via uma cidade de fogo. A luz intensa, embora filtrada pelas nuvens, incendiava os telhados baixos e achatados, os domos dourados, os contornos das estátuas. As casas amontoavam-se umas em cima das outras, as ruelas e as praças surgiam desiguais, confusas, tortas. Uma cidade viva e complexa, bem diferente de Nova Enawar. Ao longe, os contornos de um grande palácio dominado por amplos domos redondos. O palácio real, na certa.

Quando já voavam baixo sobre a cidade, Adhara ficou ainda mais atenta, procurando uma imagem daquele lugar dentro de si.

Tampouco é a minha casa.

Dois relâmpagos enfatizaram o contorno das nuvens, uns trovões rasgaram o ar.

— Só espero chegar logo a um abrigo — resmungou Amhal, observando o céu de chumbo.

Pousaram numa ampla esplanada redonda, cercada de paredes de tijolos, que se abria como uma boca numa ala do palácio real. Um depois do outro, os dragões rasparam com suas garras as grandes pedras do calçamento. Amhal pulou ao chão, Adhara fez o mesmo, olhando em volta, curiosa.

Num canto, protegido por um dossel de veludo vermelho, havia um grupo de pessoas. Uma delas, mais baixa, separou-se do resto, correndo.

– Vô! – berrou, encobrindo o grito de alguém que tentava chamá-la de volta.

O rei virou-se, abriu os braços e a pequena figura precipitou-se para agarrar-se ao seu pescoço. O soberano quase perdeu o equilíbrio. Outra figura, igualmente baixinha, também se acercava rápida, mantendo levantada a bainha da longa saia.

– Amina, já estou cansada de pedir que não seja tão impetuosa! Era uma mulher que mal chegava ao peito do rei; havia alguma coisa atarracada no seu corpo, algo levemente desproporcional. Tinha longos cabelos negros, arrumados numa trança macia, olhos azuis e traços marcados. A sua figura expressava força e vigor. A roupa roxa – uma túnica que chegava até seus pés –, apesar de bastante feminina, não conseguia amenizar aquele toque um tanto andrógino que caracterizava as suas feições.

Abraçada ao rei, havia uma menina. Tinha um corpo parecido com o da mulher, embora fosse um pouco mais alta e esbelta. Os cabelos eram negros, mas curtos, e os olhos claros, de uma cor indefinível que, conforme a luz, ora pareciam verdes, ora azuis. Ao ouvir o chamado, bufou.

A mulher bateu o pé no chão, segurou Amina com firmeza e a tirou dos braços do rei, que por sua vez parecia achar aquilo divertido.

– Vamos lá, Fea, deixe-a ficar, afinal de contas ainda não estou tão gagá.

– Não é isso... – tentou rebater ela, mas Amina e Learco já sorriam com ar cúmplice.

– Fea é um gnomo. Uma das raças deste mundo, e é a nora do rei. E aquela é Amina, a sua filha – sussurrou Amhal no ouvido de Adhara.

Ela absorveu a informação, junto com as demais que ele ia lhe passando à medida que o resto da família real aparecia. A rainha Dubhe, de porte marcial; o príncipe Neor, paraplégico, preso a uma cadeira devido a uma queda de cavalo que acontecera quando tinha vinte anos; mais um menino – a versão masculina de Amina –, Kalth, seu irmão gêmeo; e uma pequena legião de pessoas cujos nomes Adhara jamais conseguiria se lembrar: dignitários, ministros, cortesãos.

Mas o que mais chamava a sua atenção era a família real. A maneira como se dirigiam uns aos outros, a familiaridade dos seus gestos, os sorrisos abertos e espontâneos. Era a primeira vez que via uma família, e ficou imaginando se ela também tinha uma, em algum lugar, se seu pai e sua mãe também haviam tido as mesmas atitudes com ela, no passado, e como poderia ela ter esquecido tudo isto.
Mais um relâmpago rasgou o céu plúmbeo.
— Talvez seja melhor procurarmos um abrigo, Vossa Majestade — sugeriu Mira, e todos apressaram-se rumo à entrada.

Adhara acompanhou os demais: estava a ponto de ingressar naquela que seria a sua casa sabe-se lá por quanto tempo. A chuva alcançou-a pouco antes de ela superar o limiar da porta, colando-lhe os cabelos no rosto. Já lá dentro, com Amhal, reparou que cada um seguia numa direção diferente. Ficou parada onde estava, no meio do corredor. No chão, um carpete vermelho; junto das paredes de pedra, trípodes de bronze soltavam uma luz calorosa no interior. Amhal encaminhou-se a um corredor e ela foi atrás.

Mira ia na frente.

— Vá para o quarto e troque de roupa, esta noite vamos ficar na Academia — disse ríspido a Amhal. — Estarei esperando por você lá embaixo, dentro de meia hora.

O rapaz limitou-se a anuir e pegou uma das estreitas escadas que levavam para baixo. Adhara continuou atrás dele.

Desceram dois andares, numa área do palácio muito mais modesta, desprovida de qualquer adorno: passagens um tanto apertadas e meras tochas nas paredes. Amhal dirigiu-se seguro para uma porta de madeira.

— E eu? — perguntou Adhara.

O jovem fitou-a como se só agora se lembrasse dela, mas não demorou a recobrar-se.

— Esta noite ficará aqui, no meu quarto. Não creio que haverá problemas. Amanhã eu a levarei a quem poderá arranjar-lhe um emprego.

Abriu a porta. Era um quarto relativamente pequeno, com uma arca aos pés da cama, marcada pelo tempo, um simples catre militar e um boneco que, provavelmente, servia para pendurar a armadura.

— Mas, afinal, eu não sou a sua ordenança?

Amhal sorriu meio sem jeito.

— É o que andei dizendo enquanto andávamos por aí, para evitar problemas, mas na verdade não tenho direito a uma ordenança, pelo menos enquanto eu não me tornar cavaleiro.

Adhara o viu ir de um lado para outro do aposento.

— Precisamos arranjar-lhe algum outro serviço, e aqui na corte vamos encontrar alguma coisa, na certa. Este palácio é gigantesco, há centenas de empregados...

Adhara sentiu, pouco a pouco, uma vaga inquietação. Quer dizer que iria ficar sozinha naquele enorme edifício. Teve vontade de protestar. Então viu Amhal preparar suas coisas, com a segurança de sempre, enquanto lhe dizia que iria levá-la ao Ministro Oficiante para que pudesse recuperar a memória, e não teve coragem de dizer mais nada. Lembrou, no entanto, as palavras ditas por Mira alguns dias antes, que tanto a haviam machucado. De repente, como uma iluminação, compreendeu plenamente o sentido delas. Estava na hora de ela seguir em frente sozinha, de afastar-se da sombra protetora de Amhal ou de qualquer outra pessoa. Não existia somente o seu passado perdido, que tão zelosamente ela tentava reconstruir. Também havia o presente, o caminho que dali por diante iria percorrer sozinha, sem apoiar-se em ninguém. Cabia a ela decidir qual seria. Procurou criar ânimo e deixou no chão o pequeno embrulho com suas coisas.

— É só por esta noite — acrescentou Amhal, olhando para ela.

— Não precisa ficar preocupado, sei que vou me sair bem — disse ela, aparentando uma segurança que na verdade não tinha, mas que gostaria imensamente de ter.

O rapaz sorriu, levantando a mochila.

— Até amanhã, então. — Ficaram abobalhados, um diante do outro, sem que nenhum dos dois tivesse a coragem de quebrar o equilíbrio que se criara. Depois, de surpresa, ele se curvou rápido e estampou um beijo na face dela. Adhara mal teve tempo de sentir a maciez dos seus lábios na pele, pois ele já se afastara.

— Boa-noite — murmurou, e saiu.

Adhara continuou imóvel no meio do quarto.

* * *

A escuridão descera rápido na Terra da Água. Ou talvez fosse só a impressão pessoal de Jyrio, Irmão do Raio, em missão especial naquele território a mando do Ministro Oficiante. Ficara andando por lugares terríveis, naqueles últimos dias, entre o fedor dos mortos e os estertores dos doentes. O céu límpido e azul acima da sua cabeça, e a verdejante floresta ao seu redor criavam um gritante contraste com o espetáculo de morte ao qual era forçado a assistir diariamente. Estava com medo. Um medo incontrolável que lhe apertava as entranhas e tirava o sossego das suas noites insones. Medo de ficar doente quando, com as mãos protegidas por frágeis encantamentos, revirava os corpos chagados. Mas aquela era a tarefa para a qual fora encarregado, e tinha de obedecer. Ao entrar na Confraria, já sabia que iria ser assim: antes de qualquer outra coisa, os doentes, antes mesmo que a própria vida. E chegara a hora de cumprir com a palavra, de ser fiel ao compromisso que assumira dois anos antes.

Diante dele havia uma mulher em trajes de couro, de combate. Armada da cabeça aos pés, estava levando-o para um subterrâneo, afastado. Não sabia exatamente quem ela era nem o que estava fazendo por aquelas bandas, mas a carta que mostrara logo que se encontraram havia sido suficiente: tinha a assinatura e o selo da rainha.

– Estou numa missão por conta da coroa, e acho que tenho alguma coisa interessante para você ver – dissera. E Jyrio fora com ela.

O fedor de morte tornou-se mais intenso. Seu estômago protestou violentamente, um suor frio umedeceu-lhe a fronte. Fez uma inútil tentativa de proteger-se levando a mão à boca e ao nariz.

– Aguente, já estamos chegando.

Era uma caverna, com alguns rudes cubículos cavados na rocha. Um era ocupado por um corpo.

– Encontrei-o moribundo num bosque aqui perto. Procurei levá-lo a um sacerdote, mas morreu antes.

Jyrio aproximou-se devagar. O cheiro era insuportável.

– Quando aconteceu?

– Ontem de manhã. Levei algum tempo para encontrar você – explicou ela. Em seguida deu-lhe um lenço. – Não vai adiantar muito, mas deveria ajudar.

Jyrio cobriu a boca e o nariz.

Examinou o cadáver. Era jovem e havia algo estranho nas suas proporções. Era alto, magro, pernas e braços insolitamente compridos. O corpo estava cheio de manchas negras, e havia sangue perto da boca, do nariz, dos ouvidos e até embaixo das unhas. Ficou imóvel por alguns instantes. Havia algo errado, mas não sabia o quê.

Levantou uma das pálpebras do cadáver. Estremeceu. Olhando para ele, sem vê-lo, havia um olho de um violeta intenso. Abriu o outro também. Mesma cor. Seus dedos tremeram. Passou a examinar os cabelos. Visivelmente estavam pintados, opacos e pegajosos. Jyrio procurou nervosamente em sua mochila. Sacou um líquido transparente que derramou no lenço que estava segurando, tirando-o da boca. Esfregou-o na cabeleira do morto. Ficou imediatamente manchado de marrom. Os cabelos do cadáver reassumiram sua cor normal: verde.

Jyrio deu uns passos para trás e virou-se para a mulher.

– Levava alguma coisa consigo?

– Absolutamente nada, somente a roupa que vestia. E uma pequena ampola vazia.

– Ainda está com ela?

Ela indicou um receptáculo ao lado do corpo. Jyrio aproximou-se mas não se atreveu a tocar nela. Não passava de um frágil vidrinho que devia ter contido um líquido qualquer, colorido, que em parte ainda manchava as paredes.

Levantou-se. Sua cabeça rodava.

– Então? – perguntou a mulher, de braços cruzados e expressão decidida no rosto.

– Não sei – murmurou ele. – Não é humano, não é semielfo, não faço a menor ideia de quem seja e de onde vem. Este homem não pertence ao Mundo Emerso.

– Como eu temia – disse a mulher, impassível.

Como é que ela consegue?, perguntou Jyrio a si mesmo, sem ser capaz de controlar o tremor convulso das mãos.

– Não é o único – acrescentou ela. – Há mais dois que foram mortos por um rapaz, vários dias atrás, em Salazar. Os primeiros casos de contágio apareceram dois dias depois daquele homicídio.

Jyrio apertou os punhos sob a túnica.

– São eles... os portadores são eles...

14
AMINA

Adhara acordou ao alvorecer. A luz penetrava com prepotência no quarto. Os batentes estavam fechados, mas a parte de cima da janela bífore era formada por um desenho geométrico entrelaçado. Os raios eram filtrados pelos furos, até bater em seus olhos, no travesseiro. Pediu arrego na mesma hora. Já tinha sido difícil pegar no sono ao anoitecer, voltar a dormir agora, com a luz nos olhos, então, nem pensar. Ainda mais porque aquele era o primeiro dia da sua nova vida.

Vestiu-se com cuidado. Perguntou-se se os seus trajes seriam aceitáveis, se não seria melhor usar roupas femininas naquele lugar, mas concluiu que se sentia mais à vontade, daquele jeito, e que isto servia pelo menos para abrandar a sua desorientação. Só teve alguma dúvida a respeito do punhal, e foi então que bateram à porta.

Amhal!, pensou na mesma hora e se apressou em abrir. Viu-se diante de um rapazola que vestia um casaquinho branco. Devia ser mais jovem que ela, mas mesmo assim fitava-a com um ar de vaga superioridade.

– Sua Alteza, o príncipe Neor, quer vê-la. Mandou avisar que está esperando nos bastiões do palácio.

Adhara não poderia ter ficado mais surpresa. Tentou juntar as coisas. Neor era aquele na cadeira de rodas, o mais estranho da família. O que poderia querer dela?

– Não sei onde ficam os bastiões... – disse, confusa.

O rapazinho deu-se ao luxo de um sorriso um tanto gozador.

– Com efeito, mandaram que a levasse até lá. – E deu as costas, ficando à espera no corredor.

Adhara prendeu os cabelos com uma fita e encaminhou-se.

À medida que avançava palácio adentro, o ambiente ao seu redor mudava. Dos muros manchados de mofo do andar onde dormira, ao reboco simples mas limpo do andar de cima, até os estuques e a suntuosa decoração das alas nobres. Tapeçarias nas paredes, candelabros de ouro, carpete vermelho por toda parte, mosaicos ou afrescos no teto. E muito ouro por todos os cantos, numa atmosfera quase sufocante.

Será que sabe alguma coisa a meu respeito? Será que eu sou deste lugar? Ou então me reconheceu e quer mandar prender-me porque sou uma criminosa?

Uma mixórdia de hipóteses confusas enchia-lhe a cabeça, fazendo pulsar com força o sangue em suas têmporas.

Entraram numa ampla sala, muito iluminada. Uma parede era coberta por espelhos com molduras douradas, mas a de frente para a entrada era totalmente envidraçada. Na parte de baixo, o vidro era incolor e deixava a luz entrar, muito pura; a parte superior, por sua vez, era historiada, formada por muitos vidros coloridos soldados juntos com fios de chumbo, representando figuras: lutas de dragões, cavaleiros, exércitos em formação de batalha. Adhara deixou-se fascinar por aquelas figuras e teve de correr ao perceber que o rapaz já tinha saído.

Do lado de fora havia uma grande varanda, com pelo menos vinte braças de comprimento. Era cercada por um parapeito de tijolos, com pequenas colunas variadamente enfeitadas, e dava para um imenso jardim cujo verde vivo criava um agradável contraste com o branco leitoso do céu estivo. Nem mesmo a tempestade noturna tinha conseguido amenizar o ar abafado.

Neor estava sentado a uma mesa coberta com uma toalha cândida. Em cima dela, uma cesta cheia de frutas, vários pedaços de queijo, pão ainda quente, que espalhava no ar o seu cheirinho gostoso, e duas tigelas.

O pajem fez uma obsequiosa mesura e foi embora, deixando Adhara em plena luz do dia, no limite extremo da balaustrada.

– Por favor, aproxime-se – disse o príncipe acenando para ela.

Ela avançou titubeando. Onde estava Amhal? Até mesmo a presença de Mira poderia ajudar, naquele momento. Quando já estava perto do príncipe lembrou-se da etiqueta e parou para ajoelhar-se.

O príncipe a deteve:

– Não é preciso. Estamos sozinhos.

Adhara voltou a ficar de pé, sem saber ao certo o que fazer. O seu olhar demorou-se no homem diante dela. Devia ter uns trinta anos, e o rosto era o de um jovem. O corpo, no entanto, era esquelético,

largado quase sem força na poltrona. Particularmente as pernas, que mal dava para entrever sob a longa túnica, eram magérrimas.
O príncipe sorriu.
— Então é verdade mesmo que não se lembra de nada.
Adhara fitou-o desnorteada.
Como resposta, ele apontou para uma cadeira.
— Sente-se. Deve estar cansada.
Ela obedeceu. Não sabia se estava se portando direito, se era oportuno, ou pelo menos permitido, compartilhar uma refeição com o príncipe. Ele pegou um pãozinho e partiu-o com as mãos pálidas e ossudas. Tinha bonitos dedos, longos e afusados. Levou à boca um pequeno pedaço.
— Nos treze anos que estou preso a esta cadeira, você é a primeira pessoa que me olha desse jeito.
Adhara ficou rubra. Tinha dado uma mancada, só podia ser isso.
— Mas é uma coisa positiva — apressou-se a acrescentar Neor.
— Por via de regra, todos evitam olhar para mim, achando que eu ficaria constrangido se me observassem com demasiada curiosidade. De forma que me acostumei a ser invisível; as pessoas, quando já não tem outro jeito, só olham para o meu rosto, e sempre meio sem graça. Durante as cerimônias, preferem fixar sua atenção nos trajes da rainha, ou no sorriso da minha filha, antes de dedicarem seus olhares ao meu corpo doente.
Adhara baixou os olhos. Diante dela havia uma tigela cheia de leite quente. O seu perfume, junto ao do pão fresquinho, remexia seu estômago.
— Mas você examina as minhas pernas, pergunta a si mesma qual é o sentido desta cadeira, e mesmo ontem não teve medo de voltar a sua atenção para mim.
— Sinto muito por ter sido tão inconveniente. Francamente, não era minha intenção...
O príncipe levantou a mão.
— Até que eu gosto. Quer dizer, gosto que me olhem com curiosidade e simples interesse, como se eu fosse uma pessoa qualquer, e não com a pena que se costuma sentir por um aleijado. É por isso que reparei logo em você. — Levou à boca mais um pedacinho de pão. — Fique à vontade, coma alguma coisa.

Adhara apertou lentamente as mãos em torno da tigela e tomou um gole. Doce, agradavelmente quente, saboroso. Estava ótimo.

– Falei de você com Mira, ontem à noite, antes que fosse ao quartel, e ele me explicou a situação.

Adhara limpou a boca com o dorso da mão e, depois, pegou timidamente um pedaço de pão.

– Contou-me a sua história e disse que procura um trabalho, enquanto investiga o seu passado.

Ela continuou a observá-lo. Tinha olhos bonitos, de um verde bastante escuro, a perfeita fusão entre os da mãe e os do pai. Mas, passando por cima do seu corpo frágil, notavam-se nele muitas coisas que, com uma olhada rápida – a olhada de todos aqueles que não se atreviam a demorarem-se sobre a sua figura –, provavelmente passariam despercebidas. As longas pestanas, os olhos grandes, a boca sempre marcada por um meio sorriso.

– Sinto-me profundamente interessado nas pessoas que não têm qualquer condicionamento forçado pela sociedade. Elas são diferentes, fora dos padrões, como eu – prosseguiu Neor num tom reconfortante.

Adhara pegou a faca e cortou um pedaço de queijo. Levou-o à boca e mastigou com gosto.

– De forma que achei por bem confiar-lhe, eu mesmo, um trabalho que considero apropriado para uma jovem como você.

O coração de Adhara pareceu parar, e ela engoliu ruidosamente o queijo.

– Obrigada... – conseguiu murmurar, esperando ter dito a coisa certa.

– Acredito que tenha reparado em Amina, a minha filha.

A menina "impetuosa", como havia sido chamada pela mãe. Adhara anuiu.

– Fique sabendo que ela também está fora dos padrões. Talvez tenha puxado demais a avó, talvez a dela seja uma reação ao meu caráter pacato, à minha forçada imobilidade, só sei que não consegue adaptar-se às regras da corte. Quase parece uma estranha numa terra desconhecida. E uma vez que acha que ninguém a compreende, acaba rebelando-se das piores formas.

Adhara ficou se perguntando o que aquilo tinha a ver com ela.

— É uma pessoa sozinha, Adhara, e não é bom ser uma pessoa sozinha aos doze anos. A mãe... bem, a mãe dela é uma mulher maravilhosa, mas fica presa demais à etiqueta... E eu ando sempre muito atarefado. Nem em mim nem em Fea ela encontra aquilo que procura e de que precisa.

Adhara serviu-se de mais um pedaço de queijo.

— Mas talvez encontre em você.

O bocado ficou entalado na garganta da jovem.

— Meu senhor — não sabia se essa era a fórmula certa —, eu nada sei de cortes; para dizer a verdade, aliás, nada sei de coisa alguma, e não vejo como...

— Você não é muito mais velha do que ela. Nada sabe do mundo, como acaba de afirmar, não faz parte deste lugar. É como ela.

— Mas, meu senhor...

— Não estou lhe pedindo nada de mais. Só terá de ser a sua dama de companhia.

Adhara soltou a faca na mesa.

— Eu nem sei o que significa ser uma dama de companhia!

Neor sorriu.

— Justamente.

Adhara arregalou os olhos, como se estivesse diante de um louco. Era, sem dúvida alguma, a pessoa mais estranha que tinha encontrado desde que acordara na grama. Todos os outros, até mesmo Amhal, podiam ser de alguma forma classificados, rotulados, mas ele...

— Ficar perto dela — acrescentou o príncipe, ficando sério. — Brincar com ela. Falar. Até mesmo aprender com ela. É só isso que lhe peço.

Não parecia difícil. Mas...

— Eu não sou uma princesa. Pelo menos que eu saiba.

— Mais um motivo.

— Uso roupa de homem.

— Ela acha adorável.

Adhara insistiu:

— O senhor nem me conhece. Viu-me ontem pela primeira vez, e aí me convida, me dá de comer, e agora quer confiar-me a sua filha.

Neor sorriu, maroto.

— Ficar na janela da vida ensina a observar. Passo o dia inteiro observando todos e entendo. Bastou-me reparar na maneira tímida com que você se aproximou, no jeito descarado de menina com que me estudou, e até no modo com que segurou a faca e cortou o queijo, para saber que é a pessoa certa. Eu sei muito mais coisas de você, agora, do que você mesma.

Adhara estava cada vez mais atônita.

— O medo de um mundo novo, a sua incapacidade de definir-me, de entender o que lhe peço e o que lhe digo, o seu amor por Amhal e o ciúme que sente de Mira.

Adhara não sabia mais de que cor ficar.

Neor bateu as palmas nos braços da cadeira.

— Justamente porque o meu corpo está preso aqui, a minha mente nunca para, e estuda, investiga...

Ela permaneceu imóvel, enquanto o príncipe voltava a comer, como se não fosse com ele.

Acabou o pão e então a encarou.

— Não é minha intenção deixá-la constrangida, só estou querendo convencê-la.

Adhara olhou para o jardim mergulhado na luz, para a mesa posta e para aquele homem que estava lhe demonstrando uma confiança que não acreditava merecer.

— Não creio estar à altura.

— Experimente. Eu mesmo decidirei se está ou não.

Sentiu-se dominada por um prepotente desejo de fugir.

— Só está com medo. Medo de enfrentar as pessoas, de descobri-las e de descobrir a si mesma. Mas não há nada de errado em ser fraco, e você é muito mais forte do que imagina.

Ela ficou olhando para a cesta de frutas. Afinal de contas, tinha realmente alguma possibilidade de escolha? Pelo menos, ficando ali, poderia ver Amhal toda vez que quisesse.

— Tentarei.

— Muito bem. Continue comendo, então. Vou apresentá-la a ela logo que acabarmos.

Adhara o viu tomar o leite que ainda sobrava na tigela, e só depois de ele terminar se atreveu a também acabar seu desjejum.

* * *

Acompanhou-o ficando um passo atrás da sua cadeira. Movia-se usando apenas a força dos braços magros, um esforço com o qual parecia estar acostumado.

Talvez fosse melhor eu ajudá-lo, empurrá-lo... Quase não o conhecia, mas sabia que ele não teria gostado.

Passaram por uma série de salas decoradas com estuques dourados, enfeitadas com espelhos e afrescos. Adhara não demorou quase nada a perder a orientação, ofuscada pelas tapeçarias de preciosas fazendas multicoloridas, atordoada pela opulência da decoração. Depois um longo corredor iluminado por pesados candelabros. Finalmente, uma porta branca. Neor aproximou-se do umbral e puxou um cordão. Um sininho tocou. Mas ninguém pareceu ouvir, pois do interior continuava vindo o som confuso de vozes agitadas que falavam todas ao mesmo tempo.

O príncipe virou-se para Adhara com um sorriso.

– Acho que podemos entrar. Preciso pedir-lhe que abra a porta.

Ela deu um passo adiante, apoiou a mão na maçaneta e empurrou o batente.

Aparentemente era um aposento igual aos demais, mas muito luminoso. A tapeçaria era de cor creme, os adornos no teto simples motivos florais, as janelas enormes.

A confusão que reinava nele, no entanto, era francamente incrível. A cama, com um dossel de madeira clara, estava uma baderna, com os lençóis de cetim meio jogados no chão. E brinquedos, pergaminhos e roupas espalhados por todos os lados.

Amina estava de pé no meio daquela barafunda, vestindo uma curta camisola que deixava à mostra suas pernas ossudas. Diante dela havia uma criada visivelmente alterada e, num canto, Fea, de punhos apertados.

As três se viraram com a chegada de Neor.

Amina saiu voando para o colo do pai.

– Diga a elas que não quero ir à prova dos vestidos – foi logo dizendo.

Neor cingiu com um braço seus ombros miúdos e lançou um olhar interrogativo a Fea.

Ela levantou os olhos para o céu.

– Sempre a mesma história, as costumeiras pirraças infantis de que a sua filha tanto gosta! – exclamou irritada. E, virando-se para

Amina, acrescentou: – Você diz o tempo todo que quer ser uma pessoa adulta, e então pare de uma vez de se portar como uma menina! Os adultos sabem que há compromissos, obrigações...
– Odeio aquele costureiro! Espeta-me com os alfinetes e leva um tempão, enquanto eu tenho de ficar ali parada. E para que, afinal, mais um vestido? Já tenho aos montes!
Fea estava a ponto de rebater, mas Neor se antecipou. Olhou Amina nos olhos.
– Sabe que não é assim que funciona... – A menina ficou de cara amarrada na mesma hora. – A sua mãe está certa, existem obrigações que devemos aceitar, e a dos vestidos novos para as cerimônias é uma delas.
– É uma obrigação idiota.
– Talvez, mas só vai tomar uma hora do seu tempo. Eu prometo.
Amina bufou:
– Você não para de dizer que a aparência não conta. E então, por que não posso sair por aí usando as roupas de que gosto?
– Mas, se a aparência não conta, por que cria um caso só por causa de um vestido?
A menina ficou sem palavras, e Neor foi rápido em aproveitar aquele silêncio:
– Vamos fazer o seguinte: eu pedirei ao costureiro para não levar mais de meia hora, e naquela meia hora você vai se portar direitinho e deixar que tire as suas medidas. Estamos combinados? – Sorriu, e ofereceu a mão à filha.
Amina ficou matutando por uns instantes, e também esticou o braço e apertou a mão do pai.
– Mas agora vista-se, porque precisamos ter uma conversa. – O príncipe virou-se para a mulher e a criada. – Sozinhos.
A operação não foi propriamente tranquila. Do lado de fora, Adhara ouviu a gritaria de mais uma briga acerca da roupa a ser escolhida, mas finalmente Fea e a arrumadeira saíram, de cara fechada, e ela e o príncipe voltaram a entrar.
Amina estava sentada na cama, vestindo uns trajes francamente incomuns: uma camisa de mulher, cheia de rendas e babados, apertada num corpete de mangas compridas. Cobrindo-lhe as pernas,

uma calça larga que mais parecia bombacha. Neor não conseguiu reprimir um sorriso.

Adhara acompanhou-o devagar. Estudou a menina e sentiu-se tomar pelo mais completo desânimo. O que poderia fazer? Sujeitar-se aos caprichos daquela fúria? Conversar com ela? Ajudar Fea para convencê-la a usar roupas de mulher e cumprir com seus deveres de princesa? Observou-a, miudinha daquele jeito, o corpo nervoso, sempre pronto a estourar, os olhos irrequietos, e quase ficou com medo.

Como resposta, a garota devolveu-lhe uma olhada carregada de desconfiança.

– O que quer de mim? – perguntou, desviando o olhar para o pai.

– Só quero apresentar-lhe uma pessoa. Esta aqui é Adhara.

Amina avaliou-a por alguns instantes e voltou a concentrar-se no pai.

– E daí?

– Gostaria que você a ajudasse.

Amina ficou mais atenta.

O pai explicou-lhe a situação tintim por tintim. Contou que aquela jovem não se lembrava de nada e falou a respeito das experiências pelas quais passara durante o último mês.

– Uma vez que prezo muito os amigos de Mira, gostaria que lhe ensinasse alguma coisa e que fosse amiga dela – concluiu.

No fundo do coração, Adhara não pôde deixar de admirá-lo. Tinha conseguido tirar vantagem da situação virando-a do avesso de forma admirável, e agora Amina olhava para ela com olhos reluzentes.

– Está sozinha numa terra estranha, e até a hora de o Ministro Oficiante arrumar um tempinho para ela, gostaria que a ajudasse a aliviar a sua solidão. Acha que pode fazer isso?

A menina tinha a resposta escrita na cara, e Adhara ficou imaginando quão sozinha devia sentir-se, para entregar-se tão prontamente a uma perfeita desconhecida, desde que isso a tirasse do seu isolamento.

De qualquer maneira, tentou bancar a difícil:

– Não sei... Mamãe não me deixa um só momento em paz, com todas aquelas aulas de história, e de boas maneiras, e de equitação... Como acha que poderei arrumar um tempinho para tomar conta dela?

— Nada de dramas, tem tempo de sobra.
— Mas se você pudesse me cortar algumas aulas...
— Não puxe a corda demais. Sempre lhe disse que cada um tem de cumprir com o próprio dever. Vamos lá, só lhe peço que dedique uma parte do seu tempo a Adhara, não me parece uma coisa tão difícil assim.

Amina sorriu como quem estava fazendo um grande sacrifício e se compraz.

— Tentarei.
— Muito bem — disse Neor, satisfeito. — Então vou deixá-las sozinhas. Mais tarde cuidarei para que seja instruída acerca dos seus horários e das suas obrigações. Provavelmente, também terá de assistir com você a algumas das suas aulas.

Dirigiu-se à porta, e Adhara acompanhou-o com o mesmo olhar com que o náufrago vê afastar-se o navio do qual caiu.

A porta nem teve tempo de se fechar.

— Quer dizer que não se lembra realmente de nada? E como é que se veste desse jeito? O seu punhal é fantástico! Sabe lutar? Eu estou aprendendo, mas às escondidas da minha mãe. E que raio de olhos são esses? Têm a ver com algum encantamento? Foi uma doença? E os cabelos? Pintou?

Adhara deu instintivamente uns passos para trás. Sentia-se atropelada, não estava preparada para aquela avalanche de perguntas.

— Pois é... eu gosto... alguma coisa... — Mas então desistiu até de responder.

Amina continuou daquele jeito por pelo menos mais uns dez minutos enquanto se movia pelo aposento como um vendaval. Fez questão de contar que as aulas de esgrima iam bem, que gostava à beça das aulas de combate, que a mãe não lhe dava um só momento de sossego, que escrevia poesias mas não deixava ninguém ler, e que o irmão era de uma chatice mortal.

— Quer sair comigo?

Adhara estava confusa.

— Sair?... Sair para onde?

Amina riu. Uma risada gostosa que vinha do fundo do coração.

— Ora, para um lugar onde aquele insuportável instrutor não nos encontre, é claro!

15
AMIGAS

Amina foi direto à porta, abriu-a devagar e deu uma espiada para fora.
– Não acho que seja uma boa ideia... – tentou dizer Adhara, exasperada.
A menina virou-se na mesma hora, levando um dedo aos lábios.
– Venha comigo e não diga nada.
Segurou-a pelo pulso e puxou-a. Percorreram o corredor mantendo os ombros rentes à parede, até chegarem perto de uma tapeçaria. Amina olhou em volta, circunspecta, e a levantou. Atrás havia uma pequena porta de madeira. Abriu-a e avançou no escuro.
Adhara ficou plantada onde estava.
O rosto de Amina voltou a aparecer na entrada da passagem.
– Vamos lá, mexa-se!
Arrastou-a e ficaram andando por uma passagem bastante estreita, precariamente iluminada por umas tochas presas à parede.
– Quem a usa mais é a criadagem. Leva diretamente ao jardim, onde tenho um lugar secreto. Vou lhe mostrar.
Adhara sentia-se perdida. Achava que, quando o príncipe lhe pedira para tomar conta da filha, não estava absolutamente pensando numa coisa como aquela.
– Olha, eu acho que deveríamos... Seu pai disse que devia assistir a umas aulas e...
– Construí até uma casinha na árvore, já pensou? Quer dizer, quem construiu foi Mira, já faz um bom tempo, mas eu a tornei muito mais bonita.
Era inútil tentar conversar.
Chegaram ao jardim, que naquele canto parecia um verdadeiro bosque. Amina avançava entre moitas e samambaias com passo seguro, segurando com firmeza o pulso de Adhara. De nada adiantaram os convites, as solicitações para tomar cuidado.

Deveria ter fincado o pé!
A casinha realmente existia. Uma pequena cabana apoiada nos espessos galhos de um grande plátano. Tinha uma aparência sólida, um gracioso telhado de duas águas e uma espécie de postigo fechado por um pano vermelho, amarrotado. Estava ligada ao chão por uma escada que, por sua vez, parecia bastante insegura. Amina subiu os degraus entre mil rangidos, e Adhara foi atrás, relutante.

O interior era formado por um único ambiente; havia uma janela na parede oposta à entrada, também fechada com um pano, desta vez mais leve para que a luz pudesse entrar, mas tão gasto quanto o primeiro e até mais sujo.

Amina, no entanto, tinha procurado amenizar a aparência austera do local com o seu gosto artístico peculiar. Apoiadas num canto havia duas espadas enferrujadas; no chão, poeirentos tapetes e uns puídos retalhos do que parecia ser brocado. Também existia um arco de brinquedo com a respectiva aljava, uns pergaminhos e vários livros, um velho mapa pendurado na parede e, sentada numa cadeirinha, uma solitária boneca esfarrapada e bolorenta.

— As espadas eram do meu bisavô, encontrei no quarto da bisavó. Ninguém vai lá, é uma espécie de depósito onde jogam qualquer tipo de coisa. O arco é de Kalth, mas aquele boboca nunca brinca com ele. Acha que perdeu. Os livros são os das minhas histórias prediletas. Um deles fala dos tempos élficos, mas o melhor de todos é aquele ali, o vermelho, que conta de Nihal e Senar.

Adhara fixou os olhos no livro. Lembrava-se dele ou pelo menos o conhecia.

Foi escrito por Senar antes de ele partir para as Terras Desconhecidas, pensou, embora não soubesse ao certo o que eram as tais terras. Não ficou surpresa: já descobrira havia algum tempo que era mais versada no passado do que no presente do Mundo Emerso.

Amina acabou interpretando mal a expressão da nova amiga, pois acompanhou aquele olhar perdido no vazio e reparou que se detivera na boneca. Corou.

— Tenho desde que era menina. Por isso guardei — disse apressada.

A frase interrompeu o devaneio de Adhara.

– Bom, isto... isto aqui... – Não sabia que palavras usar, como conversar com aquela menina. – É tudo muito bonito – concluiu. – E fico contente que me tenha trazido para cá, mas na hora das aulas...
– Corta essa! – A princesa ficara amuada, zangada, e seus olhos soltavam faíscas. – Se insistir em ser tão chata quanto a minha mãe, então pode ir embora. Não conte com a minha ajuda, se continuar assim.

Era pior que se movimentar num território desconhecido, sem um mapa. De repente, Adhara percebeu por que aquela tarefa era tão difícil para ela. Não tinha a menor ideia de como cuidar do relacionamento com seus similares. Com Amhal era diferente, conseguia entendê-lo, ele vinha ao seu encontro, mas quanto aos outros... Os outros eram enigmas, e Amina mais do que ninguém, porque passava da alegria à raiva sem motivo, deixando-a confusa.

Nunca vai conseguir convencê-la. Vai ter de dançar conforme a música.

– Está bem, mas só hoje.

– Quem decide isso sou eu. Você é a minha aluna e tem de obedecer. Quer ou não quer lembrar? – Nos olhos de Amina passou um lampejo de perfídia.

Adhara anuiu, esperando que fosse a coisa certa.

– Então acho bom fazer o que eu mandar.

E fazer o que ela mandasse significava esgotar-se em brincadeiras desenfreadas.

Ficaram algum tempo na cabana. Então Amina decidiu pegar o arco e ir caçar.

Arrastaram-se na grama alta por pelo menos uma hora, com a lama do vendaval da noite anterior que lhes manchava as roupas.

E eu nem tenho outras..., pensou Adhara, desanimada.

Atiraram em alguns pássaros, e quando não acertaram neles Amina acusou-a de ser barulhenta demais.

Adhara teve de bancar o alvo.

– De qualquer maneira, as setas não têm ponta – insistiu a menina, quando ela se mostrou relutante. Mas uma vez que Adhara era ágil demais para que ela conseguisse atingi-la, acabou deixando-a plantada diante do tronco de uma árvore e começou a desfechar os dardos intimando-a a ficar parada. É verdade que as flechas não tinham ponta afiada, mas chegavam, mesmo assim, com suficiente velocidade para machucar. Adhara procurou não se queixar. Achava que a única coisa a fazer era satisfazer os desejos da princesa. Afinal de contas, ela só devia ser uma companheira, ora essa. Era para isso que o príncipe a escolhera. E faria exatamente o que se esperava dela: seria uma companheira condescendente e de poucas palavras, disposta a deixar-se atormentar sem dar um pio.

Uma vez cansada daquela brincadeira, Amina teve a brilhante ideia de pegar as espadas.

– Assim poderemos lutar! – disse, batendo palmas.
– Não se esqueça de que elas têm gume, não são de brincadeira. A gente pode se ferir de verdade.

Amina deu de ombros.
– Tomaremos cuidado. – E já saíra correndo para a cabana.

Quando Adhara viu uma figura alta e austera que interrompia a sua corrida, quase suspirou aliviada.

– Então é aqui que você se meteu. – Só podia ser o preceptor, um sujeito alto e macilento, de cabeleira branca e traços severos. – Achei que seu pai e sua mãe tinham sido claros quanto às suas obrigações.

Amina só ficou sem palavras por um instante.
– É tudo culpa de Adhara. Foi ela que me forçou a não assistir às aulas.

Adhara fitou-a incrédula, mas a garotinha não deu a menor bola.
O instrutor olhou para ela, carrancudo.
– É o que veremos. Mas agora, antes de mais nada, procurem limpar-se. Depois, começaremos a trabalhar como todos os dias.
– Mas foi culpa dela – insistiu Amina. – Eu não tenho nada a ver com a história!

Não adiantou. As duas tiveram de voltar ao palácio.

Amina desapareceu atrás de uma das muitas portas, enquanto Adhara permaneceu sozinha no corredor, com uma criadinha de mais ou menos a mesma idade ao seu lado.

– Pode tomar banho lá embaixo, com a gente, se quiser – disse a moça, olhando para a condição lastimável das suas roupas.

Adhara deu uma olhada na calça manchada e na camisa estragada. Só teve força para anuir flebilmente.

Lavou-se depressa. No andar da criadagem não havia água quente, e o que a moça chamara de banheiro não passava de um local com poços de onde tirava-se água com roldanas. No chão, uma série de pequenos bueiros permitia o escoamento. Jogou em cima do corpo uns baldes gelados e então, tremendo apesar do calor, pegou umas peças de vestuário na pilha que as criadas lhe haviam indicado. Mais uma vez teve de vestir roupas que não eram do seu tamanho, como uns poucos dias antes já acontecera em Salazar.

Olhou aflita para os seus trajes. Afinal de contas, gostava deles, eram como uma segunda pele, e não conseguia imaginar como limpá-los.

Apresentou-se no quarto ao lado segurando-os, com uma expressão constrangida no rosto.

Era a lavanderia, e estava cheia de mulheres debruçadas sobre os tanques. O cheiro azedo do sabão pairava no ar.

Adhara aproximou-se da que parecia mais jovem. Pigarreou algumas vezes para chamar a sua atenção, mas a barulheira era tão grande que teve de sacudi-la pelo ombro.

– O que foi?

– Faz ideia de como posso limpá-los? – perguntou, mostrando os trajes.

Com mãos espertas e sabidas a criada começou a examiná-los.

– Como conseguiu sujá-los desse jeito?

É o que acontece quando a gente banca a dama de companhia da princesa, pensou, mas preferia dar uma resposta vaga.

– É uma longa história... Acha que dá para recuperá-los?

– Bem, pode tentar com a potassa, e depois esfregando pra valer com sabão. Mas vai ter de suar.

A criada virou-se para voltar ao trabalho, e Adhara ficou ali, plantada. *Potassa?*

– Desculpe, mas francamente não sei do que está falando; talvez se pudesse me explicar melhor...

Sentia-se boba, tola e indefesa. Pensou quase com raiva em Amhal, que a deixara sozinha, e em Amina, que a forçara àquela brincadeira idiota.

A moça, no entanto, sorriu para ela. Com um gesto decidido tirou as roupas das suas mãos.

— Bom, enquanto vai aprendendo os afazeres domésticos, eu mesma vou lavar.

Deu-lhe uma piscadela, e embora Adhara não soubesse ao certo o que aquele gesto significava, sorriu aliviada.

— Você é realmente muito amável. Juro que vou aprender.

A criada deu de ombros e indicou as pilhas de roupas em volta.

— Está vendo todas estas peças? Acha que vai mudar alguma coisa se também me encarregar das suas? Não se preocupe comigo. Depois de amanhã já pode vir buscar.

Encontrou Amina, que saía do quarto, com cara de poucos amigos. Em lugar dos trajes masculinos vestia uma roupa simples mas muito bem-acabada. Logo que seus olhares se cruzaram, a menina baixou os olhos e apressou-se ao longo do corredor.

Adhara nem sabia ao certo como explicar tamanha ousadia, mas acontece que alguma coisa revirava suas entranhas. Mexeu-se rapidamente, alcançou a menina e deteve-a segurando seu ombro.

Ela tentou desvencilhar-se.

— Deixe-me, o que quer?

— Eu não tive culpa de nada — disse simplesmente, procurando dar ao próprio olhar a dureza necessária. Talvez não soubesse grande coisa quanto aos relacionamentos humanos, mas achava que, se uma pessoa fosse gentil com outra, deveria esperar o mesmo em troca. — Procurei satisfazê-la, fiquei com você e fiz tudo aquilo que me pediu, e o que ganhei com isso? Trajes estragados e uma acusação injusta.

Amina tinha corado, mas o seu olhar flamejava de novo.

— Se não gostar, pode ir. Ninguém a obriga a ficar comigo.

Adhara soltou levemente a presa.

— Não estou dizendo isso... — Mas então percebeu que não devia ceder. Estava certa e algumas coisas deviam ficar claras de uma vez por todas. — Só quero dizer que não gosto de ser usada para encobrir os seus erros. Se tivermos de ser amigas, então precisa me respeitar.

Amina baixou os olhos, e Adhara teve a impressão de que estava a ponto de chorar. Mas quando levantou de novo a cabeça tinha a expressão altiva e desdenhosa de sempre.

– Se você não tivesse feito todo aquele barulho, não teríamos sido encontradas.

Conseguiu desvencilhar-se e afastou-se rapidamente pelo corredor, batendo com força os pés no chão.

Naquela noite, Amhal não apareceu. Adhara esperou inutilmente por ele na varanda que dava para o jardim externo. Ficou sozinha, a cabeça apoiada na palma da mão, observando o sol que se punha sobre a cidade e o dourado dos telhados que se tingia preguiçosamente de vermelho e de roxo. Só foi embora quando já estava escuro, decepcionada. Perdeu-se no caminho umas duas ou três vezes antes de voltar ao seu alojamento. Havia um estranho silêncio no palácio. Tinha esperado que Neor a mandasse chamar, quem sabe para tirá-la das garras da princesa dizendo-lhe alto e bom som que fizera um péssimo trabalho. Talvez ela até gostasse, pois poderia voltar para junto de Amhal e encontrar um jeito de ficar com ele, apesar de tudo, longe daquele paço oprimente. Novamente sozinhos, ela e Amhal, como nos primeiros tempos. Amor, era como o príncipe Neor o chamara. O sentimento que unia ele e a mulher, e Dubhe e Learco, que os mantivera juntos por todos aqueles anos.

Adhara não o conhecia, não podia entender seu significado, mas, se era uma coisa que os unia tão estreitamente, então ficava feliz por sentir amor por Amhal. Porque, apesar dos propósitos da noite anterior, ainda precisava dele.

O sol penetrava aos borbotões na sala. Mais um lindo dia de verão. Mas os rostos em volta da mesa estavam tensos: Learco, Neor, Dubhe e Theana, que chegara apressadamente do templo, ainda vestindo os paramentos que usava para oficiar.

Ela mesma havia pedido aquele encontro. Tinha pensado, primeiro, em chamar a rainha ao templo, mas Dubhe pedira que fosse ao palácio, e então convocara os demais.

– Está na hora de analisarmos juntos a questão – tinha dito, e Neor não encontrara outra solução a não ser concordar.

O príncipe tinha ficado um bom tempo esperando que a história da doença se resolvesse sozinha. Que se descobrisse que não passava, afinal de contas, da conhecida febre vermelha ou que só estivessem diante de uns poucos casos isolados. Esperanças vãs. E além do mais, além da lógica, o próprio instinto o deixava de sobreaviso. Nuvens negras no horizonte anunciavam tempestade.

— Então? — disse Learco, com ar cansado. Os anos não haviam sido bondosos com ele, e nos últimos tempos ficava frequentemente esgotado. Neor substituía-o em quase todas as decisões, deixando-lhe somente o encargo das obrigações públicas.

Theana apoiou os antebraços na mesa.

— As notícias não são boas — começou. — O irmão que mandei à Terra da Água enviou um relatório em que se diz muito preocupado. Ele e uma das espiãs da rainha encontraram o corpo de um estrangeiro que morreu da doença. Não se trata nem de um homem nem de uma ninfa, nem de qualquer outra raça conhecida no Mundo Emerso.

Os rostos se tornaram mais sombrios, e todos tiveram a impressão de a sala ter ficado mais escura.

— Nenhuma marca de reconhecimento, nenhuma arma. Estava disfarçado, de cabelos pintados. Tinha olhos violeta e cabeleira verde.

Neor compreendeu na mesma hora. Tinha lido e estudado muito na sua vida; era uma maneira para isentar-se dos empecilhos daquele corpo doente. Para libertar a mente, cultivá-la como se fosse um músculo a ser treinado, e desta forma viajar, saber, conhecer.

— Um elfo — disse, e a palavra atingiu os presentes com a violência de uma pedrada. — Li muita coisa a respeito deles. E vi alguns antigos afrescos.

Theana olhou para os outros.

— Concordo com o príncipe. Aquele homem era um elfo. E não estava sozinho. Um rapaz do vosso séquito, Majestade, vários dias atrás matou dois homens que haviam atacado uma jovem em Salazar. Segundo alguns testemunhos, eles também tinham as mesmas características do corpo que o irmão analisou. Eram elfos. E estavam doentes. Dois dias depois, em Salazar, surgiram os primeiros casos da doença.

O silêncio que se seguiu pareceu infinito.

A mente de Neor encheu-se de perguntas. O que estavam fazendo, ali, os elfos? Pelo que se sabia, quando os humanos e as ou-

tras raças tinham começado a colonizar o Mundo Emerso a partir do deserto, os elfos haviam se retirado, indignados, para as Terras Desconhecidas, e ninguém mais os vira. Por que estavam doentes? Mera coincidência? E por que se disfarçavam?
– Os transmissores são eles – disse afinal. Percebeu os olhares de todos, fixos nele. – Estão espalhando a doença.
– Parece-me uma conclusão um tanto ousada, ainda sem fundamento... – observou Learco.
– Três elfos, pelo que sabemos. E todos eles doentes. Disfarçados, para que ninguém possa reconhecê-los. Aparecem em Salazar, e depois de alguns dias surge a doença. Preferem achar que se trata de coincidências?
– Mas nem sabemos se os elfos ainda vivem, poderia ser alguma outra pessoa... – tentou insistir Learco.
– São elfos. Os livros não mentem – declarou Neor, decidido.
– Mesmo assim, ainda poderia tratar-se de coincidências – interveio Dubhe, pensativa.
– É verdade. Mas não acha que já temos bons motivos para indagar?
Mais silêncio.
– O mais importante, no momento, é encontrar uma cura – continuou então o príncipe.
– Não é uma coisa simples. Precisamos de laboratórios, homens... – salientou Theana.
– Não estou dizendo que seja simples. Mas quantas são, até agora, as terras infectadas? – Neor virou-se para a mãe.
– A Terra da Água e a do Vento, segundo as informações dos meus homens.
– Se forem elfos, a doença vai se espalhar. Precisamos contê-la.
– No Conselho, ninguém tocou no assunto – replicou Learco.
– Nem uma só palavra.
– Na Terra da Água acham que é tudo culpa das ninfas, e eles mesmos querem resolver o problema. Na Terra do Vento vão recear uma crise comercial – respondeu Neor, com a mente trabalhando a todo vapor. – Precisamos levar o assunto ao conhecimento do Conselho. Mandar mensagens aos cavaleiros. E, enquanto isto, também temos de pensar em nós mesmos. Maior controle nos intercâmbios e

nas fronteiras. Sem criar pânico. Avisar a população, por enquanto, não faz sentido, só criaria o caos. – Em seguida olhou para a mãe. – E precisamos descobrir a origem.

Um olhar foi suficiente para Dubhe entender.

– É uma viagem e tanto, até as Terras Desconhecidas. Eu fiz e não vi elfo nenhum.

– Terá de dar um dragão aos seus homens e a ordem de encontrá-los custe o que custar. Precisamos saber se são os culpados e, no caso de a minha intuição estar certa, descobrir o motivo por trás disso tudo.

Dubhe concordou:

– Enviarei alguém.

– E peça aos seus para ficarem de olho nos estrangeiros. Se houver mais elfos disfarçados, quero que os peguem. Vivos.

Foi como se um vento gelado tivesse corrido pela assembleia. Neor era assim mesmo: frio e impiedoso quando elaborava seus planos. Dubhe limitou-se a anuir.

– Se não houver mais nada, acho que podemos marcar um novo encontro para daqui a uma semana. Ou antes, no caso de surgir alguma novidade.

Um depois do outro, todos se levantaram. Lá fora o sol brilhava sobre os magníficos jardins do palácio. Mas ainda assim alguma coisa se mexia sob a frágil casca daqueles cinquenta anos de paz. Neor aguçou os olhos. Divisou, no parque, a figura da filha. Estava cavalgando, junto com o instrutor e Adhara. De repente sentiu um doloroso aperto no coração. Estava chegando a hora de ele tomar decisões terríveis, a hora em que tudo aquilo que ele tinha ajudado a construir teria de enfrentar uma dura prova.

Lembrou-se das últimas palavras escritas por Senar no seu livro, antes de deixar o Mundo Emerso.

Chegará o tempo da paz e da esperança, e então, novamente, a escuridão e o desespero.

Durante cinquenta anos haviam vivido na doce ilusão de ter quebrado aquele círculo que periodicamente levava o Mundo Emerso à beira da catástrofe. Durante cinquenta anos tinham esquecido o que era uma guerra. Mas talvez a fera, agora, estivesse novamente faminta de sangue.

O que está acontecendo lá fora?

16
O RETORNO

Havia sido uma semana muito intensa para Adhara: sete dias entregue aos caprichos da tirânica princesa, que não se importava minimamente com aquilo que lhe pediam para fazer, e sempre acabava se metendo em encrencas.

Encontravam-se de manhã, e convencê-la a estudar era uma verdadeira luta. Amina tentava o tempo todo sair de fininho, mas Adhara não demorou a entender que com ela bastava falar claro e cumprir os tratos.

— Se assistir à aula, prometo que depois do almoço vamos brincar com as espadas. Se montar direito o cavalo, vou deixar que use o meu punhal o dia inteiro.

As negociações eram extenuantes, mas em muitos casos acabavam com uma vitória de Adhara. Algumas vezes, no entanto, teve de literalmente arrastar Amina do jardim para levá-la ao instrutor da vez. A menina não tentou mais jogar a culpa nela, como fizera no primeiro dia. Resmungava, rebelava-se diante das reprimendas dos preceptores, mas acabava sentando em seu lugar e cumprindo o seu dever com a expressão mais chateada que conseguia assumir.

Adhara, por sua vez, vivia aqueles momentos de estudo com uma participação totalmente diferente.

A primeira vez tinha achado melhor ficar longe: estudar parecia-lhe coisa da nobreza, e não de jovens pobres e desamparadas como ela.

— O príncipe disse que, se quiser, a senhorita também pode assistir.

Adhara gelou à porta. Antes de mais nada, porque era a primeira vez que a chamavam de senhorita, o que provocava nela uma estranha sensação, e depois porque nunca poderia imaginar que um convite daqueles fosse feito justamente a ela.

— Eu? — disse confusa, apontando para o próprio peito com o indicador.

O instrutor ajeitara os pequenos óculos no nariz sem se abalar.
— Isso mesmo, a senhorita.
A jovem se sentara, meio indecisa, preparando-se para ouvir. Amina já vinha estudando havia um bom número de anos e, portanto, sabia de coisas para ela completamente novas e desconhecidas, mas, embora não entendesse tudo, Adhara mostrava-se mesmo assim muito interessada nas noções que lhe eram ensinadas. Era um meio para entender aquele mundo em que havia sido jogada, para encontrar o seu passado por outros caminhos.

Além do mais, desta forma tinha acesso à biblioteca, onde poderia retomar as suas pesquisas. Pedira, com efeito, permissão para consultar os livros.

— À noite, depois de Amina voltar para seus aposentos — respondera o preceptor.

E agora Adhara circulava amiúde por lá, e gastava os olhos em cima dos livros. Ler não era difícil para ela, um claro sinal de que tinha recebido uma boa educação no seu misterioso passado.

Nem sempre estava sozinha, na sala de leitura. A primeira vez que o viu, ficou parada na entrada. Sentado à mesa, as costas retas, a fronte levemente franzida, lá estava Kalth. Lia um pesado volume, à luz de uma vela. Ficou surpresa ao notar a extraordinária semelhança com a irmã. Ainda assim a expressão do seu rosto era bem diferente daquela da indômita princesa: Kalth tinha um semblante sereno, marcado por uma pensativa concentração, a fronte ampla e lisa, os olhos perspicazes. Um adulto enfiado no corpo ainda imaturo de um menino. Adhara teve a alienadora sensação de estar diante do corpo de Amina possuído por uma alma diferente. Estava a ponto de ir embora.

— A biblioteca é bastante grande para nós dois — disse o garoto sem levantar os olhos do livro.

A voz também era de adulto.
— Não queria incomodar...
Kalth finalmente levantou a cabeça e sorriu. Havia muito do pai nele. A mesma calma tranquilizadora, o mesmo fogo discreto nos olhos.

— Acho que, afinal, também veio aqui para ler, não é verdade? E me chame de você, é mais velha do que eu.

Moveu de leve a cadeira, quase a abrir-lhe espaço. Adhara entrou indecisa.
Tentou agir como das outras vezes. Pegou o .vro que deixara no meio e começou diligentemente a ler. Mas a presença de Kalth ao seu lado, imóvel como uma estátua de cera, de alguma forma deixava-a constrangida. De vez em quando o jovem príncipe virava a página, fazia anotações num pergaminho com uma caneta longa e elegante.
Ela ficava olhando de soslaio e comparava a sua calma comedida com a fúria que parecia agitar continuamente a irmã.
– Foi ela? – perguntou Kalth de repente.
Adhara não entendeu na hora. Então viu o menino apontar para alguma coisa no seu braço. Era uma marca roxa bastante vistosa, uma das primeiras "feridas de guerra": acontecera enquanto brincavam com as espadas de madeira, um golpe irritado da princesa.
– Foi um acidente – respondeu.
Kalth deu uma risadinha.
– Quando éramos crianças, muitas vezes brincávamos juntos. Mas eu nunca gostei das suas brincadeiras violentas. Uma vez jogou em cima de mim água fervendo... – Arregaçou uma manga e mostrou uma ampla mancha clara no antebraço. – Foi de brincadeira... mas a partir daí não brincamos mais.
Seguiu-se um longo silêncio, que Adhara não foi capaz de preencher.
– Você, porém, não se renda – disse Kalth, e havia uma ponta de dor nos seus olhos. – Ela precisa de você. – Fechou o livro e sorriu. – Estou cansado – anunciou com um suspiro. – Boa-noite! – E, silencioso, dirigiu-se à porta.
Depois daquela noite, Adhara voltou a encontrá-lo mais algumas vezes. Trocavam poucas palavras, mas por algum motivo ela ficava feliz ao vê-lo ali, absorto em seus estudos solitários. A sua figura lhe inspirava uma grande calma, fazia-lhe bem depois dos dias frenéticos com Amina.
E enquanto isso a sua pesquisa progredia. Retomara-a exatamente onde a tinha interrompido, quando soubera dos misteriosos Vigias. Havia procurado por toda parte, remoendo livros e mais livros, e aprendendo ao mesmo tempo muitas coisas novas a res-

peito do lugar onde agora morava. Mas sem sucesso. Às vezes, à noite, acabava adormecendo sobre aqueles volumes, pois a tarde era inteiramente dedicada às brincadeiras. Sempre desenfreadas, perigosas, absurdas. Amina adorava dominar a sua dama de companhia impondo-lhe todo o peso da sua autoridade. Mudava continuamente de humor, passava de uma hora para a outra da mais gentil amabilidade ao mais injustificado despotismo, e exigia que Adhara fizesse tudo que ela mandava.

No começo pensou que a melhor coisa a fazer fosse contentá-la. Era uma princesa, não podia deixá-la zangada. Mas logo a seguir algo a induziu a rebelar-se, como acontecera quando fora acusada injustamente. O instinto lhe dizia que era a escolha certa, não só para livrar-se dos seus caprichos, como também pelo próprio bem de Amina. Porque por baixo daquela arrogância, do seu caráter impossível e das suas pirraças havia uma espécie de espanto diante da vida e do mundo, e uma solidão nos quais Adhara reconhecia a si mesma. Neor enxergara bem longe quando decidira juntá-las, pois tinham realmente muitas coisas em comum.

Era como se Amina também custasse a entender e a encontrar o seu lugar no mundo. E então simplesmente fincava o pé, numa desesperada tentativa de tornar a realidade mais parecida com seus desejos. Adhara sentia por ela uma instintiva simpatia que nem mesmo suas atitudes irritantes conseguiam dissipar. E mostrar-se mais firme, menos condescendente, era uma boa maneira para elevar o nível do relacionamento entre elas.

Certo dia, após muita insistência, Amina conseguiu fazer com que se exercitassem com as espadas.

Adhara tentara dissuadi-la de todas as formas.

– São armas afiadas, acabaremos nos machucando.

– Vamos tomar cuidado.

– Não são brinquedos.

– Só dois minutinhos, por favor! Afinal de contas, já estou treinando com a espada de verdade, você sabe disso. E já lutamos com as de madeira, é quase a mesma coisa.

Tinham ficado uma diante da outra, e Adhara decidira que só iria se defender. Não se lembrava de ter recebido qualquer tipo de treinamento militar, no passado, mas a naturalidade com que apertou a mão em volta da empunhadura induzia-a a pensar que, de alguma forma, já conhecia o ofício. Amina tinha um olhar flamejante. Pulou adiante com fúria, com a óbvia intenção de levar a coisa a sério.

Adhara movimentou-se plenamente à vontade e, como de costume, deixou que o corpo reagisse por ela, enquanto se via ir de um lado para outro com fluida elegância. Defesa lateral, por cima, por baixo, ação diversiva. Amina insistiu com mais força, e seus movimentos não demoraram a perder a coordenação. Queria desabafar, atacar com fúria só pelo prazer de lutar, e acabou ficando exausta. Tinha os olhos vermelhos e, quando Adhara deteve o seu último golpe fazendo voar longe a sua espada, começou a gritar histérica, batendo os pés no chão. Em seguida ficou imóvel, apertando os punhos, cabisbaixa, a chorar em silêncio lágrimas de raiva e frustração.

Adhara entendia. Por cima de tudo aquilo que as separava, por cima até da sua inexperiência do mundo, compreendia em nível profundo e visceral. Deixou-a desabafar, e não tentou consolá-la ou abraçá-la, pois Amina teria considerado aquilo uma afronta.

Quando ficou cansada de chorar, ela mesma limpou as faces com o braço. Depois fitou Adhara com olhos de fogo.

– Não está pensando em contar a alguém que chorei, está? – rosnou.

Ela sorriu com doçura.

– Não, nem passou pela minha cabeça.

Só então aproximou-se e botou a mão no ombro da mocinha. O olhar de Amina já não era tão rancoroso.

– De qualquer maneira – comentou Adhara –, uns dias atrás seu pai me disse que não há mal nenhum em termos alguma fraqueza, de vez em quando. Não precisa ficar com vergonha. – Mordeu o lábio. – Acontece amiúde comigo.

– Meu pai... – insurgiu Amina. – Vive dizendo coisas bonitas, diz que está do meu lado, e eu acredito, mas...

Adhara esperou que encontrasse as palavras sozinha.

– Mas depois deixa que eu viva nesta prisão dourada. Apoia a mamãe quando ela me manda fazer todas aquelas chatices, como provar as roupas e coisas parecidas. Eu não quero fazer o que ela

faz, quero algo diferente... – Suspirou. – Ando sempre tão zangada! E no fundo só queria ficar quieta no meu canto, fazendo aquilo que gosto... Ou até encontrar alguém que fique comigo. Mas meu pai nunca está e mamãe não entende nada.
Adhara meneou a cabeça.
– Se lhe servir de consolo, é assim mesmo que eu me sinto. Porque não entendo onde estou, quem sou, nem posso explicar por que sei usar a espada. E a única pessoa que realmente estava ao meu lado – corou levemente –, pois bem, parece que desapareceu.
Amina olhou para ela penalizada.
– Gostaria mesmo que você fosse minha amiga.
Adhara sentiu alguma coisa derretendo em seu estômago. Talvez fosse o olhar ou a maneira com que dissera aquelas palavras. Pela primeira vez teve a impressão de ter encontrado um lugarzinho naquele mundo que não compreendia. Ela era a tábua de salvação, a minúscula e instável boia salva-vidas daquela menina. Apertou com mais força o ombro dela.
– E então seremos amigas de verdade, pode ter certeza.

Durante os primeiros dias daquela semana, Amhal entregou-se por completo às tarefas de aprendiz de cavaleiro. Treinamento de manhã, serviços de ronda e vigia à tarde, jantares na Academia à noite. Precisava reforçar e confirmar o seu relacionamento com Mira. Sentira muito a sua falta naqueles dias em que fora forçado a agir sozinho. Percebera, principalmente, quão perdido se sentia sem ele. Logo que a sombra do mestre desaparecia, a fúria que dilacerava suas entranhas voltava, com todo o séquito de fantasmas do passado. Lutar com eles parecia-lhe impossível, e tudo se perdia no caos. Apesar do esforço e do cansaço, ainda não era um cavaleiro, e perguntava a si mesmo se algum dia o seria.
Adhara foi relegada a segundo plano, e os dias passados com ela esmaeceram. A rotina da sua vida antes de encontrá-la envolveu-o, e nem se lembrou de visitá-la.
A saudade dela voltou premente em meados daquela semana. A lembrança da agradável sensação de ser-lhe útil trouxe consigo

um rastejante sentimento de culpa por não tê-la ajudado como prometera. Decidiu então procurá-la.

Foi falar com Mira e pediu permissão para jantar fora.

— Um encontro galante? — perguntou o mentor, piscando para ele.

Amhal ficou vermelho.

— Só vou visitar uma amiga.

Encontrou-a apoiada no parapeito do jardim, pensativa. Não conseguiu deixar de imaginar que estivesse esperando por ele e, com um aperto no coração, compreendeu quão sozinha e abandonada devia sentir-se naquele lugar.

Ficaram um diante do outro, incapazes de dizer qualquer coisa.

Coube a ela quebrar o silêncio:

— Fico muito feliz com a sua visita.

Amhal sentou-se e ficou um bom tempo olhando para ela. Havia uma luz diferente, uma nova consciência no olhar da jovem. Sorriu.

— E então, como é que você está?

Adhara observou as mãos do amigo: gastas pelos treinamentos, chagadas pelos castigos que continuava a infligir-se toda vez que errava. Ele tentou escondê-las cruzando-as.

— Continua se punindo?

— Não é nada, só treinamento.

— Esta aqui também?

Tocou com a ponta dos dedos uma cicatriz avermelhada, só levemente molhada do seu sangue gelatinoso.

Ele estremeceu.

— Também.

— O que fez, dessa vez?

Amhal não conseguiu esquivar-se da pergunta. Seus olhos vaguearam sem meta por alguns segundos, mas então fixaram-se novamente nos dela.

— O mesmo de sempre. O ímpeto... Errei mais uma vez, como de costume, aliás. Acabei brigando com um sujeito. E então... então tive de treinar mais.

Adhara fitou-o com repreensão e pena ao mesmo tempo.

Ninguém olhava para ele daquele jeito na Academia, nem mesmo Mira, que, quando reparava nas marcas em suas mãos, ficava simplesmente zangado e pedia que nunca mais fizesse aquilo. E o olhar dela era doce, prometia uma paz que Amhal não conhecia.
— Precisa parar. Só está fazendo mal a si mesmo, sem conseguir melhorar a situação. Não é punindo-se que poderá resolver os seus problemas.
— Não conheço outros meios.
— Venha me ver, quando não aguentar mais, quando precisar de ajuda.
O rapaz apertou as mãos dela com força.
— Você mudou, Adhara, está mais madura. Mas agora me conte, como passou a semana?

Ficaram conversando a tarde inteira. Adhara percebeu que falar era mais fácil do que imaginara. Contou da tarefa que Neor lhe entregara e falou de Amina, do seu caráter absurdo, da sua solidão. Percebeu, de repente, que todas as experiências daquela semana se haviam acumulado nela, compondo afinal uma geometria confusa à qual, até aquele momento, lhe parecera impossível dar alguma ordem. Mas agora que conversava com Amhal, tudo se encaixava: enquanto contava, afugentava as sombras daqueles fatos e, ao mesmo tempo, compreendia-os de verdade.
— Desculpe, não deveria tê-la deixado sozinha.
Ela deu de ombros. De todos aqueles dias passados na solidão não sobrava raiva nenhuma.
— O importante é que a partir de agora você não se esqueça de mim, que de vez em quando venha visitar-me.
Ele apertou mais uma vez as mãos dela.
— Sim, claro. Voltarei, sem dúvida. — Então suspirou devagar. — De qualquer maneira, não é que eu não quisesse vir. Acontece que alguma coisa bem grave está no ar.
O resto da noitinha foi muito menos agradável.
Amhal contou que a Academia estava de sobreaviso, e todos tinham sido muito exigidos. O vilarejo atacado pela doença que eles visitaram no começo da viagem não era um caso isolado. As notícias

disponíveis eram poucas e confusas, mas havia boatos afirmando que todo o sul da Terra da Água estava contagiado pela peste.

— É parecida com a febre vermelha, de certa forma, mas muito mais agressiva. Os mortos já passam de várias centenas. Não era só isso. Salazar estava de quarentena, assim como muitas outras aldeias, principalmente aquelas perto do Saar. Na Terra dos Rochedos a situação tampouco era boa. Sempre nas redondezas do Saar, alguns vilarejos já haviam sido infectados. Mas onde as coisas iam pior era na Terra da Água.

— Nenhuma ninfa ficou doente por lá, nenhuma mesmo. Era como eles desconfiaram desde aquela tarde terrível: a doença não parecia afetar quem tinha sangue de ninfa nas veias.

— A coisa está criando graves atritos. O relacionamento entre humanos e ninfas nunca foi muito bom, mas agora está bem pior: por aquelas bandas, muitos acham que isso tudo não passa de um complô das ninfas para retomarem o controle completo da Terra da Água. Uma ideia, obviamente, absurda. Quer dizer, também há casos em outras terras... Mas a tensão está ficando insustentável, existe o perigo de uma guerra civil.

Alguns vilarejos eram isolados, e no sul os mantimentos começavam a escassear. Assim sendo, muitos cavaleiros haviam sido enviados para lá. Outros, por sua vez, foram encarregados de garantir o respeito da quarentena nos lugares afetados.

— E você? — murmurou Adhara.

— Eu fico. — Ela suspirou aliviada. — Mira continua cuidando do treinamento dos guardas do palácio, mas, como muitos cavaleiros estão ausentes, também foi encarregado da segurança pública aqui em Makrat, e eu o auxilio.

Amhal ficou por uns instantes pensativo.

— Quase parece que voltei aos primeiros tempos do treinamento: gasto a sola das botas andando o tempo todo pelas ruas desta bendita cidade, segurando os ladrões pelas orelhas e separando as brigas. Um trabalho não propriamente digno de um cavaleiro.

Ambos riram, mas a tensão que se materializara entre eles não desapareceu.

— O que está havendo? — perguntou ela de repente.

– Não sei. Receio, porém, que seja algo muito feio – disse Amhal.
– Mas estamos tomando todas as medidas necessárias para combatê-lo – acrescentou com segurança. – E, acredite, vamos vencer.

E Adhara achou que podia realmente acreditar.

Acompanhou-o à saída, até o portal que separava o castelo da cidade.

– Boa-noite, então, e não se esqueça de mim – disse, sorrindo.
– Nunca esqueci você – replicou Amhal, sério. – A cada passo que dou em Makrat lembro-me de você. Porque ainda não lhe devolvi o que lhe pertence.

Pela primeira vez, Adhara pensou no seu passado como sendo algo de alguma forma sem importância. O presente, aquelas horas passadas com Amhal eram o que importava, eram algo vivo, verdadeiro. O que poderia haver, no passado, de tão tangível e concreto?

– Estou fazendo o possível para levá-la até o Ministro Oficiante, mas não é fácil. É uma pessoa extremamente atarefada, mas espero marcar uma visita quanto antes.

Afinal de contas, era como ter trocado o passado pelo presente, pois havia sido justamente a sua memória vazia que fizera com que encontrasse Amhal. E então Adhara achou que era um preço que valia a pena pagar.

– Já fico satisfeita se prometer que vai dedicar um pouco do seu tempo a mim.

– Virei vê-la todas as noites.

– Não assuma compromissos que depois não poderá cumprir.

– Não é um compromisso, é uma promessa.

Ficaram por alguns momentos em silêncio, e então Adhara chegou-se a ele, ficou na ponta dos pés e deu-lhe um beijo no rosto. A barba fez cócegas em seus lábios, mas pôde sentir por baixo a maciez da sua pele. Nunca beijara alguém antes. Aquele contato deu-lhe um estranho arrepio. Demorou alguns segundos para se afastar.

– Até breve, então – disse, e não lhe deu tempo para responder. Escapuliu na noite, desaparecendo no portão da criadagem.

* * *

A tarde e a noitinha passadas com Adhara, e aquele beijo que lhe dera na hora da despedida, haviam deixado nele uma sensação toda especial. Amhal sentia-se como que transtornado, mas até que estava gostando. Adormeceu entregue a uma agradável agitação, e a sua mente começou a vaguear entre sonhos estranhos e confusos.
Lembranças do passado surgiam de mãos dadas com imagens paradoxais do seu presente. Percebia o próprio corpo que se agitava na cama, incapaz de encontrar sossego.
E também ele. A figura de preto, sem rosto, com a espada que brilhava ao seu lado e a capa que estalava ao vento. O homem estava diante dele, e os dois se encontravam num deserto desolado, fustigado por violentas rajadas. A areia se levantava em remoinhos escuros, havia estilhaços de cristal negro naquela terra.
— A última vez foi aqui — disse o homem.
— Quem é você? — perguntou Amhal.
Ele o ignorou.
— E será aqui mesmo que recomeçaremos. Não vou demorar, chegarei muito em breve e lhe trarei a salvação que há tanto tempo está procurando.
— Quem é você? — berrou novamente Amhal. Mas apesar de aquele vulto o deixar, de alguma forma, perturbado, também percebia emanar dele uma sensação reconfortante, que o convidava a confiar em suas palavras.
Pela primeira vez conseguiu vislumbrar alguma coisa no rosto do homem. Um sorriso ferino mas, ao mesmo tempo, sincero.
— Muito em breve saberá.
A visão dissolveu-se, deixando Amhal na mais completa escuridão. Sentiu-se puxado para um abismo e gritou com todo o fôlego que tinha nos pulmões.
Acordou sentado na cama, ainda aos berros. Estava novamente no seu quarto. Tremia. Lá fora, a lua já tinha percorrido um bom pedaço do céu. Ele havia dormido algumas horas.
A leve excitação que sentira graças a Adhara desaparecera por completo, e estava mais uma vez sozinho e perdido. Passou a mão na fronte.

* * *

O homem de preto chegou na manhã seguinte. Um ar quente e abafado oprimia Makrat, o sol incendiava os domos, agredia os tijolos dos prédios e as costas dos transeuntes.

Parou diante do portão principal e dirigiu-se ao guarda de plantão. Disse o próprio nome, mas nenhum sinal de compreensão iluminou o rosto do soldado.

É jovem demais para saber.

– Queira anunciar-me a Sua Majestade, tenho certeza de que está esperando por mim – disse San, com um sorriso.

Ficou aguardando.

17
O HERÓI

Learco avançou pelo corredor com o coração que parecia não caber no seu peito. Haviam-se passado cinquenta anos desde o embate, desde a confrontação na qual tinha derrotado os planos de domínio e destruição da Guilda dos Assassinos e do seu pai, Dohor. Fora justamente no campo de batalha poeirento, entre os escombros do templo e as cinzas dos fogos ateados pelos dragões, que o vira pela última vez.

Ido confiara-o a ele antes de morrer. "Leve o garoto a um lugar seguro." Poucas palavras, as últimas que ouvira dele.

Com algum esforço de concentração, Learco ainda podia lembrar a sensação da sua mão que apertava os ombros miúdos de San. Naquela época o menino tinha doze anos.

Pois é, levara-o para um lugar seguro, mas depois voltara correndo para salvar Dubhe. Naquele momento, era a única coisa que realmente lhe interessava.

Quando procurara entre os escombros, San já não estava. O corpo de Ido tinha sido compostamente ajeitado no chão, mas a espada que o velho herói usara em sua última batalha, a de cristal negro de Nihal, havia sumido, assim como o dragão que cavalgara.

Durante algum tempo ele e Dubhe continuaram a procurá-lo. Learco sentia-se culpado: aquele menino lhe fora confiado, Ido entregara-o em suas mãos, e sentia-se na obrigação de cuidar dele. Mas havia todas as consequências da guerra, todo o Mundo Emerso precisava ser reorganizado. De forma que desistira da ideia de localizá-lo. E o garoto se tornara o maior motivo de lástima da sua vida.

E agora alguém se apresentava à sua porta como se nada tivesse acontecido, afirmando ser San, vindo sabe-se lá de onde, depois de todos aqueles anos.

O rei viu-se correndo pelos corredores sob os olhares escandalizados dos criados e dos cortesãos. Mas não podia esperar. Precisava encontrá-lo, vê-lo e castigá-lo, caso fosse um impostor.

Mas como poderei saber? Já se passaram cinquenta anos, cinquenta!

Escancarou a porta com um empurrão e entrou na ampla sala de espera, decorada com tapeçarias e imagens dos heróis do Mundo Emerso.

Ele estava no meio do aposento. Alto, completamente vestido de preto, com a capa e as botas empoeiradas, como se chegasse após uma longa viagem. Ao lado, os traços inconfundíveis de uma espada: de cristal negro, com um só ponto branco – a cabeça de um dragão esculpida na empunhadura –, a guarda em forma de asas de dragão, o cabo enroscado. Learco quase ficou sem fôlego. Era a espada de Nihal.

O homem virou-se. Orelhas só levemente pontudas, cabelos grisalhos, mas com um inconfundível matiz azulado. E os olhos: de semielfo, da mesma cor violeta da avó e do pai.

– É você mesmo... – murmurou o rei.

San sorriu.

– Vejo que andou bastante atarefado durante a minha ausência.

Learco apertou-o contra o peito com força, sufocando um soluço.

– É você mesmo...

No começo ficaram falando confusamente, ao mesmo tempo, tentando reencontrar o fio da meada de conversas interrompidas muitos anos antes.

– Continuei um bom tempo procurando por você. As palavras de Ido me atormentavam, sabia que era minha obrigação tê-lo sob a minha proteção, mas os resquícios da guerra, o casamento, e então este bendito mundo que não quer saber de viver em paz, de aceitar uma ordem duradoura...

San levantou a mão enluvada.

– Não precisa se lastimar. Fez o possível, e de qualquer maneira eu não queria ser encontrado.

Learco não conseguia tirar os olhos dele. A sua aparência era extremamente juvenil, graças ao sangue de semielfo que corria em suas veias. Poucas rugas no rosto, só umas marcas levemente mais profundas ao lado da boca, mais outras assinalando o perfil dos olhos. Tinha um corpo enxuto, bem treinado, vagamente imponente, o corpo de um guerreiro. Nos traços do rosto ainda se podia reconhecer o menino que ele fora. Porque seu semblante ainda tinha algo de delicado e infantil que se entrevia sob a casca de homem, como se alguma coisa nele nunca tivesse crescido. E era bonito, isso mesmo, Learco não podia deixar de reconhecer, e sentia orgulho, como se aquele homem fosse seu filho.

– Mas onde se meteu? Tentei encontrá-lo entre os escombros, e enviei um homem atrás das suas pegadas, enquanto eu e Dubhe juntávamos os cacos do Mundo Emerso.

San deu de ombros.

– Queria ficar sozinho. Precisava de tempo para pensar na morte de Ido, nas minhas culpas.

Ido.

– Você não tem culpa de nada – disse Learco, com convicção.

– Ainda era um menino, e como tal se portava.

Um lampejo de raiva brilhou no olhar de San.

– Nunca deveria ter ido ao templo para enfrentar a seita sozinho. Sim, claro, eu era poderoso, mas deveria ter compreendido que não era forte o bastante para aniquilar centenas de homens só com a minha magia.

Learco colocou a mão num dos seus braços.

– Você não tem culpa de nada – repetiu.

San olhou para as próprias mãos. Vestia pesadas luvas de couro preto. Em seguida sacudiu a cabeça, quase a afugentar antigas lembranças.

– De qualquer maneira, viajei muito. Primeiro no Mundo Emerso, e depois além dele, do outro lado do rio. Voltei à casa do meu avô, dediquei-me ao estudo. Passei os últimos cinquenta anos vagueando por toda parte. – Sorriu com ar cansado. – E você? – perguntou então. – Ouvi dizer grandes coisas de você.

– Eu e Dubhe passamos a nossa vida toda trabalhando pela Terra do Sol e pelo Mundo Emerso – respondeu Learco. – Este lugar vive finalmente em paz, há muitos anos. E me esforcei para que continue assim, mesmo depois da minha partida. Quero que conheça o meu filho.

– Ouvi dizer que costumam chamá-lo de o Justo.

– Exageram – respondeu o rei, meio sem jeito.

– Mas acontece que conseguiu realmente criar um mundo novo.

Learco levantou-se.

— Está na hora de os outros também saberem que voltou. Espero que me desculpe, mas achei necessário ficarmos um tempinho a sós; precisava ter certeza de que era você mesmo.

San sorriu, compreensivo.

— Claro, eu entendo. — Levou a mão à espada, levantou a empunhadura na luz. — Mas suponho que esta valha mais que mil palavras, para não mencionar estes. — E apontou para os olhos e as orelhas.

Learco riu e deu-lhe uma palmada nas costas. Eram vigorosas, firmes, costas de lutador.

— Mandarei chamar os outros, mas vamos sair logo daqui. Você merece boas-vindas, com todas as honras, num salão digno de um acontecimento como a sua volta. — E encaminhou-se à porta.

San ficou por alguns momentos contemplando as tapeçarias que decoravam as paredes: a destruição do templo, a Fera lutando com os Assassinos, o triunfo de Nihal sobre o Tirano.

E depois, num canto, ele. Um dragão de um vermelho ofuscante. Aproximou-se. Levantou os dedos até roçar no tecido. Ido. A barba espessa de um gnomo, o corpo atarracado e vigoroso, a fúria arrebatadora pintada nos olhos e no rosto. Era maravilhoso, imenso, invencível. Nas mãos, a mesma espada que agora ele segurava.

Acariciou aqueles traços, o olhar perdido. O seu mestre.

— Então vamos, San? Este palácio é um labirinto. Você nunca conseguiria encontrar o caminho sozinho.

San teve um leve estremecimento. Fechou por um momento os olhos, rechaçando as lágrimas.

Em seguida se virou.

— Já estou indo.

Estava pronto.

Amina e Adhara estavam estudando, como já faziam todos os dias. Adhara continuava suas pesquisas, debruçada sobre um livro que falava de religiões; como de costume, nem uma só palavra acerca dos Vigias. A porta abriu-se de repente, pegando de surpresa tanto ela quanto Amina e o preceptor.

— Agora virou moda entrar sem bater? — queixou-se o homem, tirando do nariz os óculos redondos que sempre usava para ler.

Parada no limiar havia uma jovem criada ofegante. Fez uma mesura.
— Queiram me perdoar, mas... ordens do rei. — Dirigiu-se a Amina: — Sua Majestade quer vê-la imediatamente.
A princesa olhou alternadamente para o preceptor e para Adhara.
— Se o rei manda, precisa ir — declarou o homem.
— Quero que Adhara vá comigo — disse Amina, muito séria.

Percorreram os corredores, apressadas.
— Posso saber o que está havendo? — perguntou a princesa, que mal conseguia acompanhar a jovem criada.
— Uma coisa extraordinária — respondeu a moça, sem porém dar outras explicações.
Adhara ia atrás, perplexa.
Chegaram diante de uma porta rebuscada. A criada parou.
— Podem entrar — disse, com mais uma mesura.
Quem abriu foi Amina. Diante das duas descortinou-se o cenário de uma sala bastante grande, com as paredes revestidas de espelhos. Amplas janelas que davam para o jardim enchiam o local com a luz forte do meio-dia.
Estavam todos lá: Learco, Dubhe, Neor, Fea. E um homem que Adhara nunca vira antes, um homem completamente vestido de preto. Tinha traços físicos estranhos que o tornavam diferente dos demais, como se pertencesse a outra raça. Todos estavam felizes, quase comovidos.
— Por favor, aproximem-se — disse Neor.
Adhara podia perceber a agitação de Amina, e por outro lado ela também estava confusa. Olhou melhor para o desconhecido e notou alguma coisa na qual, à primeira vista, não reparara: os cabelos grisalhos tinham um leve matiz azulado.
Um semielfo, disse-lhe uma voz interior.
Entraram lentamente e o homem ficou observando ambas.
— Amina, tenho a honra de apresentar-lhe uma pessoa famosa, da qual muito ouviu falar nas suas aulas: este homem é San, que volta ao nosso convívio depois de uma ausência longa até demais.

Os olhos da princesa arregalaram-se de pasmo. Ficou parada, sem conseguir dar nem mais um passo.

Quem tomou a iniciativa foi o homem de preto. Aproximou-se dela, sorrindo.

– Fico muito contente em conhecê-la.

Em seguida dirigiu o olhar para Adhara. Seus olhos investigaram-na de um jeito perturbador, como se a estivessem revirando por dentro, em busca das suas mais ocultas emoções. Ela sentiu a grandeza daquele homem, mas não conseguiu compreender de onde surgiu.

– Ela é Adhara, a dama de companhia da minha neta – explicou Learco.

Afinal, San sorriu para ela também. Adhara ficou imaginando quem poderia ser e por que a deixara tão impressionada.

Logo a seguir, San foi novamente tragado pelos festejos do resto da família. Amina fitava-o encantada, quase não conseguindo acreditar que estava diante de uma pessoa tão famosa, mas incapaz de articular nem uma palavra sequer.

Quando saíram de lá, ainda excitada pela surpresa, revelou a Adhara quem era aquele homem e a razão de a sua chegada ter sido saudada com tamanho entusiasmo.

– Ele conheceu Ido, dá para acreditar? E lutou pela salvação do Mundo Emerso! É um herói! – exclamou acalorada.

Adhara pensou na sensação estranha que experimentara ao vê-lo. Não tinha nada a ver com os seus feitos heroicos ou com a sua força física. Havia mais alguma coisa nele, algo que fascinava qualquer um que se lhe aproximasse. E, estranhamente, isso lhe fez lembrar Amhal.

A notícia espalhou-se rapidamente pelo palácio, e dali serpeou para fora, correndo pela cidade, até ficar na boca do povo. San, o herói, o garoto que participara do último grande conflito que sacudira o Mundo Emerso, tinha voltado.

Por um momento tudo foi esquecido, e, até no paço, Neor, Dubhe e Learco permitiram-se não pensar na doença e nas preocupações que os mantiveram ocupados naqueles últimos tempos. Era hora de festejar.

Dubhe sorria mais, Neor via o recém-chegado com uma mistura de admiração e amigável inveja, e até Kalth estava fascinado. O próprio Ministro Oficiante apareceu no palácio para cumprimentá-lo. Adhara assistiu ao encontro. Viu a mulher idosa abraçar San com força, apoiando o rosto no seu ombro, comovida. Ele mesmo parecia emocionado.

— Deveria tê-lo acompanhado mais de perto... — disse Theana.
— Sempre esteve presente em meus pensamentos — respondeu ele, sorrindo.

Não demorou para a fila de pessoas de alguma forma interessadas em conhecer e ver San pessoalmente ficar incontrolável, e decidiu-se organizar uma cerimônia pública.

Entre todos, Learco era a pessoa que vivera com maior alegria a volta daquele homem. Por isso, também foi quem mais se esforçou para que o acontecimento se desse de maneira impecável. Decidiu outorgar a San o título de Cavaleiro de Dragão honorário. Pelo que se sabia, tinha passado a vida inteira em simbiose com o dragão de Nihal, Oarf, com o qual partilhara suas andanças. Isso até a hora em que o animal morrera de velhice, e San se ligara a um novo bicho, uma espécie de dragão desprovido das patas anteriores que pertencia às vivernas, uma raça que prosperava ao sul das Terras Desconhecidas, além do Saar.

Adhara não tinha uma ideia muito clara da situação, mas, pelo que podia entender, tributavam a ele incríveis honrarias, as quais ninguém até então tinha recebido no Mundo Emerso.

A cerimônia se deu sob um sol escaldante, na arena, ao ar livre, da Academia. Quase todos os Cavaleiros de Dragão estavam presentes, cada um com seu animal, assim como os aprendizes e os estudantes. Amhal ocupava um lugar ao lado de Mira, enquanto Adhara preferiu ficar mais afastada, no meio da multidão.

Amina teria gostado de tê-la ao seu lado, mas ela recusara a oferta:

— Nada tenho a ver com a família real, prefiro acompanhar a cerimônia de um lugar mais discreto.

A comemoração foi interminável. As palavras do Supremo General, um homem careca e barrigudo, que evocou as imagens da batalha que San, ainda menino, testemunhara; e em seguida o relato do rei, que salientou o liame que o unia ao novo Cavaleiro de Dragão.

Finalmente, chegou a vez de San. Estava ao lado da sua viverna, um animal que de algum modo deixava Adhara inquieta. Muita coisa nele lembrava os dragões, mas tinha um focinho mais achatado, com um toque de maldade. Tanto a cabeça quanto o corpo lembravam os das serpentes na forma e nas proporções, e naquele corpo alongado e pegajoso enxertavam-se asas absurdamente grandes.

San descera da cavalgadura e tomara a palavra:

– Volto a este lugar após longos anos de exílio voluntário. Deixei o Mundo Emerso para livrar-me das minhas culpas e reencontrar-me. Viajei por anos a fio sem alcançar a paz, procurei longamente um lugar onde descansar. Pois bem, o lugar é este: a terra que me gerou, pela qual a minha avó lutou e o meu mestre perdeu a vida. Deixei-a em ruínas, entregue à dor e ao sofrimento, e encontro-a próspera, em paz. Posso vê-la, agora, como sempre a sonhei: um lugar cheio de luz e de vida, um lugar onde finalmente encontrar quietude e sossego. Por este mundo estou agora pronto a lutar e a oferecer minha vida. E por mais fraco e cansado que possa ser este braço, usarei o que lhe resta de força para defender o que construiu aquele que salvou a minha vida. Ao Mundo Emerso, longa prosperidade!

A multidão explodiu num grito de júbilo, e Adhara sentiu-se envolvida na excitação de todas aquelas pessoas. Ela também bateu palmas com vigor e sorriu na direção do sol.

Depois da cerimônia foi servido um suntuoso banquete no Palácio Real. Mesas com bebidas e comidas foram postas no jardim para todos os cidadãos de Makrat que haviam participado do evento, enquanto nas salas internas serviu-se um repasto para as autoridades: a família real com o seu séquito e muitas das mais altas patentes da Academia. San sentou-se à mesa dos soberanos, mas não desdenhou aproximar-se das demais preparadas nas salas adjacentes. Comportava-se como um perfeito anfitrião, conversando com todos e deixando qualquer um fascinado. Cortesãos, ministros, nobres de várias origens deixaram-se encantar por ele e pelas suas histórias. Para cada um, San tinha uma anedota, um relato ou mesmo uma simples palavra amável.

Amhal acompanhava-o com o olhar enquanto se movia entre as centenas de convidados. Estava sentado à mesa do mestre, lambiscando o que lhe era servido pelos criados. A figura de San fascinava-o. Mira falara-lhe a respeito dele como de um mito, e afinal era isso mesmo que todos o consideravam no Mundo Emerso: um personagem lendário, que agora saía dos livros de história para mostrar-se às multidões adoradoras.

Claro, Amhal também estava sujeito àquela aura de herói que San trazia consigo, mas não era só isso. Havia alguma coisa a mais que o atraía. Não conseguia tirar os olhos dele, sem entender direito a razão. Quando o viu aparecer ao seu lado, durante a tarde, não pôde evitar um estremecimento.

– O senhor deve ser Mira – disse San com um sorriso.

O mestre respondeu com a mesma cordialidade.

– Fico feliz com o fato de o senhor me conhecer.

– Um dos mais brilhantes Cavaleiros de Dragão da Academia, responsável pela segurança da família real, além de encarregado, em várias ocasiões, de levar a paz entre ninfas e humanos na Terra da Água... Como poderia não conhecê-lo?

– Imagino que lhe serão confiadas tarefas parecidas com as minhas, na sua nova vida no Mundo Emerso.

– Acho que sim. Mas talvez me encarregue mais especificamente da segurança da cidade. Um trabalho de vigilante, digamos assim.

– De qualquer maneira, uma tarefa muito importante.

San levantou imediatamente a mão.

– Não me interprete mal. Sinto-me honrado com este meu novo cargo. Afinal, todos sabem que manter a paz é muito mais complexo e difícil do que vencer uma guerra, e não é certamente um ofício menos digno, muito pelo contrário. Jurei proteger este lugar, e cuidar de Makrat é um ótimo começo, o senhor não concorda?

Mira levantou a taça.

– Concordo plenamente.

San brindou com ele e ambos tragaram um grande gole de vinho. Em seguida, Mira botou a mão no ombro do seu aprendiz.

– Acredito que dele o senhor ainda não tenha ouvido falar, mas garanto que ouvirá no futuro: o meu aluno Amhal.

O rapaz ficou todo vermelho. Tinha desejado aquele encontro, mas ao mesmo tempo o receara.

San fitou-o com interesse.

– Na verdade, já circulam comentários sobre ele. Você é um jovem promissor, pelo que contam...
Amhal baixou a cabeça.
– Bondade deles.
– Quando as pessoas falam bem de alguém, na maioria dos casos há bons motivos – replicou San, piscando o olho e convidando o rapaz a brindar.
Como todos os militares, Amhal estava acostumado a levar em conta a hierarquia e, portanto, ficava bastante acanhado diante de quem tinha uma patente mais alta, mas esse acanhamento nunca chegava ao fanatismo que outros cadetes da Academia demonstravam pelas altas esferas. Aquele homem, no entanto, deixava-o profundamente fascinado, o que lhe criava alguns problemas. Não conseguiu dizer mais nada, e San passou à mesa seguinte com, estampado no rosto, o mesmo sorriso que dirigira a Mira.
– Não precisa ficar tão sem jeito – disse então o seu mestre.
– Queira me perdoar, não sei o que deu em mim – respondeu Amhal, bebericando mais um gole de vinho.
– Não estou querendo repreendê-lo. Só achei a sua atitude um tanto... engraçada, só isso – acrescentou Mira, rindo.

Os vários pratos foram sendo servidos, os vinhos sucederam-se, as conversas tornaram-se mais soltas e o sol baixou no horizonte. No fim da tarde os convidados começaram a sair e, à noitinha, sobravam somente uns poucos que perambulavam perdidos pelo jardim, entregues aos efeitos do álcool.
Amhal achou que estava na hora de ir embora. Adhara já tinha desaparecido havia algum tempo; tentara esperar por ela, mas provavelmente a jovem estava agora atarefada com Amina. Mira, por sua vez, fora chamado para uma repentina reunião. De forma que o deixara sozinho na mesa. Depois de uma enervante espera o rapaz decidiu, portanto, que era melhor voltar à Academia.
Encontrou-o diante do grande portão do palácio, em suas roupas negras, com a arma de Nihal presa à cintura.
– Veja só quem está aí – disse San, com um sorriso.
Amhal enrijeceu e fez uma comedida mesura.

– Está de saída?
– Estou, meu senhor. Em teoria, para os assim como eu, há o toque de recolher, mesmo que num dia como o de hoje não creio que haveria queixas se eu passasse da hora.
– Se incomoda se voltarmos juntos? Nunca dormi na Academia antes, seria bom ter comigo alguém que a conhece, pois, do contrário, poderia até correr o risco de não encontrar os meus aposentos – disse rindo.
– Será um prazer, senhor.
Foram andando pelas ruas desertas de Makrat, só habitadas pelo calor sufocante daquela noite de verão. Amhal não se sentia à vontade. O que podia dizer a um seu superior que, além do mais, era um herói?
Quem quebrou o gelo foi San:
– Fale-me de você: o que faz, exatamente, na Academia?
Amhal contou das primeiras missões, das tarefas que Mira lhe confiava, do seu trabalho como guarda especial no palácio.
– E há quanto tempo é aprendiz?
– Dois anos.
– Já faz um bom tempo...
– É o tempo certo. Ainda não me sinto um cavaleiro.
– Entendo... Mas, sabe como é, muito mais do que você sente, o que conta mesmo é o seu preparo real. Quer dizer, é difícil que sejamos bons juízes de nós mesmos. Seja como for, dois anos é um longo tempo, e se tudo tivesse corrido direito você já deveria ser um cavaleiro.
Amhal sentiu uma fisgada no coração.
– Talvez eu não seja bastante bom... – disse entre os dentes.
San deu uma sonora gargalhada.
– Pare de ser tão inseguro. O atrevimento é uma qualidade, muito desejável, aliás, num cavaleiro. Não, o que eu queria dizer é que talvez tenha havido alguma falha, algum erro no seu treinamento...
– Mira é um ótimo mestre – replicou Amhal.
– Não tenho a menor dúvida – apressou-se a dizer San. – Só que, às vezes, um só mestre não basta... Às vezes é necessário aprender com mais de uma pessoa.

Estavam agora diante da Academia. San foi imediatamente reconhecido e tratado com todas as honras. Um dos soldados de plantão ofereceu-se para levá-lo aos seus aposentos.
– Não é preciso – respondeu ele. – Tenho Amhal, aqui, para me ajudar. – E deu-lhe uma palmada nas costas.
Seguiram andando pelos corredores desertos.
– Gostaria, de vez em quando, de treinar comigo? – perguntou San de supetão.
– Claro! – A resposta veio aos seus lábios tão imediata e cheia de entusiasmo que Amhal ficou vermelho.
San sorriu.
– Não estou querendo roubá-lo do seu mestre, seja bem claro. Só para a gente se divertir...
– Está bem, ótimo.
Pararam diante de uma porta.
– É aqui.
– Bom, então a gente se vê por aí – disse San.
Amhal despediu-se e começou a voltar pelo mesmo corredor que tinha vindo. Quando chegou ao fim, virou-se e viu San ainda atarefado com a fechadura, antes de entrar. Foi então que teve uma iluminação e chamou-se de burro por não ter pensado naquilo antes.
O homem sem rosto dos seus sonhos. Era vestido daquele mesmo jeito e até usava a mesma espada.
Parou, petrificado pela revelação. San desapareceu atrás da porta e o corredor ficou mais uma vez deserto.
O fascínio que aquele homem exercia sobre ele, a admiração que sentia pela sua pessoa eram os mesmos que percebera sonhando.
Havia sido uma premonição? Ou então o quê?
– Ah, aqui está você.
Amhal se virou. Mira.
– O que está fazendo, parado desse jeito?
– Nada, já estava... indo dormir.
– Amanhã, seja pontual na arena, às oito, estamos entendidos?
Amhal assentiu que sim com a cabeça. Em seguida encaminhou-se para o seu quarto. Somente sonhos e coincidências. Não havia motivo para procurar outras explicações.
Mas naquela noite, mais uma vez, teve um sono agitado.

18
RELACIONAMENTOS

Pouco a pouco, a excitação com o regresso de San também esmoreceu. Cada um voltou aos próprios afazeres, e a vida retomou a rotina de sempre. O ritmo dos dias de Adhara continuou intenso como de costume. A novidade era a frequência com que Amhal ia visitá-la à noite. Procurava arrumar algum tempo depois do jantar para passear com ela no jardim e ficar a par do que fizera. Eram momentos pelos quais Adhara esperava com ansiedade.

Apesar dos pesares, ela até que estava gostando do seu papel de dama de companhia. Amina podia ser tirânica e birrenta, mas por trás do seu comportamento havia um fundo de sofrimento com o qual ela se identificava. Por isso se davam bem; ajudavam-se reciprocamente.

E, além do mais, cuidar de Amina fazia com que se sentisse mais responsável. Seus horizontes se tinham ampliado: existia algo mais do que o seu eu incerto e sem passado, agora, também havia outra pessoa que precisava dela e que nela se apoiava. E ajudar alguém, ser o seu porto seguro, também queria dizer ajudar a si mesma. Era justamente isso que, pouco a pouco, Adhara descobria. De forma que a angústia do seu passado perdido paulatinamente se amenizava na suavidade da nova vida que ia construindo.

Mas só se tornava consciente de todas essas sensações à noite, quando podia falar com Amhal. Cabia a ele dar consistência aos seus descobrimentos, ajudá-la – simplesmente ouvindo – a tornar claros os sentimentos e as ideias.

Quanto a ele, contava-lhe das missões e dos encontros com San. Ao que tudo indicava, o rapaz parecia realmente ter caído no gosto do herói do momento.

– Coordena a segurança da cidade, mas de vez em quando sobra-lhe um tempinho e não lhe desagrada passá-lo comigo.

– E o que fazem? – perguntou Adhara certa noite, enquanto um vento fresco aliviava Makrat da prostração de um verão quente demais.

– Treinamos. Esgrimimos. É um espadachim realmente formidável, usa técnicas que eu não conhecia. Aprendo muito com ele. E também me aconselha alguma boa leitura... É um homem fora do comum.

Pois é, Adhara também estava convencida disso, sentia no fundo da alma. Em seguida, mudando de assunto, mencionou as suas pesquisas nos livros, todas sem sucesso.

– Talvez o Ministro Oficiante também saiba alguma coisa a respeito dos misteriosos Vigias – disse Amhal. – Anda muito atarefada, é por isso que não consegue marcar um encontro. Afinal, é a mais alta autoridade religiosa deste país.

Continuaram a conversar, amenidades tão prazerosas que desciam suaves dos ouvidos até o coração. A lua percorreu seu arco no céu, até chegar a hora de se despedir.

Amhal esticou-se para beijá-la na testa, como costumava fazer. Adhara aproximou-se, mas naquela noite alguma coisa abrasava seu coração. Agiu impulsivamente, quase sem pensar. Levantou-se um pouco, na ponta dos pés. Talvez nem mesmo soubesse o que estava fazendo, mas havia nela um instinto que a guiava naquela direção, como se o caminho já estivesse marcado e fosse impossível não percorrê-lo.

Os lábios de Amhal ofereceram-se macios e só ficaram inertes sob os seus por uns poucos segundos, de pasmo. Coube a ele entreabri-los e beijá-la de verdade. Adhara não pensou em mais nada, só naquele calor que da boca enchia-lhe o corpo e o ventre, na languidez que parecia derretê-la toda. Entendeu de repente o liame que a unia a ele, que tomara conta dos dois desde o primeiro momento em que se haviam encontrado. Sentiu com força o desejo do seu corpo. Apertou os braços em volta dos seus quadris, e pelas costas acima, ao longo das perceptíveis saliências dos músculos.

Depois ele se afastou. Havia um estranho langor nos seus olhos e mais alguma coisa que Adhara não conseguiu compreender.

– Até amanhã – falou apressado Amhal, e fugiu na noite, deixando-a sozinha diante do portal.

* * *

No dia seguinte, Amina não apareceu no local onde costumavam se encontrar. Adhara teve de passar a pente-fino todo o palácio, com as criadas agitadas atrás dela, e Fea a ponto de ter uma crise histérica. Não estava no seu quarto, nem no jardim e tampouco na casa da árvore. Encontraram-na afinal perto de umas das fontes do parque, com um caniço de pesca na mão, vestindo uma das suas roupas mais finas e mergulhada até a cintura na água parada.

Ao ver aquilo, Fea quase desmaiou.

– Por que não esperou por mim no seu quarto? – perguntou Adhara, aproximando-se. – Ou, então, por que não me chamou para participar desta nova... aventura? – Dirigiu-lhe um sorriso cúmplice. Estava alegre. As horas agradáveis da noite anterior tinham deixado nela uma sensação de bem-estar.

– Não preciso contar-lhe tudo que faço – foi a ríspida resposta de Amina.

Pelo resto do dia, ela foi intragável. Qualquer coisa que Adhara sugerisse fazer era reprovada e escarnecida, e todas as brincadeiras propostas por Amina previam pontualmente que, de algum modo, Adhara se machucasse.

Ao entardecer, quando se separaram, a menina nem mesmo se despediu.

Durante todo o jantar, Adhara ficou imaginando o que fizera de errado. Ainda tinha alguma dificuldade para interpretar o comportamento das pessoas que a cercavam, e dessa vez Amina parecia-lhe imperscrutável. Chegara a pensar que, após a tarde em que a vira chorar, as coisas tinham ficado mais fáceis entre elas. Mas agora...

Decidiu partir para o ataque.

Subiu ao andar nobre algumas horas depois de escurecer. Ainda havia alguém circulando, pois de uns tempos para cá o rei e Neor trabalhavam amiúde até tarde.

Movimentou-se furtiva. Gostava de fazer isso. Esgueirar-se de um corredor para outro, andar na ponta dos pés, prestando atenção nos ruídos de eventuais passos. Seu corpo passava a encarregar-se de tudo, livrando-a de outros pensamentos e preenchendo-a com um estranho e intenso bem-estar.

Às vezes parece que nasci para isso, pensou.

Chegou ao quarto e entrou.
Amina estava sentada ao lado da janela, um livro na mão e os joelhos dobrados no peito. Só percebeu não estar sozinha quando Adhara fechou a porta atrás de si.
Estremeceu.
– Quem é? – gritou, levantando-se de um pulo.
Adhara levou um dedo aos lábios.
– Sou eu.
O olhar de Amina, antes preocupado, assumiu logo uma expressão hostil.
– O que você quer?
Adhara chegou perto e também sentou-se próximo da janela. Só havia a luz da lua filtrada pelo vidro. O toque de recolher, para Amina, começava duas horas depois do pôr do sol, e Fea não tolerava qualquer exceção, nem mesmo para ler alguma coisa. Por isso não acendia velas e, nas noites de luar, ficava lendo seus livros prediletos perto da janela.
– Por que está de mal comigo?
Amina continuou de pé.
– Do que está falando? Eu não estou de mal com ninguém.
– Essa manhã deixou-me a ver navios, fez uma das suas costumeiras doideiras e, à noite, nem se despediu.
– Não passo todo o meu tempo pensando em você, ora essa.
– Mas deveria – respondeu Adhara, seca. – Somos amigas.
Amina bufou:
– Amigas uma ova. Você nunca me conta nada.
– E o que deveria contar? Não me lembro de coisa alguma, e daquilo que aconteceu desde que acordei no gramado já lhe falei.
A menina apertou com força a capa do livro que estava lendo, os nós dos dedos ficaram brancos.
– Fique sabendo que vi tudo, ontem à noite.
Adhara estremeceu. Ontem à noite. A lembrança dos lábios de Amhal preencheu a sua mente.
– Como assim?! – exclamou confusa.
– Sumiu a tarde inteira. E se encontrou com *aquele cara*.
Adhara ficou vermelha.

– Você tem outros amigos e prefere não me contar – acrescentou Amina, cortante.
Adhara começou a gaguejar:
– Não, ele... eu...
Não entendia por que era tão difícil explicar. Era tudo tão simples, tão claro.
Será que está apaixonada?
– É a pessoa que me salvou – disse, afinal.
– E corre para ele logo que pode. Era por ele que ficava esperando todas as tardes no jardim?
– Mas o que é isso? Andou me espionando?
Quem enrubesceu desta vez foi Amina.
– Não saía de lá, era difícil não vê-la.
– Está lembrada que, quando vagueava sem rumo em busca de alguém que me pudesse ajudar, um rapaz salvou a minha vida em Salazar?
Amina anuiu enfastiada.
– É ele. Chama-se Amhal, e acho que já lhe contei.
Amina apertou o livro no peito.
– Quando duas pessoas são amigas, estão sempre juntas. E se querem bem. Não há lugar para outras. Ser amigas significa que ninguém mais se intromete.
Adhara foi pega de surpresa.
– Mas ele é diferente, ele...
Ele, eu amo, concluiu a sua mente por ela.
– Desculpas! A verdade é que você não quer ser minha amiga. Quem a força a isso é meu pai. Mas sabe de uma coisa? Fique logo com aquele sujeito e deixe-me em paz! Eu estava muito bem antes de você aparecer!
Amina agora estava berrando, e Adhara fez sinal para ela baixar a voz.
– Ora, deixe que venham, meu pai e minha mãe, para eles saberem como você me importuna à noite – rebateu ela.
– Veja bem, Amina, você não tem só a mim, ou estou errada? Também quer bem a seu pai, não quer?
– E o que é que isso tem a ver? É outra coisa.
Adhara meneou a cabeça.

— Amhal, para mim, é como um pai, uma mãe, um irmão, tudo junto. Sabe por que me chamo Adhara?

Amina continuava zangada, mas a sua couraça já não parecia tão sólida. Muito a contragosto, sacudiu a cabeça.

— Quem me deu o nome foi ele. De certa forma, ele me deu a vida. — Adhara sorriu. — E não é verdade que sou sua amiga por causa do seu pai. Ou melhor, quem me mandou aqui foi ele, mas eu gosto de você. — Tinha dificuldade para encontrar as palavras certas, mas continuou tentando: — Nós duas somos parecidas, eu já lhe disse, vemos o mundo do mesmo jeito. Até gostamos de usar as mesmas roupas, não? Você me ajudou, Amina. Eu mudei, depois desses poucos dias que nos conhecemos, e devo isto a você. Somos amigas de verdade.

Os lábios de Amina tremiam, e Adhara percebeu que estava fazendo um enorme esforço para não chorar.

— Está bem, então. Estou com sono — disse, afinal.
— Tudo bem entre nós?
— Quero ir para a cama.

Adhara cruzou os braços.

— Só vou embora se me disser que fez as pazes comigo.

Amina levantou os olhos para o céu.

— Está bem, está bem... fizemos as pazes! Mas agora acho melhor você ir embora, pois se a encontrarem aqui vai ter problemas.

Adhara sorriu e dirigiu-se à porta.

— Ele é outra coisa. Eu e você somos amigas — murmurou da soleira.

Foi justamente enquanto se revirava na cama, à espera do sono, que Adhara teve a imprevista intuição. Era exatamente o que acontecera com ela e com Mira. Qual era o nome? Ciúme. Ela ficara com ciúme de Mira. E agora Amina tinha ciúme de Amhal. Mas ela superara aquilo, havia tido a oportunidade de falar cara a cara com o mestre. Achou que funcionaria do mesmo jeito com a princesa.

San veio bater à sua porta. Quando Amhal a abriu e se deparou com ele, já estava pronto para se deitar, e ficou meio sem jeito.

— Perdoe-me, eu... — tentou desculpar-se.

— Imagino que não esteja a fim de treinar um pouco — disse San, com um sorriso.

Não soube como recusar. Vestiu-se rapidamente, pegou o espadão e encaminhou-se pelos corredores desertos da Academia. Desde a noite em que Adhara o beijara sentia-se inquieto. Empenhado como estava na carreira de cavaleiro, nunca tinha tido muita familiaridade com as moças. Claro, gostara da sensação. Mas aquele fogo que sentira aumentar em si enquanto premia seus lábios nos dela deixara-o apavorado. Porque era muito parecido com a fúria que experimentava na batalha, a sua eterna inimiga, igualmente incontrolável e avassaladora. Apressara-se a fugir porque sentia que o desejo era tão vivo e real que podia levá-lo a perder a cabeça.

Tinha a impressão, ao mesmo tempo excitante e assustadora, de que estava sendo atropelado pela vida. Desde que encontrara Adhara, as coisas haviam mudado com uma velocidade espantosa. Devia cuidar da jovem e, agora, do que sentia por ela, e depois aquela estranha doença que todos desconheciam, e finalmente a chegada de San... Tudo se confundia num só turbilhão que o desnorteava.

— Em guarda — disse San. Começaram a duelar.

Ainda bem que havia a espada. Nela, toda preocupação desaparecia, e a mente se perdia no mero automatismo do seu corpo que lutava. O horizonte afugentava qualquer nuvem, e Amhal se lembrava da razão pela qual decidira tornar-se cavaleiro.

Com San, por algum estranho motivo, nunca receava perder o controle. Era como se uma parte dele sempre tivesse ficado à espera daquele homem e que desde sempre o conhecesse. Defesa, ataque, desvio, estocada. Mais uma vez, e de novo. Sem parar, incansável, até conseguir acuar San. Uma onda de excitação envolveu-o; era a primeira vez que isso acontecia. Levantou a espada para apontá-la para a garganta do adversário e marcar o fim do combate, quando a sua arma encontrou uma barreira prateada. Amhal percebeu um inconfundível zunido nos ouvidos: magia. Afastou-se na mesma hora, recuando alguns passos.

San sorriu.

— Ora, numa guerra tudo é permitido, não concorda? E a magia é uma ótima companheira.

Amhal se lembrou. O garoto no chão, derrubado pelos raios que saíram das suas mãos, a horrível sensação que tomara conta dele ao achar que o tinha matado. E o sentido de poder, insinuante, sub-reptício, que experimentara. *Não. Não!*
— Tudo bem, Amhal? — perguntou San, aproximando-se.
— Talvez... talvez fosse melhor eu voltar para o meu quarto — gaguejou ele, desnorteado. — O toque de recolher.
— Está comigo, não há problema.
— Eu sei, mas... estou cansado — prosseguiu, dando mais um passo para trás.
San segurou-o pelo braço, e Amhal sentiu uma espécie de corrente que o pregou onde estava.
— O que há com você?
Ele contou. Uma coisa que só revelara a pouquíssimas pessoas, e sempre muito envergonhado. Abrir-se com San pareceu-lhe algo natural, e isso quase o assustou. Relatou o episódio, de quando era criança, contou da promessa de nunca mais usar a magia. E enquanto falava, tinha a impressão de limpar a alma dos seus pecados, de tirar um imenso peso dos ombros.
San ouvia, compreensivo.
— Já recebeu algum tipo de treinamento na magia? — perguntou, afinal.
— Claro que não! — respondeu Amhal escandalizado.
— Teria sido bem melhor. O que aconteceu se deveu ao fato de você ser criança, de não ser capaz de controlar os seus poderes. Com o treinamento, teria aprendido a mantê-los sob controle.
Amhal baixou a cabeça. Não era só aquilo.
— Entendo, mas acontece... que me deu prazer — murmurou.
Pareceu-lhe vislumbrar um meio sorriso de triunfo no rosto de San, uma expressão fugaz que sumiu na mesma hora, num piscar de olhos.
— Você era menino, Amhal, é bastante normal. A magia não é uma coisa ruim.
— Não sei, eu... — Não queria revelar mais aquele último segredo, não desejava falar da fúria, daquela insana volúpia de morte que sentia no coração e que desde sempre era a sua maior inimiga. Mas diante daquele homem não tinha defesas.

É como eu, continuava se repetindo sem qualquer motivo. E então, ainda que incertas no começo, as palavras saíram. Uma confissão como manda o figurino, que o deixou esvaziado, aliviado.

San ficou calado por alguns instantes.

– Não precisa ter medo dessas sensações.

Amhal virou-se de chofre.

– Mas elas são terríveis! Quer dizer, eu sou um cavaleiro, não procuro o combate só para matar.

– Mas, se for necessário, você mata.

San fitou-o intensamente, e Amhal perdeu-se naquele olhar.

– A fúria que sente em si é uma companheira. É simplesmente o desejo da luta, o arrebatamento para que possamos fazer o que fazemos.

– Mas me induz ao mal...

– Pense bem: induziu-o a fazer o quê? Matar dois homens que estavam a ponto de agredir uma jovem indefesa. Matar um infeliz que queria acabar com você. Chama a isso de mal?

Amhal estava desconcertado. As palavras de San faziam sentido, havia algo fascinante naquela explicação.

– Eu...

– Você está confuso. Porque tem grandes poderes. Porque é *diferente, especial*. E isto o torna solitário. Acredite, eu bem sei disto. Eu também era especial, quando menino, eu também sentia em minhas mãos um poder imenso que não sabia entender nem controlar. Mas as suas são dádivas, Amhal, dádivas que precisam ser desenvolvidas.

Amhal olhou para as próprias mãos. Seria tão bom poder acreditar que a fúria que o apavorava nada mais era do que uma manifestação das suas capacidades. Que não havia nada de errado com ele.

– Tenho alguns livros – disse San. – Livros sobre a magia. O primeiro passo, a primeira coisa que precisa fazer, é treinar nas artes mágicas.

– Não estou certo se quero fazer uma coisa dessas.

– Mas, eu repito, precisa. Ou nunca poderá livrar-se da angústia que sente por dentro. Quer sentir-se livre, não quer?

– É o que mais desejo na vida.

– Não há nada de errado na magia em si – prosseguiu San.
– O que pode estar errado, ao contrário, é o fato de não querer aproveitá-la, de deixar o seu poder livre para provocar prejuízos. Mas você irá dirigi-lo, aprenderá a usá-lo, e então não terá mais medo dele. – E acrescentou: – Venha comigo, vou lhe emprestar um agora mesmo.

Percorreram de volta o caminho de antes. Amhal sentia-se estranhamente leve, apaziguado. A proximidade daquele homem fazia-lhe bem, era uma força saudável.

Quando chegaram aos aposentos de San, este entregou-lhe um velho livro poeirento.

– Leia, e depois me diga o que achou.

Amhal revirou-o entre as mãos, indeciso entre o medo e a curiosidade.

– Se quiser, à noite poderei dar-lhe algumas aulas de artes mágicas, o que me diz?

– Eu... – Não era fácil vencer as resistências de anos e mais anos de receio.

– Pense no assunto – insistiu San, como se estivesse percebendo os seus temores. – E, por enquanto, não diga nada a Mira. Não é que queiramos esconder alguma coisa, mas, afinal, você é aluno *dele*, e poderia pensar que estou me metendo onde não fui chamado.

– Não, não creio que o mestre...

– Por enquanto – apressou-se a acrescentar San. – Só por enquanto.

Amhal voltou ao seu quarto, com o livro embaixo do braço. Despiu-se devagar. Ficou examinando por alguns segundos o volume que colocara na cama.

Em seguida segurou-o nas mãos, acariciando suas bordas. Finalmente, decidiu folheá-lo.

Dubhe moveu-se rápido.

– Encontramos um lugar seguro para ele e chamamos três magos.
– Acham que a barreira vai resistir?
– Foi o que garantiram. Vossa Majestade, não o teria trazido para cá se não tivesse certeza.

A mulher, um dos colaboradores em que mais confiava, antecedia-a pelo corredor, o passo apressado, o rosto acalorado. Dubhe não compartilhava daquela excitação. Longe disso, estava preocupada. Havia sido acordada na calada da noite. Galaga, que agora estava levando-a até o prisioneiro, encontrava-se ajoelhada aos pés da cama.

– O que houve? – perguntara logo a rainha, imediatamente lúcida.

– Pegamos um. Está no quartel-general.

Vestira-se rapidamente e se fora.

Percorreram alguns corredores até Galaga parar.

– Chegamos.

– Fique aqui fora – disse Dubhe, e seguiu em frente. Depois virou-se. – Bom trabalho.

Um sorriso agradecido apareceu no rosto da mulher. Baixou a cabeça.

– Obrigada, Vossa Majestade.

Dubhe entrou na cela pequena e abafada. Uma daquelas usadas para os interrogatórios, com uma parede gradeada. Diante dela, três homens: um vestido como Irmão do Raio, os outros dois como simples magos. Dubhe manteve distância. Os três não se mexeram.

– Perdoe se não lhe tributamos as devidas honras, Majestade, mas precisamos manter o encantamento.

Ela fez um sinal com a mão indicando que entendia perfeitamente.

– Estamos seguros?

– Bastante, mas não vai durar muito tempo. Por enquanto, de qualquer maneira, a senhora não corre perigo, assim como o resto do edifício.

Dubhe ousou dar mais alguns passos, até o limiar da barreira que os magos estavam sustentando. Do outro lado, ele.

Mal conseguia respirar, o peito subia e descia arfando. A pele, extremamente branca e diáfana, estava molhada por uma leve película de suor e coberta por horríveis manchas negras. As unhas, vermelhas de sangue. Já haviam providenciado tirar dele o disfarce, e seus olhos violeta eram claramente visíveis, assim como o verde vivo dos cabelos. Orelhas pontudas e um corpo esbelto e esguio completavam o cenário. Era um *deles*. Haviam-no capturado numa viela de Makrat. Agonizava e fora levado até ali. Não respondera a nenhuma das perguntas que lhe tinham sido feitas.

– Quem é você?

A resposta foi um suspiro ofegante. O homem fitava-a fixamente, com um ódio profundo no olhar.

– Ficar calado não faz sentido – prosseguiu Dubhe. – Já sabemos muita coisa sobre vocês.

O doente não deu sinal de ter entendido. Continuou a fitá-la com o mesmo ódio implacável.

– Sabemos, por exemplo, que é um elfo e que há outros como você no Mundo Emerso. Sabemos que quem espalha a doença são vocês.

Mais silêncio, obstinado.

Dubhe insistiu:

– Mesmo que não queira falar, o seu corpo fala por você. Será entregue aos sacerdotes, já sabe disso, não sabe? Analisarão cada centímetro da sua pele, remexerão em cada uma das suas chagas para descobrir como curar esta peste. Não será agradável. E, principalmente, você nada poderá fazer para impedir.

O elfo sorriu, desafiador.

– Continue rindo – acrescentou Dubhe –, mas de nada vai adiantar. Quem o mandou para cá? O que estão querendo?

– Podem mexer à vontade nas minhas entranhas – disse o elfo. Falava com um sotaque marcado e pronunciava cada palavra como se a estivesse cuspindo com força, com imenso desprezo. – De qualquer maneira, vocês já estão todos mortos.

– É o que você pensa. Foram descobertos a tempo.

O elfo deu mais um sorriso maldoso.

– Vocês não passam de idiotas e estão acabados. Como já deveria ter acontecido muitos séculos atrás. Mas aqueles tempos voltarão.

A rainha deu mais um passo.

– Quem os mandou para cá?

O elfo encarou-a com desdém.

– *Aravahr damer trashera danjy.* – Aí cuspiu no chão.

Dubhe apertou o queixo.

– Mandem chamar o Ministro Oficiante. Digam que temos alguém capaz de dar-lhe as respostas que procura. E não deixem que este verme se mate, estão me entendendo? Precisamos dele vivo.

Virou-se para sair. Nos ouvidos, aquela última frase. Em élfico.

O nosso tempo está para voltar.

19
UM DIA ESPECIAL

Neor massageou a base do nariz. Seu pai estava sentado diante dele, na ampla sala onde costumavam reunir-se. Normalmente estavam acompanhados dos ministros, uma vez por semana, mas desta vez se encontravam sozinhos.
– É o único? – perguntou afinal, com um fio de voz.
Learco anuiu.
– Sua mãe falou com ele ontem à noite.
– Disse alguma coisa?
– Nada, como era de esperar. A não ser que o tempo deles está para voltar. Cuspiu a frase na cara dela, em élfico. Agora está sendo examinado por alguns irmãos.
Neor olhou para fora. O sol fazia reluzir as árvores do jardim. Um lindo dia, maravilhoso, abençoado até por uma leve brisa.
Mas alguma coisa estava de tocaia nas sombras, uma ameaça rastejante e desconhecida, que invadia lentamente o Mundo Emerso. Dois dias antes haviam sabido de um vilarejo contaminado nos confins com a Terra do Mar.
– Precisamos fechar as fronteiras – disse, afinal, o príncipe.
Era uma decisão terrível, pois àquela altura havia muitos Cavaleiros de Dragão em missão fora da Terra do Sol. Significava tirar deles qualquer possibilidade de salvação.
– Há homens nossos lá fora. Quer condená-los à morte?
– A missão deles tem a duração de um mês. Terão de respeitar este prazo. Então providenciaremos uma quarentena. Mas ninguém poderá mais passar da Terra da Água para a do Sol sem os devidos controles.
Learco ficou de pé, e Neor viu-o dar longas passadas de um lado para outro do aposento, enquanto o sol filtrado pelas janelas o iluminava.
– Não podemos fazer uma coisa destas com os nossos soldados.

Neor suspirou.

— A decisão já tinha sido tomada quando os enviamos para lá. Sabiam o que os esperava.

— Mas suas famílias, seus entes queridos...

— É a missão deles.

Learco parou e olhou intensamente para o filho.

— A frieza da sua lógica, às vezes, me dá arrepios.

Neor permitiu-se um sorriso cansado.

— Não foi justamente por esta minha lógica fria que decidiu ter-me ao seu lado? Se dependesse de você, eu já seria até rei.

Learco baixou a cabeça.

— Precisamos impedir o contágio e, ao mesmo tempo, encontrar uma cura. Vamos reunir os sacerdotes, os magos, os sábios. E, enquanto isso, tentaremos evitar que haja mais mortes.

— Algumas vidas sacrificadas, para salvar muitas outras.

— Isso mesmo.

Neor pensou nos soldados, em Garavar, que partira rumo à Terra da Água em sua primeira missão, em Nitta, que, por sua vez, fora para lá quando já estava prestes a dar baixa. Apertou os olhos. Quantas vidas dependiam da sua decisão? E quantas decisões suas haviam levado à morte os súditos do pai?

— E também precisamos passar a cidade a pente-fino em busca dessas pessoas. Estão entre nós, por toda parte.

— Os homens da sua mãe já estão fazendo isso.

— Destaque alguns guardas para ajudá-los.

Mais uma pausa, um pesado silêncio.

— E teremos de convocar urgentemente o Conselho. Logo. Hoje mesmo.

Learco assentiu, com ar cansado.

— Já está feito. Enviei mensageiros. Tenciono partir no máximo dentro de três dias, levando comigo todas as notícias que temos a respeito desta ameaça.

Neor sorriu tristonho. É uma corrida contra o tempo.

— O que vamos dizer ao povo? — perguntou finalmente o rei.

— O mínimo indispensável — respondeu o príncipe. — Não devemos espalhar o pânico. Mas enviaremos alguns soldados para patrulhar os vilarejos, para ficarmos de olho na situação.

Calaram-se por alguns segundos.
— Como de costume, para mim você é indispensável — disse Learco sorrindo.
Neor pensou em como gostaria de ser menos útil, para não ter de operar escolhas como a que acabava de fazer.
Foi o primeiro a sair da sala e encontrou Adhara esperando no corredor. Havia algo novo no jeito dela que a fazia parecer diferente, talvez mais segura. Nunca mais a vira, desde a manhã em que lhe entregara a tarefa, mas estava inteiramente a par da mudança no relacionamento entre ela e Amina. Mandara uma criada ficar de olho para informá-lo das coisas, e ela fazia isso descrevendo, toda tarde, o dia da princesa. Era uma maneira mesquinha de ficar perto dela, mas também era a única que conhecia. O seu tempo estava todo dedicado a consultas, reuniões e obrigações do governo. As poucas vezes em que conseguia jantar com a família, a rígida etiqueta que Fea impunha impedia que se entregasse plenamente à filha. Neor sentia-se mais pai da multidão desconhecida dos súditos de Learco que de Amina e Kalth.
Sorriu para Adhara.
— Estava procurando por mim?
Ela limitou-se a anuir.
Explicou tudo de forma clara e concisa. Neor achou-a crescida, a primeira vez que a vira não passava de uma mocinha perdida, enquanto agora já era uma pessoa que ia construindo a própria identidade. Com um toque de orgulho, não pôde deixar de pensar que isso também se devesse a Amina.
— E quando estava pensando em fazer tal coisa?
— Quando o senhor quiser. Só preciso do tempo necessário para organizar tudo.
— Não creio que Fea irá concordar — objetou Neor.
— Bom, poderíamos, digamos assim, esquecer de informá-la — replicou Adhara.
O príncipe deu uma boa gargalhada.
— Você me convenceu — disse. — Cuide da coisa do jeito que achar melhor. Tem a minha permissão.
O sorriso de Adhara foi aberto e sincero, e Neor concluiu que, mais uma vez, tinha tomado a decisão certa. Do relaciona-

mento entre Adhara e Amina só podia sair alguma coisa boa para ambas.

Adhara irrompeu no quarto de Amina bem cedo. A princesa ainda estava na cama, o rosto sonolento grudado no travesseiro e o corpo envolvido no lençol.

– Hora de acordar! Hoje é o grande dia.
Amina levantou-se.
– Que novidade é essa? – resmungou bocejando.
– Uma novidade e tanto – respondeu Adhara.

Mandou-a vestir roupas de homem, os trajes que normalmente usavam em suas brincadeiras, e Amina não conseguiu disfarçar o bom humor.

– Quer dizer, então, que hoje nada de aulas?
– Vamos ter, sim, mas não as costumeiras. – Adhara gostava de mistério. A curiosidade, a excitação e a alegria que iam pouco a pouco aparecendo no rosto da menina eram todas coisas que ela saboreava devagar e das quais tirava uma intensa sensação de bem-estar.

Deixou que tomasse só uma tigela de leite e preparou uma mochila com alguma comida: toucinho, pão e queijo fresco.

– Vamos dar um passeio?
– Já vai saber...

Levou-a para a entrada, pela ampla alameda do jardim, e o coração da mocinha começou a bater mais rápido. Claro, tinha organizado a surpresa para Amina, mas, afinal de contas, para si mesma também. Ambas iriam aproveitar aquele dia, embora de forma diferente.

Adhara o viu parado no meio da alameda, a empunhadura do espadão despontando nas costas. Amina, diante dela, enrijeceu.

– É ele? – perguntou, cortante.

Adhara fez um sinal a Amhal, que se aproximou.

– Amina, este aqui é Amhal.

O jovem fez uma mesura e se abriu num sorriso irresistível. Adhara teve orgulho dele.

Amina permaneceu fria.

– Sei quem é. Faz parte da escolha do meu avô. O que quer? – perguntou de forma grosseira.

Amhal não perdeu a desenvoltura.
– Nada de particular. Adhara contou-me que gosta de esgrimir, achei que talvez gostasse de passar um dia comigo. De manhã iremos à Academia e treinaremos com a espada, e de tarde faremos a ronda na cidade. O que acha?

Adhara pôde perceber claramente o íntimo regozijo de Amina, a excitação causada pelas atividades planejadas, embora segurasse o riso instintivo que subia aos seus lábios e se esforçasse para manter a pose.

– Se, com isso, eu puder pelo menos faltar às aulas...

Amhal olhou interrogativamente para Adhara, mas ela limitou-se a piscar para ele. Passou então à segunda parte do plano.

– Agora, se quisermos fazer mesmo isto tudo, talvez fosse melhor a gente se equipar – disse, e mostrou algo que até então tinha mantido escondido atrás das costas. O rosto de Amina iluminou-se logo que viu o embrulho que lhe estava sendo entregue, pois a forma dizia tudo por si só. A garotinha arrancou-o das suas mãos, desembrulhou-o e a viu: uma espada. Nada de excepcional, uma simples arma de treinamento, uma peça que até o mais medíocre armeiro saberia forjar. Mas para ela era algo diferente.

– É... para mim?

– Pelo menos por hoje – respondeu Amhal. – E, se demonstrar que sabe usá-la, vou deixar que fique com ela.

A menina virou-se para Adhara. Havia um montão de coisas no seu olhar: gratidão, admiração pela espada, impaciência. Adhara saboreou cada uma delas, e pensou com orgulho que tinha sido ela a suscitá-las, que fizera a escolha certa, que aquela era realmente a primeira vez que se sentia útil, importante para uma pessoa.

– Então, podemos ir?

A princesa anuiu com entusiasmo.

No começo, de qualquer maneira, Amina preferiu manter distância. Insistiu para treinar somente com Adhara, e escolheu ficar longe de Amhal. Ele achou melhor deixá-la à vontade, só ficou olhando os primeiros assaltos e limitou-se a uns pacatos comentários, quase todos dirigidos a Adhara:

– Deveria movimentar mais as pernas.

– Aí teria sido melhor atacar.
Estavam numa velha sala de treinamento, praticamente abandonada, da Academia. O lugar era meio bolorento e esquecido, mas bem aparelhado e, por isso mesmo, particularmente fascinante aos olhos de Amina, que amava tudo aquilo que tivesse um vago ar de conspiração. Adhara e Amhal haviam decidido ficar ali por motivos de segurança: levá-la no meio dos soldados teria criado confusão entre os recrutas e acabado com a diversão.

Amina ouviu os comentários de Amhal em silêncio e então, depois de mais um assalto, diante de uma Adhara suada e cansada, insurgiu:

– É fácil falar. Gostaria de ver você aqui na arena.

Amhal levantou-se do banco e desatou as tiras que prendiam a espada às suas costas.

– Estou pronto – disse, atrevido.

Adhara achou que era realmente excepcional; tinha de enfrentar a instintiva antipatia que Amina sentia por ele, e mesmo assim não errava uma: sabia fazer direitinho a coisa certa para abrir uma brecha no coração da princesa.

A menina baixou a espada.

– Não gostaria que me considerasse pedante, mas eu tenho metade da sua altura e uso uma adaga. Não tenho a menor chance contra um espadão de dois gumes.

Amhal meneou a cabeça, concordando com a queixa.

– Adhara, o seu punhal, por favor.

Ela aproximou-se e entregou a arma. Em seguida segurou a empunhadura da espada. Aquilo causou um estranho efeito nela. Era como tocar numa parte dele.

Sentou-se num canto e viu Amhal passar o punhal de uma mão para a outra, avaliando o seu peso.

– Acha melhor, assim?

Amina sorriu quase com ferocidade.

– Acho. – E pulou adiante com um acesso de fúria.

Amhal foi impecável. Combateu com elegância e sem demonstrar qualquer reserva. Mas Adhara percebia claramente que media as próprias forças pela de Amina. Limitava-se a se defender, e seus ataques eram pouco eficazes. Ficou olhando para ele, extasiada. Tudo nele a inflamava. A maneira com que lutava, o movimento fluido dos seus músculos, o cuidado com que se confrontava com Amina, até mesmo a sombra que sempre o envolvia, aquela espécie de obscura maldição que de vez em quando tomava conta dele. Notou, contrafeita, alguns pontos vermelhos nas suas costas. Mais castigos infligidos a si mesmo, mais dor que ela gostaria de tirar dos ombros dele e carregar nos seus.

Finalmente, Amhal encostou Amina na parede, depois de uma troca de golpes bastante longa, para dar-lhe a ilusão de ter perdido com honra.

– Você se rende? – perguntou com uma expressão concentrada. Sabia transformar aquela brincadeira em algo extremamente sério.

Amina teve de recuperar o fôlego e demorou alguns instantes para responder. Depois, com expressão altiva, disse entre os dentes:

– Só porque você é homem e é bem maior do que eu.

– Entendo – concordou ele sem nem mesmo uma pontinha de ironia na voz. E então soltou-a.

Permitiram-se algumas outras diversões antes do almoço. Ensaiaram lutar com as lanças e acabaram descobrindo uma armadura amassada e poeirenta. A julgar pelo tamanho, devia ter pertencido a um gnomo; parecia perfeita para Amina, que, obviamente, quis logo experimentar.

Com algum esforço, conseguiu vesti-la, mas, depois de alguns passos incertos, acabou tropeçando nos próprios pés e rolando no chão com um estrondo assustador. Adhara acudiu, preocupada. Daquele amontoado de ferragens saíam abafados gemidos. Quando, porém, tiraram o elmo, descobriram que Amina não se aguentava mais de tanto rir.

– Mas é absolutamente impossível se mexer com este troço no corpo! – exclamou quando conseguiu parar de rir.

– Há um treinamento especial só para isso – explicou Amhal, aliviado.

Comeram numa locanda de ínfima categoria, atendidos por um taberneiro com cara de pilantra e dominados por uma perene cortina de fumaça acima de suas cabeças. Amina ficou simplesmente encantada e quis até tomar um gole de sidra.

– Tem álcool, você não deveria – tentou dissuadi-la Adhara.

– Você deve ter no máximo cinco anos a mais do que eu e toma sem qualquer problema.

Adhara viu-se forçada a meditar sobre a própria idade, acerca da qual, de fato, nunca pensara.

Amhal, de qualquer maneira, não a ajudou em nada.

– A primeira vez que tomei, só tinha nove anos – admitiu. E então foi sidra para todos.

– Até que você não é tão ruim assim – comentou Amina, baixinho, olhando de soslaio para ele. O rapaz respondeu com um vago sorriso, e Adhara parabenizou-se pelo pleno êxito do seu plano.

A tarde foi dedicada à ronda. Amhal só conseguira a manhã de folga, e à tarde tinha de dar a costumeira volta pela cidade. Sabia que era contra o regulamento levar consigo uma jovem e uma garotinha durante o desempenho das suas funções, mas confiava no instinto de Adhara e nas suas qualidades de lutadora; assim sendo, nada comentou com seus superiores e permitiu que ambas o acompanhassem.

Amina estava a mil por hora e brincava o tempo todo com a empunhadura da espada.

– Devo admitir que talvez estivesse errada a seu respeito – disse a Adhara enquanto percorriam as ruas cheias de gente do centro de Makrat. – Pois é, acho que fui injusta quando a acusei de não querer ser minha amiga.

Ela sorriu consigo mesma.

– Eu não lhe disse?

– É... mas meu pai afirma que as coisas precisam ser demonstradas, mais que apenas ditas, e você... bom, hoje você demonstrou que gosta de se divertir comigo.

– A intenção era essa.

– E, obviamente, com o seu precioso Amhal.

Adhara ficou roxa.

– Pare com isso! – Lançou um olhar preocupado para o rapaz que caminhava mais adiante.

– Fique tranquila, não dá para ele ouvir – assegurou Amina, que, de qualquer maneira, baixou o tom da voz. – Você tem bom gosto, ele é realmente muito bonitinho.

Adhara ficou profundamente sem graça. Nunca lhe acontecera falar dessas coisas com alguém até então. Começou a torcer as próprias mãos.

— Eu só queria que o conhecesse melhor e descobrisse que não é seu inimigo...

— Claro, claro... E, afinal, eu também gosto de um cara, um soldado da guarda, imagine só. Temos os mesmos gostos, no que diz respeito aos rapazes — acrescentou Amina, com olhar malicioso.

Foi então que Amhal saiu à disparada, sem dizer uma única palavra. Adhara e Amina, pegas de surpresa, ficaram por alguns instantes paradas, mas Adhara logo decidiu o que fazer.

Segurou a companheira pelo pulso, apertou-a contra si e levou a mão ao punhal. Ficou atenta, pronta a enfrentar qualquer coisa.

A multidão abriu-se diante delas, enquanto de um beco ali perto chegava o barulho de uma luta.

Amina desvencilhou-se.

— Quero ver! — exclamou, soltando-se da captura.

Adhara correu atrás como um raio, de punhal na mão, e agarrou-a de novo na entrada do beco. No fundo, o brilhar de uma lâmina.

Amhal se movimentava com a costumeira elegância, com o habitual vigor. A espada volteava rápida, desenhando sinuosas geometrias ao redor do seu corpo. O adversário, um ladrãozinho armado de uma espada meio enferrujada, não resistiu a mais que dois ataques, e sua arma logo voou das suas mãos, deslizando no chão por alguns metros.

E então Adhara a viu. O mundo pareceu parar, o ar gelar. A fúria. A usual, antiga fúria com que Amhal tinha de se ver todos os dias. O furor que ele tentava sufocar na dor e no exercício físico extenuante. Viu o desvario aparecer em seus olhos. O desejo de completar aquele amplo movimento do braço, de terminar o volteio no pescoço do adversário, de derramar o seu sangue. Mas parou, e a ponta da espada ficou apontada para o peito do ladrão. Por um momento, pareceu lutar contra aquele seu instinto ancestral.

— Está preso — murmurou afinal, com voz esganiçada.

Adhara voltou a respirar aliviada.

— Ai! Isto dói! — gritou Amina, enfastiada.

Sem perceber, estava apertando com força demais o ombro dela.

— Desculpe, achei que você podia... — disse soltando a presa.

Amhal, enquanto isto, estava atando os pulsos do larápio.

Amina virou-se para ela.

— Viu que maravilha?! Quase não dava para ver a espada! E como o desarmou!

Adhara anuiu, mas a sua mente estava alhures. Observava Amhal e, quando finalmente ele levantou os olhos para ela, presenteou-o com um olhar cheio de admiração. Ele vencera.

Amina fincou o pé e resmungou muito, antes de voltar ao palácio, mas, quando viu de longe o pai esperando por ela no portal, de alguma forma baixou a crista.

— Talvez seja melhor não falar do ladrão com sua mãe — aconselhou Adhara, levemente preocupada.

Amina piscou para ela, abraçou-a com força e deu-lhe um beijo na bochecha.

— Obrigada — sussurrou, e correu para o pai.

Assim, Adhara teve a oportunidade de recobrar-se do cansaço do dia na companhia de Amhal. Passaram o resto da tarde na Academia.

— Você se saiu muito bem hoje — disse para ele.

— Pois é, até eu fiquei surpreso. Nunca tive de tratar com irmãos e irmãs, é realmente um milagre que tenha conseguido me dar bem com a princesa...

— Não é disso que estou falando. — Adhara encostou a mão na dele. — Estava me referindo ao ladrão.

Os olhos de Amhal pareceram ficar mais sombrios.

— São vitórias momentâneas — comentou, seco.

— Mas, mesmo assim, vitórias. Você deveria pensar em momentos como o de hoje, quando se castiga por seus erros.

Ele preferiu mudar de assunto:

— Já lhe contei? Continuo treinando com San. Estou aprendendo muito com ele.

Adhara sorriu.

— Está te ajudando?

– É o que parece.
Desde a tarde do beijo, nunca mais haviam falado àquele respeito. Adhara ficava imaginando se não fora apenas a loucura de um momento: maravilhosa, como você quiser, mas mesmo assim nada mais do que uma loucura. No dia seguinte haviam se portado como se nada tivesse acontecido e, depois, ambos se envolveram nos preparativos do dia que acabavam de viver. A certa altura pensou em tocar no assunto, mas não teve coragem.

De forma que ficaram falando de coisas sem importância pelo resto da tarde, até a hora da despedida, quando Amhal decidiu acompanhá-la até a entrada da Academia. Não podia ir mais além.

– Sinto muito que tenha de voltar sozinha, mas hoje não tenho permissão para sair.

Adhara abriu a capa e mostrou o punhal.

– Sei me defender – disse com um sorriso.

– Quase estava me esquecendo – prosseguiu Amhal, dando-se uma palmadinha na testa. – Consegui marcar um encontro com o Ministro Oficiante. Daqui a uma semana irei ao templo para explicar a situação, e então ela escolherá um dia para examiná-la.

Para Adhara aquilo não fazia muita diferença. Agora tinha um presente cheio de acontecimentos, no qual Amhal a beijava e passava tardes maravilhosas com ela.

Ele apertou suas mãos. Ficaram mais uma vez parados, sem saber o que fazer. Adhara abraçou-o sem dar-lhe tempo de se afastar e, com o coração a mil, tomou a iniciativa. Tinha compreendido que, às vezes, beijar é muito mais fácil do que falar.

A boca de Amhal abriu-se, e foi de novo mel e calor. As mãos desceram acompanhando o contorno das nádegas, apertando-as quase a ponto de doer. Adhara sentiu a pressão do corpo do rapaz contra o dela, e os dentes que se fechavam sobre seus lábios. Quando ele segurou seu seio, ficou com medo, um medo insano e irracional daquelas mãos, daquela paixão que tinha algo de violento.

Tudo acabou de repente. Amhal afastou-se quase com um pulo, ofegante. Olhou para ela transtornado, e Adhara viu a fúria em seus olhos, a mesma fúria do dia em que se encontraram.

– Desculpe, eu...

– Não, fui eu... – tentou rebater ela, aproximando-se de novo.

Mas Amhal deu um passo para trás, apavorado.
– Boa-noite – murmurou, e saiu correndo.

Encontrou San parado diante da porta, como quase todas as noites desde que haviam começado a treinar juntos.

Amhal estava descontrolado. Ainda sentia nas mãos a sensação da carne de Adhara e aquele louco desejo de agarrá-la, mordê-la, despedaçá-la. O vago presságio que o acometera a primeira vez que a beijara desembocara em alguma coisa terrível e tangível. A fúria deixara de ser algo limitado ao âmbito do combate. Tornara-se uma presença obsessiva que pouco a pouco ia comendo pedaços da sua vida, que se infiltrava até nos afetos mais queridos e envenenava os sentimentos mais puros.

San percebeu aquele transtorno.

– Alguma coisa errada?

Amhal sacudiu a cabeça, principalmente para afugentar as horríveis sensações que acabava de ter.

– Estava procurando por mim para treinarmos?

– Achei que podia ser uma boa ideia.

– É só eu pegar a espada e podemos ir.

Era disso que precisava. Ação. Afogar a fúria na espada. Porque, quando estava com San, nada conseguia assustá-lo, e até mesmo os impulsos mais terríveis se amenizavam e pareciam fazer sentido. Nem mesmo com Mira acontecera alguma vez algo parecido. San tinha o poder de acalmá-lo.

Deu uma rápida olhada no livro que lhe fora emprestado. Estava em cima da arca, ainda aberto. A primeira vez que o lera tivera medo.

– Fala de Fórmulas Proibidas – dissera, quando San lhe perguntara o que tinha achado.

– Claro – respondera o homem, tranquilo.

Amhal tinha ficado desconcertado.

– A Magia Proibida é um mal!

– A Magia Proibida é uma arma que cada um usa do seu próprio jeito. Mas é preciso conhecê-la, pois do contrário não se consegue ser um mago completo.

San destilara-lhe então uma convincente apologia das Fórmulas Proibidas. Amhal percebia confusamente que naqueles ensinamentos, na sua maneira de ver a magia, havia alguma coisa errada e obscura, mas que ainda assim seus argumentos eram sedutores. Sentia o desejo de aceitá-los, embora o deixassem assustado.

Desde então passara a olhar San com uma mistura de admiração e desconfiança. Era a mesma coisa que acontecia com a fúria que crescia em seu peito: era um mal, sabia disso, mas havia também algo aliciador nela, quase positivo. Da mesma forma, San era alguém a quem não sabia dizer não, alguém que receava, mas de quem não podia se afastar.

Saiu de espada na mão.

– Vamos – disse quase com desespero.

San sorriu. Um sorriso de lobo.

20
O TEMPLO

Mira e San não costumavam se frequentar. Continuavam sendo de alguma forma elementos separados na vida de Amhal. Mira era o mestre que, de dia, o iniciava nas artes dos cavaleiros, lhe ensinava a refrear os impulsos e lhe mostrava um mundo solar, no qual não existia espaço para o horror e onde, ainda que houvesse, este era, mesmo assim, controlável, passível de ser afugentado pela razão.

San, por sua vez, era a noite, a sedução da escuridão, o mestre oculto que lhe falava de um mundo em que os confins entre o bem e o mal eram extremamente incertos, um lugar onde até a fúria perdia seus contornos para transformar-se em algo indefinido, atraente e perigoso.

Se fosse o caso, conversavam amigavelmente. Mas não se conheciam. E Mira ignorava as aulas noturnas.

– Está me parecendo cansado, de uns tempos para cá – dizia a Amhal, durante o treinamento.

– Estou passando por um período muito difícil. Não consigo dormir direito – respondia ele. Mas quando Mira o parabenizava pelos seus reflexos mais afiados ou por algum novo movimento ficava orgulhoso. E achava que o mestre ficaria contente ao saber daquelas aulas com San, embora ainda não tivesse tido ânimo de contar.

De forma que ficou pasmo quando, certa manhã, Mira o convocou:

– Vai haver uma reunião extraordinária do Conselho. Precisamos partir imediatamente.

Amhal anuiu. Estava pronto.

– Mas você não irá conosco.

Ficou atônito.

– Mestre...

– A situação, aqui em Makrat, é preocupante – explicou Mira. – Há tensão no ar, e a doença já parece estar cercando a cidade. Pre-

cisamos ficar atentos. Decidiu-se, portanto, deixar aqui uma parte das tropas. Learco e Neor viajarão com uma escolta reduzida.
— De qualquer forma, mestre, eu preferiria ir com vocês...
— Você melhorou — interrompeu-o o outro. — Melhorou muito. Não posso mais permitir essa sua dependência excessiva, esse exagerado apego a mim. Está pronto a levantar voo, e isso significa que precisa aprender a se virar sozinho. É por isso que vai ficar.

Orgulho e receio alternaram-se no peito de Amhal.
— Seja como for, San ficará de olho em você.
Amhal não soube o que dizer. Era a primeira vez que San e Mira interagiam de alguma forma. Afinal, os dois mundos entre os quais se tinha movido incerto, naqueles últimos tempos, se juntavam.
— Foi ideia dele? Quer dizer, foi ele que pediu para eu ficar?
Mira fitou-o sem entender.
— E por que deveria? Não, não. O rei mandou que alguns homens ficassem, e San se encarregará da guarnição. Então, eu pensei em você, pois sei que o admira profundamente, enquanto ele o considera um jovem promissor. Eu só pedi para ele ficar um pouco de olho em você, só isso. — Deu-lhe uma palmada no ombro. — Não precisa mais ter medo, Amhal. Você é forte, muito mais do que imagina, e muito em breve será um cavaleiro. Considere isto como uma prova final.

Alguma coisa se mexeu nas entranhas do jovem, e um nó subiu-lhe à garganta.
— Tentarei não decepcioná-lo, mestre — disse, tentando controlar o tremor na voz.

Dos bastiões, Amhal viu Mira partir na garupa do seu dragão, junto dos demais soldados da escolta. Com ele, Learco.
San estava ao seu lado e observava a cena com uma expressão séria. Depois comentou com o rapaz:
— Bom, pelo menos teremos mais tempo para os treinos, o que me diz?
Amhal sorriu, inquieto.

* * *

Na corte, as notícias sobre a doença chegavam de forma incompleta e confusa. Só de vez em quando Adhara ouvia vagos boatos a respeito. Um doente na fronteira com a Terra do Mar, talvez um caso suspeito na Terra do Sol. Mas o ambiente estava tenso, e uma sensação de iminente tragédia pairava sobre a cidade.

Por algum tempo dedicara completamente os seus pensamentos à nova vida. Tudo estava correndo bem com Amina. De alguma forma, a jovem tornara-se mais calma, mais ponderada e menos birrenta. Era possível vislumbrar em seus gestos contínuos sinais de afeição, e ela mesma se ligara à jovem companheira com laços muito mais firmes do que imaginara. Tinha até interrompido as suas pesquisas na biblioteca; de repente, já não era mais tão importante descobrir quem eram os Vigias ou conhecer o próprio passado. Porque agora era Adhara, a dama de companhia, e a jovem que certa noite beijara Amhal diante do portal do parque.

Mas isso também era a sua aflição. O que estava acontecendo entre ela e Amhal? Depois daquela última noite, ele tinha praticamente sumido. Não sabia mais o que pensar. Não conseguia entender com clareza o que houvera entre eles, mas ainda sentia as mãos dele no seu seio, e aquilo deixava-a ao mesmo tempo excitada e com medo. Pois é, a fúria insinuara-se entre os dois, mas talvez o amor fosse assim mesmo, também fosse violência, desejo incontido.

Amhal, no entanto, desaparecera. Limitara-se a enviar um lacônico recado:

"Ando muito atarefado. Irei vê-la logo que for possível. Até breve."

E para ela não houve outro jeito a não ser esperar. Que Amhal voltasse, que a vida, como sempre, retomasse o seu curso. Pois era nisto que a vida consistia: um pacato deixar-se levar pela correnteza, à espera de que o destino ajudasse. Era assim que, até então, as coisas tinham funcionado.

Finalmente, Amhal apareceu. Adhara foi ao seu encontro, excitada. Achou-o parado, na entrada do jardim, a espada nas costas e a capa escondendo-o quase por completo.

– Só estou de passagem – disse quase sem cumprimentá-la.

– Ah! – fez ela, parando a alguns passos dele. Por um momento, ficaram imóveis.
– Acontece que estou treinando muito – desculpou-se Amhal. – Mas não me esqueço de você – acrescentou, com um sorriso tenso.

Ficaram conversando, mantendo certa distância, como se estivessem com medo de qualquer contato. Adhara sentia-se atraída pelo corpo do rapaz, mas mesmo assim não conseguia superar a barreira que se criara entre eles. Ouvia-o fingindo interesse, quando na verdade só gostaria de perguntar o que acontecera durante todos aqueles dias.

Ele disse que tinha encontrado o Ministro Oficiante, conseguindo marcar um encontro.

– Amanhã à tarde – especificou. E explicou onde ficava o templo e como chegar lá.

Adhara achou que deveria sentir-se feliz, que deveria estar agradecida. Mas não conseguia. Já ficara distante o tempo em que ela desejava receber de presente o próprio passado; o que queria agora era abraçar e beijar outra coisa.

– Você vai comigo? – perguntou.

Ele ficou em silêncio por alguns segundos.

– Não. Estou de plantão. – Percebeu, de algum modo, a decepção da amiga, e logo apressou-se a acrescentar: – Mas virei à noite, para saber como foi, eu prometo.

– Amhal, o que está havendo? – disse ela de impulso. – Já não me visita mais, comporta-se de forma evasiva e... – *E onde ficaram os beijos que nos demos?*, completou a costumeira voz dentro dela. Mas as palavras não conseguiram sair da sua boca.

Amhal deu um passo para trás.

– Eu já disse, ando muito ocupado com os treinamentos. Só isso. Mas pode ficar certa de que amanhã à noite estarei aqui, e talvez você saiba, então, quem é!

Sorriu, mas havia algo estranho, forçado e artificial, no seu riso.

Despediu-se sem tocar nela, com um mero sinal de mão, e Adhara ficou novamente sozinha com suas dúvidas.

* * *

No dia seguinte seguiu as instruções que tinha recebido. Andou por Makrat meio desnorteada. Depois de passar tantos dias no ambiente protegido do palácio, a cidade deixava-a assustada. Todos olhavam para ela com desconfiança, e havia algo estranho nas vielas e nas amplas avenidas. Imaginou que talvez fosse a doença, que espalhando o medo já estava fazendo suas primeiras vítimas. Há muitas maneiras de se morrer, antes de o coração parar de bater. Acelerou suas passadas e, finalmente, viu-se diante do templo.

Era uma imensa construção de mármore branco, de forma circular e dominada por uma ampla abóbada, um tanto achatada, de vidro. Entrava-se nela por um alto portal em estilo ogival, encimado por um florão envidraçado. Era o começo da tarde, e o sol fazia resplandecer inteiro o edifício com uma brancura ofuscante.

Adhara sentiu-se pequenina como um inseto e teve um medo instintivo de ser achatada pela imponente massa do templo. Algo aconselhava-a a ir embora. Não podia haver coisa alguma ali que pudesse realmente interessá-la. Mas então pensou que devia aquilo a Amhal, que tanto se esforçara para que ela pudesse, finalmente, encontrar o Ministro Oficiante.

No interior, a vastidão chegava a oprimir. A estátua do deus ficava no fundo, gigantesca, na frente de um altar, em cima de um pedestal. Em volta, bancos distribuídos em amplos semicírculos. O florão na entrada aparecia agora multicolorido; o vitral de cores vivas projetava no chão os contornos de um homem, aquele da estátua, cercado por uma multidão de figuras adoradoras. As paredes laterais eram cortadas, a intervalos regulares, por altas e estreitas janelas, também decoradas com vitrais. Como resultado, o piso mostrava-se quase inteiramente marcado por manchas de várias cores. Mal dava para distinguir o mosaico de mármores multicolorido que o cobria, representando um complexo desenho geométrico. Adhara avançou lentamente naquela imensidão. O domo era de vidro opalino, no qual haviam sido inseridos pedaços de cristal negro para compor figuras estilizadas, imagens abstratas.

– Por favor, aproxime-se, Sua Excelência está esperando.

A voz vinha de algum lugar à sua esquerda. Adhara virou-se e pôde ver uma jovem vestindo uma longa túnica azulada que lhe deixava os braços descobertos. Foi até ela. Sorria e, quando chegou bastante perto, fez uma mesura.

– O meu nome é Dália, Irmã do Raio. Seja bem-vinda.

Adhara acenou levemente com a cabeça. Dália convidou-a a acompanhá-la.

Levou-a atrás do altar e passou por uma portinhola que dava a um corredor revestido de mármore.

– É uma verdadeira honra ser recebida em particular por Sua Excelência. Por via de regra, ela não aceita visitas deste tipo, mas mostrou-se profundamente interessada em você.

Adhara limitou-se a ir atrás dela. Não sabia o que dizer. O que havia nela, afinal, para despertar o interesse de uma pessoa tão importante?

Chegaram a uma pequena sala austera. O teto era abobadado, as paredes nuas. Logo que entrou, Dália ajoelhou-se, e Adhara apressou-se a imitá-la. Havia duas cadeiras no aposento, uma ocupada. Sentada nela, uma anciã de corpo pesado, expressão séria e um tanto cansada.

– Deixe-nos sozinhas – disse. E Dália se levantou, passou silenciosamente pelo limiar e fechou a porta atrás de si.

Adhara continuou ajoelhada. Só levantou um pouco os olhos para o Ministro Oficiante. Já havia tido a oportunidade de vê-la algumas vezes antes, e sempre ficara pasma com a sua aparência cansada. Uma velha, mais uma, que tinha em suas mãos o destino do mundo.

Agora, largada pesadamente em seu assento, também transmitia uma ideia de fragilidade que Adhara achou quase comovedora. Todo aquele poder, todas aquelas responsabilidades em cima de ombros tão cansados, tão frágeis.

– Levante-se.

Tinha uma voz rouca, mas mesmo assim marcada por um tom de autoridade. Adhara obedeceu, ficando de pé, e bastante constrangida, no meio da sala.

Theana deixou os olhos correrem lentamente sobre o corpo da jovem. Por seus cabelos lisos e negros, marcados por aqueles estranhos cachos azuis.

Há sangue de semielfo nela, pensou.
Os olhos de duas cores diferentes.
O efeito secundário de algum encantamento.
O corpo miúdo e esguio, a atitude que denunciava todo o seu embaraço.
Sorriu.
– Pode sentar-se, não há motivo para ficar aí plantada como uma estátua.
A jovem obedeceu. Theana percebia alguma coisa vindo dela, algo reconfortante e obscuro. Convidou-a a falar:
– O seu amigo já me falou da sua história, mas gostaria que você me contasse com suas próprias palavras.
Adhara tomou fôlego e depois começou a falar com voz trêmula. Estava agitada. Contou do gramado, da sensação de vazio, da sua memória desprovida de qualquer lembrança. Theana parou de prestar atenção quase imediatamente. A história não tinha importância. O que contava, na verdade, era a corrente que sentia vir dela, a aura enigmática que a cercava. Apertou os olhos, concentrou-se. Havia selos mágicos nela. Alguém usara a magia, quase certamente Fórmulas Proibidas, mas tinha agido de maneira estranha. Não conseguia entender qual era o feitiço. De qualquer forma, sob toda aquela espécie de aura maligna que a cercava, havia alguma coisa pura, algo sagrado e poderoso.
– Conhece a magia?
Adhara ficou boquiaberta. De repente, o Ministro Oficiante decidira interrompê-la:
– Não sei, mas acho que sim. Percebo-a e sei reconhecê-la, mas nunca a usei.
– Aproxime-se.
A jovem levantou-se e ficou diante dela, de pé. Theana apertou seu pulso. Foi como ser atravessada por uma forte corrente. Sentiu-se envolvida e atropelada por ela. Percebia uma imensa paz, uma maravilhosa sensação de contentamento. Mas havia alguma coisa terrível e falsa naquela satisfação. Só com alguma dificuldade conseguiu largar a pele da jovem. Recostou-se no assento, esgotada.
– A senhora está bem? – perguntou Adhara, um tanto aflita.
Meu Deus, o que é esta moça?

— Estou, sim... estou bem.
Apertou novamente os olhos, várias vezes, procurando readquirir a lucidez, e em seguida fitou-a.
— Você sofreu numerosos feitiços — disse. — Marcaram-na com poderosos selos, encantamentos que só podem ser quebrados por quem os criou ou por magos extraordinariamente capazes. Não sei dizer, no entanto, qual é o tipo de feitiço.
Adhara anuiu:
— Foi o que disse um coirmão seu que me examinou na Terra da Água. A senhora acha que foram estes... selos os responsáveis pela minha perda da memória?
Theana meneou a cabeça.
— Não sei.
Pensou se era oportuno falar-lhe das estranhas sensações que suscitava nela. Achou melhor não tocar no assunto. Sempre tivera a capacidade de perceber a força mágica com extrema precisão, mas o seu dom não passava disso. Não era capaz de explicar aquela força, de entender de onde vinha ou para onde levava, nem mesmo compreender o seu sentido. Como maga, era só até ali que os seus poderes chegavam. Em Adhara havia alguma coisa estranha, uma força mágica, poderosa e perturbadora, mas ela não conseguia dizer do que se tratava.
— E a senhora acha que poderá descobrir o que houve com as minhas lembranças, acredita que poderei tê-las de volta?
Na voz da jovem aparecera um claro toque de esperança.
Preciso investigar.
— Talvez.
Theana levantou-se com dificuldade e mandou Adhara sentar-se de novo. Precisava tentar. Procurar aquelas recordações. Talvez aquela fosse a chave de tudo. Pois mais uma vez um obscuro temor invadia seu coração, a lembrança da hora mais sombria que o culto de Thenaar vivenciara desde os tempos da Guilda dos Assassinos, a seita que pervertera a sua natureza.
Foi até um armário, abriu-o e procurou aquilo de que precisava. Ervas, pós, uma vasilha. Tirou um graveto da faxina de ramos de bétula presa à parte interna da porta e começou a rezar em silêncio. Continuou a salmodiar enquanto preparava a mistura que iria uti-

lizar. Percebia a perplexidade de Adhara, a sua preocupação. Não parou de rezar até sentir que a força do deus se apoderava dela. Então, achou que estava pronta.

Segurando a tigela e o graveto de bétula, sentou-se ao lado da jovem.

– Tentarei um encantamento para explorar as suas recordações. Quanto a você, só procure relaxar e deixar o resto comigo. Confia em mim?

– Confio.

Por um instante, Theana percebeu um liame com aquela jovem, alguma coisa profunda que tinha a ver com Thenaar, mas a sensação dissolveu-se tão rápido quanto surgira.

– Deixe-me segurar seus braços. – Ela obedeceu.

Iniciou com a costumeira lenga-lenga, uma lenta ladainha hipnótica, molhou o ramalhete na mistura e, com a ponta, foi traçando rabiscos na pele de Adhara. Partiu do pulso, diáfano, e subiu acompanhando as linhas azuladas das veias. Primeiro, deteve-se nos cotovelos e, depois, seguiu o traçado, até os ombros. Começou então a desenhar umas figuras. Ao mesmo tempo, a sua mente abria-se àquela da jovem.

Passou para o outro braço, reforçando o liame místico que estabelecera com ela. Quando chegou à última voluta, no ombro esquerdo, soltou uma nota aguda e vibrante. O mundo desapareceu do horizonte da sua visão, e só ficou a mente de Adhara. Um lugar cheio de impressões marcadas, de percepções violentas, todas ligadas ao passado mais imediato. Theana não podia distinguir claramente aquelas lembranças, mas percebia as sensações a elas relacionadas. Mergulhou mais fundo, descendo além da superfície da consciência. Lá só havia uma extensão branca e desmedida, um deserto despojado de sentimentos e recordações. Como a mente de um recém-nascido, como se de fato não houvesse coisa alguma a ser lembrada.

Será possível que tenha nascido lá, naquele gramado?

Em seguida alguma coisa maldosa, um surto de ódio profundo, e dor, muita dor, terrível e intensa. Sangue, medo, desespero. E um grito, incessante, monstruoso, infinito. Theana sentiu-se sugar por ele e, sem qualquer lugar onde se agarrar, precipitou-se à mercê de um terror arcano.

Quando se recobrou, estava deitada no chão, e diante dela só aparecia o teto abaulado do aposento e o rosto preocupado de Adhara.
– A senhora está bem?
Levantou-se lentamente, sem conseguir disfarçar sua expressão preocupada.
– Estou – disse após alguns segundos. – Sim, estou bem.
Reparou que Dália estava ao seu lado.
– Ouvi gritar e acudi logo.
– Eu não fiz nada, eu juro! – repetia Adhara.
Theana sentiu o braço de Dália segurá-la pelas costas, levantá-la.
– Minha senhora...
– Está tudo bem, não foi culpa dela – disse, olhando para Adhara. – Sinto muito, mas a magia não funcionou.
Ela fitou-a de queixo caído. Depois de alguns momentos de atônito silêncio, teve ânimo para falar:
– Não funcionou? Como assim?
– Nada encontrei que pudesse ser trazido de volta.
– Mas... – Havia decepção em seus olhos, até um toque de raiva, talvez. – Não estou entendendo... Por que a senhora gritava?
– Por causa do vazio que vi em suas lembranças.
– Sim, mas...
– Sinto muito – interrompeu-a Theana. – Não há nada que possa fazer por você.
Adhara, ajoelhada, continuava a fitá-la, abalada.
– Sinto muito mesmo...
Quem assumiu o controle da situação foi Dália. Apoiou as costas de Theana no espaldar do assento, depois segurou Adhara pelos ombros.
– Venha comigo.
– Mas há mais uma coisa que eu queria perguntar! – insistiu a jovem.
Dália parou na mesma hora. Theana ficou olhando, à espera.
Adhara desvencilhou-se, chegou perto e desembainhou o punhal. Dália pulou adiante, irritada, mas ela ofereceu imediatamente a empunhadura ao Ministro Oficiante.
– Quando acordei, isto estava comigo.

Theana empalideceu e começou a tremer. Afastou a mão que segurava o punhal e desviou o olhar.
— Nada mais tenho a lhe dizer.
Dália aproximou-se e agarrou com mais força os ombros de Adhara.
Ela opôs resistência.
— Quem são os Vigias?
— Não pronuncie esse nome aqui dentro! — sibilou Theana.
Dália empurrou Adhara para fora, mas ela insistiu:
— Quem são os Vigias?
Em seguida a porta fechou-se atrás dela.

A Assembleia dos Irmãos do Raio só se reunia raramente. Desde que haviam reconstituído o culto de Thenaar, só acontecera na ocasião da traição dos Vigias.
Theana olhou preocupada para os irmãos e as irmãs, os chefes das comunidades religiosas das várias terras.
— Acham que seja obra dos Vigias? — perguntou um.
— Está com o punhal deles, e ela foi objeto de numerosos encantamentos.
— Eram apenas uns poucos desajustados... — observou outra.
— É verdade, mas havia foragidos da seita, pessoas capazes de qualquer coisa. Eram fanáticos — objetou Theana.
— Quem a senhora acha que a moça pode ser?
O Ministro Oficiante suspirou.
— Não faço ideia. Mas vocês também conhecem as profecias. Essa estranha doença que se alastra, os elfos que reaparecem da escuridão de séculos perdidos, e então a marca dos Vigias... Receio que os tempos tenham chegado.
Um silêncio grave, sombrio.
— O que propõe? — atreveu-se finalmente a perguntar um irmão.
— Simplesmente manter a situação sob controle. E investigar acerca dos Vigias. Talvez não tenhamos conseguido dispersá-los por completo, talvez se tenham agrupado de novo e continuem agindo nas sombras. E precisamos estudar a jovem — afirmou Theana, com firmeza.

Muitas cabeças anuíram.

– Vós sois o Ministro Oficiante, vós sois o supremo guia.

Era a fórmula oficial que ratificava toda deliberação, e foi pronunciada por cada um dos oito membros.

– A senhora realmente acredita que os tempos chegaram? – perguntou então uma voz trêmula.

Theana segurou o fôlego.

– Só posso esperar que não.

21
OS VIGIAS

Certa manhã ela chegou. O sol brilhava no céu azul, nenhuma nuvem no horizonte. O homem deixou-se cair diante da porta de casa. Foi acudido por um vizinho que passava por perto.
— Tudo bem com você, Herat? — gritou, sacudindo-o pelos ombros. Procurou virá-lo de costas, com cuidado. E então as viu. Pretas e terríveis, espalhadas pelo pescoço, invadindo o rosto. As manchas da morte. Deu um pulo para trás e afastou-se berrando:
— A peste! A peste!

Neor precisou tomar todas as decisões. Quarentena para o vilarejo afetado e para mais dez nas redondezas. Impossibilidade de locomover-se de um lugar a outro sem uma permissão escrita outorgada pelas autoridades. Unidades de soldados em todas as aldeias cuja população passasse de mil almas. Repetidos e rígidos controles. Makrat fechada do pôr do sol ao alvorecer.

A Terra do Sol mergulhou num pesadelo. Logo agora que o rei estava longe e que no palácio só havia o aleijado.
— É uma manobra para assumir o poder. Todos sabem que é isso que ele quer, nunca pensou em outra coisa...
— Neor sempre foi um ótimo conselheiro.
— O coxo só estava esperando a hora certa para dar o golpe.

Os boatos começaram a circular descontrolados, a desconfiança espalhou-se por toda parte. Uma ninfa linchada ao sul da cidade: acusavam-na de disseminar a peste. Um velho salvo por milagre da fogueira da sua casa: os vizinhos haviam ateado fogo porque ele estava doente; um mero resfriado, como certificaram os sacerdotes.

Mas as pessoas não queriam saber de coisa alguma, estavam com medo, não tinham ideia de onde se esconder para fugir daquele perigo invisível e aterrador, que estava no ar, superava qualquer defesa, podia atacar o rosto de quem você amava e que desde sempre conhecia.

Neor, no entanto, não se deixou tomar pelo pânico. Não prestou atenção nos boatos, ignorou a desconfiança daquele povo pelo qual se havia sacrificado sem medir esforços durante longos anos. Sabia que estava na hora de demonstrar quem era, e foi isto mesmo que ele fez.

Dubhe aumentou o número de espiões espalhados por Makrat, e ele mesmo organizou novas patrulhas de vigilância. Usou todos os cavaleiros nesta nova tarefa. Convocou San.

– Preciso de você.

O homem baixou a cabeça, com um joelho e o punho apoiados no chão.

– Pode contar comigo.

– São os elfos – disse Neor.

Os ombros de San tiveram um leve estremecimento, quase imperceptível. A sombra de um sorriso, ocultado pela cabeça baixa, passou por seus lábios.

– Podemos reconhecê-los, mesmo que estejam disfarçados.

– Li muito sobre eles, sei qual é a sua aparência. Suas proporções são diferentes das nossas.

Neor ficou pensativo.

– Chegou a vê-los nas Terras Desconhecidas, durante suas andanças?

San demorou um momento antes de responder:

– Não. Nunca cheguei tão longe.

Neor olhou para ele.

– Mas saberia reconhecê-los?

San anuiu.

– A partir de agora a cidade será patrulhada por rondas formadas por um guarda e um sacerdote; juntos, eles procurarão os elfos. A ordem é capturá-los vivos e impedir que nos prejudiquem. Não sabemos quantos deles estão soltos por aí, mas vocês terão de encontrá-los. Cuide você mesmo de organizar os turnos.

– E quanto à segurança do palácio?

Neor pensou na mulher e nos filhos.

— Três soldados para a minha família. Somente três. Este é um problema secundário.

Amhal foi tragado pelo vendaval. Assistiu à primeira reunião, na qual San comunicou as novas ordens.

— Você será o meu companheiro fixo — disse ao rapaz.

Amhal exultou. Tudo o mais desapareceu dos seus horizontes. Adhara, que por longas noites tinha preenchido a sua mente com a lembrança doce e terrível daqueles beijos; a doçura dos seus lábios e o horror de quando suas mãos quase haviam chegado a feri-la. Mira, distante, perdido. Até mesmo a sua fúria, que continuava a atormentá-lo noite e dia convidando-o a satisfazer a sua sede de sangue. Tudo desapareceu, e só ficou San.

Perlustravam a cidade sem parar, lado a lado. Agiam como uma só pessoa. Não havia necessidade de palavras entre eles: os corpos se moviam com perfeita sincronia, a espada negra e o espadão de dois gumes dançavam em uníssono, quando se tratava de punir um ladrão ou deter um assassino. Porque o alvoroço tomara conta da cidade. Ela parecia estar entregue a um presságio de morte que a envolvia e, pouco a pouco, sufocava. E, diante do fim, cada um revelava o que deveras era. Atos de heroísmo e da mais incrível crueldade alternavam-se nas ruelas da capital. Assassinatos, estupros, roubos, mas também solidariedade para com os estrangeiros perseguidos, as ninfas acossadas, os doentes.

E Amhal perdia-se neste magma. Só tendo como guia os ensinamentos de San, as palavras que o novo mentor tantas vezes lhe repetia quando, à noite, iam treinar:

— Matar não é necessariamente um mal. Tudo depende de quem você mata. Nós temos um poder, Amhal, um poder que ninguém mais tem. E não podemos aviltá-lo nos rebaixando a acatar as leis dos mortais. Somos *outra coisa*, Amhal. A sua fúria é a prova disto.

Um mundo sombrio, ao qual ele tentara resistir. Mas, quando Mira partira e Makrat ficara entregue à loucura, a fronteira entre o lícito e o ilícito, entre o bem e o mal, tornara-se indefinida para seus olhos. San erguera-se como única certeza, com suas palavras que soavam cada vez menos ameaçadoras, cada vez mais doces e persuasivas. Nas mãos

dele, a fúria parecia inócua, até *justa*, e ele aprendia a conviver com ela, a deixá-la extravasar lentamente. Como aquela noite no bosque, quando experimentara uma nova fórmula proibida que trouxera devastação e morte à sua volta. Corpos carbonizados, troncos devorados pelas chamas. E nenhum sentimento de culpa. Finalmente...
A única mágoa era Adhara. Ainda sentia a falta dela. No marasmo da sua nova vida, às vezes havia momentos em que ela aparecia, como uma recordação dolorida. Lembrava a paz dos primeiros dias passados juntos e a desejava. Mas também a temia, devido àquilo que quase fizera com ela no último encontro.
Prometera-lhe ir vê-la para saber o que o Ministro Oficiante dissera. Não foi. Por uma semana inteira deixou a missão preencher por completo os seus dias. A missão e o seu novo relacionamento com San. Mas sabia que alguma coisa o prendia a ela, algo misterioso e profundo que ao mesmo tempo o assustava e atraía.
– Acho que um cavaleiro não pode dar-se ao luxo do amor – disse certa noite San, quando ele lhe contava de Adhara.
– Mas Ido amava Soana – rebateu Amhal.
San pareceu não gostar do comentário.
– Ido estava além, Ido era mais que um cavaleiro, ele... – interrompeu-se, e depois prosseguiu, mais calmo: – Estou me referindo a você. A este momento da sua vida. Entendo as suas... necessidades.
Amhal ficou rubro.
– Mas o amor... o amor tornaria fraco. Se quiser, divirta-se com uma mulher, mas nada mais do que isso.
– Receio machucá-la – murmurou.
San sorriu.
– Então a esqueça ou transforme-a em alimento para a sua fúria.

Adhara sentia o mundo escapulir entre os dedos. Tudo tinha mudado de uma hora para outra. Ficou aguardando por Amhal a tarde inteira, esperando que pelo menos ele a ajudasse a entender o enigmático encontro com o Ministro Oficiante. Mas Amhal não apareceu. E tampouco na tarde seguinte, nem na posterior. E enquanto isso Makrat perdia-se no caos. Os boatos alarmantes que circulavam, o toque de recolher, a proibição taxativa de qualquer um sair do palácio.

Acabou confinada naquela prisão dourada junto com a princesa. A vida parecia seguir o seu curso, como de costume, mas Amina não conseguia esconder o seu medo, e Adhara, a sua aflição.

O que tinha visto o Ministro Oficiante? Por que se recusara a falar-lhe dos Vigias? Do vazio do seu passado surgiam novos monstros, naquele nada se escondiam obscuros presságios, insondáveis mistérios. Não podia fingir que não se importava, como conseguira fazer até aquele momento.

E Amhal não estava lá, ele se esquecera dela.

No começo achou que era tudo culpa da prostração em que se debatia desde o encontro com Theana. Sentia-se observada. Como se alguém nunca a perdesse de vista e rastreasse todos os seus passos.

E então vislumbrou alguém no bosque enquanto brincava com Amina.

– Você ouviu?

– O quê?

– Um farfalhar de folhas – disse Adhara, e olhou em volta.

– Por favor, não me deixe assustada... – implorou Amina, tocando de leve no seu braço.

Adhara não contou que tinha visto alguma coisa preta se movendo entre as árvores.

Na noite seguinte deu uma volta no palácio, quando todos dormiam. Uma volta ociosa, lenta. Percebeu o eco indistinto de passos. Seguiu andando, aparentemente sem um destino preciso, até chegar a um lugar bastante escuro. Parou, esperou até o ruído, furtivo e abafado, se aproximar. Em seguida fechou os olhos e deixou a memória do corpo tomar conta dela.

Sacou o punhal, avançou contra o intruso. Ficou pasma com a própria rapidez, e o mesmo aconteceu com o inimigo. Agarrou sua garganta, enquanto com a outra mão apontava a arma para seu peito. *Como se eu tivesse nascido para fazer isto, como se não tivesse feito outra coisa na vida,* pensou, e ficou mais uma vez imaginando qual poderia ser a origem daquela capacidade.

– Quem é você? – perguntou. – Quem o mandou?

O vulto tremia sob suas mãos.

– Não estou aqui para lhe fazer mal – respondeu com voz sufocada.

— O que quer? — insistiu Adhara, fingindo uma crueldade e uma frieza que não eram dela.
— Sou um irmão — disse ele, e então Adhara relaxou um pouco a presa no seu pescoço. — Estou aqui por ordem do Ministro Oficiante, mas juro que desconheço o motivo, só sei que me mandou ficar de olho em você!
Adhara apoiou-se na parede e passou a mão na testa.
— Quero conhecer a verdade — disse desesperada. — O que é que aquela mulher quer de mim? O que viu na minha cabeça?
O irmão arquejou no escuro.
— Não posso ajudar, sinto muito...
— Vá embora, e nunca mais apareça — disse, então, Adhara, guardando o punhal. — Diga a todos que me deixem em paz.

No dia seguinte, a própria Dália apareceu durante as aulas de Amina. Fez uma comedida mesura diante de Adhara.
— O Ministro Oficiante quer vê-la.
— Prefiro não ter nada a ver com a Confraria — respondeu ela apertando o queixo.
Dália sorriu.
— Sua Excelência está lhe oferecendo a verdade, isto é o que me pediu para lhe dizer.
Adhara estremeceu.
— Não posso sair do palácio. Ordens do príncipe — objetou, em dúvida.
— Com a minha escolta, pode — replicou Dália.

Theana recebeu-a no mesmo aposento do primeiro encontro. Convidou-a a sentar-se, olhou para ela com a expressão sofrida. Adhara procurou calar qualquer forma de compaixão. Tinha de ser inflexível com aquela mulher que a usara e que se negara a dizer-lhe a verdade.
— Gostaria que me perdoasse, cometi um erro — começou dizendo o Ministro Oficiante.
Adhara permitiu-se uma risada amarga.
— Só está dizendo isso porque descobri o seu espião.

– Não é bem assim. Estou me referindo ao fato de não lhe ter contado a verdade.

A jovem foi pega de surpresa. Não imaginava que poderiam chegar ao que interessava tão depressa.

– Acontece que você parece ter saído dos meus piores pesadelos e me faz lembrar tempos... obscuros, que eu tentei esquecer – continuou Theana, passando a mão na testa. – De qualquer maneira, você não tem culpa, merece conhecer a verdade.

Adhara permaneceu imóvel.

– Quem sou? – limitou-se a perguntar baixinho.

– Não sei, Adhara, não sei mesmo...

– Chega! Por que me chamou aqui? Está brincando comigo! – explodiu, ficando de pé. – Promete a verdade, e depois diz que não sabe, e...

– Direi o que sei dos Vigias – interrompeu-a Theana, sem perder a calma. – Seja paciente e ouça.

Adhara não teve outra escolha a não ser obedecer.

Os Vigias. Um grupo de idealistas, como eles mesmos se definiam.

– Loucos – sentenciou Theana. – Loucos que talvez tivessem começado o seu trabalho em nome de princípios justos, mas que logo perderam o rumo.

Haviam-se formado cerca de vinte anos antes, quando do exame de antigos textos encontrados durante a construção de Nova Enawar surgiram histórias arcanas. Tratava-se de livros élficos da biblioteca do Tirano, volumes que tinham chegado às mãos da Confraria dos Irmãos do Raio, que com muito esforço os traduziam e interpretavam.

Fora um jovem, um rapaz muito culto e profundo conhecedor das artes sacerdotais. Contavam que aconteceu certa noite, durante uma longa sessão de estudo. O texto era complexo, obscuro, mas o sentido era até claro demais:

> Existe no Mundo Emerso uma luta milenar, que ao longo dos séculos se renova e perdura. Teve início com a origem dos tempos, e desde então envolve nas volutas do seu ciclo este mundo, marcando a sua história e traçando o seu destino.

O primeiro foi o Elfo, cujo nome foi esquecido, apagado, destruído. Ele inventou a Magia Proibida, introduzindo o mal no mundo. Ao desejo de vida, ao impulso para o bem inspirado pelos deuses, ele opunha a própria sede de destruição. Pois se os deuses podiam criar e os elfos não, ele queria ter pelo menos o poder de destruir. Foi chamado Marvash, o Destruidor, e foi o primeiro. Diante da potência do seu mal, que ameaçava destruir o Mundo Emerso, os deuses, começando por Shevrar, enviaram a terra Sheireen, a Consagrada, fadada a apagar o ódio de Marvash, a aniquilar a sua obra e a mandá-lo de volta para as sombras de onde vinha. O primeiro embate levou à derrota de Marvash. Mas a sua morte teve frutos obscuros. Não foi sem prole que ele morreu, e jogou uma semente no mundo, uma semente de morte que iria dar uma colheita nefanda.

Estações se passaram, a paz foi estabelecida, mas o mal não havia sido derrotado. Mais uma vez surgiu das trevas um ser sedento de morte e destruição, e reivindicou para si o nome de Marvash. Mais uma vez os deuses trouxeram ao Mundo Emerso Sheireen, e mais uma vez a luta fez estremecer a terra até as suas entranhas. Foi o triunfo de Marvash, ao qual se seguiram longos séculos de trevas.

Desde então, periodicamente, aparecem no mundo um ou mais destruidores. Criaturas dedicadas ao mal, providas de poderes extraordinários, seres tenebrosos que se deleitam com a morte, que só na matança encontram seu contentamento. A eles se opõem as consagradas Sheireen, igualmente poderosas, mas animadas pelo bem, imbuídas de uma benéfica força purificadora. O embate se repete eternamente, e o resultado é sempre incerto. Nas várias épocas, ora a vitória coube à escuridão, ora à luz. A única certeza é a luta em si, o perpétuo renovar-se do ciclo do bem e do mal, da cobra que pica a cauda da fênix e da fênix que bica o corpo da cobra, numa sequência infinita que só a recomposição dos extremos poderá interromper.

* * *

– O jovem ficou abalado com o descobrimento, e veio me procurar para me contar tudo – prosseguiu Theana. A história do Mundo Emerso aparecia numa luz diferente. Todos sabiam que Nihal era Sheireen, a Consagrada; Aster só podia ser o Destruidor. Quando iriam aparecer os próximos, e qual seria o resultado da confrontação? Criou-se um debate interno na Confraria. Pois havia os que defendiam a necessidade de se prepararem, e quem simplesmente achava suficiente tomar conhecimento da existência daquela alternância que regulava a vida do Mundo Emerso, e aceitá-la.

– Dakara, que fizera a descoberta, disse que o próximo combate poderia nos destruir. Nem sempre Sheireen vence. Houve séculos dominados por Marvash. Pediu que imaginássemos um mundo sujeito ao domínio de alguém como o Tirano, que considerássemos as terras desoladas, as florestas assoladas, todos os seres transformados em escravos. E afirmou que precisávamos ser os primeiros a encontrar Sheireen, para treiná-la e fornecer-lhe as armas capazes de levá-la à vitória.

Ela, no entanto, se opusera.

– A confrontação continua, uma geração depois da outra. É a própria essência do Mundo Emerso, que se baseia nesta eterna alternância entre o bem e o mal, entre a paz e o sofrimento. Nós não podemos de forma alguma alterar este equilíbrio. A consciência da existência do mal nos torna atentos defensores da paz, nos permite aproveitar intensamente a serenidade conquistada. A certeza da volta do bem ilumina os nossos momentos sombrios, incentiva-nos a sobreviver, a lutar. Insurgir contra este revezamento seria um inútil ato de presunção, uma verdadeira arrogância para com Thenaar. Sheireen aparece de qualquer maneira, quer ela queira ou não, e a longo prazo triunfa. O mal não é eterno, como a própria natureza da alternância demonstra. Foi a posição que defendi naquela época, e na qual até hoje acredito.

Debates, extenuantes disputas, e a votação final. Os Irmãos do Raio não sairiam à procura de Sheireen. Iriam respeitar a natureza da alternância, sem interferir.

Dakara rebelara-se, não queria aceitar a decisão. Amava demais o Mundo Emerso para assistir à sua perdição. E foi assim que surgiram os Vigias. Uma seita colateral nascida de uma cisão, que iria procurar *a qualquer custo* Sheireen.

Theana interrompeu-se por alguns momentos, olhando o sol resplandecente fora da janela da sua sala de trabalho. Há quanto tempo não chovia na cidade? Até quando continuaria aquele calor sufocante?
– De qualquer maneira, aceitamos a cisão. Continuamos pelo nosso caminho, e os Vigias pelo deles. Mas então... – Fechou os olhos. – Começaram a matar.
Adhara ficou pasma.
– Meninos. Garotos com aptidões mágicas fora do comum. Os Vigias acreditavam ter encontrado a maneira de identificar Marvash antes que ele pudesse desenvolver plenamente as suas habilidades. E matavam quem, no entender deles, poderia tornar-se o Destruidor.
Adhara estremeceu, arregalando os olhos. E ela? O que ela tinha a ver com tudo aquilo?
– O rei Learco mandou prendê-los e declarou a seita deles ilegal. Foram escorraçados dezoito anos atrás. E desde então nunca mais voltaram.
Um pesado silêncio tomou conta da pequena sala.
– E eu? – murmurou Adhara.
– Não sei – disse, com um sorriso triste, Theana. – Está usando o punhal ritual deles, sinal de que continuam existindo. No outro dia, nada encontrei na sua mente. Só as lembranças do que lhe aconteceu depois que acordou no gramado. Mas vi algo terrível antes daquele momento. Dor, uma dor insuportável.
Adhara sentiu a cabeça rodar. Uma reminiscência extremamente vaga. Pedras cobertas de bolor. Uma passagem estreita. E dor... Mas foi coisa de um momento, quase imediatamente atropelada e vencida pela realidade.
– Procuravam Sheireen. Mesmo quando matavam os supostos Marvash, continuavam à procura dela. Você poderia ser um deles, ou quem sabe... Não sei, Adhara, francamente não sei.
Ficou de pé e foi até a janela.
– Percebo uma força em você, mas não consigo entender a sua natureza. E estou com medo. Porque, sim, é verdade, os Vigias eram uns loucos, mas e se estivessem certos? E se a hora já estivesse próxima?

Virou-se de chofre, e Adhara reparou em seus olhos uma luz desvairada que a assustou.

– Quem está trazendo a doença são os elfos, está me entendendo? Não contamos a ninguém, mas são eles. A peste e os Vigias que voltam do esquecimento no qual esperávamos tê-los banido... E se Sheireen e Marvash estivessem realmente prestes a se confrontarem?

A pergunta ficou pairando no ar.

– Mas a senhora não sabe quem sou nem de onde venho...

Theana pareceu voltar à realidade.

– Isso mesmo, não sei – disse, voltando a sentar-se. – Mandei espioná-la para ver se conseguia descobrir. Se você fosse um Vigia, talvez pudesse responder às nossas perguntas, e se de algum modo você fosse refém deles...

Não concluiu a frase.

– O que querem de mim, afinal? – perguntou Adhara, com um toque de rebeldia.

O Ministro Oficiante encarou o seu olhar desafiador e sorriu.

– Investigar. Sobre o seu passado, sobre você.

– Já sabem tudo aquilo que eu sei, não há mais nada que eu possa lhes dizer.

– Concordo com você – murmurou Theana. Levantou-se e foi até uma prateleira cheia de remédios. Pegou um vidrinho branco, botou-o na mesa. – São ervas. Uma mistura que eu mesma inventei. Já revistei a sua mente, e não creio que haja mais alguma coisa, mas... tome-a. Todas as manhãs. E uma vez por semana venha me ver.

Adhara levantou o vidrinho revirando-o entre os dedos.

– Para que serve?

– Poderia ajudá-la a recuperar a memória. Toda semana renovarei o feitiço do nosso primeiro encontro. Quem sabe consigamos resolver o nosso problema.

Adhara ficou de pé, o vidrinho entre as mãos.

– Perdoe-me – disse Theana – se mandei espioná-la e a tratei como se fosse um Vigia. Eu estava errada.

Adhara tentou sorrir, mas não conseguiu. Saiu de lá, mais uma vez sem passado nem identidade.

22
COnFVSÃO

— Não pode me pedir uma coisa dessas. Dubhe estava de pé, no aposento do filho. Ele mesmo a convocara, à noite, sem contar para ninguém. Neor fitou-a com expressão decidida.
— É preciso.
O silêncio que se seguiu estava carregado de sentido.
— Mas estamos falando de um herói, de um homem que seu pai venera e que Makrat inteira recebeu com as maiores honrarias, e que neste momento é responsável pela segurança da cidade.
— Eu sei, eu sei. E por isso mesmo precisa mandar um dos seus homens ficar de olho nele.
Acontecera no dia em que o príncipe lhe confiara Makrat. Nunca se mantivera em estreito contato com San. Afinal de contas, conhecia-o principalmente por aquilo que lhe haviam contado os pais e pelas lendas que o cercavam. Limitava-se a registrar que era uma figura de algum modo mítica e procurava entender de que forma podia usar proveitosamente essa característica. Mas, além disso, mal chegaram a falar um com o outro.
Até aquele dia, nunca tinham tido uma conversa em particular.
— O que desperta, exatamente, a sua desconfiança? — perguntou Dubhe.
Neor não sabia. Não passava de uma sensação. A quase imperceptível hesitação com que o homem respondera a algumas das suas perguntas, aquele momento de incerteza antes de dizer que não, que nunca tinha visto os elfos.
— Passou quarenta anos nas Terras Desconhecidas, e ainda afirma que nunca viu os elfos.
— Acho bastante plausível. Eu tampouco cheguei a vê-los, nem mesmo sei onde moram.

— Mas você só ficou uns dois meses por lá, e a sua não era certamente uma viagem de exploração. Mas ele... ele estava explorando. Senar os viu, falou com eles, é impossível que San não tenha tido ocasião de encontrá-los.

— Pode ser que tenha evitado o contato, de propósito. Aquilo não se encaixava. Havia algo de errado naquele homem tão amado. Talvez fosse apenas o incrível fascínio que exercia sobre os outros a despertar suas suspeitas.

— Não estou pedindo nada de excepcional, não o estou acusando de coisa alguma. Só gostaria que um dos seus ficasse de olho nele.

Dubhe continuava a titubear.

— Está me pedindo para tirar alguém da investigação a respeito dos elfos.

— Não seja absurda. Estou falando de uma única pessoa.

Ela sentou-se, a fronte apoiada na mão, pensativa.

— De qualquer maneira, o que sabe dele? — insistiu Neor. — Lembra-se dele menino, um menino estranho, pelo que me contou. Aquele menino já não existe; passou por cinquenta anos de aventuras das quais nada sabemos, tornou-se homem, um desconhecido.

— Estou pensando em seu pai — confessou finalmente Dubhe.

— Ele confia.

Neor debruçou-se de leve no assento.

— E em mim, você confia?

Fitaram-se intensamente nos olhos, e só precisaram de uns poucos segundos para reencontrar a profunda cumplicidade que sempre os unira.

Dubhe ficou de pé.

— Um homem, só um. E por duas semanas. Se, depois disso, ele não descobrir coisa alguma, prometa que iremos deixá-lo em paz.

— Prometo — respondeu Neor. Depois sorriu. — Não se preocupe, talvez seja só uma impressão minha — acrescentou, sem estar muito convencido.

— Confio demais no seu instinto para acreditar nisso — replicou ela, séria, antes de ir embora.

* * *

E então o rei voltou. Pálido, tenso, com o rosto cansado. Mira, ao seu lado, não estava melhor. Amhal observou o mestre desmontar do dragão e, por alguma estranha razão, sentiu-se quase sem jeito na hora de juntar-se a ele. Esperou imóvel, e não lhe foi fácil retribuir o abraço.

À noite, Mira, Amhal e San jantaram juntos. Houvera uma apressada reunião naquela tarde, e Mira não escondia a sua preocupação:

– A doença se espalha. Levou algum tempo para os vários monarcas admitirem os casos de contágio, mas no fim foram todos forçados a abrir o jogo. A Terra da Água está alvoroçada, assim como a do Vento, e há registro de casos em quase todo canto, a não ser na Terra dos Dias e na da Noite. Foram tomadas decisões drásticas: não haverá mais livre trânsito de uma terra para outra. As áreas mais afetadas pela peste estão de quarentena. Patrulhas controlam continuamente as fronteiras. A Terra do Mar fez o que pôde, mas a sua ação foi um tanto lenta, e a doença já provocou as primeiras baixas. As aldeias doentes serão isoladas. Caberá ao exército vigiá-las para que a quarentena seja respeitada. É o fim do Mundo Emerso, pelo menos do Mundo Emerso que conhecemos.

– O senhor é pessimista demais – replicou San. – Tudo não passa de fogo de palha. Afinal, já não tínhamos de nos ver com a febre vermelha? Tenho certeza de que a primeira vez que tivemos de enfrentá-la as coisas deviam estar mais ou menos como agora. Toda vez que uma nova doença aparece, no começo a situação fica difícil, mas em seguida tudo se ajeita.

Mira fitou-o sem esconder suas dúvidas.

– A febre vermelha, agora, é endêmica, e de qualquer maneira o seu índice de mortalidade já não é tão alto. Eu ouvi as conversas das pessoas, os relatos dos sacerdotes falando de mortes atrozes, de febres que consomem os doentes em apenas dois ou três dias, levando-os ao túmulo.

– Eu sei, mas repito: talvez a febre vermelha também fosse assim, no começo.

– Não podemos nos deixar abater – observou Amhal, sacudindo a cabeça. – É uma tempestade, mas irá passar. E nós cumpriremos o nosso dever.

Mira, no entanto, continuava preocupado:
— É fácil você falar, pois é imune... Mas conte isso aos Irmãos do Raio, que terão de trabalhar no meio dos empestados para descobrir uma cura... O Ministro Oficiante abriu as portas dos templos aos doentes, ela mesma colocou-se à disposição e já começou seus estudos. E o que dizer dos soldados que terão de patrulhar as terras já em chamas? Longe das famílias, sozinhos em lugares onde a doença grassa, sem qualquer amparo.
— Estamos cientes disto na hora de nos alistarmos — respondeu Amhal —, sabemos que a nossa vida não nos pertence, que fica ao dispor de um bem maior.
Mira sorriu amargamente.
— Muita firmeza, sem sombra de dúvida... Mas o caminho de um Cavaleiro de Dragão também é compaixão, compreensão das razões dos outros, e não fria certeza. É a renovação cotidiana da própria escolha através da aceitação das incertezas.
Amhal corou.
— O senhor é severo demais. A juventude é feita de convicções absolutas e grandes ideais — objetou San, tomando um gole de cerveja.
— Só a juventude tola segue em frente sem hesitação, sem nunca ter dúvidas acerca das suas indestrutíveis certezas.
Um sopro gelado correu pela mesa. San, entretanto, não replicou. Quem foi direto ao ponto foi Amhal:
— O que vamos fazer? Quer dizer, para onde seremos enviados?
San olhou Mira de soslaio, mas este não pareceu perceber.
— Patrulharemos a cidade — respondeu seco. — Por enquanto, a prioridade máxima é salvar Makrat.

Naquela noite, San voltou ao seu aposento sozinho, enquanto Amhal e Mira seguiam juntos para seus quartos. O jovem sentia-se tomado por um vago mal-estar. Não sabia entender a razão, mas durante a ausência do mestre acontecera alguma coisa que erguera uma barreira entre os dois. Talvez fossem as longas horas de treinamento passadas com San, talvez o fato de sentir-se de alguma forma diferente, como se naqueles dias de separação algo tivesse morrido nele, substituído por alguma coisa diferente. Mira falava, e ele só conseguia responder com monossílabos.

— Você está estranho — observou a certa altura o mestre.

— Estou cansado.

— E quanto a Adhara?

Aquele nome pareceu provocar uma explosão no seu peito. Adhara. Onde estava? O que fazia? Tudo bem com ela?

— Andei muito atarefado, já faz algum tempo que não nos vemos — respondeu sem jeito.

Mira ficou olhando para ele.

— As amizades precisam ser cultivadas.

Amhal sentiu um nó na garganta e um sub-reptício sentimento de culpa no estômago.

— Eu...

Mira parou.

— Está trabalhando demais — disse. — Acho-o... desgastado. Fique com uma manhã de folga, não será por isso que Makrat irá desmoronar, e vá vê-la. Tenho certeza de que está esperando por você.

Sorriu, e Amhal imaginou-a parada no jardim do palácio, como da última vez que a vira, e uma sensação de dor e prazer apertou seu coração.

— E agora vá dormir, está precisando — acrescentou Mira, apoiando a mão no seu ombro.

Amhal sentiu lágrimas subindo aos seus olhos, as quais nem conseguia entender direito, mas que lhe torciam as entranhas num nó de saudade.

Encaminhou-se para o quarto com a terrível sensação de ter perdido alguma coisa.

Quando uma jovem criada veio chamá-la, dizendo que estava sendo esperada, Adhara *sabia* que era ele, sentia.

Apressou-se pelos corredores, apavorada só de pensar que tudo não passava de mera ilusão, mas quando o viu envolvido em sua capa, o rosto tenso iluminado por um tímido sorriso, a preocupação esmoreceu e só sentiu o urgente desejo de chorar. Voou em seus braços, sem pensar em mais nada, nem na rigidez do corpo dele sob o seu abraço, nem em tudo aquilo que acontecera entre os dois. Sufocou o pranto no pescoço do jovem e disse:

— Senti terrivelmente a sua falta.

Falaram do que tinha acontecido no templo. Sentaram-se na grama do jardim, sob uma árvore. Ela contou tudo, do primeiro encontro com Theana, dos Vigias.

Amhal mostrou-se interessado:

— Quer dizer, então, que você poderia ter sido aprisionada por eles.

— Ou, quem sabe, ser um deles. Afinal de contas, continuo tateando no escuro.

— E as ervas que o Ministro Oficiante lhe deu, funcionam?

Adhara fitou-o, sacudindo a cabeça.

— Talvez precisem de mais tempo, para fazer efeito.

Ela deu de ombros.

— Não é tão importante assim — murmurou. — O meu passado — acrescentou — já não importa.

Amhal tentou protestar:

— Ora, é um ponto de partida por onde começar, e...

— O presente é mais importante — interrompeu ela, disposta a falar claramente.

Fitou-o longamente, e ele foi forçado a baixar os olhos.

— O que está havendo, Amhal? Disse que viria ver-me e não veio. Abandonou-me, e nem mesmo encosta um dedo em mim, como se tivesse medo.

— E tenho mesmo! — Foi quase um berro, desesperado.

Adhara ficou petrificada.

Amhal começou a atormentar a grama.

— A última vez... Adhara, a fúria não vai embora, continua lá, faz parte de mim.

— Mas você luta contra ela, e de qualquer maneira não vejo o que...

— Estava a ponto de machucá-la — disse, os olhos verdes inflamados por uma angústia profunda que acertou Adhara com a força de um soco. – E eu não quero. Não posso cuidar de você, pois nem sei cuidar de mim mesmo... e... estou passando por uma fase estranha. Alguma coisa está mudando, muitas coisas, eu mesmo estou mudando, entendendo. E...

A jovem segurou o rosto dele nas mãos. Apertou-o para impedir que escapulisse e fitou-o diretamente nos olhos.

– Você nunca irá me machucar. Tenho certeza disso.

Aproximou os lábios dos dele, beijou-o com ardor, mas só durou um momento.

Amhal afastou-se, corando, confuso.

– Não posso, Adhara, não posso.

– É o que você pensa, mas a verdade...

– Não, ainda não – afirmou ele, seco. – Preciso primeiro encontrar a mim mesmo, só depois poderei dedicar-me a você. Porque eu quero apoiar-me em você, quero protegê-la, quero... – Suspirou.

– Não consigo entender – murmurou Adhara. – Eu desejo ficar ao seu lado. Não sei o que isto significa, se é amor ou qualquer outra coisa, mas desejo ficar ao seu lado. E você?

Amhal não conseguiu encará-la.

– Ainda não – repetiu, e Adhara teve a impressão de que o mundo ia desmoronar ao seu redor. Ele esticou a mão para segurar a dela, mas a jovem esquivou-se bruscamente. – Preciso de algum tempo.

– Mas eu não.

– Por favor... – Amhal conseguiu segurar a mão dela, apertou-a com força. – Não pense que eu não... não lhe queira bem – sussurrou.

Adhara sentiu-se reconfortar por uma leve esperança, à qual no entanto não queria entregar-se.

– E então?

– Então quero antes de mais nada ter certeza de que não sou uma ameaça para você. Porque nunca, nunca poderia aceitar a ideia de fazer-lhe algum mal.

Ela baixou a cabeça. Era tudo complicado demais, incompreensível. Não entendia por que não podiam voltar à simplicidade dos primeiros tempos, quando entre os dois não havia paredes. Mas aquelas duas pessoas já não existiam.

– Nunca mais vou deixá-la sozinha.

– É o que sempre diz...

– Juro. – Continuava a segurar a mão dela. – Você é importante para mim – disse quase num sopro.
Abraçaram-se, sem que seus lábios encontrassem o caminho para outro beijo. Mas havia muita coisa naquele aperto, mais do que eles mesmos podiam imaginar.
– Quando voltarei a vê-lo?
– Logo que eu tiver um tempinho.
Adhara acompanhou-o com os olhos enquanto ele se afastava, e percebeu com clareza que uma barreira se havia criado entre eles.

Nos dias seguintes, Amhal procurou retomar a vida de sempre. Não se encontrava com San com a mesma frequência, embora este ainda viesse procurá-lo quando não estava de plantão. Iam então para o bosque nas cercanias da cidade e treinavam. Magia e espada.
Mas o encontro com Adhara, os sentimentos que nutria por ela e que não conseguia suprimir, a volta de Mira, tudo o deixava muito confuso.
Recebeu o encargo de patrulhar as muralhas. No resto da Terra do Sol a doença se alastrava rapidamente, apesar das quarentenas e dos controles. De forma que Makrat parecia aos olhos de todos um porto seguro, o único baluarte que conseguia resistir aos ataques da peste.
Toda noite, depois do toque de recolher, algum desesperado tentava entrar na cidade. Amhal podia vê-los, sombras escuras que se apinhavam aos pés das muralhas implorando piedade ou, então, as escalavam como insetos. E toda noite repelia aquele amontoado de aflitos, via-os morrer numa chacina sem sentido. Certa vez mencionou o assunto com San, e este prontificou-se logo a infundir-lhe certezas:
– Não há outro jeito, Amhal. Se entrassem, quantas pessoas iriam morrer aqui na cidade? Makrat inteira estaria perdida e, com ela, toda a Terra do Sol. É para um bem maior, acredite.
E Amhal queria acreditar, para dar um sentido àquele trabalho que o perturbava e que só servia para atiçar a fúria que tinha no coração.

Desde que Mira voltara, ele também desempenhava a mesma tarefa. Mediam a lentas passadas o perímetro das muralhas, de olhos fixos na escuridão.

Certa noite, aconteceu. Nuvens negras de tempestade derramavam sobre a cidade uma chuva insistente. Aos seus pés, a planície que anunciava Makrat era uma enorme extensão escura e impenetrável. Ambos perscrutavam a noite, mas a chuva abafava qualquer ruído, e as nuvens que ocultavam as estrelas tornavam-nos praticamente cegos.

Talvez fosse o longínquo reflexo de algo metálico na luz gélida de um raio. Os olhos de Amhal mal chegaram a percebê-lo, mas seus músculos reagiram com rapidez. Acenou de leve para Mira e desembainhou a espada. Encolheu-se na sombra e, pouco a pouco, aproximou-se da origem daquele lampejo. O mestre vinha logo atrás.

Um novo relâmpago iluminou um gancho, a umas poucas dezenas de braças de distância. Amhal continuou avançando. Então, de repente, percebeu o deslocamento do ar logo atrás de si. Virou-se e mal teve tempo de ver uma sombra escura ocultando Mira. Veio o golpe, impreciso e trêmulo, e a dor nas costas. Gritou, rodeou a espada e viu-se diante de um menino. Um garoto segurando alguma coisa curta, muito provavelmente um punhal.

O jovenzinho precipitou-se escada abaixo, numa das torres de observação. Partiu ao seu encalço. Cada passada era uma dolorosa fisgada nas costas, mas o instinto do caçador era mais forte nele, assim como aquelas palavras: "É para um bem maior."

Ficava repetindo-as como uma reza, e elas tinham o poder de acabar com qualquer outro pensamento, só deixando viva, nele, a fúria, aquela força que, com San, aprendera a apreciar.

Viu o garoto pular os últimos degraus e escapulir para a primeira viela. Acelerou o passo, com a chuva a fustigar seu rosto, com as costas que gritavam.

Caiu em cima dele com um pulo. O punhal escorregou no chão, longe. *Está desarmado*, pensou, mas a sua mente esqueceu quase de imediato a informação. Porque seus dedos formigavam, pois o ímpeto superava qualquer outra coisa.

Sentiu o corpo torcer-se sob a sua presa até conseguir se soltar. Levantou-se na mesma hora e deu o golpe. Uma simples estocada.

O rapazola caiu no chão com um lamento esganiçado, parecido com o ganido de um animal.

Mas, apesar de ferido, procurou arrastar-se pela ruela, ainda em busca da salvação, agarrando-se às pedras da calçada.

Amhal levantou-se com calma, caminhou até ele, ergueu a espada.

Um "Não!" peremptório ecoou longe demais. Baixou a lâmina. E só voltou a ouvir o barulho da chuva.

– Maldito!

Alguém caiu em cima dele atacando-o com uma saraivada de socos no peito, arranhando seu rosto. Uivava com uma voz desumana. Coube a Mira apartá-los.

Era uma mulher.

– Acalme-se – disse o mestre, enquanto tentava segurá-la, mas ela livrou-se e correu para o menino estirado no chão, exânime. Apesar da chuva, dava para perceber o cheiro de sangue.

– O que é que você fez? – Mira estava visivelmente descontrolado.

Uma mulher com o filho. Eis quem eram os intrusos. Ele matara um menino. A consciência disto não trouxe consigo nenhum sentimento de culpa.

"Para um bem maior."

– O meu dever – respondeu Amhal.

O golpe chegou cortante. Um bofetão.

– Você só tem de detê-los! Detê-los e prendê-los! Era praticamente uma criança!

Amhal permaneceu imóvel sob a chuva, pensando na enormidade do que havia acontecido. Mira nunca o golpeara antes.

Porque nunca fiz algo parecido.

Antes de conhecer San, jamais se teria portado daquele jeito. Porque então mantinha a fúria sob controle, mortificava-a castigando-se toda vez que era dominado por ela.

Não se rendeu.

– Ele teria fugido, mestre, mesmo ferido continuava a arrastar-se no chão... Iria contagiar todos!

Mira fitava-o fremente de raiva.

– Há um posto de quarentena, lá fora, ou será que esqueceu? É para lá que os mandamos, maldição! E, além do mais, parecia-lhe doente?

Amhal apertava e soltava os punhos sem parar. Atrás dele, o lamento agudo e insuportável da mulher.

Mira aproximou-se.

– O que há com você, Amhal? Mudou muito desde que eu viajei.

O jovem sentiu a face latejar, onde o mestre o golpeara. Não respondeu. Tinha muita coisa a contar, mas os pensamentos se recusavam a se concretizarem em palavras, enquanto aquele oprimente sentimento de culpa que o acompanhara durante a vida inteira pouco a pouco se apoderava do seu peito.

– Amanhã ficará preso na Academia. E não se atreva a sair enquanto não se acalmar – disse Mira. Em seguida foi socorrer a mulher.

23
NUVENS NO HORIZONTE

San ria, sentado à mesa com outros soldados. Segurava uma caneca de cerveja e tinha diante de si os rostos embevecidos dos recrutas. Mira foi se aproximando devagar, medindo o espaço que os separava e levando algum tempo a observá-lo. Quando o homem chegara, não tivera por ele qualquer sentimento especial. Tratava-se de um velho amigo do rei, e isso fazia com que o respeitasse, e também era alguém que havia participado de eventos históricos extraordinários. Nada mais do que isto, no entanto. Mesmo agora, a sua figura não lhe inspirava nem simpatia nem antipatia.

Mas então o seu pensamento voltou-se para Amhal, às suas palavras na noite anterior, diante do cadáver do rapazola, e àquilo que dissera mais tarde, quando voltara a vê-lo na Academia. "Poderia haver outro caminho, o senhor não acha? Um caminho que não inclua esta eterna limitação, esta contenção das próprias forças. Mestre, tenho a impressão de que San, nestes últimos tempos, compreendeu muitas coisas sobre mim e a minha vida. E são coisas bonitas, coisas que me fazem sentir bem."

Mira teve de prender a respiração.

– Perdoe a interrupção – disse seco, ao chegar perto do grupo.

San virou-se na mesma hora, um sorriso afável no rosto e o difuso rubor da cerveja nas faces. – Gostaria de lhe falar em particular.

– É urgente?

– É.

– Meus senhores, o dever me chama – disse, então, San, acenando para a turma. – Espero que me perdoem se eu só lhes contar o fim da história amanhã. – Acabou a cerveja de um só gole e levantou-se.

– Ao seu dispor – acrescentou alegremente.

Foram ao quarto dele, simples mas amplo, um dos melhores da Academia, considerou Mira.

San sentou-se à mesa de trabalho e apontou para uma cadeira encostada na parede. Cruzou as mãos no peito.
— E então?
— Sei que se tornou muito amigo do meu discípulo.

O rosto de San manteve a mesma expressão afável.
— É um ótimo rapaz. Acredito que seja o mais dotado entre todos os aprendizes deste ano. Forte, corajoso, e ainda pode contar com a magia...
— Pois é, eu também acho. Um rapaz forte, direito e sensível. Um rapaz que ontem matou friamente um garoto não muito mais jovem que ele e que tentava entrar em Makrat.

San parou de sorrir.
— Uma triste história. Mas estes são tempos de tristeza.

Mira ficou por alguns instantes calado, observando o homem diante dele.
— Talvez o senhor não conheça Amhal. Talvez não saiba que ele vem lutando há muito tempo com a sua força, que para ele é uma verdadeira maldição. Talvez o senhor desconheça que esse furor que o domina na luta é a sua cruz, um desejo de morte que tenta sufocar desde que era criança. E, provavelmente, o senhor não está a par dos seus progressos, das estratégias que aprendeu para reprimir sua sede de sangue ou dos castigos que se inflige quando erra.

San, agora, ouvia muito sério.
— E então?
— Então, desconheço quem o senhor é, quais foram os seus discípulos ou o que sabe acerca dos Cavaleiros de Dragão. Mas o que Amhal fez ontem, e de que hoje de manhã já estava arrependido, é mais uma cicatriz que vai se juntar a todas as outras que marcam o seu corpo, é um gigantesco recuo para ele.

San fitou-o, irritado.
— Somos homens experientes, e esta brincadeira não tem mais graça. O que quer de mim?

Mira apontou o dedo para ele.
— Fique longe de Amhal. Sei o que lhe contou, e não são coisas que se ensinam aqui na Academia.

Por um instante San ficou imóvel, depois soltou uma gargalhada.

– Não deveria achar graça, não estou brincando.
– Eu faço parte da Academia, exatamente como o senhor – rebateu San. – E sou um Cavaleiro de Dragão, como já sabe. Se bem me lembro, estava presente na minha investidura... – E, com ar grave, acrescentou: – Quem está arruinando aquele rapaz é o senhor, que desconhece quem ele é e o forçou a sufocar a sua natureza, proibindo até que praticasse a magia. E se agora está sofrendo, não é por minha causa, mas sim devido aos seus ensinamentos tolos.
– Os meus ensinamentos são os preceitos dos Cavaleiros de Dragão há séculos.
– Certas pessoas se elevam acima das definições e dos limites, até mesmo acima dos Cavaleiros de Dragão.
Desta vez quem riu com sarcasmo foi Mira.
– E o senhor seria uma delas?
– Talvez. Amhal, sem dúvida alguma.
Seguiu-se um pesado silêncio.
– O rei aprecia e ama o senhor, e é só por isso que estou aqui, conversando, em lugar de estar lá fora, botando na sua cabeça as minhas razões a golpes de espada. Vou repetir pela última vez: Amhal é meu discípulo, foi confiado a mim, e não quero mais vê-lo rodeando-o.
San ficou impassível.
– Tente mantê-lo longe de mim, se puder.
– Para mim já basta que o senhor se mantenha longe.
San levantou os braços, sorrindo.
– Não mexerei mais com o seu pupilo. Mas, acredite, ele mesmo virá procurar-me, pois, ao contrário do senhor, eu entendi perfeitamente quem ele é e o que quer.
Mira levantou-se.
– O senhor está lhe propondo uma vida fácil e atraente, e eu sei para onde leva esse caminho. E Amhal também sabe. Tem deveras muito pouco apreço por ele, se acha que continuará a acreditar no senhor.
– Pois é... Mas, ao que parece, quem veio me pedir que ficasse longe dele foi o senhor.
Mira apertou os punhos diante do sorriso imperturbável do outro.

— Só não se esqueça do que lhe disse — cuspiu, finalmente, entre os dentes.
— Farei isso — respondeu San, tranquilo.

Por umas duas ou três noites, Amhal ficou confinado no quartel, sem permissão para sair da Academia. Ficou na cama, olhando para o teto. Não sabia mais o que pensar. De repente não havia certeza nenhuma. Os dias passados com San, que lhe haviam parecido tão cheios, que lhe proporcionaram tanto bem-estar, de uma hora para outra se tornaram ambíguos. Quem era aquele homem? Era o mesmo com quem sonhara? Por que se mostrara tão interessado nele? E o que devia fazer agora com seus ensinamentos?

Não sabia mais a quem seguir: San, com sua promessa de serenidade e poder, ou Mira, com suas teorias sobre responsabilidade e sacrifício.

No primeiro dia, San não apareceu. Amhal ficou quase aliviado. Não era uma boa hora para conversar com ele.

Mas na segunda noite, quando todos dormiam, alguém bateu à porta. Amhal tinha certeza de que era ele.

— Estava me esperando? — perguntou logo San, sem perder tempo.

Amhal deixou-o entrar.

— Soube o que aconteceu. Você tem a minha total solidariedade.

O rapaz não se mostrou surpreso. Conhecia aquele homem, sabia o que esperar dele, e já imaginava como avaliaria os seus atos.

— Não foi bonito — disse.

— Mas foi preciso. De que adiantaria, de outra forma, o toque de recolher? Quantas vidas você teria arriscado?

Amhal virou-se.

— Por que está tão interessado em mim?

— Porque você é especial.

Amhal olhou para o chão. Em seguida tomou a decisão. Contou-lhe dos sonhos.

— Eu e você estamos ligados — disse San, afinal.

– Francamente, não entendo. Só vejo que os seus ensinamentos me afastaram do mestre e de Adhara.
– Porque você é diferente deles. Eles não pertencem ao seu mundo, Amhal. É a nossa sina. Nós estamos além, somos diferentes.
– Fica me dizendo isso, mas não me explica em que sentido. E eu... eu não sei se realmente quero ser diferente.
– Não se trata de escolher. Você *é* diferente, querendo ou não. E não posso dizer-lhe tudo porque há uma hora certa para cada coisa. Agora é tempo de treinamento, mais tarde chegará o momento das revelações.
Amhal olhou para ele e pensou em todo o tempo que haviam passado juntos, nos seus ensinamentos. Tinha de tomar uma decisão.
– Não sei se quero seguir este caminho. Fiquei com medo daquilo que fiz.
– O que quer dizer com isso?
– Que talvez seja melhor parar de treinarmos juntos.
O silêncio que se seguiu pesava como chumbo.
– Já o forcei a fazer alguma coisa?
– Não, não é isso...
– Já o obriguei a fazer algo que não queria, algo que você mesmo já não desejava fazer?
– Não, mas...
– Não se sentiu sereno, nesses dias, em paz?
– É justamente desta paz que tenho medo.
San fitou-o diretamente, e Amhal receou a frieza nos seus olhos. Vislumbrou neles falta de piedade e fúria, a mesma fúria que apertava as suas entranhas. Mas só foi um momento.
San sorriu tristemente e voltou a ser o de sempre, o homem em quem Amhal confiava.
– Tudo aquilo que fiz, sempre fiz pensando em você. Mas se achar que precisa de mais tempo, tudo bem. Leve o tempo que quiser. E, se assim o desejar, sumirei da sua vida. Será um erro, eu sei disto, pois conheço você, mas respeitarei os seus desejos.
Amhal sentia alguma coisa doce no fundo do peito.
– Não queria dizer isto... Só por algum tempo, para pensar no assunto.

– Como achar melhor. Eu não sou o seu mestre, não sou seu superior. Sou apenas seu amigo. – Encaminhou-se à porta. – De qualquer maneira, sabe onde me encontrar – acrescentou. E saiu.

Percorreu apressadamente o trajeto para o seu alojamento. Tinha de desabafar a raiva e a tensão. Desde o começo sabia que não iria ser fácil, mas não era um homem paciente, e qualquer obstáculo deixava-o profundamente irritado.

Havia sido conciliador até demais. Com o sorriso sempre estampado no rosto, humilhara-se diante de pessoas que nem valiam a décima parte dele e engolira a própria raiva. Tinha até reprimido o seu desejo de matar. E agora, já tão perto da meta, tudo parecia desmoronar. Talvez tivesse sido melhor usar desde o começo maneiras mais fortes. Levar o rapaz consigo e ponto final. O destino iria se encarregar do resto. Porque Amhal estava fadado à matança e à destruição, estava fadado a ele.

Respirou com força, para acalmar-se. Não. Tinha de continuar com seu plano. Havia empecilhos? Ele simplesmente os removeria.

Pouco a pouco a raiva se esvaiu, e a gélida calma de que precisava voltou ao seu coração.

Tudo vai dar certo, disse para si mesmo, enquanto a sua mente continuava a trabalhar. *Mas antes...*

Virou-se num corredor secundário. Havia mais uma coisa a tratar, antes de seguir em frente.

Perambulou por algum tempo, dando a impressão de vagar sem um destino certo. Deu algumas voltas, chegou a recuar, até encontrar uma área que sabia estar desabitada. Havia alguns quartos vazios, um dos quais ele inspecionara algumas noites antes, que era justamente aquilo de que precisava.

Deu mais uma virada e aninhou-se nas sombras. Esperou. Um barulho quase imperceptível que só ouvidos treinados podiam perceber.

Pulou. Agarrou às cegas, apertou a mão enluvada na boca da presa, enquanto com o outro braço a levantava. O sujeito esperneava, mas ele conseguiu, mesmo assim, dominá-lo. Jogou o vulto no quarto que sabia estar vazio, mas só depois de deixá-lo inconsciente, com um golpe bem acertado na cabeça.

Era um rapaz.

Atou-o aos pés da cama, desarmou-o. Possuía um verdadeiro arsenal: dois punhais, uma zarabatana, uma dúzia de facas de arremesso, um fino laço de couro para estrangular. Um perfeito espião.

Sentou-se na frente do sujeito e esperou que acordasse. Quando recobrou os sentidos, o rapaz nem tentou desvencilhar-se, mas encarou-o com olhar atrevido.

– Está pensando que pode incinerar-me com o olhar? – troçou San.

Silêncio.

– Já entendi tudo – prosseguiu com um sorriso. – Mesmo que fique calado, não vai fazer diferença. Porque eu *sei*.

O rapaz não perdeu a fleuma.

– E então vamos esquecer os preâmbulos e mate-me logo, pois de mim não vai conseguir nada.

– Já reparei em vocês, andando por aí. Meninos que brincam de espiões. Ao que parece, a rainha não perdeu seus antigos hábitos, não é verdade? Depois de uma Guilda, logo aparece outra...

O rapaz apertou o queixo, mas continuou calado.

– Foi dela a ideia de mandar me espionar? Ou do estropiado?

Mais silêncio. San desembainhou um dos punhais que tirara do jovem. Contemplou o reflexo das velas na lâmina reluzente. Depois usou-o para rasgar o casaco do seu prisioneiro.

O rapaz começou a respirar com ansiedade, mas manteve o olhar desafiador.

– Por que decidiram ficar de olho em mim? Do que estou sendo acusado?

San fez escorrer a lâmina no peito do rapaz, devagar. O punhal desenhou marcas vermelhas cada vez mais profundas.

O espião fez uma careta.

– Acha que vai sair dessa? – disse arquejando. – Vão saber que desapareci e, então, compreenderão que o culpado só pode ser você.

San golpeou-o na cara com um soco, fazendo com que cuspisse sangue.

– Culpado do quê?

O jovem sorriu.

– Você não sabe, não é? Pois, entenda bem, eu não fiz absolutamente nada, e tenho todo o direito do mundo de atormentar um pouco o sujeito que, sem motivo algum, foi mandado ao meu encalço. Quem está errada é a sua rainha, que me mandou espionar. Ela e aquele aleijado do filho dela.
O jovem continuava a sorrir com raivoso escárnio.
– De qualquer maneira, você está acabado. Acha que não irão se perguntar por que me matou?
Quem sorriu, desta vez, foi San.
– Mas eu não tenho a menor intenção de matá-lo. Entenda, às vezes acho realmente que os deuses inspiram as minhas ações, que tudo aquilo que faço tem de fato um fim último, maior. Porque a sua presença aqui, agora, é para mim extremamente proveitosa.
Guardou o punhal e acariciou os cortes entoando uma litania. As feridas começaram a sarar, lentamente.
– Pois é, preciso de você bem vivinho. – E sua boca torceu-se numa careta feroz.

Amina já vinha insistindo havia algum tempo. Tinha falado com Adhara logo que tivera a ideia.
Mas não era uma boa hora para voltar à Academia, e Adhara fez o possível para ela entender. Ninguém podia sair do palácio, e isto se aplicava a elas também. A princesa, no entanto, estava a fim de escapulir, mesmo contrariando as ordens do pai.
Adhara teve um trabalho e tanto para convencê-la de que a cidade não era um lugar seguro. Violência demais nas ruas e muita desconfiança.
De qualquer maneira, Amina queria a qualquer custo repetir a experiência de quase dois meses antes. Depois de tanto azucrinar Adhara, mudou de tática e tentou convencer diretamente o pai, nas raras ocasiões em que o via. Mas Neor havia sido inflexível. No entender dele, o palácio tornara-se uma ilha segura, o único lugar onde seus filhos poderiam ficar longe da peste. Mas também percebia claramente que Amina se ressentia do ambiente pesado que nele pairava. Ela também estava com medo, vivia continuamente tensa. Precisava de alguma diversão.

Assim sendo, afinal decidira-se contentá-la, pelo menos em parte.
— Vamos trazer para cá todos os aparelhos e montaremos uma sala para ficar exatamente igual à da Academia. Mandarei até chamar um instrutor especial.
— Amhal? — perguntou Amina, abrindo-se num sorriso.
— Não exatamente. Mira foi o escolhido. Porque conhecia Amina muito bem e era a melhor pessoa a quem confiar a menina para que não se machucasse.
— Sei que está muito atarefado, mas gostaria deste pequeno favor. Só vai levar uma manhã — pediu Neor.
Mira limitou-se a baixar a cabeça com um sorriso.
— Pelo senhor, não há problemas.

Quando Adhara e Amina entraram na sala aparelhada, ambas tiveram a impressão de ter voltado no tempo. Amina começou a saltitar de um lado para outro, correndo quase imediatamente para a mesma armadura que usara da outra vez, e Adhara reviveu a atmosfera especial daquele dia, um dia perfeito que parecia pertencer a outra vida. Quando viu Mira num canto da sala, o sorriso apagou-se em seu rosto.

Sabia que Amhal havia sido confinado ao seu alojamento por alguns dias e que, portanto, não era culpa dele se não tinha vindo visitá-la. De qualquer maneira, não ficava nem um pouco feliz com aquilo. Sentia a falta dele e, depois do último encontro, estava mais desanimada do que nunca.

Tinham escolhido uma ala do palácio fechada, um salão de representação que fora usado pela bisavó de Amina, Sulana. Learco ordenara que todas as coisas pertencentes àquela mulher de trágico destino, todos os lugares que ela frequentara, fossem trancados e abandonados.

Como da primeira vez, Amina portou-se logo como um furacão, vestindo a armadura e procurando até lutar com ela no corpo, para em seguida passar aos exercícios com a espada.

Mira era de uma paciência extraordinária, condescendia às brincadeiras da princesa, cedia aos seus rompantes e a tratava com afeição paternal. Adhara, por sua vez, procurava mostrar-se envolvida em todos os lances. Mas a sua mente estava alhures: em Amhal, que brincava com Amina, a cumplicidade que tinham compartilhado, as risadas, a ronda pela cidade e a vitória dele sobre a fúria.

Depois um assovio agudo, e Adhara viu Mira tombar no chão. Tudo pareceu mover-se em câmera lenta. O corpo pesado do cavaleiro que batia no soalho, o rosto atônito de Amina, as paredes poeirentas da sala e a sensação, clara, irrefutável, de mais uma presença. A mão correu ao punhal, as pernas pularam adiante. Adhara agarrou a princesa e a forçou a permanecer agachada, cobrindo-a com o próprio corpo e ficando entre ela e as amplas janelas que ocupavam um lado inteiro do aposento.

Desta vez o percebeu, quase o viu, e bastou-lhe um amplo movimento da mão armada. O dardo lançado contra ela foi detido pelo punhal e caiu no chão, indo tilintar contra a parede. Amina gritava, mas os berros não tiraram a concentração de Adhara. Quando o vulto apareceu – escuro, ágil –, ela estava pronta. Ficou de pé, com um único olhar avaliou o inimigo, e então só houve espaço para o combate.

Como se estivesse se vendo de fora, contemplou o próprio corpo que se movia com precisão mortífera: punhal contra punhal, estava enfrentando aquele inimigo desconhecido sem perder um só golpe. Uma sucessão clara, gravada sabe-se lá como em seus músculos. O ranger das lâminas que se chocavam e as faíscas que delas surgiam faziam parte de um código que conhecia. Pulou para trás, apoiando-se nos braços, e acertou um pontapé no adversário. Completou a cambalhota, preparou-se para atacar de joelhos e chispou adiante. Encostou-o na parede, imobilizou-o segurando-o pela garganta. Percebeu o deslocamento de ar no ventre, agarrou o braço que estava a ponto de golpeá-la e usou o próprio corpo como alavanca. O sujeito volteou no ar e acabou caindo pesadamente no chão, de costas. Quando já ia levantar-se, ela foi rapidamente atrás dele e afundou a lâmina.

Ele não emitiu um único lamento. Enrijeceu por alguns segundos, para então amolecer como um saco vazio. Adhara só estava levemente ofegante, de mãos pegajosas. Quando olhou para elas, viu-as vermelhas de sangue e recobrou-se por completo, na mesma hora.

O que havia acontecido? O que é que ela tinha feito?
E então aquele único, enorme sentimento de culpa. Tinha matado.
Mas não teve tempo para desesperar-se e tampouco para entender. Amina chorava aflita num canto, gritando alguma coisa. Adhara correu para ela, segurou-a pelos ombros.
– Você está bem? Está ferida?
Não havia jeito de forçá-la a responder. Só depois de algum tempo conseguiu entender que, entre os soluços, só gritava uma coisa:
– Mira!
Estava junto dela, no chão. E aí ela lembrou: pois é, tudo começara com aquilo, com Mira que caía no chão.
Olhou para ele sem soltar Amina. Seu coração parou. Uma seta fincada em seu pescoço, e a sua pele estava lívida.

TERCEIRA PARTE

O DESTINO DE ADHARA

24
LUTO

O Ministro Oficiante em pessoa encarregou-se daquela luta desesperada. Chegou com os cabelos desgrenhados, o rosto tenso, as roupas mais comuns. Observou Mira, reparou na cor da pele, na respiração ofegante com que seu peito subia e descia, e pediu que todos saíssem.

Adhara ficou do lado de fora, aturdida. Tinha a impressão de ter acabado na vida de alguma outra pessoa. Não conseguia decifrar com clareza os últimos acontecimentos, nem mesmo lembrá-los. Mira, que caía no chão, a luta, a morte do agressor. Tudo se misturava numa mixórdia lamacenta onde as sensações se amontoavam e confundiam. Precisava ordenar as ideias, mas não havia tempo.

Amina estava ao lado dela, soluçava. Adhara mantinha o braço em volta dos seus ombros, procurando em vão palavras com que consolá-la.

— Vai dar tudo certo — repetia obcecadamente, afagando-a. Mas Amina nem parecia ouvir e, de vez em quando, pronunciava frases confusas.

— Não ouvi nada... Eu só queria me divertir, só isto...
— Você não tem culpa. Foi uma cilada — insistia Adhara.

E enquanto isso a porta ficava obstinadamente fechada, com todo o mundo reunido ali fora. Neor, que manuseava com as mãos as rodas da sua cadeira, Learco e Dubhe, os rostos tensos. Soldados, guardas em que Adhara nunca reparara antes, meros curiosos.

Um vaivém que a aturdia, que a levava para longe. Tinha tido uma vida, até pouco antes, construída a duras penas, um tijolo depois do outro. E agora uma força desconhecida havia se apoderado dela. Sempre soubera que possuía qualidades extraordinárias, mas não achava que algum dia o seu poder a transformaria numa assassina. Não se atrevia a tirar o punhal da bainha, nem mesmo a

tocar nele com a mão. A lâmina ainda estava vermelha do sangue da sua vítima.
 E então os contornos se esvaíram, o mundo voltou a mover-se com a velocidade normal. Quando Theana já estava trancada na sala havia mais ou menos duas horas, Amhal apareceu no fundo do corredor. A notícia devia ter chegado até ele, tirando-o do confinamento do seu quarto. Adhara experimentou uma estranha mistura de dor e alegria. Porque estava ali, e o via, e porque percebia o sofrimento dele que a cercava e imbuía.
 Levantou-se, foi ao encontro dele. Os passos agitados, o rosto pálido e o maxilar rígido, Amhal passou sem olhá-la. Para ele havia somente aquela porta fechada.
 – Está aí dentro? – perguntou com voz trêmula.
 Quem respondeu foi ela:
 – Está.
 O rapaz virou-se e fitou-a como se fosse transparente.
 – Estava com ele?
 Adhara anuiu atemorizada. Não o reconhecia. Onde estava Amhal, agora? Que fim levara o jovem que ela beijara ao luar? Magro, consumido por algum fogo interior, aquela desgraça parecia ter cavado uma última e definitiva sepultura no seu coração.
 – O que houve?
 Ela teria preferido não contar. Lembrar era pensar em si mesma, como num robô portador de morte. Mas decidiu falar por ele. Foi sucinta, essencial, procurando sufocar as emoções. Amhal não teve reação alguma. Só uma ruga profunda na testa, entre as sobrancelhas, denunciava a sua aflição, a mesma agonia que apertava a garganta de Adhara. Ele também estava prestes a ver a própria vida desmoronar. Tudo dependia daquela porta fechada.
 Ela se abriu no começo da tarde. Um rangido lento, que sabia a rendição. Theana apareceu, pálida, esgotada. Todos se juntaram à volta dela, começando por Amhal, em cujos olhos ainda havia um lampejo de esperança.
 – O veneno acabou vencendo, alguns minutos atrás. Nunca recobrou os sentidos. Eu fiz o possível.
 Alguns gemidos, suspiros e um baque surdo que ecoou no corredor de teto abaulado onde se encontravam.

Amhal dera um soco na porta. E depois deu outro, e mais outro, enquanto apertava os olhos com força. Lascas de madeira fincaram-se em sua carne, mas o martelar obsessivo, aterrador, não parou.

— Amhal! – gritou Adhara, tentando segurar a mão que sangrava. Ele evitou o contato e berrou aos céus o seu "Por quê?", desesperado, furioso. Então fechou-se na sala onde o mestre tinha morrido.

O agradecimento sentido de Neor:
— Não fosse por você, agora a minha filha estaria morta. Não faz ideia de como lhe sou reconhecido.

Os olhos inquietos de Theana, a maneira calorosa, febril, com que segurou suas mãos, como se entre elas houvesse algum tipo de comunhão.

O olhar cheio de gratidão do rei e da rainha.
— Estamos lhe devendo a vida da nossa neta.

E depois a investigação, os interrogatórios.

Os dias que se seguiram foram um aflitivo amontoado de encontros e perguntas sem resposta. Uma atmosfera sombria e oprimente tomou conta do palácio; havia soldados por toda parte, assim como guardas que, pelo que se contava, pertenciam a um grupo especial às ordens da rainha.

A teoria mais acreditada na corte, cochichada tanto pelos dignitários quanto pelos serviçais, dizia que se tratara de uma tentativa para matar a princesa. Só podia ser isso. Mira era certamente uma figura importante na Academia, mas já fazia um bom tempo que sua única tarefa era a proteção da família real. Mas quem fizera aquilo e por quê? E iriam tentar de novo? Amina já não podia mexer-se sem a proteção de uma escolta. A unidade que se encarregava da segurança do palácio fora reforçada, e a corte era vigiada durante o dia inteiro. Em Makrat, os boatos acerca da doença se confundiam com os da tentativa de homicídio da princesa. Na boca do povo, a opinião de um só cérebro ser o responsável, fosse pela peste, fosse pelo complô, teve o maior sucesso. Uns falavam em ninfas, outros em gnomos, e a confusão que já reinava nas ruas da cidade tornou-se uma verdadeira balbúrdia. Tentativas de linchamento, assassinatos, uma atmosfera de extrema desconfiança por todo e qualquer estrangeiro, até mesmo por aqueles que só tinham o aspecto de forasteiros. Makrat parecia estar à beira de uma catástrofe. O palácio era o espelho desta situação.

Adhara foi interrogada até não poder mais. Pediram várias vezes que evocasse aquele dia, contando o que tinha feito, o que havia ouvido. Teve de reconstituir cada passo e ver-se com a total falta de emoções que experimentara naquele momento. Fora simplesmente uma questão de cumprir com o próprio dever, de deixar à solta comportamentos que já existiam nela havia muito tempo. Nascera para aquilo, uma voz terrível continuava murmurando em seus ouvidos, enquanto respondia às perguntas dos encarregados da investigação. E ninguém querendo saber daquela vida que ela ceifara, ninguém que a censurasse. Muito pelo contrário, no paço começava a ser vista como uma heroína. Quando passava pelos corredores, as criadas viravam-se olhando para ela, os soldados dirigiam-lhe olhares cheios de admiração.

Até Amina pensava desse jeito.

– Devo-lhe a vida, você foi fantástica. Vi como lutou, parecia estar dançando! – E imitava seus movimentos precisos.

Isso criava em Adhara uma sensação de fastio.

– Não foi uma brincadeira.

– Claro que não, eu bem sei disso! Só quero dizer que você foi... simplesmente heroica!

– Um garoto morreu.

Amina arregalara os olhos.

– Um garoto? Que nada, o sujeito queria matar-me!

Adhara fora vê-lo na câmara mortuária para onde o haviam levado. Por duas noites o vermelho do seu sangue no punhal deixara-a obcecada tirando-lhe o sono, até finalmente criar ânimo e conseguir limpar a arma. Esfregara convulsamente a lâmina, tanto assim que acabara cortando um dedo. Em seguida fora vê-lo.

Afastara o véu que o encobria, observando o rosto quase disforme. Não saberia dizer com certeza a idade, mas devia ser mais ou menos coetâneo dela. Tinha ficado parada, em contemplação, lembrando como por um momento, enquanto lutava, que aquele garoto nada mais se tornara para ela do que um corpo a ser ferido, golpeado, sangrado. E mesmo agora, na palidez e no abandono da morte, parecia-lhe simplesmente uma casca.

Como é que a gente pode viver com uma coisa dessas? Como é que podemos nos perdoar quando matamos? E como é que podemos continuar a viver normalmente quando sabemos que matamos sem qualquer hesitação, com a mais completa naturalidade?

Teria gostado de ter alguém ao seu lado. Mira, talvez, que muitas vezes soubera dizer-lhe a palavra certa na hora certa; Mira, um homem que, pensando bem, mal conhecia, mas que de alguma forma ficara em seu coração; um homem do qual subitamente sentia a falta, mais por aquilo que dele desconhecia, e que ele não contara, do que pelo real relacionamento que os ligava. Mas o homem já não estava, desaparecera, sabe-se lá onde.

Para onde vão os mortos?

Apenas se dissolvem e deixam de existir?

Ou há um lugar de onde nos veem, de onde podem cuidar de nós?

Mais perguntas, pesadas como pedregulhos.

E também havia Amina, que depois do acontecido se apegara a ela de forma obsessiva. Procurava-a o tempo todo. Não queria ficar com mais ninguém, e disfarçava a sua inquietação, a sua incapacidade de aceitar a morte, atrás daquele contínuo voltar ao dia em que tudo acontecera. E Adhara ficava perto dela fazendo o possível, pois muitas vezes ajudar os outros também é uma maneira de ajudar a nós mesmos.

Mas de quem mais sentia falta era de Amhal. O jovem simplesmente desaparecera. Tinha ficado trancado na sala com Mira durante a noite inteira. Só saíra de lá na manhã seguinte, sem falar com ninguém, nem com ela. Trancafiara-se na Academia, só passando do seu quarto para a sala de treinamento. Só voltara a aparecer uma única vez, no dia do funeral do mestre.

Era uma manhã ensolarada, depois de vários dias de chuva. O outono estava chegando, e o ar sabia a folhas secas e madeira.

As exéquias aconteceram na grande esplanada onde Amhal, Adhara e Mira pousaram somente três meses antes. Havia muita gente. A família real, uma boa parte dos Cavaleiros de Dragão, todos os cadetes da

Academia e uma porção de pessoas comuns. Muitos olhares estavam fixos nela, embora tivesse tido o cuidado de vestir trajes modestos, mantendo-se num canto, atrás de um Amhal gélido e calado.

Tentou falar com ele, mas, diante da intensidade da sua dor, do seu rosto cansado, dos olhos cavados e inchados, não soube o que dizer. E de qualquer maneira ele a ignorava. Olhava para o vazio diante de si e para a pilha de troncos sobre a qual o corpo de Mira havia sido colocado. Porque era assim que os Cavaleiros de Dragão partiam, numa grande fogueira purificadora que entregava suas cinzas ao vento.

Ao lado dele, San, sério e digno, muito compenetrado na participação da dor geral. Adhara ficou um bom tempo olhando para ele. Tudo mudara, desde a sua chegada. Era como se ele tivesse dado a partida a alguma coisa, a eventos que afinal haviam levado todos para lá, diante daquela fogueira. Meneou a cabeça: pensamentos bobos, aos quais era melhor não se entregar.

O rei falou, o Supremo General e Neor, também. Milhares de palavras jogadas ao vento, palavras inúteis que nada acrescentavam àquilo que Mira fora.

Depois o cortejo com os archotes. Qualquer um, que assim quisesse, podia atear fogo à fogueira do cavaleiro. Amhal foi o primeiro, silencioso, comedido. Levou a chama e voltou ao seu lugar, contemplando o fogo que estraçalhava uma parte da sua existência.

Adhara também sentiu necessidade de participar daquele ritual. Achava que devia alguma coisa àquele homem.

Voltou para perto de Amhal, imóvel como uma estátua, com os olhos secos de quem já chorou todas as lágrimas. Olhou para ele, e mais uma vez não conseguiu falar. Esperou, então, que ele fosse o primeiro a dizer alguma coisa, mesmo que fosse uma repreensão por não ter sido capaz de salvar o seu mestre. Mas Amhal não lhe retribuiu o olhar. Adhara segurou sua mão, apertou-a. Uma mão inerte e gélida. Ele nunca lhe parecera tão distante.

Ainda estavam usando roupas pretas, todos os três. Neor observava a chuva fina que descia sobre Makrat. *O verão acabou*, pensou com sofrida tristeza.

– Não pode ter sido ele. – A mãe estava pálida, nervosa. Podia entendê-la. O rapaz que matara Mira era da turma dela. O espião que, a pedido do filho, ela mandara ficar de olho em San.
– Está querendo negar até a evidência agora? – Learco estava tão tenso quanto ela.
– Procurem acalmar-se – disse Neor. Depois olhou para a mãe. – Quanto ao fato de o autor ter sido o seu homem, não temos dúvidas.
– Está duvidando dos métodos com que escolho os meus homens? Está insinuando que há traidores entre eles? – esbravejou Dubhe, descontrolada.
– Um erro é compreensível, pode acontecer...
Neor deteve o pai com um gesto da mão.
– Vamos considerar somente os fatos. O seu espião atacou e matou Mira, e esta é uma coisa que não podemos negar. A pergunta é: até que ponto você confia em seus homens?
– Confio neles cegamente – respondeu Dubhe, sem pensar duas vezes. – Acha que vou deixar entrar qualquer um nas minhas fileiras? O treinamento é de uma dificuldade extrema, e de qualquer maneira exijo que cada um seja profundamente investigado. São pessoas de total confiança.
– Os traidores podem se aninhar em qualquer lugar – disse Learco, pensativo.
Dubhe fulminou-o com o olhar.
– Está pensando que eu sou o quê? São pessoas que têm em suas mãos a sua, a nossa segurança; acha realmente que deixaria entrar na minha casa alguém de quem não soubesse absolutamente tudo?
Neor começava a perder a paciência. Não conseguia dar o melhor de si quando a situação ficava tensa daquele jeito.
– Já lhes disse para se acalmarem. A raiva costuma ser a melhor aliada do inimigo nestas horas. – A sua voz estava gélida, e desceu como uma cortina entre seus pais.
Aproximou-se novamente da janela, olhando para fora. Enquanto isso, a sua mente trabalhava febrilmente no silêncio hostil que se criara.
Afinal, virou-se.
– Não podemos deixar de investigar o seu homem. – Dubhe fez um gesto de sofreguidão. – Não a estou culpando de coisa alguma.

Mas a traição é humana, e francamente não acho oportuno deixar de levá-la em consideração. As pessoas mudam.
– Recrutei-o há pouco mais de um ano.
– Era jovem, na sua idade um ano pode mudar muita coisa – rebateu seco o príncipe. – Seja como for, ele é o nosso ponto de partida. Um momento de loucura ou talvez tenha sido pago por alguém... Tudo gira em torno dele. Por enquanto, é no assassino que devemos focalizar a investigação.
Dubhe estava irritada, mas Neor sabia que, no fundo, só podia concordar com ele. Learco, por sua vez, parecia satisfeito.
– De qualquer maneira – acrescentou –, há um elemento que não podemos esquecer. – Os pais ficaram atentos. – Certamente quase uma coincidência, mas é bastante estranho que justamente o espião que devia vigiar San tenha feito uma coisa como essa.
– O que está querendo insinuar? – Desta vez quem insurgiu foi Learco.
– Absolutamente nada. Mas é um elemento que deve ser considerado no quadro geral.
O pai olhou para ele significativamente. Neor sabia o quão importante San era para ele, até que ponto a sua volta dera um novo rumo à sua vida.
– Jurou fidelidade a este mundo, esforçou-se até a exaustão nas ruas para manter esta cidade segura, demonstrou que as suas não são meras palavras.
Neor recostou-se no espaldar do assento e suspirou. Às vezes a lógica fria era uma condenação, deixava à mostra todas as ilusões, superava o véu dos sentimentos, salientando a gélida geometria dos fatos.
– Não o estou acusando. Só estava raciocinando em voz alta.
Olhou mais uma vez para fora, sentia-se esgotado. Sabia que o peso do que tinha acontecido – primeiro a doença e, agora, este assassinato – iria cair completamente sobre suas costas. Houvera um tempo em que os ombros fortes do pai tinham aguentado o ônus do reino e protegido ele também. Mas com o passar dos anos os pais tornam-se crianças, e os filhos são forçados a crescer.
– Mais alguma coisa? – disse.
Learco e Dubhe nada acrescentaram e, lentamente, saíram.

Neor sentiu um aperto no coração. Os pais haviam começado sua inevitável descida.

Nos dias que se seguiram ao funeral, Amhal pareceu afundar-se num pesadelo sem fim. Não botava os pés fora da Academia e não queria ver ninguém. Esgotava-se nos treinamentos, cobria-se de feridas e se recusava a cumprir o seu dever. No começo todos fizeram vista grossa, compreendiam a sua dor e não queriam forçá-lo. Mas depois de algum tempo começaram a se queixarem. Tentaram falar com ele, levá-lo de volta à razão. Só receberam insultos. Certa vez atacou com a espada um ordenança que simplesmente recebera a ordem de chamá-lo. Um fato extremamente grave que poderia levá-lo à prisão, mas que os superiores ignoraram porque queriam dar-lhe mais uma chance.

Certa noite, apesar do toque de recolher, Adhara saiu do palácio, às escondidas. Estava preocupada, não conseguia pensar em outra coisa a não ser no rosto de Amhal, desprovido de qualquer emoção. Atravessou a cidade, alvoroçada, até chegar à Academia.

Quando alcançou a porta do seu quarto, começou a socá-la sem parar.

– Amhal, sou eu, abra!

Suas mãos estavam doendo, mas insistiu com insana obstinação até que, quando já quase perdera a sensibilidade, ele apareceu no limiar, com a barba por fazer, o rosto magro, o casaco amarrotado e sujo.

Mandou-a entrar sem dizer uma só palavra e medicou suas mãos com uma pomada.

– Por que veio? – A voz era rouca, como de quem não fala há muito tempo.

– Acho que posso entender a sua dor. Mas chega a hora em que é preciso lutar.

Amhal dirigiu-lhe um sorriso amargo.

– Não, você não entende, não pode entender mesmo. – Palavras duras, cortantes, que a machucaram. – Já se apegou a alguém, você? E quem já perdeu? Não tem pai nem mãe, não faz ideia do que seja perder alguém realmente importante, que para você era tudo.

Adhara reprimiu as lágrimas e mordeu o lábio.
— Tenho você. E também tinha a minha vida, antes da morte de Mira. Uma vida que tive de construir a duras penas. Agora só tenho a lembrança daquele dia em que um homem morreu na minha frente e em que eu matei outro. Eu também perdi alguma coisa.
Amhal pareceu ficar chocado. Desviou o olhar.
— Era tudo para mim. Era a minha força. Quando ele estava lá, eu sabia que podia vencer. E foi-se embora com a pior das mortes, uma morte sem sentido, golpeado nas costas por um covarde maldito. E deixou-me aqui, com mil perguntas sem resposta. A última coisa que viu de mim foi o meu comportamento naquela tarde desgraçada em que o decepcionei, quando matei sem motivo.
Adhara encostou a mão no seu braço. Ali estava Amhal, sob as camadas da sua dor, sob o desespero, intacto. Pensou que ainda havia esperança.
— Volte a viver, eu lhe peço...
Ele enrijeceu.
— O que veio fazer aqui?
— Não vai adiantar deixar-se levar ao fundo, você também deixar-se morrer, sabe disso, não sabe? Volte a cumprir suas tarefas e pare de se desgastar em inúteis treinamentos. Eu suplico, Amhal, ele mesmo gostaria que você continuasse a crescer, que continuasse a aprender...
Os olhos do jovem ficaram novamente gélidos.
— As mesmas palavras que todos dizem, consolos idiotas... Ele mesmo gostaria, ele mesmo seria... — Ficou de pé. — Ele já não está aqui, está me entendendo? E ninguém sabe do que gostaria agora ou no que pensou quando uma porcaria de seta se fincou em sua garganta! Ele simplesmente se foi, e eu estou sozinho, sem guia.
Adhara também levantou-se.
— Acha então que gostaria de vê-lo sucumbir à dor? Que gostaria de assistir enquanto você se mata em treinamentos absurdos e aniquila todo o trabalho que ele teve para torná-lo um Cavaleiro de Dragão? Porque é isto mesmo que você está fazendo, está destruindo tudo o que ele fez.
Amhal quase encostou o rosto no dela.
— Você não pode entender — sibilou com maldade.

Adhara não conseguiu conter-se. Uma bofetada, de mão aberta, que estalou no silêncio do quarto. Teve vontade de chorar, e as lágrimas não se fizeram de rogadas, escorrendo fartas e redondas.

– Então pense somente em si mesmo, destrua o que há de bom em você! Eu também estou infeliz e procuro em vão muitas respostas, e desde sempre estou só. Desde que você foi embora, desde que decidiu dar um tempo e ficar longe de mim, eu estou sozinha comigo mesma e com as minhas perguntas, com o fantasma do homem que matei e a lembrança do que aconteceu. Mas eu lhe peço, sei que continua sendo o rapaz que naquela noite salvou a minha vida, eu suplico, não deixe morrer o que há de bom em você! E há muita coisa boa, muita! Por favor, Amhal!

Caiu de joelhos, o rosto entre as mãos, e achou que o pranto iria rasgá-la, que os soluços iriam rachar seu peito.

Ele curvou-se até ficar da mesma altura, abraçou-a.

– Não, agora não dá. E as coisas boas de que fala, nem sei se de fato existem – murmurou. – Talvez amanhã, quem sabe, mas por enquanto não dá. Devo a ele o meu pranto e a minha dor.

Levantou-a devagar, levou-a à porta. Olhou para ela com imensa dor.

– Volte para casa, agora, e tome cuidado.

E fechou lentamente a porta.

25
O INÍCIO DO FIM

A sua porta se abriu na calada da noite. Amhal estava deitado na cama, completamente vestido. Não dormia. Nem conseguia lembrar havia quanto tempo não tinha uma boa noite de sono. Embora, depois do treinamento, sempre estivesse esgotado, quando apoiava a cabeça no travesseiro o sono sumia. As paredes do quarto fechavam-se sobre ele como as tábuas de um caixão, e o colchão parecia querer engoli-lo, envolvendo-o no sudário dos lençóis. Fechava os olhos, mas a sua mente enchia-se de uma só imagem: Mira morto. O corpo do mestre, um receptáculo vazio que já não tinha mais nada do homem que ele amara como a um pai.

Havia passado longas horas ao lado do cadáver, horas em que a sua mente não parava de fazer a mesma obcecada pergunta: por quê? Não conseguia pensar em outra coisa, enquanto seus olhos gravavam todos os detalhes daquele corpo. A moleza do abandono, a palidez desnatural, o relaxamento mortal dos traços. E, pouco a pouco, Amhal viu Mira esmaecer, quase se esvair diante dos seus olhos, até ter a terrível certeza de que o mestre já não existia, em lugar nenhum, simplesmente desaparecera.

E agora, toda noite, aquele corpo voltava a visitá-lo tirando-lhe o sono, como se de todas as lembranças dos anos passados com ele nada mais sobrasse do que a imagem daquele cadáver.

Já nem tentava mais dormir. Só umas poucas horas agitadas, com a dor que logo voltava a oprimir-lhe o peito despertando-o por completo.

Quando a porta rangeu, Amhal nem se mexeu. Quem quer que fosse, não fazia diferença. Um inimigo, um amigo, mais um idiota que tentava tirá-lo de sua prostração. Que entrassem, à vontade. O muro da sua indiferença não tinha sido arranhado nem mesmo por Adhara.

O barulho de botas, o arrastar de uma cadeira. Alguém que se sentava. E o silêncio.

Amhal ficou de olhos abertos no escuro do quarto. A lua jogava uma luz mortiça no muro de tijolos diante dele.

– Eu tinha doze anos, quando ele morreu.

Era San. O coração de Amhal teve um leve estremecimento, que, porém, não bastou para sacudi-lo. Mais palavras de conforto, que só conseguiriam fazer com que se sentisse pior.

– Não havíamos passado muito tempo juntos. Só uns dois ou três meses, pensando bem. Mas foram os meses mais intensos da minha vida. As coisas que me ensinou, muito mais acerca da existência do que sobre a própria espada, ficaram profundamente gravadas no meu coração, e ninguém jamais poderá apagá-las. E por isso, quando Ido morreu, uma parte de mim morreu com ele.

Uma lágrima solitária queimou o perfil da face de Amhal.

Ele me entende, ele sabe o que estou sentindo agora, murmurava em seus ouvidos uma voz desesperada.

– E morreu por minha culpa, está entendendo? Protegera-me durante aquele tempo todo, para evitar que a Guilda dos Assassinos me pegasse e usasse o meu corpo para ressuscitar Aster. Mas eu era um garoto jactancioso e acreditava ter bastante força para derrotar a seita. Sentia o poder da magia correr em minhas veias, queimar-me por dentro, e tinha *certeza* de que, indo ao templo, enfrentando a Guilda em seu covil, poderia matar a eles todos e vingar os meus pais, mortos por aqueles loucos fanáticos.

Uma longa pausa.

– E então? – perguntou Amhal, com um fio de voz.

– Consegui escapulir e fui ao templo. Era justamente o que eles queriam. Fui capturado, pois não sabia controlar o meu poder. E o resto é história: Learco, Dubhe, Ido e Theana vieram salvar-me. E foi então que Ido morreu. Quando o vi caído no chão, imóvel, compreendi que eu era o único culpado por ele nunca mais voltar.

Amhal sentou-se na cama e fitou o homem nos olhos. Eram espelhos da própria dor, guardavam o seu mesmo sofrimento.

Ele é como eu.

– Havia tantas coisas que ele ainda tinha para me ensinar, e eu ainda precisava tanto dele! Uma necessidade desesperada. Só na hora em que o vi morto compreendi quanto precisava dele, e quanto nele confiava.

Amhal baixou a cabeça. Bateu com a mão no peito.

— É como ter alguma coisa aqui dentro, um animal sentado no coração, que cava com as unhas noite e dia, e nunca para. Ou talvez seja eu, a não querer que pare.

— Eu sei — disse San, comovido. — Eu sei.

— O que devo fazer? — perguntou Amhal, aflito. — Morrer? Continuar pelo meu caminho? O que preciso fazer?

— Sofrer.

A resposta cortou em dois o silêncio do quarto.

— Por mais consolo que os outros possam lhe oferecer, esta é uma dor que o tempo não pode curar, que irá acompanhá-lo a vida inteira. Num canto do seu coração, você continuará chorando como agora, para sempre.

Amhal passou a mão nas faces. Estavam molhadas.

— Os anos, contudo, mudam o contorno das coisas, e por isso acabará se sentindo melhor, inevitavelmente. Mas levará um bom tempo.

— E até então?

San sorriu com amargura.

— Terá de lutar, de aprender a conviver com esta dor.

De toda a prosa que as pessoas gastaram com ele, as palavras de San pareceram-lhe as únicas verdadeiras. Porque não havia qualquer consolo idiota nelas, só a verdade de quem já passara pela mesma experiência e podia agora indicar-lhe o caminho. O nó que lhe apertava o peito pareceu desatar-se de leve, deixando-o respirar um pouco mais livremente.

— Pedi que se tornasse meu discípulo.

Amhal levantou a mão na mesma hora.

Havia algo errado naquela frase, e de alguma forma San logo se deu conta disso, pois apressou-se em completá-la:

— Se você concordar, é claro.

Algo soava aos ouvidos do jovem como traição, uma terrível traição. Há quanto tempo havia morrido o mestre? Seis, sete dias? E já estava aceitando a possibilidade de substituí-lo. Com San, além do mais, pelo qual no passado já chegara a sentir alguma desconfiança.

— Eu...

– Vou ser franco – disse San, chegando-se a ele. – Sei que é fácil ficar aqui chorando as próprias mágoas. Há algo que consola nisto, não é verdade? Amhal sentiu vergonha de si mesmo. Era a pura verdade. Começava a acostumar-se com a dor, a considerá-la amiga, quase a gostar dela.
– Mas tudo tem limite, não pode durar para sempre. Há um mundo lá fora, um mundo à sua espera, mas que seguirá em frente se você continuar trancado aqui dentro. Eu nunca conseguirei substituí-lo, e não é este o sentido do meu pedido. Só quero estar ao seu lado neste momento, para ajudá-lo a sair de si mesmo.
Amhal olhou as próprias mãos, que não parava de apertar. Sair dali.
E continuar a crescer, aprender novas coisas...
Era exatamente o que Adhara lhe dissera na noite anterior. Mesmo assim não lhe parecera tão convincente quanto San agora. Pensou no espadão de dois gumes, nos longos treinamentos com ele. Levantou os olhos.
– Quero mudar de ares, no entanto – disse com um olhar decidido.
O rosto de San iluminou-se num sorriso de soslaio.
– Tudo que você quiser.

San curvou-se profundamente diante do trono de Learco. Neor, naquele dia, não estava. Melhor assim. Não tinha especial simpatia por ele. Costumava fitá-lo com um olhar enviesado que não o deixava à vontade. Era um sujeito esperto, até demais, percebera isso desde o começo.
– Não precisa ser tão formal.
San sorriu consigo mesmo. Com o rei, por sua vez, tudo era mais fácil. Learco o amava, acreditava nele. Levantou-se.
– Meu senhor, gostaria de vos pedir um favor.
– San, por que não voltamos a nos chamar de você como antigamente? Se bem me lembro, não me tratava de vós quando chegou ao palácio.

– Não era um cavaleiro naquela época, meu senhor, e não estava diante do seu trono para pedir um favor.
O monarca sorriu com ternura.
– Que seja, então.
– Peço-vos permissão para deixar Makrat e ir patrulhar as áreas infectas.
Learco empalideceu.
– Qual é a razão de um pedido desses?
– Quem sugeriu foi o meu aprendiz – respondeu San. E depois de uma breve pausa acrescentou: – Acredito que já seja do vosso conhecimento que Amhal, o discípulo de Mira, tornou-se meu aluno.
Learco anuiu com gravidade:
– Sim, já sabia... Mas qual é o motivo da escolha?
San se lembrou de dois dias antes, quando Amhal lhe fizera o pedido: "Quero deixar para trás esta corte, ficar longe da vida que eu levava com Mira. Preciso de ação de verdade, de sujar as mãos e tirar da cabeça tudo aquilo que poderia me lembrar dele. Quero ir para as áreas infectas."
Ele concordara prontamente.
– O rapaz precisa se ocupar, precisa mudar de ambiente. – Engoliu em seco, e em seus olhos apareceu uma expressão de pena. – Seria bom que, pelo menos por algum tempo, ficasse longe do que lhe lembra o passado. Eu... já passei por isto.
– Mas é perigoso – disse Learco, depois de ficar uns momentos pensativo. – Não gostaria de perder um elemento eficaz como você por causa da doença.
– Amhal é imune, tem sangue de ninfa, como já sabeis. E eu... pois é, a peste parece ser menos virulenta para algumas raças. Talvez os semielfos também sejam mais resistentes.
O rei fitou-o por algum tempo, e naquele olhar San leu toda a afeição que o monarca tinha por ele: não queria perdê-lo logo agora que acabava de reencontrá-lo. Sentiu-se constrangido e pensou no vidrinho de sangue que lhe fora entregue alguns meses antes pelo elfo com que se encontrara numa esfumaçada bodega de Nova Enawar. Contraiu o queixo.
– Francamente, San, não sei o que dizer. Você poderia ser muito útil aqui, mas não quero que se sinta um prisioneiro.

– Jamais tive esta impressão e, de qualquer maneira, aceitarei a vossa decisão, qualquer que ela seja. Mas se estou vos fazendo um pedido destes, é porque de fato acredito que seja, neste momento, a melhor coisa a fazer.

Um silêncio de espectativa envolveu a sala do trono, e então Learco sorriu com melancolia.

– Tem um mês, não mais do que isto. Combine com o Supremo General para saber em que territórios irá passá-lo.

San ajoelhou-se.

– Obrigado, Vossa Majestade, muito obrigado.

– E cuide de voltar são e salvo – acrescentou Learco, baixinho.

San sorriu para ele, confiante.

Os preparativos não levaram mais que dois dias. Amhal queria ir embora o mais cedo possível. Queimou as coisas que pertenciam ao passado, só levou consigo o que desde sempre lhe fora indispensável: a espada e uns poucos livros. Na tarde antes da partida, decidiu despedir-se do que havia de mais importante na vida que ia deixar para trás.

Foi até ela percorrendo pela última vez a ampla alameda de cascalho que levava ao palácio. Chovia com força. Iria voltar, é claro, mas então seria uma pessoa diferente. De alguma forma, aliás, ele já tinha mudado.

Adhara esperava por ele no jardim, sob os arcos. Estava trêmula. Amhal não podia saber se era pelo frio ou pela emoção de revê-lo. Agarrou-se no seu pescoço, apertou-se contra seu peito. Amhal deixou-se abraçar, respirando fundo o perfume fresco da pele do seu pescoço, percorrendo com as mãos os contornos do seu corpo esguio.

– Está melhor? – perguntou ela, com os olhos cheios de esperança.

Ele respondeu com um sorriso triste.

Ficaram parados, conversando, à toa, sobre a rotina dos seus dias, sobre Amina, que continuava a ser birrenta, sobre os exaustivos treinamentos.

– Vou embora – disse Amhal, de chofre, num surto de repentina coragem.

O sorriso morreu nos lábios de Adhara.
– Eu preciso – acrescentou, desviando o olhar. – Este lugar me faz lembrar Mira, não consigo esquecer... Talvez ficando algum tempo longe, ocupado com outras coisas...
– Pra onde? – Quase não chegava a ser uma pergunta.
– A Floresta do Norte.
– Não me fale em nomes que, já sabe, para mim nada significam – disse, mal conseguindo reprimir a raiva. – E olhe para mim!
Ele se virou. Achou-a linda, pálida e preocupada. Pensou em tudo aquilo que ocorrera entre eles e em tudo o mais que não tinha acontecido. Mas procurou pensar, principalmente, na tarde em que quase chegara a machucá-la. Era naquelas sensações que devia se concentrar, para conseguir dizer adeus.
– É um território ao norte daqui. A doença está se espalhando por lá, e precisam de muitos soldados. Eu sou imune e...
Adhara deixou escapar um único soluço. Em seguida foi a vez de ela não conseguir encará-lo. Ficou cabisbaixa, os braços apertados no peito, com as lágrimas que caíam desenhando círculos perfeitos no mármore do pórtico.
Amhal sentiu um aperto no coração. Pensou em ficar. Por ela. Com ela. Vislumbres de um futuro diferente, no qual poderia amá-la como desejava, sem recear destruí-la. Mas sabia que era impossível. Não, por enquanto não.
– Não é para sempre...
– Disse que ia ficar na cidade...
– Pois é... Mas agora o meu mestre é San, e vou aonde ele vai.
Adhara fitou-o com olhos chamejantes.
– Foi dele a ideia?
– Não, foi minha.
Ela fez um gesto irritado. Não acreditava.
– Tudo mudou depois que ele chegou. *Você* mudou.
– Aconteceu tanta coisa.
– O que aconteceu não tem nada a ver.
Amhal suspirou. Sabia que ia ser difícil, mas não imaginara até que ponto. A verdade mesmo era que não queria dizer-lhe adeus, de alguma forma obscura continuava a precisar dela.

– Voltarei, só para vê-la, e quando a emergência acabar fixarei aqui a minha morada. Além do mais, há a investidura de cavaleiro, e afinal continuo pertencendo à guarda do rei...
– Vou com você – falou, encarando-o diretamente nos olhos, com uma determinação que tinha algo de insano.
Teria gostado de dizer sim.
– Não!
– Por quê? Por que é de mim que quer fugir?
– Não... Adhara, o seu lugar é aqui.
– O meu lugar é com você! – gritou ela. Então abraçou-o, apertando-o com um desespero feroz.
Seus lábios procuraram os dele, e Amhal não soube recuar. Sentiu aquela maciez e entregou-se como já acontecera. Mas a fúria estava à espreita, dentro dele, sem largá-lo um só momento. Percebeu-a insinuando-se na doçura daquele beijo, conspurcando-o. Afastou-se.
– Você tem a sua vida aqui, Adhara, uma vida construída a duras penas. Não pode desistir dela.
– Não mude de assunto. Não é de mim que estamos falando, mas sim de você. De você que parece recear-me, que faz o possível para evitar-me. É por isto que vai embora, por minha causa?
Amhal achou que sua cabeça ia estourar.
– Estou fugindo de tudo aquilo que aconteceu. E daquilo que sou. Não estou lhe dizendo adeus.
– Mas está me deixando sozinha.
– Voltarei – prometeu ele. – Voltarei e serei, finalmente, a pessoa que poderá amá-la de verdade, que poderá ficar com você. Porque agora não sou. Mas, pode ter certeza, eu lhe quero bem.
– Não se vá, Amhal, eu lhe peço...
Tirou delicadamente as mãos dela dos seus ombros e, devagar, afastou-se.
Encaminhou-se de novo para a ampla alameda, sob uma chuva que se tornara mais insistente. Mas, apesar do barulho do aguaceiro e dos trovões, ainda podia ouvir a voz dela:
– Não se vá! Por favor, não se vá!

* * *

San abriu a porta lentamente. Com alguma dificuldade, conseguira evitar todos os guardas. Naqueles dias o palácio era mantido sob estreita vigilância; a princesa Amina tinha sempre algum criado por perto, e havia soldados por todo canto. Sem mencionar os guardas da rainha! Mas ele sabia o que fazer. Aos doze anos conseguira fugir bem debaixo do nariz de Ido e soltar um perigoso prisioneiro de uma cela constantemente vigiada. Não se sentia particularmente orgulhoso daquele feito, mas desde então até se aperfeiçoara, graças à magia e ao treinamento.

Nunca antes estivera naquele quarto. Ficou imaginando o que poderia ter acontecido se, quando Ido morreu, não tivesse fugido com Oarf. Talvez Learco o adotasse, e então aquele aposento onde estava poderia ter-se tornado, algum dia, o quarto dele.

Sorriu com desdém. Era um destino que, afinal de contas, nunca o interessara.

Imaginara algo mais luxuoso para o quarto de dormir real. Pelo menos tapeçarias por toda parte e tapetes macios. E, longe disso, o soalho de madeira rangia, razão pela qual teve de tomar cuidado ao se movimentar, e nas paredes só havia uma única grande pintura. Observou-a à luz do luar.

Dubhe e Learco, como eram quando ele fugira. Uma jovem mulher de olhar irrequieto, um rapaz que tentava aparentar poder e segurança, mas que na verdade não conseguia esconder um ar de tímido espanto. E mesmo assim aquele pirralho tinha tido sucesso onde até o próprio Nâmen fracassara: havia criado um reino sólido e pacífico, conseguira levar a um acordo todos os monarcas do Mundo Emerso e instaurar uma paz duradoura.

San aproximou-se da cama devagar. Um só corpo enchia os cobertores. Parou. Mas não chegava a ser um problema. Um dos dois já bastava. O que estava para fazer era o começo do fim, e funcionaria mesmo que sob os lençóis houvesse só Dubhe ou só Learco.

Era ele. O rei dormia um sono leve e inquieto. Uma ruga profunda riscava sua testa. Com o que estaria sonhando? Com o dia em que o sacrifício de Ido lhe permitira subir ao trono? Com o momento em que traíra a promessa feita ao gnomo e abandonara a ele, menino, para salvar Dubhe?

Tirou do bolso a pequena ampola. Dentro, o sangue do elfo. Sacudiu-a sob a luz do luar e viu o líquido ondear e grudar nas finas paredes de vidro.

Ficou um instante parado. Pois bem, a hora chegara. Contemplou mais uma vez o homem na cama, lembrou o encontro de alguns dias antes, a expressão com que o rei olhara para ele. Uma expressão de carinhosa confiança.

Learco, o homem que de alguma forma salvara a sua vida. A mulher, Dubhe. O filho Neor, um sujeito esperto, um grande rei, se fosse saudável. Amina, a neta, pouco mais que uma criança, uma vida ainda cheia de promessas. O pensamento de San percorreu todas as pessoas que viviam naquele palácio, ignaras. Só por um momento fugaz sentiu alguma pena.

Em seguida tomou a decisão. Jogou a ampola no chão, quebrou-a com o pé. As pálpebras do rei tremeram de leve, mas ele não acordou. Umas poucas palavras, e a mancha de sangue no soalho evaporou, espalhando-se no ar.

Uma fisgada de dor alfinetou o coração de San, mas ele a suprimiu.

– Adeus – murmurou.

Virou-se e saiu do quarto.

26
RUMO A DAMÍLAR

Adhara só conseguiu resistir uns poucos dias.
Passou a noite da partida de Amhal em prantos, na cama, perguntando a si mesma onde tinha errado e o que havia acontecido para eles chegarem àquele ponto. A sensação dos lábios dele nos seus era tão viva, tão real, que a enlouquecia. Mas o que mais a transtornava era o amor, a paixão que aquele contato lhe transmitira. E então? O mundo parecia-lhe mais uma vez um lugar desconhecido, regulado por leis, para ela, incompreensíveis. De alguma forma, era como estar de volta ao gramado onde despertara, num tempo àquela altura distante. Tudo aquilo que acontecera até então não passara de mera ilusão.

Tentou voltar à vida de sempre: aquele conjunto de hábitos bolorentos, de tarefas repetitivas às quais não conseguia dar um significado. Levantar-se cedo, ficar com Amina, estudar, procurar informações que pudessem reconstruir o seu passado. Mas tudo parecia envolvido numa neblina que embotava os sentidos. Porque o seu pensamento estava sempre em Amhal: já tinha chegado? Ou estaria ainda voando na garupa de Jamila? Quão longe ficava a Floresta do Norte?

Fechava os olhos e imaginava o que poderia estar fazendo. Via-o na sela do dragão, com os olhos cheios daquele desespero que vislumbrara nos últimos encontros dos dois. Observava-o perto da fogueira ou então entregue a um sono leve e inquieto. E percebia seu sofrimento, um tormento que a feria, que a aniquilava.

– O que há com você? – perguntou, certa manhã, Amina.
Ela estremeceu como se estivesse acordando naquele momento e olhou para a princesa sem entender.

– Tudo bem? De uns dois dias para cá, parece... distante – continuou a menina, preocupada.

Adhara deu-se conta de que não podia aguentar mais.

– Ele foi embora – disse, e contou tudo. Achou que Amina talvez não pudesse entender claramente a situação, mas precisava falar, deixar que o sofrimento encontrasse um jeito qualquer de extravasar.

A garotinha fez o que pôde para consolá-la, mas Adhara sabia que não havia palavras capazes de preencher aquele vazio. Era de Amhal que ela tinha necessidade, uma carência física irreprimível. Foi então que decidiu.

Naquela tarde, Kalth também estava na biblioteca. Impassível como de costume, lia um pesado volume. Quando a viu, cumprimentou-a com um sorriso amigável.

Adhara ficou parada, torcendo os dedos.

– Qual é o caminho para a Floresta do Norte? – perguntou de repente.

Kalth fitou-a atônito.

– Por quê? Está interessada nela?

Adhara aproximou-se e sentou-se.

– Já soube que San foi destacado para lá? – acrescentou com olhos febris.

O príncipe mostrou-se um pouco preocupado.

– Já...

– E sabe para onde foi, precisamente?

Kalth estava cada vez mais perplexo.

Mas o que é isso? O que estou fazendo?, perguntou Adhara a si mesma. Não tinha a menor familiaridade com aquele garoto fechado e enigmático, só compartilharam o espaço daquela biblioteca durante algumas tardes, e agora estava pedindo a sua ajuda, e provavelmente seria forçada a revelar coisas que preferiria não contar.

Devo estar ficando louca, pensou aflita.

– Para um acampamento no sopé dos Montes de Rondal, um lugar chamado Damilar. Mas o que há com você, Adhara? Por que quer saber?

Ela respirou fundo.

– Preciso ir para lá.

O jovem príncipe olhou para ela sem entender.

– Não pode sair do palácio... Estamos todos confinados aqui dentro, você sabe disto.

– Eu sei, mas de qualquer maneira preciso partir.
Em seguida fez uma coisa inconcebível. Segurou a mão daquele menino em quem nunca chegara a tocar e fitou-o direto nos olhos. Encontrou neles a mesma dolorida compreensão do pai, o mesmo olhar langoroso. E contou tudo.
– Jure que não vai contar a ninguém.
– É uma loucura.
– Eu sei, mas jure.
– E quanto à minha irmã?
Adhara teve um estremecimento de dor.
– Com ela, eu mesma irei dar um jeito.
– Não vai entender, e francamente não posso discordar dela...
– Não é para sempre. Eu voltarei.
Ele sorriu com amargura.
– Encare a realidade, Adhara: este mundo está à beira do abismo. A peste mudará a aparência das coisas, nada voltará a ser como antes. Se você for embora, será para sempre.
Adhara engoliu em seco. Pensou em tudo aquilo que abandonava, na dor que infligiria à única amiga que já tivera. Mas também naqueles últimos dias, na dolorosa sensação de aturdimento que a levara ao limbo em que agora se movia.
– Só quero que jure não contar a ninguém. Sei muito bem que para você não sou nada, que nunca trocamos mais que duas palavras...
– É uma caminhada de quatro dias, só parando à noite – começou a explicar Kalth. E continuou dando-lhe todas as informações.
Adhara sentiu alguma coisa derreter no seu peito. Tinha vontade de chorar e de abraçá-lo.
– Obrigada – murmurou finalmente.
– Não a abandone – prosseguiu Kalth. – Por favor, Adhara, não abandone a minha irmã. Explique para ela e procure de todas as formas voltar.
Tinha uma expressão terrivelmente séria, e havia uma nota de dor na sua voz. Adhara ficou pasma: nunca imaginara que entre gêmeos pudesse existir um liame tão forte.
– Farei isso – disse com convicção, e apertou com mais vigor a mão do menino.

* * *

Escapuliu naquela mesma noite. Tinha de fazer isso logo, antes que aquele lugar, de alguma forma, a detivesse. E além do mais precisava agir, botar o corpo para funcionar, pois do contrário iria enlouquecer.

Não tinha muita coisa para levar consigo: uma muda de roupas, o punhal. Jogou tudo numa mochila que botou a tiracolo e estava pronta.

O palácio encontrava-se mergulhado num sono profundo, mas havia muitos guardas circulando. A lembrança do atentado contra Amina ainda estava no ar, e a segurança continuava sendo uma verdadeira obsessão. Adhara precisou recorrer a todas as suas manhas. Mais uma vez deixou que seus membros agissem por ela. E o corpo lembrava. Como ser furtivo, como esgueirar-se ao longo das paredes sem ser visto, como passar perto de um guarda sem ele perceber.

Seus músculos doíam na tensão de todo aquele cuidado, mas mesmo assim ela começava a sentir-se melhor. Porque nesta altura entendera de uma vez por todas que, quando o corpo entra em ação, a mente finalmente se cala, e tudo acontece automaticamente, numa perfeita harmonia de músculos, ossos e tendões. Compreendeu que era por isto, mais do que para fugir dela, que Amhal tinha ido embora. Porque quando o sofrimento deixa sem fôlego, a única solução é desligar a mente e legar ao corpo a tarefa da cura.

Passou, um por um, pelos vários andares do palácio.

Parou, uma última vez, diante do quarto da princesa. Um guarda estava de vigia. Abandonar Amina era para ela a coisa que mais lhe doía no coração. Tinham construído algo importante naqueles meses que haviam passado juntas, e a ideia de deitar tudo a perder, de fazê-la sofrer, abria brechas na sua determinação.

Jogou uma pedrinha no fundo do corredor. Como esperava, o guarda ficou logo alerta e deu alguns passos na direção do ruído. Adhara foi rápida. Chispou para a porta, enfiou a carta por baixo e desapareceu de novo na escuridão.

O guarda voltou ao seu lugar sem perceber coisa alguma.

Enquanto se esgueirava no escuro, Adhara pensou nas palavras de Kalth, no sofrimento em seus olhos, e jurou que iria voltar, a qualquer custo.

O jardim recebeu-a com o frio hostil do outono chegando. Procurou atravessá-lo rapidamente. Havia lembranças demais naquele lugar. Amhal estava por toda parte, entre aquelas moitas. Quase podia vê-lo chegar à alameda branca, um ponto escuro que se tornava cada vez maior.
Não teve qualquer tipo de problema naquela área do palácio. Havia muito menos guardas lá fora, pois o parque era realmente imenso. E ela o conhecia muito bem.
Escolheu um lugar pouco vigiado do muro perimetral. Esperou que a única sentinela fizesse a sua ronda e foi em frente. Foi mais fácil do que imaginara. Num piscar de olhos estava do outro lado, na escuridão ameaçadora de Makrat. A sua velha vida tinha acabado. Uma nova começava. Olhou para as ruelas mergulhadas nas sombras, percebeu o cheiro podre da cidade. Por um momento, um só, ficou com medo. Depois avançou decidida.

As lágrimas caíam no pergaminho, apagando a tinta e dando-lhe uma aparência desmaiada, antiga. Os olhos de Amina estavam tão vermelhos que ela não conseguia mais ler. Mas, àquela altura, já conhecia o conteúdo de cor.

Querida Amina,

Quando você acordar amanhã, eu não estarei. Por favor, acredite que me separar de você é para mim um sofrimento terrível. Eu admito, quando o seu pai me pediu para ser sua amiga, só aceitei porque estava precisando de um emprego. Não fazia ideia do que queria dizer ter uma amiga, e você me assustava com todos os seus caprichos e brincadeiras desenfreadas. Mas depois aprendi a conhecê-la, a apreciá-la, e tornou-se muito querida. Ficar com você, compartilhar sonhos e brincadeiras, ajudou-me a crescer, transformou-me do boneco sem sentimentos e lembranças que eu era na pessoa que sou agora. Sou-lhe devedora desta nova vida.

E é por isto que me sinto covarde, indo embora na calada da noite, sem falar com você. Mas sei que não entenderia, talvez com toda a razão. E se eu tivesse de olhar nos seus olhos, acho que já não teria coragem de levar adiante o que tenho de fazer.

Amhal precisa de mim. E eu, já me dei conta disto, sem ele não consigo viver. Tentei explicar-lhe, há alguns dias. Só eu posso salvá-lo, Amina, e só ele pode me salvar. Pertencemo-nos de uma forma tão profunda que, talvez, nem consigamos entendê-la direito. Somos um do outro. E eu tenho de ir.

Eu lhe peço, perdoe-me. Não é um adeus. Se ainda me quiser, quando eu voltar - porque eu juro, voltarei -, estarei pronta a recomeçar daqui mesmo, deste terrível momento em que sou forçada a deixá-la.

Você é a única amiga que já tive e sentirei terrivelmente a sua falta.

Até mais,

Adhara

Começou a rasgar a carta, uma frase após a outra, devagar, engolindo os soluços com raiva. E, enquanto isto, amaldiçoava do fundo do coração aquele nome. Mesmo assim, sob a camada espessa do rancor, estava preocupada com a amiga. Se pudesse, iria com ela. *E é isto mesmo que vou fazer. O mais cedo possível. Mandarei às favas todo este pessoal que me cerca e controla os meus passos, e irei juntar-me a ela. Só para lhe dizer como a odeio e para cuspir na sua cara que não quero vê-la nunca mais.*

Jogou-se na cama e começou a mordiscar os lençóis. Estava furiosa. E não só por aquela traição, mas sim também porque, apesar de tudo, queria um bem desesperado à única pessoa que sentia parecida consigo mesma.

Desta vez, quem foi visitar Dubhe foi Neor. Descera aos subterrâneos do palácio, onde a mãe estabelecera o quartel-general do seu sistema de espionagem. A costumeira sala escura em que se debatiam os negócios mais importantes e urgentes.

Dubhe sentou-se.

– Por que não convocou seu pai também?

Neor apreciou a maneira com que a mãe ia direto ao ponto e discernia a essência das coisas.

– O que vim lhe dizer não seria do seu agrado, mas precisa ser dito.

Um lampejo de compreensão brilhou nos olhos da rainha.
— Encarregarei do serviço um homem de confiança, alguém com bastante experiência — disse.
— Nada encontramos no seu espião, como já sabe. Nenhum contato suspeito, uma família imaculada, nenhum ganho repentino que possa levar a pensar numa traição. Parece simplesmente que o seu homem enlouqueceu de repente, decidindo atacar Amina ou Mira.
— Aí tem coisa.
— Pois é. Mas está muito bem escondida.
Ficaram por alguns momentos em silêncio.
— De qualquer maneira, por que quer que San seja novamente vigiado? — prosseguiu a rainha.
— Há uma semana foi ver meu pai e pediu para ser destacado para Damilar. Disse que o seu aluno, pois Amhal tornou-se agora seu aluno, precisava mudar de ares, e que ir trabalhar por aquelas bandas era uma boa maneira de desanuviar a cabeça. Também disse que era a solução ideal porque Amhal, tendo sangue de ninfa, era imune ao contágio.
Dubhe apoiou os braços na mesa.
— Não chegou a comentar comigo...
Neor deu de ombros.
— Não havia motivo. Um mero deslocamento de tropas, nada que poderia interessar-lhe.
A rainha pareceu perder-se momentaneamente nos próprios pensamentos.
— Suspeita de San?
Neor suspirou.
— Nada tenho em minhas mãos. Mas o fato de o seu espião ter acabado daquele jeito deixa-me de alguma forma perplexo. E agora esta decisão repentina, como se San estivesse a fim de sair de perto... Nem se trata de indícios. São apenas... motivos de reflexão.
Dubhe sorriu e levantou-se.
— Naquela área tenho um homem no qual confio cegamente. Mandará relatórios diários.
O príncipe anuiu.
— Posso acompanhá-lo? — perguntou a rainha.

Neor aceitou. Sabia que ela gostava: cuidar de alguma forma dele, acudi-lo como se ainda fosse uma criança. Era um sentimento que compartilhava: ele mesmo acompanhava com preocupação o crescimento dos filhos, pois sabia que cada dia que se passava afastava-o deles. Muito em breve, já não precisariam do pai, e de algum modo aquilo o magoava. Porque ele, ao contrário, ainda precisava daquelas cabecinhas apoiadas no seu peito, daqueles olhares que pediam proteção, segurança ou um simples carinho.

Percorreram os corredores em silêncio, cada um aproveitando a proximidade do outro.

Uma criada veio correndo ao encontro deles.

– Majestade! Procurei-vos por toda parte!

– Estava ocupada. – A jovem encontrava-se branca e ofegante.

– Acalme-se. O que houve?

A criada levantou os olhos cheios de terror.

– Majestade, o rei está passando mal!

Adhara ficou andando no limite das suas possibilidades, gastando as botas, primeiro, nas ruas desconexas de Makrat e, depois, nas trilhas entre bosques e pradarias que levavam à sua meta.

Kalth dera-lhe um mapa no qual havia desenhado todo o itinerário. Marcara até uns lugares onde poderia parar e passar a noite.

– É uma área muito frequentada pelos militares e, portanto, está cheia de hospedarias onde descansar.

No começo, Adhara preferira evitá-las. Não tinha vontade de ver ninguém e também receava que alguém estivesse no seu encalço. Não fazia ideia do que Neor iria pensar da sua fuga e estava com pavor de que viessem procurá-la. Afinal de contas, também tinha um encontro marcado com Theana, dali a alguns dias: era esperada para a primeira sessão em busca da sua memória. Foram forçadas a adiar devido à morte de Mira, mas o Ministro Oficiante enviara a própria Dália para que a avisasse pessoalmente da nova data.

Deixara o vidrinho com as ervas no seu quarto, no palácio. Não tinha o menor interesse em saber quem era. Os Vigias, os Consagrados... Todas palavras, nesta altura, desprovidas de sentido. Agora corria à cata do seu futuro, e já não se importava em saber de onde vinha.

E então começou a sua longa jornada.

Logo que deu os primeiros passos fora do palácio, ficou surpresa, pois pareceu-lhe estar num outro mundo. Na corte, apesar da perceptível tensão, a atmosfera era, ainda assim, aceitável. Sim, claro, a doença, a preocupação e a dor pela morte de Mira. Mas afinal de contas sentiam-se seguros, e a vida continuava como de costume.

Mas não lá fora, onde era o fim do mundo. Ninguém nas ruas de Makrat, à noite. As pessoas viviam protegidas atrás das janelas, procurando uma impossível salvação. Só uns vultos sombrios se moviam furtivos, impelidos por sabe lá quais negócios escusos.

O primeiro obstáculo foi sair da cidade. Tinha esquecido por completo a vigência da quarentena. Cada segmento das muralhas era vigiado por guardas armados que perscrutavam a noite. Adhara aproximou-se tentando desesperadamente encontrar uma saída. Mas estava com sorte. De repente, gritos, e o guarda que se encontrava acima dela correu para um local indefinido, à sua direita. Então ruídos de armas. Obviamente, alguém tentara passar. Ela aproveitou a oportunidade.

Escalou o muro o mais rápido que pôde, com os dedos que doíam pelo esforço, e quando chegou ao topo atravessou sorrateiramente o passadiço até o outro lado. Olhou para a direita: três guardas e os reflexos de lâminas agitadas no ar.

Deixou-se escorregar pela pedra nua e então os viu. Amontoados aos pés da muralha, gemendo:

– Tenham dó!

– Abram aquela porta!

– Deixem-nos entrar!

– Meu filho está morrendo!

Uma multidão de infelizes apinhados ali embaixo. Ondeavam ao longo da muralha como vagas de um mar vivo, os braços esticados para o que consideravam a sua última esperança. Alguns tentavam subir, agarrando-se nas pedras, mas na maioria dos casos perdiam a presa e caíam em cima dos outros. E mesmo que alguém conseguisse chegar ao topo, havia os soldados esperando por ele.

Logo atrás, barracas, um acampamento inteiro de infelizes, prontos a arriscar tudo para alcançar a cidade dos sonhos, a cidade em que todos eram saudáveis. Havia fedor de fumaça e de podridão, e Adhara sentiu-se tomar de enjoo. Correu frenética ao longo do último trecho

do muro e, então, simplesmente deixou-se cair no chão, esgotada, com a cabeça que rodava. Todos ficaram imediatamente à sua volta.
— Veio buscar a gente?
— Por que está indo embora?
Apalpavam-na, observavam-na. Vestidos de trapos, exaustos após a longa viagem, famintos. Adhara gritou, procurou desvencilhar-se e, a duras penas, conseguiu se afastar.
— Louca! Desistiu da salvação para vir morrer entre nós! — berrou alguém.
Quando já dispunha de mais espaço ficou de pé num salto, apertou a mochila no peito e começou a correr.
Só parou quando já não se via barraca alguma no horizonte. Só então desmoronou no chão, com ânsias de vômito que a sufocavam. Ficou na relva, como aquele primeiro dia, no gramado. Mas não havia o calor do sol em cima dela agora, e sim a cruel friagem do luar.
Eu não achava... não imaginava...
As vozes e as mãos daquelas pessoas continuavam a atormentá-la, sentia-as ainda no corpo, ricocheteavam de um lado para outro da sua cabeça. Deitou-se de costas e olhou para o céu estrelado. A lua brilhava com uma luz funérea. Tudo era tão calmo, tão imóvel e perfeito... E ficou imaginando por quê. Por que tudo aquilo estava acontecendo? O que fizeram para merecer aquele castigo?
Em torno dela não havia vivalma. Arrastou-se lentamente até algumas árvores não muito longe dali e apoiou-se num tronco. Apertou no peito a mochila e derramou algumas lágrimas de medo e frustração.
Em seguida deixou que o sono a levasse.

27
CAOS

Naquela primeira manhã, Adhara acordou ao alvorecer. Ainda tinha um nó na garganta por aquilo que vira na noite anterior. Mas fez um esforço para se levantar, molhou o rosto com a água de um regato que corria ali perto e, finalmente, encheu os cantis. Caminhou o dia inteiro sem parar, com os pés em chamas e as pernas que imploravam misericórdia. Os meses no palácio, de alguma forma, haviam-na enfraquecido. Já não estava acostumada com longas marchas. Mas se forçava a ir adiante. Pois, com o passar das horas, a falta de Amhal se tornava cada vez mais premente, até transformar-se numa verdadeira sensação física. Precisava vê-lo, senti-lo ao seu lado. E enquanto andava, pensava em tudo aquilo que se haviam dito naqueles últimos tempos. Nunca mais deixaria que ele fosse embora. Porque ela era a parte melhor do rapaz. Só ela podia arrancar a fúria do seu coração e preencher o vazio que a morte de Mira cavara no seu peito. E, portanto, não importava o cansaço, nem a chuva que de vez em quando a molhava. A única coisa que interessava era alcançar a meta.

Estava percorrendo a estrada principal que ligava o Norte a Makrat. Cortava em dois a floresta e, apesar de mergulhada no bosque, era bastante larga e muito frequentada. Principalmente por soldados. Aos bandos. De semblante cansado e triste, via-os marchar conformados. Alguns avançavam na sua mesma direção, e então podia ler em seus rostos o medo e o mudo desespero de quem sabe que está indo ao encontro de um destino marcante. Outros, por sua vez, voltavam para Makrat, e seus olhos refletiam o horror do que haviam sido testemunhas.

À noite decidiu parar numa hospedaria que lhe fora aconselhada por Kalth. Mas teve, primeiro, de deixar que a examinassem: controlaram cada pedacinho visível da sua pele e pediram até que tirasse o casaco. Ficou praticamente nua, os braços apertados nos seios, diante de soldados que olhavam para ela com desejo.

Enquanto jantava, ouvia as conversas deles:
– Os poucos não contaminados saíram correndo e fecharam as portas atrás de si. E então incendiaram tudo. Quando a gente chegou, não dava para fazer mais nada. Mas ainda podíamos ouvir os gritos. O vilarejo inteiro era uma bola de fogo, o calor insuportável. Mas eles continuavam berrando, berrando, berrando. Gritos desumanos. Ainda os ouço, à noite, e não me deixam dormir. Os saudáveis nos atacaram. Queriam roubar as nossas armas e ir para Makrat, disfarçados.
– E vocês, o que fizeram?
– Acabamos com eles. Não havia outro jeito. Estavam armados, e já tinham matado três dos nossos.

Adhara sentiu o sangue gelar nas veias. Não tinha imaginado que se pudesse chegar àquele ponto.

No dia seguinte, enquanto estava a caminho, achou que aquela estrada era a única salvação. Às suas margens, o abismo. O que escondia aquele bosque? Quantos vilarejos cheios de doentes em agonia? E quais horrores se perpetravam na escuridão das árvores? Quantos homens queimados, quantos inocentes chacinados?

À medida que avançava, o caminho enchia-se de aflição e desespero. Retirantes, muitos deles feridos, todos famintos e cansados. Foragidos de aldeias empesteadas, levando consigo somente o mínimo indispensável, moviam-se como fantasmas. Seus olhos só tinham um lampejo de luz quando se falava em Makrat.

– Dizem que há um encantamento que protege as muralhas, que não deixa a doença entrar – contou alguém certa noite, numa pousada em que Adhara se hospedara.

Teve vontade de falar a verdade, de dizer que muito em breve Makrat também sucumbiria, que ninguém podia resistir ao que estava acontecendo. Não demoraria para a peste se alastrar por toda parte. Mas para quê? Aquela vaga esperança era a única coisa que ainda sobrava ao pobre homem, de que adiantaria tirá-la dele?

Depois começaram a aparecer os doentes. Largados à beira da estrada. E os corpos. Dos que não haviam resistido, dos que tinham morrido devido às privações, dos que foram atacados pela doença enquanto buscavam a salvação.

As pessoas seguiam em frente, procurando evitá-los. Às vezes chegavam homens vestindo chamativos trajes roxos, seus rostos marcados por profundas manchas escuras.

– São os Caridosos. Pessoas que tiveram a doença mas que se salvaram. A peste, no entanto, não perdoa, e deixa no corpo aquelas marcas pretas – explicou um sujeito enquanto os homens de roxo recolhiam os cadáveres. – Cuidam dos mortos e dos moribundos. Podem fazê-lo: já não adoecem mais.

Adhara forçou-se a aceitar tudo aquilo. A piedade não era um luxo ao alcance de qualquer um por aquelas bandas. Tinha de seguir em frente, até chegar a Damilar, até encontrar Amhal. E por isto aprendeu a ser insensível, a manter a cabeça baixa enquanto deixava léguas e mais léguas para trás.

Avistou o acampamento na tarde do quarto dia. Estava esgotada.

Voltara a chover, e o ar estava frio. A base apareceu como um incerto amontoado de luzes que brilhavam trêmulas entre as árvores.

Naquela manhã havia deixado a estrada principal para adentrar-se na mata. A Floresta do Norte desenvolvia-se no sopé dos Montes de Rondal e era diferente de qualquer outro bosque que ela conhecia. Tinha algo de sombrio e arcano, que assustava. Quase todas as árvores eram coníferas muito altas, retas e escuras, que espalhavam no chão um tapete de agulhas mortas que estalavam sob os pés. Não se ouvia o canto de pássaros, só um indefinido frufru, como se alguém a observasse e espionasse os seus passos. Era um silêncio ameaçador, hostil. E fazia frio. Adhara tinha de apertar a capa em volta do corpo para não deixar o gelo penetrar em seus ossos.

Durante o dia todo o caminho fora em aclive, às vezes bastante íngreme, e ela já não tinha força nas pernas esgotadas. Percorrera o último trecho na mais completa escuridão, só podendo contar com a fraca luminosidade do céu e aguçando os olhos para não perder o rumo. E então aquelas luzes trêmulas, funéreas, que lhe haviam devolvido alguma esperança.

Pouco a pouco, o caminho ficou mais largo, apareceram as primeiras tendas improvisadas e um cercado de madeira, completamente fechado e vigiado por guardas armados. Lá dentro, gritos e confusos gemidos. Adhara apertou ainda mais a capa em volta do corpo.

E agora? Sabe-se lá onde Amhal estava. Talvez fosse melhor perguntar. O que ele iria pensar ao vê-la?

Avançou em silêncio pelo acampamento, acompanhada pelos olhares e comentários hostis das pessoas que saíam das barracas. Olhou em volta, inquieta. Ainda não estava na zona militar: aqueles eram retirantes. A palavra "estrangeira" ecoava de boca em boca. Tomou coragem e aproximou-se de uma pequena família reunida em volta de uma fogueira.

– Estou procurando o acampamento militar de Damilar.

Os três apertaram-se uns contra os outros e se retiraram rapidamente para dentro da tenda, brindando-a com um olhar carregado de ódio.

– Não tenham medo! – tentou insistir Adhara, mas logo percebeu que muitos outros já haviam formado um círculo em torno dela. Sentiu-se tomar de medo e levou a mão ao cabo do punhal.

– É uma estrangeira.

– Será que tem sangue de ninfa?

– Os cabelos certamente não são humanos.

Adhara sacou instintivamente a arma, enquanto um homem armado de bordão se aproximava.

– Quem é você?

– Só estou procurando o acampamento militar de Damilar – respondeu ela, procurando baixar a lâmina.

– Só as ninfas não têm medo de vir para cá. Você é uma mestiça?

– Sou... – As palavras morreram na sua garganta. Pois é, quem era? O que era ela?

– Está trazendo a doença, a maldita! – berrou uma velha.

Foi como se estivessem esperando por aquele sinal. Um só grito da pequena multidão e todos caíram em cima dela.

Adhara sentiu-se sufocar. Pontapés, socos, empurrões. Ficou em pânico, pois sabia que aqueles homens não parariam até derramarem o seu sangue. Eram movidos por um terror cego, e nada dá tanta força quanto o medo. Perdeu o punhal e procurou, então, defender-se com unhas e dentes. Gritou, mas o seu grito perdeu-se no rumorejar indistinto dos que a estavam linchando. De repente, no entanto, percebeu que se estava criando algum espaço em

torno dela. Ouviu um barulho familiar. O de uma lâmina, de uma enorme lâmina que fendia o ar. Abriu os olhos e a viu: a espada de Amhal que criava o pânico no meio daquelas pessoas. Borrifos de sangue e três corpos tombaram no solo, sem vida. Foi suficiente. A multidão abriu espaço.
    Lá estava ele. Segurando a espada com firmeza, em posição de guarda. E um olhar terrível, de pura ferocidade.
    – Deixem-na em paz e voltem para onde vieram – intimou.
    A multidão demorou mais uns instantes, mas os corpos no chão foram mais convincentes do que qualquer palavra, e o pessoal dispersou-se.
    Adhara ficou um momento olhando para Amhal e, então, levantou-se e correu para abraçá-lo.

Estava numa tenda. Num canto, um catre, e no meio uma pequena fogueira. Num boneco havia a couraça de Amhal, com a espada apoiada ao lado. Adhara estava envolvida num pesado cobertor e observava o fogo.
    Amhal não lhe dissera uma única palavra desde que ela chegara. Salvara-a, levara-a para a sua tenda, cuidara dos seus ferimentos e dera-lhe de comer. Depois desaparecera. E agora ela estava sozinha.
    Quando ele a livrara do linchamento, não pensara em outra coisa a não ser na felicidade de reencontrá-lo. Agora, no entanto, podia ver com mais nitidez a cena. Os corpos no chão, Amhal que os ceifava com um só movimento da espada. A fúria em seus olhos, a frieza com que matara aquelas pessoas. Escondeu a cabeça entre os joelhos. Que fim levara o *seu* Amhal?
    Chegou naquela mesma hora. O rosto tenso, cansado. Adhara levantou os olhos e esperou. Queria que ele desse o primeiro passo, que lhe dissesse alguma coisa, qualquer coisa. Mas ele limitou-se a sentar-se, de olhos fixos nas chamas.
    – Está zangado?
    Levou alguns momentos antes de responder:
    – Este não é um lugar para você.
    – Qualquer lugar onde você esteja é o meu lugar.
    Ele fez um gesto irritado.

– Mas que diabo, Adhara, não está vendo onde estou? Será que não reparou na estrada? Nas pessoas que quase a mataram?
– Claro. E também sei que muito em breve será o mesmo em todo o Mundo Emerso. Esta coisa não pode ser detida, vai acabar devorando tudo.
Amhal voltou a olhar para o fogo. As chamas jogavam na sua face sombras desiguais. Seu rosto estava marcado. Só fazia uma semana que ela não o via, mas tinha mudado. Naqueles poucos dias de permanência naquele lugar havia acontecido alguma coisa.
– Matou aqueles homens...
– Veio para me dar um sermão? Estavam a ponto de linchá-la, o que eu deveria fazer? Este não é um lugar para escrúpulos morais. É onde a minha fúria sente-se em casa.
Adhara olhou para ele intensamente.
– Você nunca deveria ter vindo para cá...
– O que está fazendo aqui? – replicou ele, fingindo uma segurança que não tinha.
– Você sabe.
– O seu não é amor, Adhara. Acha que é, mas não é nada disso.
– Talvez não saiba muito da vida, mas...
– Eu a salvei – interrompeu-a ele, implacável – e por isto acha que me ama, porque fui o seu único ponto de referência por muito tempo, por tempo demais. Mas o seu amor não passa de gratidão. É uma espécie de obsessão.
Adhara controlou as lágrimas. Não queria dar-lhe a satisfação de vê-la chorar.
– Não é dizendo isso que me convencerá a ir embora.
Amhal procurou tirar do olhar qualquer sinal de fraqueza. Mas Adhara ainda conseguia ver, por trás das pupilas, todo o bem que havia nele, a sua parte melhor.
– Este lugar está a consumi-lo – disse. – Mas há um lado bom em você, ainda existe o rapaz com o qual fiz a viagem linda e terrível até Makrat. Há o soldado que me salvou naquela noite, o jovem que tentou desesperadamente devolver o meu passado. Há a pessoa que lutava contra a fúria que tinha por dentro e que a derrotou.
Amhal sorriu amargamente.
– Nunca cheguei a derrotá-la.

Ela ignorou.

– Quer saber mesmo por que estou aqui? Porque não consegui impedir que partisse, que viesse jogar fora a sua alma neste lugar, mas ainda posso evitar que se deixe afundar por completo. Porque tenho certeza absoluta de ser a única pessoa capaz de salvá-lo.

Fitou-o com toda a determinação que sentia no coração, aquela fé cega que a levara até lá através do horror. E viu uma brecha abrir caminho no olhar dele, alguma coisa que rachava a casca grossa que estava construindo à sua volta.

– Gostaria que não estivesse aqui, vendo aquilo que eu sou forçado a ver... – murmurou Amhal.

– Vamos voltar – disse ela, tocando no braço dele.

O rapaz meneou a cabeça.

– Este é o meu lugar, sempre foi. É o que eu mereço. – E havia tamanho desespero em seus olhos, tamanha aflição, que Adhara ficou por um momento em silêncio. Estava a ponto de rebater, quando a cortina na entrada se abriu.

San, por sua vez, continuava o de sempre. Seguro de si, fascinante.

– Interrompi alguma coisa? – disse, juntando-se a eles, perto do fogo.

Adhara olhou para ele com ódio. Até gostara do homem, no começo. Aquela aura de herói, o seu inato carisma também a tinham seduzido. Mas agora já não conseguia não detestá-lo. Porque de alguma forma sabia que quem roubava Amhal dela era ele.

– Esta noite vamos patrulhar juntos – disse San. Em seguida, virando-se para Adhara, acrescentou: – Amanhã de manhã arrumarei uma escolta para levá-la de volta a Makrat. Haverá a quarentena, é claro, mas se conseguir provar que tem sangue de ninfa poderá entrar.

– Não pretendo sair daqui – disse ela, convencida.

San sorriu com condescendência.

– Este não é um lugar para moças.

– É onde Amhal está, e portanto é o meu lugar.

– Se ficar, não posso garantir a sua incolumidade.

– Não é isso que estou pedindo.

O sorriso acabou desaparecendo do rosto de San, e Adhara achou que podia finalmente vislumbrar a verdadeira face daquele homem, um rosto impiedoso.

– Eu e Amhal não estamos aqui de brincadeira. Fomos destacados para cá, está entendendo? E na sua viagem deve ter reparado nas condições em que se encontra esta área. Temos uma tarefa a cumprir, e Amhal não pode ficar tomando conta de você.
– Não estou pedindo nada a Amhal. E não vou ser um estorvo. Sei defender-me.
– Deu para ver, lá fora – replicou San, sarcástico. – Não pode ficar aqui – insistiu.
– San! – interveio Amhal, com um olhar significativo.
O homem pareceu entender.
– Estou falando isto por você, meu rapaz... O que foi que disse, quando me pediu para irmos embora? Acha mesmo que esta seja a melhor maneira de deixar tudo e todos para trás?
Amhal suspirou.
– Ela vai ficar. Não há jeito de você conseguir convencê-la.
Adhara reparou que ele já não o chamava de senhor.
San levantou-se.
– Como quiser. – E saiu.
Adhara olhou para Amhal, agradecida, mas ele não se virou, para então levantar-se também.
– Vou arrumar-lhe uma acomodação.
– Obrigada.
– Não me agradeça – rebateu, ainda de costas. – Teria preferido que ficasse onde estava, que me esquecesse.

No terceiro dia ficou claro. Era a peste. Learco não estava agonizando na cama devido a uma indisposição passageira e tampouco por causa da febre vermelha. Era a peste. Seu corpo já começava a ficar cheio de manchas negras.

Um verdadeiro batalhão de sacerdotes veio ao palácio, a própria Theana apareceu para cuidar pessoalmente do caso. E, enquanto isso, três serviçais mostraram os primeiros sinais da doença. Foi o caos. Uma ala inteira do palácio foi fechada, os aposentos reais foram mudados para uma área isolada, guardas armados ficaram postados entre a porta da ala infectada e a considerada ainda saudável, com a ordem de não deixar passar ninguém. Dubhe trancou-se lá dentro com o marido. E Neor ficou sozinho.

Já sabia disto, desde o começo. Estavam tentando lutar contra uma tempestade, de mãos vazias. Um furacão daquele tamanho não podia ser contido e, mais cedo ou mais tarde, chegaria até ali atropelando todos.

Só, na penumbra da sua sala, ouvia as últimas notícias.

– Sua Majestade ficou inconsciente hoje de manhã. Desde então, não recobrou os sentidos.

Neor não se mexeu.

– Continue – disse com frieza.

– Mais três casos na mesma área, e os dois sacerdotes que passaram mal ontem abandonaram seus postos: não têm condições de continuar. O Ministro Oficiante está dando tudo de si, mas as curas não parecem surtir efeito.

– E a rainha? – perguntou com voz gélida.

– Por enquanto está bem.

Neor fechou por um momento os olhos.

– Pode ir – disse, e o homem deixou o aposento fechando delicadamente a porta atrás de si.

Fazia frio naquela sala, um gelo que se insinuava sob a pele, até os ossos. Recostou a cabeça no espaldar do assento.

Pensou no pai, naqueles trinta anos juntos que o destino lhes concedera. Pensou em seus tempos de criança, quando ainda podia andar. Lembrou as brincadeiras com ele, a imagem que dele tinha: um homem indestrutível, um grande soberano.

Relembrou os dias que se haviam seguido ao acidente, voltou a ver a figura prostrada do pai, curvado sobre a cama, segurando sua mão. Mesmo na dor, mantinha intata a sua grandeza, e quando o percebia ao seu lado, Neor sentia-se seguro.

– Sou um homem pela metade – dissera-lhe certo dia, passando a mão nas pernas inertes. O olhar do pai tornara-se duro, tanto assim que chegou a pensar que iria esbofeteá-lo. Uma bofetada que, na verdade, não chegou.

– Nunca mais diga uma coisa dessas. O que conta não é o corpo. É o espírito. Se deixar que o desespero vença, se você se deixar abater, será de fato um homem pela metade, só capaz de chorar suas próprias mágoas. Mas se for forte, a sua alma voará bem alto, acima dos grilhões desse corpo.

Foi com estas palavras que ele se salvou, foi por elas que chegou aonde estava.

Lembrou a última vez que estivera com ele. Antes de trair a sua confiança, pedindo que a mãe mandasse espionar o homem que o rei respeitava mais que todos, que quase considerava um segundo filho. Tinham passeado juntos no parque. Dissera ao pai que ele parecia um tanto pálido, um tanto cansado.

O monarca dera uma gargalhada.

– É o que chamam de velhice. Cada dia que passa, ela puxa você um pouco mais para o túmulo, e aí custa cada vez mais levantar-se da cama, as juntas não funcionam direito. É o ciclo da vida, Neor. Já faz um bom tempo que me conformei.

Uma lágrima desceu pela sua face. Nunca mais iria vê-lo, não iria acompanhá-lo nestas últimas horas nesta terra. Gostava de visitá-lo, de chorar na sua cama e compartilhar o seu destino, mas não podia. Devia manter-se saudável. Devia salvar o reino do pai.

Aproximou-se da mesa e tocou uma campainha. Depois de alguns minutos chegou o homem que chamara, um dos mais fiéis conselheiros.

– Apronte um pelotão com dez homens escolhidos entre os meus guardas pessoais, peça à minha mulher e aos meus filhos para se prepararem para partir. Só poderão levar consigo o indispensável. Reúna os conselheiros e transmita estas mesmas ordens: suas famílias também poderão ir conosco, mas nada de bagagem. Mande arrear um número suficiente de dragões para nos levar a Nova Enawar.

– Meu senhor... E o reino? E quanto ao rei e à rainha?

– A partir deste momento, assumo as rédeas do governo. A corte desloca-se em peso para Nova Enawar.

O conselheiro fitou-o atônito.

– Ouviu o que eu disse? Então mexa-se! – disse, seco, Neor, e o homem baixou a cabeça em sinal de assentimento.

E ficou sozinho. Mais uma vez. Como de agora em diante sempre estaria.

28
ALÉM DA FRONTEIRA

Não foi fácil, para Adhara, encontrar alguma coisa para fazer no acampamento. No primeiro dia tentou ficar encarregada de alguma tarefa militar, mas o comandante riu na cara dela.

— Acha que qualquer um pode ser soldado assim, da noite para o dia? Acha que basta usar um punhal na cintura para ser um de nós? O lugar de uma mulher é nas tendas dos retirantes ou em casa, onde, aliás, você deveria ter ficado.

Procurou então falar com Amhal, naquela mesma noite, quando ele voltou da sua ronda. Chegou cansado, com a espada manchada de sangue, os olhos apagados.

— Preciso ir com você.

Ele fitou-a sem vê-la.

— Deixe-me sair em missão com você e San.

— Não é um lugar para você.

— É o que todos me dizem desde que cheguei, mas ninguém sabe de fato quem sou ou do que sou capaz. Mas você sabe, sabe muito bem, que sei enfrentar uma luta.

— Não se trata de lutar. Você simplesmente não pode vir com a gente. Não há mais nada a dizer — disse ele, ríspido, para encerrar a conversa.

E Adhara ficou só. Passou um dia inteiro na tenda, à espera de entender o que realmente tinha vindo fazer naquele lugar, de como poderia ajudar Amhal. De repente a sua viagem pareceu-lhe uma loucura. Havia mentido a si mesma, enfeitando a façanha com significados heroicos que na verdade ela não possuía. Não fora até lá para salvar Amhal. Tinha ido porque sentia a sua falta, pois não podia viver longe dele. A verdade era esta.

À noitinha ele apareceu de novo na tenda, esgotado, e não sobrou espaço para as palavras. Jantaram com San, e Amhal e o novo mestre passaram o tempo todo conversando sobre trabalho e adestramento.

– Sinto muito orgulho do seu progresso na magia. Um leve sorriso por parte de Amhal.
– Vejo que está entendendo a natureza de algumas fórmulas e está começando a dominá-las com competência. Muito em breve vou ensinar-lhe um novo truque. É uma fórmula bastante poderosa, que alguns chamam de Relâmpago Escuro.
Ao ouvir aquele nome uma luz se acendeu na cabeça de Adhara. Quando já era hora de ir para a cama, ela se aproximou de Amhal. Segurou-o pelo braço e o forçou a fitá-la nos olhos.
– Está lhe ensinando a Magia Proibida, não é verdade?
Ele deixou vaguear o olhar pela escuridão do acampamento, enquanto os gemidos dos doentes preenchiam a noite. Desvencilhou-se.
– Não se meta, você não tem nada a ver com isso. – E dirigiu-se para a sua tenda.
– Lembro-me daquele nome – insistiu ela, acompanhando-o. – Encontrei num livro enquanto procurava pistas do meu passado. É uma mágica inventada pelo Tirano. O que é que ele está fazendo com você, Amhal?
Deteve-o de novo na entrada da barraca, apertando sua mão.
– Ensina-me a descobrir quem sou – respondeu ele entre os dentes.
– Você não é nada disso e nunca será. Aquele homem tem uma péssima influência sobre você, será que não percebe? Você mudou muito nestas últimas semanas, quase parece que se rendeu, que não quer mais lutar contra a fúria que se aninha no seu peito.
– Não há coisa alguma contra a qual lutar – replicou ele, frio. – Eu *sou* aquela fúria. É o primeiro sentimento de que tenho lembrança, é a constante da minha vida. Tudo o mais se transforma, se modifica, mas ela fica lá, imutável. Eu estou fadado a este lugar, e a minha espada está fadada a matar, a chacinar. É a única coisa que eu sei fazer.
– Mas será que não se dá conta do que está dizendo? Era isso o que Mira desejava, era isso que ele queria de você?
Um momentâneo brilho pareceu acender-se nos olhos de Amhal. Apertou os lábios.
– Saia daqui. Vá dormir e deixe-me em paz! – Em seguida desvencilhou-se e desapareceu na tenda.

Adhara passou a noite sem dormir. Sentia-se impotente. Ficou imaginando se não seria melhor voltar de vez para casa, para o palácio. Mas ainda havia alguma coisa que a retinha ali.

E então, na manhã seguinte, envolveu os cabelos num lenço, para esconder seus cachos azuis e evitar que a multidão, desesperada, a atacasse de novo. Depois de pintar na pele manchas pretas postiças para parecer uma sobrevivente à peste, foi ao recinto onde eram mantidos os doentes e falou com um homem cujo rosto era quase todo preto, a não ser por uma pequena mancha ainda rosada em volta do olho esquerdo.

– Quero trabalhar com vocês – disse.

O homem ficou olhando para ela por alguns instantes.

– Apresente-se lá no fundo e peça um dos nossos uniformes. Pode começar agora mesmo.

Adhara foi à tenda que lhe fora indicada. Iria ficar, do único jeito que podia. Iria vê-lo todas as noites, e toda noite enfrentaria a mesma batalha da noite anterior, lutaria contra San, pela alma de Amhal. E não iria render-se.

Para Amhal, era como se pouco a pouco tudo desaparecesse do seu campo de visão. Já quando estava viajando para Damilar, na garupa de Jamila, percebera que alguns dos elementos da sua vida haviam ficado fora de foco. No começo aceitara a novidade quase com alívio. Porque o primeiro a desaparecer fora o sofrimento pela perda de Mira. As lembranças do treinamento, dos dias passados juntos, tinham paulatinamente sido engolidas por um denso esquecimento que embotava os sentidos e amenizava a dor.

Mas tudo nele havia começado a desmoronar. A sua vontade de lutar contra si mesmo, as coisas nas quais até então acreditara. O sofrimento que descobrira naquele lugar parecia corroê-lo, comê-lo vivo.

Em Damilar a sua espada já não servia para proteger, pois nada sobrava para ser defendido. Só prestava para desmembrar, ferir, destruir. A matar quem tentava fugir do recinto dos doentes, a reprimir com violência as brigas entre os retirantes nos arredores do acampamento e, ainda, a impor nos vilarejos o respeito da quarentena. Mas com que finalidade? Só havia morte, por toda parte. À sua volta as pessoas adoeciam. O mesmo pessoal com que de manhã você falava, queixando-se da chuva ou do frio, muitas vezes à noite já agonizava com as primeiras manchas cobrindo-lhe a pele. Alguns saravam, isto é verdade, mas ficavam marcados pelo resto da vida. Não se podia afundar no inferno e voltar de lá íntegro. Os que sobreviviam à doença eram fantasmas. Guardavam a morte dentro de si. E enquanto isto, a cada dia que passava, a cada hora, a fúria aumentava. Antes de chegar àquele lugar, Amhal não estava acostumado com o homicídio. Só matara umas poucas vezes na vida, sempre com um grande sentimento de culpa. Agora não havia um só dia em que a sua espada não ceifasse alguma alma. E tudo parecia inteiramente normal. No seu coração, a fúria se regozijava, selvagem, e incitava-o a apagar novas vidas, a afundar mais e mais a lâmina na carne.

A fúria e San eram as únicas coisas vívidas em Damilar. E estavam estreitamente relacionadas, Amhal já se dera conta disso. San aninhava no coração a mesma fúria. Talvez fosse por isto que sonhara com ele.

– Como é que você consegue? – perguntara-lhe certa noite. – Como pode conviver com a fúria?

– Aceitando-a – respondera simplesmente. – Tornei-a minha aliada.

– Mas não sente... horror por esta coisa que se esconde no seu peito?

San sacudira a cabeça.

– Não está vendo a fúria à nossa volta? Este é o mundo de verdade, Amhal, não o recanto dourado onde viveu até agora. Este é o lugar de onde eu venho e ao qual você pertence. Um mundo em que a fúria faz a diferença entre viver e morrer. Nós a temos, a sentimos em nós, e estamos salvos. Caberá justamente à nossa fúria acabar de vez com a morte. É por isto que nós dois não ficamos doentes.

Pouco a pouco, Amhal tinha desistido de lutar. Deixava extravasar a fúria quando matava e, pelo resto do dia, contentava-se em viver num estado de perene torpor. Era melhor não pensar. Não era a mesma coisa que viver, mas tornava aceitável o espetáculo horrendo que o cercava. Nem mesmo a chegada de Adhara conseguira mudar as coisas.

Claro, ainda sentia alguma coisa por ela, algo enterrado sob várias camadas de dor, além dos tapumes que erguera entre si mesmo e a realidade. Mas não queria entregar-se àquele sentimento. Porque ela era alguma coisa pura que queria preservar, a lembrança de uma época diferente na qual ainda tinha a ilusão de poder mudar.

O jovem que a salvara, que procurara devolver-lhe o passado, estava paulatinamente desaparecendo, e tinha de ser assim. Porque aquele jovem não era ele. O verdadeiro Amhal matava os retirantes daquele acampamento, saciava a volúpia da fúria com o sangue. E sempre havia sido assim, nunca fora outra coisa.

Mas não queria arrastar Adhara na sua queda. Ela merecia algo mais, e melhor. E quando de fato entendesse quem ele era, quando se conformasse com a sua maldade, então teria a possibilidade de esquecê-lo, de procurar uma nova vida.

Por isto a evitava, embora sentisse a sua falta. E até mesmo o desejo que sentia da sua pele e dos seus beijos tinha algo de impuro, de contaminado.

Porque eu só sei amar deste jeito, com fúria, com violência. E não quero pisoteá-la, não quero sujá-la.

Mas, por sorte, não havia muito tempo para pensar. Toda manhã, bem cedo, saía com San para patrulhar as aldeias infectadas. Tratava-se de avaliar a eficiência da quarentena, de render os que haviam trabalhado no turno da noite e, às vezes, de ir até mais longe, para controlar os demais vilarejos ainda não contaminados.

E, durante estes deslocamentos, San continuava a ministrar novos ensinamentos. Magia Proibida, por via de regra, mas também conselhos sobre a vida de um verdadeiro lutador. A palavra cavaleiro nunca era mencionada entre eles. Amhal percebia claramente que não estava sendo adestrado para tornar-se um Cavaleiro de Dragão, mas sim algo diferente.

Certa manhã chegaram a uma aldeia ainda não atacada pela peste. Umas poucas almas, não mais de trinta, que viviam barricadas no pequeno espaço do vilarejo. Recebiam tudo dos militares: água e comida. Não mantinham qualquer contato com estranhos e até queriam que fossem sempre os mesmos soldados a lhes levarem os mantimentos.

San e Amhal já haviam passado por lá uma vez. O pessoal olhara para eles com desconfiança, mas aceitara os víveres. Amhal pensara, com ironia, que, apesar de estarem lhes salvando a vida, mesmo assim eram tratados como intrusos.

Naquela manhã, ouviram logo gritos chegando da paliçada. Desembainharam imediatamente as armas e entraram. A cena que apareceu diante dos seus olhos era um verdadeiro pesadelo. Uma casa estava queimando. Na entrada, um homem se retorcia entre as chamas. Na pequena praça, que já fora lugar de permutas e confraternização, havia um grupo de pessoas armadas de forcados e podões que descarregavam sua fúria em cima de alguém. O corpo se agitava como o de um boneco, mas com força cada vez menor. Membros diáfanos, líquidos que brilhavam fracamente na luz do pálido sol que aparecera naquele dia. Uma ninfa. O seu sangue transparente estava derramado no chão, e havia quem mergulhasse nele as mãos para tomá-lo avidamente, rindo como um desvairado.

– Maldita, deixe-nos compartilhar da sua imunidade! – gritava alguém.

Uma mulher empurrava o filho para a poça de sangue.

– Beba, se beber não fica doente.

Amhal estava petrificado diante daquele horror. Lembrava os rostos esquivos daquelas mesmas pessoas, alguns dias antes, a aparência de pessoas normais, assustadas, é claro, mas que procuravam corajosamente tocar o barco, continuar com a sua vida apesar da doença e das atrocidades que as cercavam.

Agora eram uma matilha de doidos raivosos, excitados pelo sangue, enlouquecidos pelo medo. San pulou entre eles, afastando-os do cadáver da ninfa que ainda sangrava no chão.

– Beba você também, e não ficará doente! – gritou alguém.

Amhal continuava parado e incrédulo, cercado pela repentina calma que tomara conta do lugar.

– O que aconteceu? O que significa aquela casa queimando? – perguntou San.

Adiantou-se um velho, as roupas e o rosto sujos do sangue da ninfa.

– Ontem esta maldita encarnou-se na margem da floresta. Deixamos ela em paz uma vez que se mantinha fora da aldeia. Mas hoje de manhã Ceurus estava cheio de manchas pretas. Ateamos fogo na casa dele e capturamos a mulher.

O homem dobrou-se, usou as mãos em concha para pegar um pouco de sangue da ninfa e oferecê-lo a San.
— Beba, se quiser viver!
Ele ficou impassível, sem largar a espada.
— Está com ela? — perguntou outro, com ar atrevido. — Está com estas bruxas que nos envenenam e matam?
San recuou para perto de Amhal, continuando a segurar a espada.
— Feche as portas — murmurou.
— O que foi que disse? — respondeu ele, parecendo despertar de um devaneio. Ainda sentia o gelo nas veias. Não conseguia tirar os olhos da mulher no chão.
— Feche as portas, eu já disse. Esta aldeia está contaminada — disse San em voz mais alta. Em seguida virou-se para a pequena multidão. — A partir de agora, aqui vigora a quarentena. Ninguém pode sair ou entrar, as portas serão seladas. Receberão mantimentos como de costume, mas estão terminantemente proibidos de ultrapassar a paliçada.
Amhal achou que aquilo não mudaria muito a rotina do lugar. O pessoal já vivia trancado lá dentro, a não ser pelas raras idas ao bosque à cata de umas poucas coisas: lenha seca para o fogo, frutas silvestres e algum bicho do mato para os dias de festa.
— Nós somos imunes! — protestou um sujeito, abrindo caminho.
— Tomamos o sangue dela, não podemos ficar doentes. Não têm o direito de nos trancar aqui dentro!
— O sangue de ninfa não dá a imunidade — replicou Amhal, recobrando a coragem.
— E então por que elas não adoecem? — perguntou o velho que relatara o acontecido a San.
— Não sabemos — respondeu o jovem, inseguro.
— E por que vocês não pegam a doença?
— O exército toma sangue de ninfa todos os dias e não adoece!
— O exército tem a cura, mas não quer partilhá-la conosco!
A raiva dos presentes começou a aumentar, irrefreável. Uns formaram círculos em volta de San e Amhal, outros dirigiram-se às portas para forçá-las e sair.

Quando o primeiro caiu em cima de San com um podão, este foi rápido ao desferir o golpe. Afundou a lâmina e o homem tombou no chão.

A multidão ficou enfurecida.

– Assassino!

Um só grito que prorrompia de dezenas de gargantas. E, mais uma vez, foi o caos. Amhal tentou não sacar a espada. Na imagem daquele pessoal que dilacerava a ninfa, tinha visto a fúria. Ele estava se tornando como eles. E não queria. Não. Existia um limite insuperável, fronteiras que precisavam ser respeitadas. Um golpe acertou-o no braço. O seu sangue mestiço jorrou farto, transparente, e as pessoas em volta emudeceram.

– Tem sangue de ninfa...

– Traidor! Traidor!

Sobrepujaram-no, jogaram-no no chão. Braços que lhe arrancavam a roupa do corpo, bocas que tentavam mordê-lo, e berros, e mais berros. E foi então que Amhal a percebeu. Comprimindo seu esterno, gritando para que a libertasse, a fim de salvar a sua vida. A Fúria.

Recitou em voz alta o encantamento e tudo, à sua volta, tornou-se incandescente. Uma luz envolveu a pequena multidão, um calor escaldante dissolveu-a, literalmente. Quando voltou o silêncio, sete cadáveres carbonizados jaziam no chão. Mas não tinha acabado. Amhal ficou de pé, com um movimento fluido sacou a espada e deixou a raiva correr solta.

As pessoas começaram a fugir apavoradas, mas seus gritos só conseguiam excitá-lo. Perseguiu uma por uma, desentocando-as de suas casas, chacinando-as sem misericórdia onde as encontrasse. Homens, mulheres, crianças, velhos. Não fazia diferença. Só queria matar todos. Percebia San ao seu lado, fazendo a mesma coisa, e sentia-se em comunhão com ele. Eram membros diferentes da mesma mente, agiam em uníssono. As vítimas de um eram as vítimas do outro, e vice-versa, numa espécie de êxtase blasfemo. Só pararam quando já não sobrava mais ninguém vivo. Amhal estava ofegante, mas sentia-se forte, poderoso.

– Tem de queimar – disse San, cuspindo fel. – Este lugar tem de queimar até as fundações.

Saíram de lá, tomaram distância. Uma só palavra de San, e um globo de fogo tomou forma em suas mãos. Jogou-o na aldeia, que começou a queimar como palha seca. Amhal fechou os olhos, regozijando-se com aquele calor. Nos músculos doloridos, no cansaço que pouco a pouco tomava conta do seu corpo, sentia-se finalmente bem, melhor do que nunca até então.

O sentimento de culpa avolumou-se durante o caminho. Primeiro uma dor surda, no fundo do diafragma um incêndio que estourou em seu peito. De repente ficou sem fôlego e teve de apoiar-se numa árvore.

– Tudo bem? – perguntou San.

Amhal fitou-o com a expressão perdida. Pendurou-se no seu peito, pois achou que ia ser tragado por um abismo.

– O que foi que fizemos? – sussurrou.

San permaneceu impassível.

– Evocou o Relâmpago Escuro antes de eu lhe ensinar qualquer coisa. E arrasamos uma aldeia infecta, para que não levasse o contágio alhures.

– O que fizemos – voltou a murmurar. – Eram pessoas inocentes...

– Inocentes? – San franziu uma sobrancelha. – Devoraram uma ninfa para salvar suas vidas, atearam fogo à casa de um amigo para manter longe a doença. Quase te lincharam. E se os deixássemos viver, iriam espalhar a peste por todo canto, provocando mais mortes.

Amhal não conseguia compreender. Sentia-se destruído. Não podia aguentar uma coisa dessas, alguém – um deus ou, quem sabe, o acaso – iria certamente ter dó dele e matá-lo a qualquer momento.

– Uma aldeia inteira... – repetiu.

San segurou-o pelos ombros.

– Sei como se sentiu, Amhal. Você também se deu conta daquela sensação, daquela beatitude que há muito tempo não experimentava. A sensação de estar fazendo a coisa certa, a coisa pela qual nasceu.

O rapaz olhou para ele.

– Quem é você?
San sorriu.
– Um sujeito como você.
E então Amhal percebeu um vago consolo que abria caminho no seu coração e que, pouco a pouco, o enchia de uma desumana doçura. Entregou-se ao peito de San e chorou todas as suas lágrimas. Nem mesmo sabia mais por que estava chorando. Se era devido ao sentimento de culpa, ao medo ou à alegria. Sentia somente que tinha dado mais um passo, que superara mais uma fronteira, e que a partir dali não haveria mais retorno.

Quando se acalmou, retomaram o caminho. O sentimento de culpa ainda permanecia lá, mas já conseguia mantê-lo sob controle. E lá estava o horror de si mesmo, o nojo do que tinha feito e todos os vestígios do seu antigo ser. Mas já não importavam muita coisa.

Tinham quase chegado ao acampamento, àquela altura, e San virou-se para ele.

– Quando chegamos, a aldeia já estava queimando. Tentamos apagar o fogo, mas sem sucesso. Está me entendendo?

Amhal fitou-o sem pestanejar e anuiu.
San sorriu.

29
A CAPTURA

— O que aconteceu? – perguntou Adhara naquela noite.

Amhal acreditava estar com a mesma aparência de sempre. Ninguém, na base, fizera perguntas, ninguém percebera coisa alguma. Tinha retirado cuidadosamente o sangue da lâmina da espada. Mas ela vira algo diferente em seus olhos.

Apoiou a mão no seu braço.

– O que aconteceu? – repetiu.

Diante daquele olhar, sentiu-se nu e perdido. E compreendeu que Adhara estava além da fronteira que ele superara naquela manhã. Quem ele perdera para sempre era ela, enquanto se entregava à sede de sangue. E nunca poderia contar-lhe o que tinha feito.

– Nada de mais – respondeu. – Mera rotina.

– Está estranho, Amhal... mais estranho que de costume.

– Mas o que diabo espera de mim? Será que não percebe onde estamos? Você também vê os doentes, todos os dias, os vê agonizar e morrer, homens, mulheres e crianças. E ainda quer saber o que há comigo? Estou cercado de morte, eis o que há! – berrou até a garganta doer. Esperou que ela o esbofeteasse e se afastasse indignada.

Permaneceu onde estava.

– Vamos embora – disse baixinho. – Não é certamente aqui que você vai encontrar a paz.

Não, não era a paz que ele tinha vindo procurar, agora ele sabia. Desde o primeiro momento só tinha buscado a loucura. Porque quando a dor vence, quando a esperança se esvai, a loucura é a única saída. E ele escolhera este caminho de propósito.

– Não há como voltar deste lugar.

– É o que você pensa.

– Você não sabe de nada – disse, aproximando-se perigosamente do rosto dela. – Nunca soube. Achou que podia ensinar-me alguma

coisa pela sua experiência de vida, de poder entender a mim quando nem é capaz de entender a si mesma.
Adhara sorriu.
— Acha que, agindo assim, eu irei embora? Está querendo assustar-me, humilhar-me? Só conseguirá tirar-me daqui com a violência.
Ficou apavorado. Aterrorizado diante daquele amor, daquela cega perseverança, daquela força. *Por que não fui com ela quando ainda podia? Por que não confiei nela?*
A resposta era óbvia até demais. Porque ele tinha de se ver com a fúria, e sempre teria.
— Vou voltar à minha tenda — disse, e deu as costas.
— Seja o que for que houve esta manhã — gritou ela —, sempre existe um jeito de voltar atrás. Sempre!
Enquanto se afastava, Amhal sentiu duas lágrimas queimarem-lhe as faces.

A mudança para Nova Enawar não fora fácil. Tudo acontecera de repente, e a chegada da corte deixara em pânico os funcionários do Palácio do Conselho. Tiveram de arrumar espaço, de aprontar acomodações para todos.
Em seguida, a vida retomara o seu curso com uma aparência de normalidade. Mas estavam exilados, e tinham deixado atrás de si parentes e amigos expostos ao perigo da peste.
Neor procurou animar a todos. Não demonstrou qualquer sinal de fraqueza, dominou com firmeza a situação, manteve constantes contatos com a Terra do Sol e não parou um só momento de tomar decisões. Tentou tirar da cabeça a imagem do que ficara para trás, e seguiu em frente.
A doença invadira Makrat. Decidiu então dividi-la em setores fechados. Organizou zonas para os doentes, requisitou todos os Irmãos do Raio e os magos do reino para que cuidassem deles e procurassem encontrar uma cura.
Solicitou a solidariedade dos demais monarcas, queria que todos participassem, juntos, da luta contra a nova ameaça, que todos entendessem a gravidade da situação e optassem por uma política co-

mum. Organizou Conselhos, consumiu-se no trabalho. O tempo do seu pai tinha acabado. Agora cabia a ele salvar o Mundo Emerso.

Seu corpo, já franzino, tornou-se cada vez mais magro, os olhos cada vez mais fundos.

– Precisa descansar – dizia-lhe a mulher, aflita. Até ela mudara; o sofrimento arrancara todos os véus que a escondiam dos outros, tinha se livrado de vez da obsessão pelo cerimonial, transformando-se numa mulher sozinha e assustada, e pela qual Neor se apaixonara muitos anos antes.

– Não posso. O meu descanso é a morte de muitos homens – respondia ele.

Mas, principalmente, precisava afogar a dor na única coisa que lhe sobrara: o seu cargo, a coroa, a herança deixada pelo pai. E mesmo que lhe custasse a vida, iria garantir a sua integridade.

E então o dia chegou. Esperado, inelutável, mas nem por isto menos doloroso.

Um criado veio chamá-lo.

– Meu senhor, alguém veio visitá-lo, nos subterrâneos.

– Quem é? – perguntou perplexo.

– O Ministro Oficiante.

Entendeu na mesma hora, e foi como se algo se tivesse quebrado dentro dele para sempre.

Teve de pedir ajuda, pois aquele lugar não era como a sua casa, onde tudo havia sido arrumado para que ele pudesse movimentar-se à vontade com a cadeira de rodas. Detestou os homens que o levavam lá embaixo, porque teria preferido estar sozinho enquanto as lágrimas surgiam aos seus olhos cada vez mais urgentes.

Ela estava atrás de uma barreira levantada por dois magos.

– Deixem-nos sozinhos – disse aos criados que o acompanhavam.

Olhou para ela. As roupas amarrotadas, o rosto tenso, o olhar apagado. Nenhuma mancha escura na pele.

– Como está passando? – perguntou.

– Bem, por enquanto. Mas já poderia ter sido contagiada. Por isto trouxe os dois magos – respondeu ela, apontando para eles.

Neor baixou a cabeça. Se ele adoecesse agora, seria tudo inútil. O seu sacrifício, a escolha de nunca mais ver o pai e a mãe.

– Quando aconteceu?
– Oito dias atrás.
O que estava fazendo, oito dias antes, enquanto o pai agonizava na cama, longe dele, quem sabe invocando o seu nome?
– Por que está me contando só agora?
– Eu mesma queria dar-lhe a notícia.
Neor voltou a baixar a cabeça. Não queria chorar, não agora. Os tempos pediam coragem, ânimo e firmeza. Olhando dentro de si, não via nada disto. E então era preciso fingir, era necessário que o fingimento bastasse.
– Foi uma longa agonia... – murmurou consigo mesmo.
– Ficou inconsciente quando vocês partiram e não voltou a recobrar os sentidos. Não creio que tenha sofrido – disse Theana.
– E além do mais partiu sabendo que havia você, que você saberia fazer o que precisava ser feito.
Neor fechou os olhos. A pergunta queimava na sua garganta, já não podia adiá-la.
– Perguntou por mim? – murmurou, sem coragem de levantar a cabeça.
Theana aproximou-se um pouco da barreira, esticou a mão para ele. Neor desejou que aquela mão pudesse tocá-lo, acariciá-lo, no seu último momento na condição de filho.
– Não. Não perguntou. E sua mãe tampouco. Ambos sabiam, e entenderam. Você fez a coisa certa.
E então Neor chorou, abertamente, imaginando a morte solitária do pai, Learco, o Justo, que tinha feito alguma coisa que ninguém conseguira antes: dar cinquenta anos de paz ao Mundo Emerso. E partira sozinho, sem poder dizer adeus ao filho, delirando e sangrando num leito, como um homem qualquer.
Theana ficou olhando para ele em silêncio. Já tinha chorado as suas lágrimas, não havia mais.

– E minha mãe? – perguntou depois de acalmar-se.
– Adoeceu três dias depois dele. Mas a doença é menos virulenta do que a do seu pai. Quando a deixei, parecia estar prestes a se recuperar.

Neor teve um momento de alívio. Não tinha ficado só, afinal de contas.

— Quando já estiver boa, convença-a a vir para cá. Preciso dela.

Theana sorriu.

— Está irrequieta, não aguenta ficar parada. Não parou nem mesmo quando ficou doente: sempre à cabeceira da cama do seu pai, sempre ativa, até quando a febre a devorava. É o jeito de ela responder ao sofrimento. O jeito *de vocês*.

Neor nada disse. A coragem dele, pensou, nem chegava aos pés daquela da mãe.

— Estão procurando uma cura? Ou alguma coisa que evite o contágio?

— Noite e dia. Eu parei um pouco na tentativa de salvar o seu pai, mas os outros irmãos continuam trabalhando. Você nem imagina quantos deles morreram, quantos estão sacrificando tudo neste sentido.

— E...?

— Nada — disse ela, enquanto uma ruga de dor se desenhava em seu rosto. — O segredo está no sangue de ninfa. As ninfas estão ajudando muito. Afinal, estão fugindo em massa da Terra da Água. Por lá, é guerra declarada. Mas até mesmo aqui são perseguidas e mortas.

— Eu sei, recebi relatórios a respeito.

— Estou indo para lá — acrescentou Theana. — Tenciono trabalhar lado a lado com elas. Creio que as ninfas sejam a pista mais promissora.

Neor ficou um bom tempo olhando para ela.

— É um lugar perigoso.

— Há muitos Cavaleiros de Dragão por lá — replicou a sacerdotisa, aguentando aquele olhar. — E de qualquer maneira ainda falta muito. Podemos aliviar a febre, amenizar os sintomas e adiar por algum tempo a morte, mas ainda não somos capazes de curar ninguém. Os que sobrevivem o fazem por motivos que não entendemos. E são poucos, muito poucos.

— E os que não adoecem?

— Não é fácil estudá-los. Mantêm-se afastados de tudo e de todos. Mas também estamos tratando do assunto.

Neor suspirou.
— Nenhuma notícia boa para mim, então?
Theana ficou ainda mais séria.
O príncipe compreendeu que ela ainda não tinha acabado. Havia mais alguma coisa que queria contar-lhe.
— O que mais?
— Depois de tudo aquilo que aconteceu, tinha deixado de lado as investigações sobre a morte de Mira. Já não me parecia uma coisa tão importante.
Neor havia esquecido completamente o assunto. E mesmo assim fora o começo de tudo. Depois do desaparecimento de Mira, a situação só piorara: a doença, a partida de San, o exílio.
— Descobriram alguma coisa nova?
— Depois do atentado, mandei o meu pessoal analisar o corpo do assassino. A pedido de sua mãe. Ela nunca acreditou em traição e, francamente, a explicação da loucura repentina não me parecia lá muito plausível.
— E aí?
— A irmã encarregada da investigação descobriu alguma coisa estranha, algo que não conseguia entender. Pensei então em convocar alguém mais esperto que ela, um irmão que partilhou comigo muitas aventuras, um mago muito poderoso. Alguns dias atrás, remexendo nos meus papéis, encontrei as suas anotações.
Calou-se, e Neor compreendeu que não iria gostar do que ela estava a ponto de contar.
— Fale logo.
— Existe uma Magia Proibida, inventada por Aster, que permite controlar os atos e a vontade das pessoas. Algo parecido com os selos impostos aos fâmins. Já leu alguma coisa a respeito?
— Claro. Cada fâmin tinha um nome, e quando era chamado por aquele nome não podia desobedecer às ordens. É uma mágica famosa.
— A versão que se pode aplicar aos homens é uma forma bastante mais complexa, um selo que só um mago extremamente poderoso pode evocar. Deixa uma marca na altura da garganta, um sinal muito difícil de identificar. Isto porque é preciso usar um pouco de sangue recém-saído do coração da vítima, e normalmente recorre-

se a um pequeno corte na carótida. Uma operação arriscada, que só magos muito espertos conseguem levar a cabo sem provocar a morte. Usa-se em seguida esta marca, que é o símbolo físico do feitiço, e um nome. O espião de Dubhe tinha a marca. Além disto, magias como esta deixam uma aura que um bom mago consegue perceber. No caso do nosso homem, esta aura era muito forte. Neor apoiou-se no encosto da cadeira.
– Aí está, então, a explicação do mistério. O espião cometeu o crime controlado por alguém, por algum mago que o dominou com a magia.
Theana anuiu.
– Mas quem?
A resposta pareceu-lhe clara antes mesmo de completar a pergunta. Um longo arrepio correu pelas suas costas.
– Aquele jovem espião só andou perto de San, naquele período. Tinha até começado a preparar um relatório a respeito dele. Encontramos as notas no seu quarto. Nada realmente relevante, mas provam que estava de fato de olho nele. E, além do mais, um mago tão poderoso não é fácil de encontrar.
– San... – murmurou Neor, e uma onda de ódio o fez estremecer da cabeça aos pés. Lembrou a maneira com que o pai olhava para aquele homem, a admiração, o afeto que se lia em seus olhos. Recordou o ardor com que o defendera de qualquer acusação.
– Ainda criança tinha uma enorme potencialidade mágica, uma potencialidade que não esmoreceu. Quando o abracei, logo que chegou ao palácio, eu a percebi, talvez até mais forte do que no passado. Mas não dei importância, pois, como já disse, também tinha esta característica quando menino.
– Acha que seria capaz de um feitiço como este?
Theana anuiu:
– É mais poderoso do que eu, Neor, mais poderoso do que a maioria dos magos que conheço. Sempre foi e continua sendo. É um dos poucos que poderiam ter feito uma coisa destas.
O príncipe segurou com firmeza os braços da cadeira. Não tinha provas, é verdade, mas o instinto dizia-lhe que fora ele. Por que fugir, afinal? E podia ser realmente por acaso que o espião encarregado de vigiá-lo tivesse sido usado como assassino?

– Mandarei prendê-lo.
– Não temos provas – objetou Theana.
– Eu sei.
– E então...
– Temos indícios. E, no que me diz respeito, são suficientes para trazê-lo de volta para cá, para Nova Enawar. Não se trata de uma verdadeira captura. Só queremos que fique no Palácio do Exército até conseguirmos dar mais consistência à nossa investigação.
– Neor, já conhece a situação, não creio que seremos capazes de...
– As condições emergenciais em que nos encontramos não nos autorizam a permitir o descumprimento da lei. E, além do mais, a senhora já reparou na extraordinária tempestividade que marcou o que aconteceu? San vai embora do palácio, e dois dias depois o meu pai adoece.
Theana pareceu empalidecer ainda mais.
– Não pode ter feito uma coisa dessas...
– Assim espero, realmente espero. Mas já não sei o que pensar.
– Neor ficou por uns momentos pensativo. – Mandarei prendê-lo – disse quase para si mesmo. – Mandarei prendê-lo e então o forçarei a dizer a verdade, quer ele queira ou não – concluiu decidido.

Era uma tarde qualquer. Logo depois do jantar, San e Amhal se haviam recolhido na tenda que agora compartilhavam. Depois do que acontecera na aldeia, Amhal decidira ficar quanto mais perto fosse possível do mestre. Não sabia ao certo a razão desta escolha. Talvez fosse somente o desejo de afastar-se ao máximo de Adhara, dos seus olhos impiedosamente sinceros, do seu amor tão doce.
Liam. San, informes militares, Amhal, um livro de Magia Proibida. Chegara à parte que tratava do Relâmpago Escuro: não que precisasse dela, pois já sabia usá-lo. Sentia orgulho, no entanto, ao constatar que conseguira discernir os elementos principais do feitiço antes mesmo de estudá-lo.
Os guardas fizeram uma invasão repentina, brandindo as espadas.
– Quem é San?

— Eu — respondeu ele, observando-os incrédulo.
— Está preso por ordem do rei Neor: vamos levá-lo a Nova Enawar para que seja interrogado.
— Rei Neor? — murmurou Amhal, confuso, logo atrás.
San virou-se para o aluno e voltou a falar com os guardas:
— Deve haver algum engano.
— Engano nenhum. As ordens são claras. Limite-se a nos acompanhar, por favor.
Seguraram-no pelos ombros e empurraram-no para fora da tenda, onde já estava se juntando uma pequena multidão. Amhal ficou de pé e foi atrás, com uma terrível suspeita na mente.
Já sabem. Sabem o que fizemos na aldeia.
Por um instante sentiu-se vagamente aliviado. Iriam prendê-lo também, trancá-lo numa cela, talvez matá-lo. E finalmente estaria acabado.
— Do que está sendo acusado? — perguntou com voz trêmula.
Os guardas entreolharam-se.
— Do assassinato de Mira.
San não conteve uma sonora gargalhada, que encheu o espaço em volta. Todos ficaram paralisados, inclusive Amhal. O mundo começara a rodar em torno dele, descontrolado. Mira. Há quanto tempo não ouvia pronunciar aquele nome? A dor pela sua morte voltou repentina, atropelando-o. E junto com ela, a incredulidade: San acusado daquele crime?
— Então é assim que o *rei Neor* virou as cartas na mesa? — disse San. — Não vai acreditar nisto, não é? — acrescentou, falando com Amhal.
Ele não respondeu. No que acreditar? Dois dias antes tinha visto aquele homem regozijar-se, junto com ele, enquanto arrasavam um vilarejo de civis.
Não era a mesma coisa. Mas o homicídio a sangue-frio de um homem...
— Quer saber mesmo a verdade, Amhal? — prosseguiu San, sem parar de rir. — E vocês, também querem saber? — acrescentou virado para os que se haviam reunido em volta. — Ninguém lhe contou, Amhal, mas o homem que matou o seu mestre era um espião pessoal da rainha Dubhe.

A revelação chocou Amhal com a violência de um soco. Totalmente entregue ao desejo de fugir, não se importara em conhecer os detalhes da investigação.

Idiota, idiota, idiota!, disse para si mesmo.

– E querem saber de outra coisa muito interessante? Aquele homem estava sendo pago para me espionar! Eu tinha percebido, mas não me importei, pois, afinal, não havia coisa alguma a descobrir a meu respeito! – gritou San.

Amhal achava que sua cabeça iria estourar.

– Já chega! – disse um guarda, e começaram a levá-lo embora.

– Esperem! – berrou Amhal. A violência do seu grito pegou todos de surpresa. Todos pararam.

– Não está entendendo, Amhal? Armaram para mim, tudo não passa de uma cilada. Neor, sabe-se lá como se tornou rei, encontrou o perfeito bode expiatório para sacrificar no altar da razão de estado.

– Já falou o bastante. Levem-no embora – intimou o chefe dos guardas.

Mas San continuou:

– Pense nisto, Amhal! Quer sacrificar a mim, o homem que Learco amava como um filho! Um guerreiro forte e corajoso que, no entender do rei, poderia segurar as rédeas do governo e substituí-lo no trono. Pense nisto, Amhal!

As suas palavras perderam-se na escuridão da noite.

Amhal continuava imóvel no meio do pequeno círculo de pessoas que haviam assistido à cena. Atônito, mantinha os olhos fixos nas trevas que tinham engolido o seu mestre. Diante dele, percebeu o brilho de dois olhos apaixonados que o fitavam ardentemente: os olhos de Adhara.

30
UMA TENTATIVA DESESPERADA

— Agora não – disse Amhal a Adhara, que decidira ficar com ele. E trancou-se na própria barraca. Lá fora, burburinho. As pessoas começavam a fazer perguntas, a querer saber se San era realmente culpado ou se havia sido enredado, esmagado por engrenagens mais fortes que ele.
Amhal não tirava da cabeça aquelas palavras: o rei Neor. O que acontecera com o rei Learco?
Mas nada disso tinha importância. O que contava mesmo era o que San dissera, a última imagem que tinha dele, desarmado, enquanto era levado embora.
Tinha a impressão de ter acordado após um longo sonho, para precipitar num novo pesadelo. Porque desde a morte de Mira não fizera outra coisa a não ser dormir, buscando naquele sono uma paz que sabia não lhe pertencer. Agira de forma irracional. Só preocupado em fugir para o mais longe possível de si mesmo e da sombra do mestre, deixara de pensar nas coisas realmente importantes: quem matara Mira e por quê? E agora essas perguntas despontavam violentamente na consciência, com terríveis respostas.
San?
Seria San realmente capaz de fazer uma coisa dessas? E com que fim? Só de pensar nisto ficava transtornado. Significava ter errado tudo, ter participado de um plano criminoso do qual nem conseguia entender o sentido. Queria dizer que o caminho escuro no qual se metera era muito mais horrível do que imaginara. Não, San era um homem terrível, isto ele já sabia, mas não era pior do que ele mesmo. Uma criatura da noite, realmente parecida com ele, e como ele destinada a alguma coisa. Mas não podia ter cometido um crime como aquele. Acreditava nos ensinamentos do homem, nas suas certezas a respeito do mundo e da vida, confiava na sua espada e na

sua magia. Assim sendo, não podia ter sido ele. Só de pensar nisto ficava dilacerado, enlouquecido.

Havia sido Neor, então? Um plano para conseguir o poder? E o que acontecera com Learco? Amhal pensou nos meses passados na corte, no tempo dedicado à defesa da família real. Nunca chegara de fato a conhecer nenhum deles. A imagem mais viva na sua mente era a de Amina, e apenas por aquele dia feliz que haviam passado juntos, ele, a princesa e Adhara. A lembrança daquele dia deu-lhe um aperto no coração. Learco era simplesmente uma figura mítica. Via-o do mesmo jeito com que se olham as imagens desenhadas nos livros, como os heróis que aparecem nos afrescos ou nos mosaicos. Percebeu que sempre o julgara através dos olhos do seu mestre. Mira confiava em Learco, dedicara-lhe toda a sua vida, estava disposto a morrer por ele.

"Nem tanto por ele, embora seja um grande homem, quanto por aquilo que fez, pela força do seu sonho. Deu-nos esperança, transformou em realidade uma vaga aspiração, um desejo do nosso coração. É por isto que jurei protegê-lo até a morte", dissera-lhe certo dia, e agora aquelas palavras encheram seu peito de pungente saudade.

Mas quanto ao filho? Nada sabia de Neor. Nunca tivera maiores contatos com ele. Gozava de uma boa reputação na corte. Claro, sempre havia alguém que via com desconfiança a sua inteligência brilhante, a maneira pela qual pouco a pouco conseguira tornar-se o principal conselheiro do pai e, na prática, o verdadeiro soberano da Terra do Sol. Mas eram maldades murmuradas baixinho por pessoas invejosas. De repente, no entanto, assumiam a consistência de provas, de indícios que deveriam ter alertado as suas suspeitas desde o começo. O que Mira dizia de Neor? Quase nada.

"Seria um bom rei, digno substituto do pai, se não tivesse sofrido o acidente." Foi o que dissera certa vez. Muito pouco.

E então, pouco a pouco, a mente de Amhal se acalmou. Porque era mais fácil acreditar na culpa de um desconhecido do que na do seu mentor, do homem que o guiara através das trevas das últimas semanas, que lhe descortinara novos horizontes, que lhe abrira as portas de novos mundos. Do contrário, teria de admitir que fizera tudo errado, e não conseguia. Não podia.

Passou a noite sem dormir. Sentia-se prisioneiro: de si mesmo, do destino, das suas escolhas. Pensou no que fazer. Continuar como se nada tivesse acontecido? Esperar pelo resultado do processo? Voltar atrás, para uma impossível normalidade? Mas San era inocente, tinha de ser inocente! E era o seu mestre, no sentido mais profundo.

A ideia tomou forma na sua cabeça, pouco a pouco. Confusa, encontrou-a no formigamento que agitava seu corpo naquela noite sem paz. Abriu caminho entre os seus pensamentos, como uma cunha que lentamente penetra na mente.

Ação. Como sempre, quando a dor ficava intensa demais, era preciso recorrer ao corpo. E a ação faria com que a dor se tornasse alimento da fúria.

Ao alvorecer saiu da tenda. Mal dava para vislumbrar o sol acima do perfil pontudo dos pinheiros. Uma bola flamejante que lhe lembrou o globo de fogo com que haviam destruído a aldeia uns poucos dias antes. E então decidiu o que fazer. Não iria perder San como já ocorrera com Mira. Iria agarrar-se nele até o fim, acreditaria no homem que transformara a sua vida, que lhe mostrara quem realmente era.

Iria salvá-lo.

Adhara tampouco conseguiu dormir naquela noite. Podia rever o rosto desesperado de Amhal, ouvir as palavras de San, enquanto era levado embora, e também tentava imaginar o que poderia ter ocorrido no palácio. "Rei Neor." Significava que Learco tinha morrido? E Amina, o que teria acontecido com ela?

A balbúrdia de pensamentos que se agitavam na sua mente impedia que pegasse no sono. Queria ir ver Amhal. Porque, agora que San não estava, talvez fosse a hora certa para levá-lo de volta à razão, para devolvê-lo ao seu mundo. Mas também sabia que naquele momento ele precisava de silêncio e solidão. Para meditar sobre o que acontecera, para aceitar aquela ideia que até ela achava terrível: que San pudesse de fato ser o artífice da morte de Mira. De repente, aquilo já não lhe parecia tão absurdo. Aquele homem tinha facetas ocultas e aterradoras que, por alguns momentos, ela chegara a vislumbrar. E o seu apego mórbido a Amhal, a maneira com que logo o cercara sem deixar-lhe espaço, sem largá-lo um só momento. Desde que ele chegara, Amhal havia mudado, quase como se tivesse sido envenenado. Neste aspecto, a morte de Mira só tinha vindo a calhar para San: deixara-lhe o campo livre, permitira que expandisse o seu domínio até a alma de Amhal.

É isto que ele quer, ele quer Amhal!, murmurou a sua voz interior, e a banalidade do descobrimento deixou-a totalmente transtornada. Tinha sido tão claro, desde o começo, e ela não percebera. Aquele homem queria Amhal! Desconhecia a razão, deveria descobri-la, mas de algum modo precisava dele, necessitava da sua fúria, da sua dor.

Esperou o sol nascer. Levantou-se mais cedo que de costume e foi à tenda de Amhal, com o coração que parecia pular fora do seu peito. Sentia, de alguma forma, que desta vez chegariam a um acerto de contas.

Ele ainda estava lá, movendo-se frenético enquanto amontoava suas coisas numa mochila.

— O que está fazendo?

O rapaz virou-se na mesma hora, espantado. Fitou-a por alguns segundos e, depois, continuou a preparar a bagagem, sem responder.

Adhara segurou-o pelo braço, detendo-o.

— Quer fazer o favor de explicar o que está fazendo?

O olhar dele era duro, hostil.

— É melhor que você não saiba.

— Se pensa em ir embora, irei com você.

— Não pode ir para onde estou indo.

Desvencilhou-se, botou a mochila a tiracolo, mas Adhara plantou-se diante dele.

— Está na hora de você esquecer este lugar — disse, procurando refrear o tremor na voz. — E também de esquecer aquele homem, de voltar a fazer o que fazia antes. — Apoiou as mãos no seu peito, súplice. — Foi uma fase, uma fase terrível e infeliz, mas acabou. A justiça decidirá o que fazer com San, e você voltará a ser livre.

Amhal fitou-a sem piedade, sem qualquer resquício de compreensão nos olhos.

— Você não sabe do que está falando.

– Quem não está entendendo é você – insistiu ela. – Diga que acabou... – Apoiou a testa no peito do rapaz, buscando aquele calor que tantas vezes encontrara no passado.

– Vou para Nova Enawar – disse ele, lapidário, inerte ao contato daquela fronte.

Adhara levantou a cabeça, de chofre.

– Vai por causa dele?

Amhal não respondeu, mas o seu olhar valia mais que mil palavras.

Adhara sentiu as lágrimas surgindo aos olhos, sufocando a voz na sua garganta. Reprimiu-as.

– Deixe que a justiça da Terra do Sol se encarregue do assunto. Se for inocente, saberão disto e o soltarão. E você conhecerá a verdade.

– Ouviu o que ele disse.

– Mas será que não vê o que fez com você, Amhal? Ele o quer, e para tê-lo não se importa em destruí-lo! Desde que o conhece, as coisas foram de mal a pior, você perdeu tudo o que conseguira, tornou-se outra pessoa. Como pode acreditar nas suas mentiras?

Afastou-a bruscamente.

– É o meu mestre agora! A pessoa em quem decidi confiar. E sabe por que confio? Porque é como eu! Eu sonhava com ele! Sonhava todas as noites antes que chegasse. Ele me chamava, me convidava a ir com ele. É o único capaz de entender-me, porque somos iguais, porque guardamos em nós os mesmos demônios e partilhamos o mesmo destino. Ele só *pode* ser inocente!

As lágrimas abriram caminho.

– Ele o matou – soluçou Adhara. – Quem o matou foi ele.

Amhal segurou-a pelos ombros e a sacudiu.

– Não diga isso, nem de brincadeira!

Nada mais havia que Adhara pudesse fazer. Talvez haja erros sem volta.

– Não vá – suplicou. – Não pode salvá-lo!

– Sou poderoso, muito mais do que imagina.

– Haverá um exército inteiro em Nova Enawar! E você está sozinho! Será morto!

– Tenho como aliada uma arma que não pode ser vencida.

Adhara arregalou os olhos.

– Não, Amhal... – murmurou. A fúria, a sede de sangue. – Por favor, não faça isso... Acabará morrendo...
Amhal engoliu em seco.
– Seja como for, não faz diferença.
Adhara deixou-se escorregar de joelhos, soluçando descontrolada.
– Por que não lhe basto? Por que nunca fui suficiente para você? Ele olhou para ela, e por um instante fugidio Adhara voltou a vê-la. Aquela faísca fraca e moribunda no fundo dos seus olhos.
Mas então Amhal foi embora sem olhar para trás.

Adhara nem soube ao certo quanto tempo ficou ali no chão, exausta e prostrada. Os últimos meses passavam correndo diante dos seus olhos, inúteis, desprovidos de sentido. Toda uma série de dias passados a perseguir uma meta inalcançável, correndo atrás de um sonho impossível. Era então isto o amor? Uma eterna e vã ilusão?
O que posso fazer?... O que posso fazer?...
A pergunta enchia a sua mente, não deixando espaço para qualquer outro pensamento. Pois não era para acabar assim, não podia estar tudo terminado.
Preciso detê-lo.
Mas como? Ele devia ter ido embora com Jamila, e até Nova Enawar era uma viagem e tanto. Pelo menos doze dias na garupa do dragão. E ela não tinha um. Mas devia detê-lo. Antes que fosse tarde demais. Precisava avisar o rei, a Amina, alguém. Iria traí-lo. Falaria com Neor do seu plano, e dessa forma impediriam que cometesse uma loucura. Melhor na prisão do que morto, ou pior. Pois se conseguisse deixar à solta a sua fúria, por Amhal não haveria mais nada a fazer. Devia traí-lo para salvá-lo. E de qualquer maneira tinha de alcançá-lo. Pensou em Amina, que ela abandonara, que fizera sofrer, mas que era a sua única amiga. Iria contar para ela.
Mas não sabia como. Amhal chegaria antes que qualquer carta...
Levou as mãos aos olhos. Qualquer coisa em que pensasse não resolvia a situação.
A magia. Talvez pudesse ajudá-la. Tentou vasculhar nos meandros da própria mente. Ela conhecia a magia, a própria Theana lhe

contara, e afinal já tinha demonstrado isto em várias ocasiões. A sua memória devia guardar na certa, em algum lugar, o encantamento de que precisava, que iria salvar Amhal. Concentrou-se, esforçou-se ao máximo para lembrar, fincou as unhas nas têmporas e pensou nas ervas do Ministro Oficiante, na mesinha de cabeceira do seu quarto, no palácio real de Makrat, tão longe dali. E amaldiçoou a si mesma.

Tudo aquilo que emergia da neblina da sua mente não passava de sensações confusas. Dor insuportável, um muro de tijolos e aquela voz que repetia "voltarei para buscá-la", sem consistência e sem qualquer timbre particular, anônima, desencarnada. Nada que pudesse ser-lhe útil.

Levantou-se de um pulo, correu para fora da tenda. Acabava de ter uma ideia.

Sem fôlego, precipitou-se para o recinto dos doentes. Havia muitos magos por lá. Encontraria na certa alguém disposto a ajudá-la.

Na verdade, naqueles dias, não ficara particularmente amiga de ninguém. Havia uma difusa solidariedade que unia todos os que trabalhavam ali, a comunhão no sofrimento, mas ela só trocara umas poucas palavras com os colegas de serviço. E agora tinha de confiar num deles, sem mais nem menos, às cegas.

Entrou, e o cheiro de sangue e morte apertou sua garganta, como sempre acontecia. Era uma coisa com a qual era impossível se acostumar. Deixou o olhar correr pelos inúmeros catres onde os doentes agonizavam aflitos, entre ataduras sangrentas e pungentes lamentações. Olhou para eles sem vê-los, procurando. Um mago. Um jovem, com a pele dos braços completamente manchada de preto. Dirigiu-se rapidamente para ele. Tinham cuidado de um doente juntos, no primeiro dia, e o rapaz fora uma espécie de guia para ela. Haviam acompanhado os derradeiros suspiros do pobre coitado, e coubera a ele fechar-lhe os olhos vidrados pela morte.

Isto criou um liame entre nós, disse a si mesma, enquanto avançava com longas passadas.

Estava impondo um brando encantamento curativo a um moribundo. Nada mais que um paliativo para aliviar o sofrimento. O rapaz nem olhou para ela.

– Está atrasada – disse com uma voz entediante.

– Preciso de você – rebateu ela, e o seu tom devia soar terrível, pois o mago levantou imediatamente a cabeça.

Explicou.
– É deserção – falou ele baixinho. – É traição – acrescentou.
– Não conte para ninguém, eu lhe peço.
– Eu...
Segurou o braço dele.
– Eu suplico, estou desesperada.
Contou o que tencionava fazer, humilhou-se dizendo que amava aquele rapaz mais do que a si mesma, que tinha de salvá-lo a qualquer custo.
– Mas o está entregando – objetou ele.
– Preciso, do contrário ele morrerá – replicou ela, resoluta.
O mago olhou fixamente para ela por alguns segundos, confuso. Então sorriu de leve.
– Está bem – disse simplesmente. – Está bem. – E Adhara suspirou aliviada. – Mas há um problema.
Mais uma vez, ela achou que o mundo ia desmoronar e sepultá-la.
– A pessoa que recebe a mensagem precisa conhecer a magia. Explico: o destinatário verá uma nuvenzinha roxa. Para ler a mensagem é preciso que o mago condense a fumaça num pergaminho com um encantamento.
– O palácio está cheio de magos. Alguém vai entender.
– Mas se a pessoa não se der conta da magia, depois de um dia a mensagem acabará sendo perdida...
– É a minha única esperança – admitiu Adhara.
– Vamos fazer isto na hora do almoço. Levarei o necessário.
– Obrigada – disse ela, com os olhos cheios de gratidão. – Ainda nem sei como se chama...
O jovem sorriu.
– Lewar.
– Obrigada, Lewar – repetiu. Quando ele se levantou, segurou-o pela manga. – Também preciso de um dragão.

* * *

A mensagem foi enviada.
"Amhal está em perigo. Está chegando a Nova Enawar para libertar San. Conte ao seu pai. Detenham-no, mas, por favor, não lhe façam mal."
Enquanto Lewar recitava as fórmulas e escrevia a mensagem no pergaminho, Adhara dava-se conta de quão tênue era a esperança de tudo aquilo realmente dar certo. E se Amina não entendesse que se tratava de uma mensagem mágica? E podia de fato confiar em Neor? Parecera-lhe uma boa pessoa, mas na verdade não o conhecia. O que acontecera, enquanto isso, na corte? Até que ponto as coisas haviam mudado?
Depois de o fogo consumir o pergaminho, achou melhor parar de pensar no assunto. Estava feito, e não havia mais nada que ela pudesse tentar.
Muito mais complicado foi encontrar uma carona para a Grande Terra. Havia um cavaleiro que ia partir naquela mesma tarde para Nova Enawar, mas como convencê-lo a levá-la junto? E além do mais havia a quarentena, seria difícil entrar na cidade... Adhara achou que sua cabeça ia estourar. Teve de recorrer a toda a sua capacidade de persuasão.
– Você me atrasaria e, de qualquer maneira, não costumo levar passageiros – disse Taq, o cavaleiro.
– Poderia até deixar-me nos arredores da cidade.
– Nem precisava dizer. Só mesmo com uma permissão especial você poderia entrar.
– Posso... pagar – disse, afinal.
Juntara um pequeno pé-de-meia durante aqueles meses, graças ao ordenado que recebia no palácio. Nunca gastara um tostão, pois não precisava. Levara o dinheirinho consigo quando partira, e até agora só gastara uma ninharia. Entregou tudo nas mãos do cavaleiro.
– É seu, se me levar.
Taq olhou para ela.
– Você deve ter realmente um bom motivo para ir a Nova Enawar.
– Preciso salvar a vida de uma pessoa – disse ela, quase sem fôlego.

E partiu naquela mesma tarde. Segurou-se com firmeza na sela e fechou os olhos, enquanto levantavam voo para fugir daquele inferno. Nos dias que passara em Damilar, sonhara muitas vezes com o momento em que poderia finalmente ir embora. Imaginara algo bastante diferente. Viu as luzes da base que se tornavam menores e pensou no desespero, na angústia que tinha no coração. Como se o sofrimento daquele lugar a tivesse contaminado para sempre.

– Só pararemos o mínimo indispensável. Não quero levar tempo demais! – berrou Taq.

Adhara anuiu:

– Também devo chegar o mais cedo possível.

Fechada no seu quarto em Nova Enawar, Amina murchava lentamente, entre a saudade dos avós e a lembrança triste e zangada de Adhara, daquele breve interlúdio que haviam passado juntas. O medo da doença a devorava, e sentia-se partícipe da atmosfera aflitiva que pairava naquele lugar sitiado. E na indiferença geral pelo mundo, na renúncia a qualquer forma de protesto em relação àquela vida que sempre detestara, não deu importância à nuvenzinha roxa parada ao lado da sua escrivaninha durante um dia inteiro. Pensou em algum engano dos olhos, no cansaço ou numa outra esquisitice qualquer devido à doença.

Talvez seja assim que se transmite o contágio, com estas nuvenzinhas, pensou com os seus botões, partindo-a com um dedo.

No dia seguinte a fumaça tinha desaparecido, e com ela a desesperada mensagem de Adhara.

31
A FUGA

Neor foi levado em sua cadeira de rodas aos subterrâneos. Era a segunda vez que o carregavam para lá, mas se sentia tão humilhado quanto da primeira. No seu palácio nunca se considerara realmente um aleijado. Em Nova Enawar, no entanto, todos os limites do seu corpo doentio ficavam patentes. Precisava de auxílio para qualquer coisa, até mesmo a mais banal.

Quando chegaram ao fim das escadas, dispensou os acompanhantes.

– Quero ficar sozinho – disse, secamente.

– Vossa Majestade, este lugar é arriscado, há criminosos, e...

– Quero ficar sozinho – insistiu. Os criados baixaram a cabeça e obedeceram.

Neor ficou parado na entrada do corredor. Meditou sobre aquele título, Vossa Majestade, pensou no sentimento de solidão que ele incutia. Teria preferido não ser chamado daquele jeito, gostaria que a designação ficasse para sempre o apanágio do pai. Não imaginara que a perda do genitor cavaria tão fundo em sua alma, trazendo à tona tamanha dor.

Avançou até o posto de guarda daquele andar.

– Estou aqui para ver o prisioneiro, acredito que já foram avisados.

– Estamos cientes, Vossa Majestade – respondeu um dos carcereiros, pegando um pesado molho de chaves. Aproximou-se depressa da traseira da cadeira de rodas, mas Neor o deteve.

– Pode deixar – disse ríspido, empurrando as rodas do assento, sozinho.

– Sim... claro. Por aqui – respondeu o homem, sem jeito.

Seguiram adiante entre duas fileiras de portas de madeira trancadas. Atrás de cada uma, um criminoso. Mas a que interessava a Neor era a última, no fundo.

O guarda rodou a chave na fechadura.
– Quero ficar sozinho com ele – disse o rei.
– Mas, Vossa Majestade, não sei se...
– Chega de Vossa Majestade! – exclamou Neor, impaciente. – Este homem ficou na minha corte por mais de dois meses. Sei como lidar com ele. Deixem-nos sozinhos, então.
O guarda não teve outra escolha a não ser baixar a cabeça. A porta se abriu, e Neor viu a figura ressaltar contra o fundo da cela, um cubículo de tijolos apertado e abafado, com um catre encostado na parede. Estava sentado nele, usando a mesma roupa do dia em que pela primeira vez botara os pés no palácio, as mãos atrás das costas, presas à parede.
Neor sentiu um estremecimento correr pelo corpo.
– Pode ir – disse ao guarda, depois que entrou.
– Estarei aqui fora, meu rei. Quando Vossa Majestade quiser sair, é só me chamar.
– Suma! – Reparou num suspiro conformado do soldado, em seguida a porta da cela se fechou. Ficaram sozinhos.
Estudaram-se por alguns instantes, em silêncio. San sorria. Dava para perceber o seu esgar, entre a equimose que lhe cobria o lado esquerdo do rosto e o lábio inchado.
– Não pensei que você viesse pessoalmente.
– Sou o seu rei, mostre o respeito que me é devido.
San voltou a sorrir, com maldoso escárnio.
– Estamos sozinhos. Não creio que precisemos de muitas formalidades.
– Cabe a mim decidir.
– Do contrário? – provocou-o San. – Olhe para si mesmo – disse, mexendo de leve as mãos para indicá-lo. – Mesmo atado, sou mais forte que você.
– Pois é... Mas você só tem o seu corpo. Eu tenho soldados, guardas... carrascos.
– Acha mesmo que só tenho a minha força?
Neor examinou rapidamente o corpo do outro com o olhar. Era o exato contrário dele. Vigoroso, saudável, um guerreiro. O filho perfeito para o seu pai, o rei que a Terra do Sol merecia. Será que Learco já tinha pensado em San nestes termos, desejando um filho como ele?

Se naquele dia não tivesse decidido sair para salvar a minha mãe, se tivesse mantido a promessa feita a Ido, talvez agora ele estivesse sentado no trono.

Sacudiu a cabeça com raiva. Não podia entregar-se a pensamentos como estes.

– Por que insiste em não dizer a verdade?

San sorriu de novo.

– Quem lhe disse que estou mentindo?

– O instinto.

– O instinto não tem valor algum. Achei que você também pensasse deste jeito. Não era você quem colocava a lógica acima de qualquer coisa, quem regia como uma sombra o reino do pai baseando-se exclusivamente na força do raciocínio?

– Existem outras coisas além da razão.

– Pode ser, mas não tem provas contra mim. Só vagos indícios. E a partir dessas suas conjeturas, trancou-me aqui embaixo como um criminoso e mandou torturar-me.

Uma pausa de silêncio, oprimente.

– Até que achei interessante essa sua mudança repentina. Pensei que seu pai lhe tivesse ensinado a honestidade, a retidão. Achei que você preferisse um criminoso solto a um inocente preso. Bastaram dois dias de silêncio, de minha parte, para que toda a hipocrisia da sua lei, das suas convicções, desmoronasse como um castelo de areia. Como se justifica, à noite, quando vai dormir? Quando pensa nos seus bons súditos, e em seu pai, que regeu por cinquenta anos este reino sem nunca cometer injustiças, sem nunca se entregar aos seus mais baixos instintos? Também pensa em mim, nessas horas?

Os dentes de Neor rangeram.

– Não se justifica. E tampouco está interessado em encontrar justificativas, não é isto?

– Quero a verdade – sibilou novamente o soberano.

San encostou-se na parede. Mantinha uma atitude escarnecedora que Neor detestava.

– Não, a verdade é que você quer vingar-se, ou estou errado? Sente que está certo, está convencido disto, mas a impossibilidade de demonstrar a minha culpa rasga suas entranhas e o deixa louco. Quer que eu pague de qualquer maneira, não é isto?

Neor lastimou como nunca não ter a força de se levantar daquela cadeira, para agarrá-lo pelo pescoço e puni-lo com as próprias mãos, enfiando-lhe goela abaixo aquelas palavras venenosas.

– Mas seu pai estabeleceu regras. E a tortura não está incluída nelas.

– Ninguém o torturou.

– E o que é isto, então? – replicou San, indicando a marca preta no rosto. – E isto aqui? – Esticou o lábio inchado. – Vai dizer que só foi um dos seus guardas que se excedeu?

Neor começava a ficar constrangido.

– Ainda que eu admitisse a minha culpa, mas dizendo que só confessei devido aos maus-tratos, os juízes não acreditariam numa só palavra das minhas declarações. Não, Neor, não é assim que levará a melhor comigo! – E voltou a sorrir. Um riso de vencedor.

O rei quase sentiu-se atemorizado.

– Mas que diabo, quem é você?

San esticou o corpo.

– Sou a forma dos tempos vindouros, sou o futuro. Sou uma nova raça de homem e, ao mesmo tempo, sou a memória do Mundo Emerso. Sou diferente. – Voltou a reclinar-se, tranquilo.

– É realmente ele? É realmente o San que meu pai conheceu?

– Claro que sim. Só que quando seu pai me conheceu eu não tinha consciência da minha verdadeira natureza. Mas o tempo passa, aprendi um montão de coisas sobre mim mesmo.

– Por que veio ao palácio? Por que justamente agora?

– Tinha uma missão a cumprir.

– Que missão?

San deu uma risadinha.

– Já está pedindo demais.

Neor não conseguia levar a conversa para um patamar a ele mais congenial. Quem dava as cartas era aquele homem. Como podiam tê-lo recebido em casa, tributando-lhe as maiores honrarias, sem dar-se conta da sua alma negra?

– E conseguiu cumpri-la?

San ficou olhando para ele por um bom tempo.

– Se não a tivesse cumprido, agora não estaria aqui falando com você.

Neor estremeceu de raiva.
— Tinha de matá-lo, não é? Era o meu pai que você queria matar. Mira era apenas um empecilho, livrou-se dele porque tinha desconfiado de alguma coisa. Era esta a sua maldita missão, eis a verdade... San riu descaradamente. Só parou quando o lábio voltou a sangrar.
— A verdade... É incrível como as pessoas como vocês enchem a boca com esta palavra, quase como se fosse a única coisa que conta no mundo. Acontece, porém, que a verdade não nos torna livres, como ingenuamente pensam as pessoas normais. A verdade é uma jaula, a verdade é uma etiqueta que nos define, que nos torna escravos para sempre.
— Não estou minimamente interessado em seus desvarios! – gritou Neor, debruçando-se. – Matou ou não matou?
San deu-se ao luxo de observá-lo longamente, com displicente superioridade.
— Justamente porque já plantei a minha semente, justamente porque sei como irá acabar esta história, vou contentá-lo e lhe direi esta preciosa verdade que tanto procura. Sim, quem matou Mira fui eu. E você está certo, era um empecilho, mas não por aquilo que você imagina. Quando percebi que sua mãe tinha mandado um espião ficar de olho em mim, achei bom matar dois coelhos com uma só cajadada. Já tinha decidido matar Mira, mas fazer isto com um homem da rainha... você deve reconhecer que aquilo assumia uma forma realmente elegante e, para mim, também tornava-se proveitosa, por outro motivo. De maneira que usei a magia e fiz o que tinha de fazer. Pois é, quem trouxe a doença ao palácio fui eu. Um frasquinho de sangue contaminado, que estava comigo já fazia algum tempo. Bastou quebrá-lo no quarto de dormir do seu pai e evaporar o conteúdo com mais uma pitada de magia. Se quiser ver as coisas do seu jeito, pode dizer que, sim, eu matei seu pai.
Neor agarrou-se aos braços da cadeira, enquanto o mundo à sua volta tornava-se vermelho. Era a primeira vez que experimentava uma raiva tão cega, uma fúria tão devoradora. Odiava aquele homem de todo o coração, como nunca tinha sentido por ninguém antes, com um ódio inesgotável que o levava a desejar a sua morte, a clamar por ela.

– Como pôde... – murmurou tremendo. – Como pôde... – continuou repetindo, enquanto a sua voz se tornava cada vez mais alta.
– Ele o recebeu como um filho, encheu-o de honras e afeição, ficou procurando por você a vida inteira! – berrou a plenos pulmões.
San não perdeu a pose.
– Mas morrerá... – prosseguiu Neor, ameaçador. – Todo o reino saberá, e morrerá como um bastardo, como um traidor.
San respondeu com um esgar.
– Ria, fique rindo enquanto puder. Quero ver esse mesmo sorriso de hiena quando tiver de enfrentar o carrasco.
San meneou a cabeça.
– Você não entende. Plantei uma semente, uma semente que já começou a brotar. E quanto a você e a sua inútil verdade muito em breve estarão mortos, e eu sairei daqui, levarei a bom termo o meu trabalho.
– É o que veremos – sibilou Neor.
Foi então que um estrondo irrompeu na cela. Neor virou-se na mesma hora. Diante dele, San sorriu feroz.

Amhal voou praticamente sem parar, só pousando quando Jamila estava totalmente esgotada. Concedeu-se muito pouco sono, sempre na mais absoluta solidão, em pequenas clareiras perdidas onde deixava que o dragão descansasse. Pensava o tempo todo em San, nas suas palavras, na maneira com que o tinham levado embora. E repetia obcecadamente para si mesmo que não havia sido ele, que não podia ter sido ele.
Levou dez dias para chegar, dois a menos do que previra. Pousou no bosque, nos arredores de Nova Enawar, onde deixou Jamila. Acariciou-lhe o focinho.
– Voltarei – disse, mas considerou que talvez, pela primeira vez na vida, estava mentindo para ela.
Envolveu-se na capa e achou que assim, todo de preto, era absolutamente idêntico a San.
Pegou um quarto numa hospedaria e conseguiu entrar na cidade graças ao seu uniforme de soldado. A quarentena também chegara a Nova Enawar.

O afã de agir o consumia, mas achara por bem não se apressar demais. Apesar de o seu plano não ser nem um pouco racional, precisava mesmo assim de algum tipo de planejamento para não acabar morrendo em vão.

Só tinha visitado as masmorras do Palácio do Exército umas poucas vezes e não se lembrava direito da sua planimetria. Mas era justamente disto que ele precisava, de conhecer a posição exata de cada cela e dos guardas ao longo do percurso. Porque afinal, mesmo confiando em suas habilidades, continuava ainda assim a ser um só homem.

Frequentou a corja da sociedade, assim como já fizera antes, na época do adestramento com Mira. Descobriu que o coração da capital do Mundo Emerso era tão podre quanto o de qualquer outra grande cidade. Arranjou uma porção de mapas e plantas, e todo tipo de informação de que precisava.

– O fim dos tempos está próximo, é melhor a gente se divertir enquanto ainda pode – disse um dos informantes, enquanto gastava com cerveja a quantia recebida para revelar onde ficavam os postos de guarda nos subterrâneos.

Amhal estudou as plantas, repassou o plano por um dia inteiro antes de tentar a investida. Um carcereiro em cada andar da masmorra. Ficava clara a falta de homens, deslocados por toda parte na tentativa de limitar os estragos da peste. Na entrada de cada andar, no entanto, havia uma guarita com dois homens. Pelo que lhe contaram, San estava na cela no fundo do segundo andar.

– É uma vergonha que um homem como ele tenha de apodrecer numa prisão. Ouça bem o que estou lhe dizendo, Neor deve estar tramando alguma coisa – dissera-lhe o informante.

Amhal encontrou consolo naquelas palavras. As pessoas ainda apoiavam San.

Esperou no escuro e em silêncio até a hora escolhida para agir. Concentrou-se na sua fúria, no desejo de sangue. Se algo saísse errado, era só nisto que ele poderia confiar. Em seguida, foi tomado por gélida calma.

Percorreu tranquilamente as ruas de Nova Enawar, entrou sem maiores problemas no Palácio do Exército. No posto de guarda havia um sujeito que não o conhecia, mas que reconheceu o uniforme.

— Aprendiz Salimar — disse apresentando-se, e o deixaram entrar. Havia poucos homens circulando. Não encontrou ninguém em seu caminho, enquanto descia para a masmorra. Tomou posição. E finalmente viu-o chegando. Um só guarda, que provavelmente acabara de ser rendido. Bocejava, enquanto com passo cansado voltava aos andares superiores do palácio. Amhal segurou o laço de couro trançado que tinha comprado naquela mesma manhã. Ficou um momento olhando para ele, horrorizado, perguntando a si mesmo se seria realmente capaz de usá-lo. Mas o desejo de matar iria guiá-lo.

Respirava fundo, enquanto esperava que o soldado passasse por ele. Nunca tinha tirado a vida de alguém daquele jeito.

Ouviu os passos do homem que não conhecia. Imaginou a sua vida, a sua casa modesta, os familiares. Deu o bote quando o outro já estava perto, puxou-o para a sombra e apertou o laço em volta do seu pescoço com toda a força. A fúria respondeu, cantando em seu peito, enquanto o homem tentava desvencilhar-se. Mas seus movimentos ficaram logo cansados, resignados. Não demorou a cair no chão.

As mãos de Amhal tremiam enquanto despia o corpo. Jogou as próprias roupas em cima dele, embora não fosse necessário. *Uma forma de piedade bastante idiota*, disse para si mesmo. Então levantou-se, estava pronto.

Devagar, com cuidado. A guarita, os soldados. Ninguém reparou nele. Seguiu em frente. Segundo andar. Um só homem de plantão. O resto do corredor continuava escuro. O coração de Amhal acelerou. San estava lá no fundo. Atrás de uma daquelas portas.

Entrou na guarita com calma. O homem encontrava-se sentado, com ar sonolento. Virou-se para ele.

— E você quem...

Não conseguiu acabar a frase. Amhal trespassou-o com a espada, enquanto a fúria no seu peito exultava.

Ainda não, ainda não... Daqui a pouco terá todo o sangue que quiser.

Em seguida saiu e dirigiu-se para o fim do corredor. Vislumbrou a porta, *aquela porta*, e um guarda diante dela, igual àqueles que até então encontrara. Desembainhou a espada e o trespassou sem nem mesmo dar-lhe tempo de gritar. O corpo caiu ao chão com um leve baque, enquanto o cheiro de sangue se espalhava no ar, perfumado, convidativo.

Amhal respirava com força, entregue a uma alegria selvagem que tomava conta do seu peito. E a melhor coisa, a mais extraordinária, era que não havia motivo algum para refreá-la, para detê-la. Deixava que lhe corresse nas veias, que o inebriasse.

Porque é disto que eu preciso agora, assim como sempre precisei. Porque esta é a minha essência: eu não passo de um monstro.

Ficou olhando para a porta por alguns instantes. Estava trancada com um pesado ferrolho. Um grito rasgou o silêncio. Vinha de trás daquela porta. Amhal não conseguiu entender as palavras que estavam sendo ditas, mas reconheceu a voz. Neor encontrava-se lá dentro. O enigmático Neor, o aleijado que durante anos tinha regido o reino no lugar do pai. O homem que San acusava de ter urdido a tramoia para enredá-lo. As mãos de Amhal tremiam. A hora da verdade chegara.

Mas eu já sei qual é, disse a si mesmo, com obstinação.

Então recitou a fórmula. Jogou-a contra o ferrolho e um estrondo sacudiu os muros da prisão. Mas a porta permaneceu intata.

Maldição!

Tentou de novo, procurando incutir mais força no encantamento. A madeira gemeu, o metal estourou e a porta se abriu.

Lá estavam os dois. San e Neor. Neor, na costumeira cadeira, virou-se pasmo para ele. San o fitava com seu sorriso de lobo, o rosto inchado, as mãos atadas.

– Sabia que você viria – disse.

Foi como obedecer a um chamado. Amhal varreu para longe a cadeira de Neor, fazendo-o cair no chão, e correu para San. Cortou as cordas com a espada e o libertou.

– Tudo bem com você? – perguntou ofegante.

– Imagino que não tenha pensado num plano de fuga... – disse ele simplesmente em resposta.

Amhal fitou-o, perdido.

– Pegue Neor, é o nosso passe para sairmos daqui.

Amhal virou-se. Viu-o arrastar-se no chão em busca de ajuda. Agarrou-o pelas axilas: o corpo magro era bem leve, mas as pernas inertes eram um empecilho.

– Segure-o em seus braços – sugeriu San.

– Mentiu para você, Amhal, foi ele – murmurou Neor, tentando opor uma débil resistência. – Acabou confessando.

– Cale-se – sibilou Amhal, com ódio. Depois olhou para San, interrogativo.

– Preciso pegar de volta a minha espada – disse ele. – Depois podemos ir embora.

32
O COMEÇO

Dubhe pousou em Dereia, na Floresta Ocidental, numa manhã iluminada por uma alvorada amarga. Theana estava esperando por ela, na ampla clareira, ao lado do acampamento. Pálida, apertava as mãos, de cabeça levantada para ela.

Dubhe desmontou do dragão, o do único cavaleiro que tinha encontrado em Makrat disposto a levá-la até ali.

– Não deveria ter vindo – disse Theana, olhando para ela com severidade.

A rainha sorriu com amargura.

– E onde deveria estar? Na minha corte deserta? Não há mais ninguém no palácio. Só cadáveres.

– Ainda não se recobrou por completo, você sabe disto.

Dubhe passou a mão no rosto.

– Tenho bons motivos para estar aqui.

Tinha partido alguns dias depois do funeral do marido. Uma cerimônia despojada da qual haviam participado só umas poucas pessoas.

Assim se vai o maior rei da Terra do Sol, pensara, abraçando com o olhar os presentes: cerca de meia dúzia de criados sobreviventes, pálidos como fantasmas. Ninguém mais além dela, sob a fina chuva do outono. Com a umidade, a pira demorou a pegar fogo. Ela permanecera imóvel na intempérie, até nada mais sobrar do homem que amara por uma vida inteira além das cinzas.

Tinha ficado ao lado dele durante toda a doença, respirara o seu respiro, bebera a sua água, partilhara o mesmo destino. Quando adoecera, descobrira com alguma aflição que, no fundo da alma, ela também desejava morrer.

E aparecera a febre, e com ela o sangue e a dor. Não se afastara daquela cama, continuara a apertar a mão do marido mesmo durante o delírio. Sabia como iria acabar, e por isto mesmo queria aproveitar cada instante que o destino ainda lhe permitia passar com Learco, por mais terrível que fosse. Theana tivera de insistir para que se deixasse curar.

— Não pode se entregar — dizia-lhe.

— Não estou me entregando — gemia ela, aflita. — Só quero ficar ao lado dele até o fim.

Depois, lentamente, a febre amainara, a hemorragia estancara, e pouco a pouco Dubhe se recobrara. Bem a tempo de assistir aos últimos momentos de vida do marido.

Na chuva, enquanto a fumaça subia ao céu de chumbo, tinha pensado em muitas coisas. No filho distante, no paço a esta altura deserto, em Makrat entregue à doença, nos longos anos passados ao lado de Learco, em tudo aquilo que o destino tivera a bondade de lhes conceder, na alegria, no sofrimento, numa vida inteira que se dissolvia em fumaça.

A Dubhe daqueles anos morria naquele dia. Pouco a pouco, ela, que assistira ao milagre de cinquenta anos de paz, desfazia-se na chuva. E a antiga Dubhe — a garota ao mesmo tempo ousada e perdida, a assassina, a ladra — voltava paulatinamente à tona. Porque era o que o momento atual exigia, pois o tempo enroscara-se mais uma vez sobre si mesmo, e a história se repetia. Porque Learco havia sido a parte melhor dela, a sua força, a sua coragem. Agora só restava a obstinação.

Já no seu quarto, depois de passar pelas salas vazias do palácio, olhara para a própria imagem no espelho. Metade do seu rosto era uma mancha negra. A marca indelével da doença. O luto perpétuo por Learco, que iria carregar na pele. Achou-se envelhecida muitos anos, mas não vencida, isto não. Porque Learco tinha deixado uma herança que ela iria defender, mesmo que lhe custasse a vida.

O seu mensageiro chegara naquela mesma hora, ofegante. Nem tinha batido à porta. Ajoelhara-se no meio do aposento.

— Tenho uma mensagem para a senhora — anunciara.

E a rainha preparara-se para ouvir.

* * *

Dubhe e Theana foram à tenda da sacerdotisa. O interior estava cheio de frascos, vidrinhos, potes cheios de ervas e anotações espalhadas por todo canto: os sinais do trabalho do Ministro Oficiante, que procurava febrilmente uma cura.

– E você, tudo bem? – perguntou Dubhe, massageando os próprios olhos.

Theana achou que voltara realmente a ser a de antigamente; até as roupas pareciam ser as mesmas que vestia no passado: pretas, de couro, calça e casaca bem justa.

– Por enquanto, ainda não fiquei doente – respondeu. – As pessoas, aliás, começam a olhar para mim com desconfiança. – Sentou-se e olhou a rainha nos olhos. – Então, quais são os motivos que a trouxeram aqui?

Dubhe ficou por uns momentos em silêncio, antes de responder:

– Recebi uma mensagem de um dos homens que enviei do outro lado do Saar.

Theana ficou imediatamente atenta; lembrava a reunião na qual Neor sugerira à mãe que mandasse investigar o que acontecia nas terras dos elfos.

– E então?

– Foi recebida por um dos magos ao meu serviço. É uma mensagem confusa, que me leva a pensar que algo muito grave aconteceu com a pessoa que a enviou.

– O que dizia?

– Estava fragmentada. A magia não surtiu efeito, pelo menos não completamente, e por isto o texto não faz muito sentido. – Dubhe procurou na mochila. Encontrou um pedaço de pergaminho que entregou a Theana.

A sacerdotisa examinou-o. Era sem dúvida alguma aquele em que o mago recebera a mensagem enviada pelo espião; podia reconhecer em qualquer lugar a forma peculiar que as letras assumiam quando eram impressas no pergaminho pela magia. Mas estavam confusas, escritas às pressas, parcialmente ilegíveis.

"... Saar... elfos... fronteira com a Terra da Água... ali vai começar... perigo..."

Theana ficou um bom tempo olhando, tentando entender.

– O que acha que significa? – perguntou Dubhe.

– Que alguma coisa está para acontecer – respondeu ela. – E vai ser aqui. E que os elfos serão os responsáveis.
Fechou os olhos. Estava cansada. O trabalho consumia-a noite e dia, e o pior é que não dava em nada, não trazia qualquer benefício. Já fazia muito tempo que estudava a doença sem qualquer resultado. A colaboração com as ninfas tampouco ajudava. E agora aquela frase enigmática, que parecia anunciar novos perigos.
– Já tem alguma ideia do que nos espera? – perguntou, reabrindo os olhos.
Dubhe meneou a cabeça.
– Só sei que os elfos estão aprontando alguma coisa, só isto.
Theana encarou-a.
– Por que veio aqui?
– Acabo de lhe mostrar – respondeu ela, indicando o pergaminho. – Só queria controlar pessoalmente.
– Você mesma admitiu que, baseado nessas palavras, não podemos concluir coisa alguma. E além do mais veio sozinha. Não, Dubhe, não é por isto que está aqui.
A mão da rainha fechou-se convulsamente em torno do pergaminho. De lábios apertados, mantinha os olhos fixos no chão.
– Não há mais coisa alguma para mim em Makrat. O palácio está vazio e a cidade entregou-se à loucura. Não podia ir juntar-me a Neor: ainda não estou completamente curada, e não quero que ele corra qualquer risco, mesmo que mínimo, de contágio. O que mais podia fazer? Acabar como Sulana? Fechar-me num quarto e pensar no passado, consumindo-me nas memórias de um tempo acabado para sempre? Foram os anos dourados para mim, você sabe disto. Estes cinquenta anos foram um longo sonho, um sonho maravilhoso. Mas sempre chega o momento em que a gente precisa acordar, e eu fiz isto diante da pira de Learco. Acabou, Theana. Só posso agradecer ao destino por este longo período da minha vida. Mas agora não há mais nada para mim em Makrat, e não há mais nada para mim no mundo.
Theana sentiu-se percorrer por um longo estremecimento. Pois ela sabia, conhecia o alcance daquela dor; dilacerava-a desde que Lonerin morrera, arrancando-lhe da alma um pedaço depois do outro. Sabia que a morte pode ser um processo lento e doloroso, que para

ela começara na hora em que ficara sozinha. E agora reconhecia os sinais daquela doença mortal em Dubhe.

– Dubhe, eu...

Os olhos da rainha ficaram em chamas. Levantou o indicador diante dela.

– Sobrou-me apenas uma coisa a fazer, e é a única que interessa: Learco deu os melhores anos da sua vida a este mundo, criou uma utopia que ainda vive em nós, que não se apagou. Eu lutarei para que nem mesmo uma só migalha do seu sonho seja perdida, lutarei até o fim para que este mundo, o mundo de Learco, mais uma vez possa ser salvo.

Fechou os olhos e, por um momento, ficou em silêncio.

– Por isto vim aqui, na frente de batalha, onde está a guerra, onde está a doença, onde o sonho do meu marido está se esfarelando. E porque será aqui, seja lá o que for, que a coisa vai acontecer.

Theana admirou a força de ânimo da velha amiga, a determinação das suas palavras. Como tinha mudado ao longo daqueles anos, como se fortalecera! E se dela, da Theana de antigamente, sobrara somente a casca, Dubhe ainda era uma criatura completa, possuída por um desejo de luta que nada podia apagar.

Sorriu para ela com tristeza.

– O que pretende fazer?

– Enviarei mais alguém além das linhas inimigas e estabelecerei aqui o meu quartel-general. Os meus homens são tudo que me resta. Neor agora é o rei, e como tal está se portando. Para mim, chegou a hora de voltar às sombras, de recomeçar a fazer o que fazia quando moça, antes de Learco chegar e mudar tudo. Pois a noite é o meu reino, como você bem sabe.

Entreolharam-se por algum tempo, sem nada dizer. Aqueles longos anos de paz passados juntas haviam tornado inúteis as palavras entre elas.

Dubhe levantou-se.

– Preciso de uma tenda só para mim. Preciso descansar. A gente se vê amanhã. – E saiu com suas passadas severas e decididas. Tinha realmente voltado a ser a de antigamente.

* * *

Chovia. A água fustigava as paredes da barraca. As juntas de Dubhe doíam. O catre e os sons da noite falavam-lhe de um passado remoto, da sua vida de *antes*. Era incrível como o presente acabava formando uma coisa só, com o passado, como se a existência fosse um enorme círculo que no fim nada mais fazia a não ser nos levar ao mesmo lugar de onde havíamos partido. Mas o peso dos anos se fazia sentir.

Achou que já não era feita para aquela vida dura, que seu corpo se havia acostumado ao luxo e ao lazer, e que já não conseguiria dormir no chão, sobre folhas secas, como fazia quando jovem. E que, principalmente, já não seria capaz de dormir sozinha.

Sentia falta de um corpo ao seu lado, de uma respiração suave, só um pouco ofegante. Tinham passado juntos cinquenta anos, e durante este tempo se haviam acostumado um com o outro. Dormir sozinha, agora, era quase impossível.

Foi provavelmente por isto que ouviu. Não foram os seus sentidos, embotados por demasiados anos de paz, nem os hábitos de um corpo acostumado com os perigos da batalha. Foi a vigília, a impossibilidade de dormir dos velhos, acossados pelas lembranças. Um barulho diferente da chuva que castigava a tenda, um som surdo, rápido, que lembrava alguma coisa.

Ficou de pé e brandiu a espada. Nunca havia sido a sua arma predileta, na verdade. O punhal, ele sim, era uma parte do seu corpo, a ponto de sempre tê-lo consigo. Tinha aprendido a usar a espada naqueles anos de rainha, pois podia servir, podia acontecer que algum dia ela tivesse de liderar um exército. Ao partir de Makrat, levara a de Learco. Era uma passagem de comando, um modo de carregar consigo uma parte do sonho do marido.

A escuridão e a chuva cegaram-na por alguns instantes, mas então um lampejo rasgou as trevas, lá no fundo, onde ficavam os doentes. Conhecia aquele fogo, o seu cheiro acre. Achou que seu coração iria parar.

Gritos e confusão. Pessoas que corriam para todos os lados em busca de uma impossível salvação. E soldados incrédulos, incapazes de entender.

Dubhe levantou os olhos e o viu. Um só, que se torcia no ar, sobressaindo-se contra o leitoso céu cheio de nuvens. Mas tinha proporções diferentes das de um dragão: era mais delgado, com o corpo alongado e flexível, o focinho achatado, de cobra. Principalmente, não tinha patas anteriores, mas somente asas enormes. Lembrou imediatamente a viverna de San, aquele bicho que desde o primeiro momento despertara nela uma estranha inquietação.

Concedeu-se somente um momento de atônita incredulidade, em seguida o grito de uma horda que partia para o ataque sobre o seu acampamento trouxe-a de volta à realidade.

Nunca tinha chefiado um exército, e tampouco se encontrara de fato numa situação de guerra. Tinha visto Learco liderar as tropas, vira-o muitas vezes lutar, naquele ano passado com ele nos campos de batalha. Mas nunca havia realmente se envolvido num combate.

Mesmo assim, no entanto, soube o que fazer. Seu corpo, a sua memória e o que Learco lhe deixara guiaram-na.

Ergueu-se rápida contra o inimigo, a espada numa das mãos e o punhal na outra. Nem se deu ao trabalho de olhar para eles. Só reparou que tinham estranhas proporções, que de alguma forma não deviam ser humanos.

Quem são, então?, indagou a si mesma, mas logo engavetou a pergunta. Não era importante naquele momento.

Sabia para onde ir. Entre corpos caídos, chuva e lama, correu para o quartel-general. Nada mais do que uma tenda em que se reuniam o general encarregado do acampamento, um Cavaleiro de Dragão e os seus homens. Estava em chamas. Um jovem envolvido pelo fogo saiu de lá correndo, o céu encheu-se de gritos desumanos. Dubhe superou o horror. Tinha de encontrar o Cavaleiro de Dragão a qualquer custo. Só havia uma viverna, precisavam de um dragão para enfrentá-la.

Vislumbrou-o não muito longe dali, cercado por aqueles soldados alienígenas, estranhos, que haviam caído em cima deles como abutres famintos. Dubhe acudiu para ajudar.

Sentia as juntas rangendo enquanto lutava, com os músculos que se tendiam até o espasmo.

Esta vida já não é para você, o seu corpo já não é o mesmo de antigamente.

Uma violenta queimação nas costas. Gritou, e caiu na lama. Ao lado dela a luta continuava. Percebia o ruído de passos agitados, o tinir das espadas, os gritos.

Levou a mão às costas, devagar. Sentiu uma dor latejante. Um ferimento, não grave demais, mas profundo. Alguma coisa caiu sobre suas pernas imobilizando-as, e os inimigos deslocaram-se em massa para outro lugar. Chamas, mais chamas e cheiro de queimado, logo adiante.

Dubhe tentou levantar-se. Havia um cadáver em cima das suas pernas: o do Cavaleiro de Dragão.

Era pesado, não foi fácil tirá-lo dali e soltar-se. Tinha largado a espada na queda, mas recuperou-a. Ficou novamente de pé, amaldiçoando a própria fraqueza.

Começou a correr pelo acampamento. Tinha de encontrar Theana. Talvez ela soubesse como cavalgar um dragão, como guiá-lo contra a viverna.

Um som de trovão, acima dela, um estrondo que encheu sua cabeça, e viu o animal descer planando sobre o acampamento, percorrê-lo todo de bocarra aberta. Mais chamas. Dubhe teve de passar por elas, só contando com a proteção das roupas molhadas.

Olhou em volta. Destruição por toda parte, tendas queimando, gritos, cadáveres no chão. E soldados de corpo magro e esguio que, imperturbáveis, varriam o acampamento. Compreendeu que não havia mais nada a fazer.

Correu às cegas, um braço diante da boca para defender-se da acre fumaça que tudo envolvia. Com suas últimas forças, só procurou manter-se de pé. Toda vez que se via diante de um inimigo, com enorme esforço recomeçava a lutar, forçando os músculos cansados e os braços pesados. Defesa, ataque, rotação e o baque do inimigo que caía na lama. Mais uma vez, de novo, avançando na chuva, desesperada.

Encontrou-a no chão, numa tenda meio destruída pelas chamas. Em cima dela, o que sobrava de uma pesada mesa de ébano. Seus vidros e potes espalhados em volta, os pergaminhos que ainda queimavam.

Precipitou-se sobre o corpo, livrando-o com algum esforço dos pedaços de madeira que o cobriam.

– Você está bem? – gritou.

Theana anuiu, confusa.

– Precisamos sair daqui – disse, ajudando-a a ficar de pé.

– O que aconteceu? – perguntou ela.

– Alguém nos atacou, e já está invadindo o acampamento. Não há mais nada a fazer, precisamos recuar – respondeu Dubhe.

Conseguiram ficar de pé e procuraram um impossível caminho de fuga. Havia chamas por todo lado e a chuva, mais que apagá-las, quase parecia atiçá-las. E na vermelhidão do fogo lá estavam eles, os inimigos, aqueles estranhos vultos de corpo magro e esguio.

Dubhe e Theana foram deslizando na lama, aproveitando a confusão. Só uns poucos ainda continuavam vivos, e o inimigo os perseguia com fúria.

– A floresta, a floresta é a salvação – murmurou Dubhe.

Atravessaram as labaredas, caíram, voltaram a se levantarem. Coxeando, alcançaram o limite das árvores, mas seguiram em frente correndo, ofegantes, exaustas. Finalmente, Theana tropeçou numa raiz e caiu levando Dubhe com ela.

Ficaram ambas no chão, arquejando, enquanto a chuva continuava a fustigá-las, impiedosa.

Quem percebeu foi Dubhe. Barulho de passos. Ficou de pé, nem se deu ao luxo de pensar duas vezes. Segurou a espada e deu uma vigorosa estocada. A lâmina cortou a carne como manteiga. Era jovem e pálido. Longos cabelos verdes colados ao rosto pela chuva, lisos, presos com uma fita. E olhos arregalados de dor, olhos violeta.

Da sua boca saiu um gemido abafado, então o soldado tombou no chão e o silêncio voltou a tomar conta de tudo. O espaço apertado daquele lugar só estava cheio da respiração ansiosa das duas mulheres.

– Acabou? – teve Theana a força de dizer.

– Assim espero – respondeu Dubhe.

Com muito esforço, apoiaram-se uma na outra. Juntas, contemplaram o corpo no chão.

– É um elfo – disse Dubhe, baixinho. E aí tudo ficou claro.

33
O FIM DE TUDO

Adhara não estava acostumada com longas viagens na garupa de um dragão, e suas pernas e costas logo começaram a protestar. Paravam muito pouco para descansar, nunca mais que cinco horas por noite, e também voavam no escuro.

Mais que o corpo, o que realmente a consumia eram os pensamentos. Amhal... Onde se encontrava? O que estava fazendo? Percebia o tempo como um inimigo que trabalhava contra ela, que procurava de qualquer forma privá-la da única certeza que tinha na vida. E também Amina. Havia recebido a mensagem? Avisara o pai? E o que iria acontecer, então? E se, para detê-lo, fossem machucar Amhal?

Não sabia mais o que pensar. E aquele amontoado de incertezas criava à volta dela uma terrível prisão, que pouco a pouco a estava levando à loucura.

– Preciso entrar em Nova Enawar – disse a Taq um dia antes de chegarem ao destino. A viagem durara doze dias, uma eternidade. E havia sido uma jornada silenciosa. Taq era um homem rude, de poucas palavras, e Adhara, inteiramente entregue às suas preocupações, não tinha conseguido familiarizar-se com ele. Só trocaram umas poucas frases, quase todas a respeito da nova situação política da Terra do Sol.

Taq estava mais a par dos fatos do que ela e contou-lhe o que acontecera durante a sua ausência: a morte de Learco, a mudança da corte para Nova Enawar. Naquela noite, Adhara chorara. Não conhecia Learco, mas aquela morte marcava definitivamente o fim de um período da sua vida. A corte onde vivera já não existia. Não havia mais lugar algum para o qual voltar, não era possível cancelar todas as coisas terríveis que tinham acontecido naquelas semanas longe do palácio.

Diante do pedido dela, Taq ficou em dúvida.

— Está pedindo demais — disse. Depois arregaçou a manga, mostrando o braço. Estava completamente preto. — Este é o meu passe, mas cadê o seu? Não posso me arriscar a deixá-la levar a peste a Nova Enawar. É a única cidade que ainda está livre do contágio.

— Tenho sangue de ninfa. Sou imune — declarou Adhara.

Ele sorriu sarcástico.

— Não pode provar.

— Trabalhava com os doentes, o senhor sabe disto. E não peguei a peste.

O cavaleiro ficou olhando para ela. Talvez tivesse, afinal, estabelecido um liame entre eles, durante a silenciosa viagem.

— Preciso ir ao palácio — insistiu Adhara. — Era lá que eu trabalhava antes de ir para Damilar. Eu era a dama de companhia da princesa.

Taq fitou-a sem entender.

— Já faz muito tempo que estou longe da corte, e...

Adhara segurou a mão dele.

— Juro que não estou mentindo. E a minha missão é extremamente urgente. Deixe-me entrar com o senhor, eu suplico!

Taq suspirou.

Adhara desenhou de novo manchas escuras na pele.

— Você percebe que, se estiver mentindo, terei na minha consciência toda a cidade de Nova Enawar, talvez até mesmo a vida do meu rei? — disse Taq, sério.

— Não estou mentindo — repetiu Adhara mais uma vez.

Ele apertou os lábios, olhando para ela.

— Vou acreditar, e que os deuses nos protejam.

Pousaram diretamente na plataforma do Palácio do Exército.

O sol se punha. Havia poucos soldados e um ar geral de tristeza. A doença ainda não tinha chegado, mas, assim como Makrat, Nova Enawar também estava entregue à lenta agonia do medo.

O guarda de plantão examinou ambos. Adhara esperou que as suas manchas fossem convincentes.

— Garanto por ela, assistia os doentes de Damilar — disse inesperadamente Taq.

Adhara fitou-o de olhos arregalados.
– E por que veio para cá? – quis saber o guarda.
– A irmã dela está doente. Quis voltar para ajudá-la.
O soldado deu uma olhada cética em Adhara, mas pareceu convencido.
– Procurem não circular demais. Nova Enawar tornou-se um lugar perigoso, à noite.
Entraram e, por um momento, Adhara entregou-se à ilusão. O Palácio do Exército parecia tranquilo, talvez ainda desse tempo. Mas a primeira coisa a fazer era encontrar Amina. Ela era o centro de tudo.
Virou-se para Taq.
– Não sei como lhe agradecer.
– Pagou pela viagem – rebateu ele, ríspido.
– Não estou falando disto.
Taq olhou para ela.
– Pareceu-me uma pessoa honesta. E desesperada. Espero não estar enganado.
Adhara sorriu com tristeza.
– Obrigada – repetiu, apertando a mão do cavaleiro.

Teve sorte. Na entrada havia um guarda que a conhecia. Evidentemente, Neor tinha trazido com ele os seus homens.
Quando a viu, o homem apontou mesmo assim a sua lança.
– O que está fazendo aqui?
– Preciso falar quanto antes com a princesa Amina.
O soldado não parou de mantê-la sob a ameaça da arma.
– Você fugiu e não sabemos para onde foi. Agora estamos de quarentena, e...
Adhara apontou para as manchas.
– Fiquei doente, mas sobrevivi – disse. – Eu lhe peço, tenho informações urgentes para a princesa, é uma questão de vida ou morte.
O guarda ficou por alguns momentos sem saber o que fazer, depois baixou a arma.
– Vamos logo, vou acompanhá-la.

* * *

A corte não ocupava mais que dez aposentos do Palácio do Conselho, vigiados por um número insuficiente de soldados. A maioria deles, obviamente, devia ter sido deslocada para as zonas afetadas pela doença.
Não tiveram que andar muito. O guarda parou diante de uma porta anônima.
— O quarto da princesa é este — disse.
Adhara engoliu em seco. De repente ficou com medo de encontrar novamente Amina. Qual seria a reação da menina? Iria novamente confiar nela? E como estava?
Apoiou a mão na maçaneta e, sem nem mesmo bater, abriu. Lá estava ela, vestindo roupas que antigamente nem pensaria em usar, as de que tanto gostava a mãe, de cabeça apoiada na sacada da janela. A luz do entardecer jogava reflexos dourados no seu rosto.
Mal chegou a levantar a cabeça quando ouviu a porta que se abria.
Entreolharam-se, e Adhara ficou abalada diante do nada que leu nos olhos da outra.
Mas só levou uns instantes para aqueles olhos se acenderem de um ódio profundo.
— O que está fazendo aqui?
Adhara fechou a porta atrás de si.
— Não se atreva a entrar neste quarto! — gritou a mocinha.
— Deixe-me explicar...
Amina ficou de pé.
— Explicar? Achou mesmo que aquela cartinha idiota que escreveu seria suficiente? Pensou que podia realmente ir embora daquele jeito, deixando-me sozinha enquanto os meus avós morriam e esta porcaria de mundo ia para o beleléu? Você era minha amiga, e me traiu!
Adhara gostaria de sentir-se mortalmente ferida por aquelas palavras, mas não foi nada disso. Encontrava intata, nelas, a força de Amina, aquela disposição que acreditava, a esta altura, apagada. Pois logo que a vira não a reconhecera naquela atitude passiva, no vazio do seu olhar.
Aproximou-se e simplesmente abraçou-a, sem dar-lhe a possibilidade de escapulir.

— Solte-me, solte-me, odeio você! — gritou ela, enquanto tentava desvencilhar-se. Mas os gritos logo se transformaram em pranto, e Amina acabou apertando os braços em torno do pescoço de Adhara. Sentira a sua falta, uma ausência terrível naqueles longos dias de horror.
— Perdoe-me — murmurou Adhara.
— Odeio você — repetiu Amina, soluçando.

Não houve tempo para explicações.
— Recebeu a minha mensagem?
— A carta?
— Não, a mensagem mágica que lhe enviei.
Amina ficou perplexa. Sacudiu a cabeça.
— O mago disse que iria aparecer como uma nuvenzinha roxa... — insistiu Adhara.
— Aquela? Então era uma coisa real? Achei que estava ficando louca quando a vi... Era uma mensagem?
Adhara enfiou as mãos nos cabelos. Era tarde demais. Ninguém sabia de Amhal.
— Precisamos falar com seu pai.
— Quer me dizer o que está havendo?
Adhara tentou explicar depressa, confusamente.
Amina ficou branca.
— Papai desceu aos subterrâneos onde San estava — disse com um fio de voz. — Neste momento está com ele.
Adhara ficou com falta de ar.

San não demorou a recuperar a sua espada. Estava na guarita. A prisão mergulhava num silêncio irreal, mas já se ouvia o tropel de muitos pés nos andares de cima.
— Precisamos nos apressar — disse.
— Está cometendo um grave erro, Amhal. Não sei o que ele lhe disse, mas foi ele — insistiu Neor.
— Cale-se, maldição! — gritou o rapaz. Mantinha um punhal encostado em sua garganta. Apertou-a com mais força, até uma gota de sangue molhar a lâmina. — Se não se calar, vou matá-lo.

Sentiu o pomo de adão do rei que se mexia sob o seu punho, percebia o coração dele batendo ansioso. Neor estava com medo. Mas não com mais do que ele mesmo tinha. Amhal descobriu que se encontrava apavorado. Estava fazendo uma temeridade.
Os soldados irromperam em massa, como sangue que jorra de uma ferida. San abateu-os de uma só vez com um feitiço. No chão, corpos queimados, aos berros.
– Vamos – disse.
Subiram um andar correndo. Mas havia mais homens. San investiu contra eles como uma tempestade.
– O rei está comigo! – berrou Amhal. – Deixem-nos passar se não quiserem que o mate!
Muitos pararam, mas San matou-os mesmo assim.
Amhal estava dominado pela fúria, uma ira ainda insatisfeita, que pedia mais sangue, mais morte. E a cena de San que matava, feria e esquartejava era para ele uma tentação irresistível. Mas segurava o rei, a única possibilidade de fuga que tinham, e não podia lutar.
– Confessou-me tudo. Disse até que matou meu pai – continuava Neor, destemido, com voz rouca.
– Calado, calado! – repetia Amhal, mais para cobrir aquelas horríveis mentiras do que esperando que o rei parasse de falar. Porque aquelas palavras se misturavam com a sua sofreguidão deixando-o cada vez mais louco. Já não tinha certeza do que estava fazendo; às imagens do presente, ao furor de San que avançava sem parar, sobrepunham-se as da chacina na aldeia e de todas as outras vezes em que a fúria tinha levado a melhor, em que se havia apossado do seu coração.
Como cheguei a isto? O que estou fazendo?
A sua mente perdia-se entre mil perguntas, enquanto a mão que segurava o punhal tremia no pescoço do rei. Sentia a viscosidade do sangue entre os dedos, e aquela sensação deixava-o totalmente alucinado.
Saíram correndo da prisão e perderam-se entre os meandros do Palácio do Exército. Soldados, todos aqueles que ainda sobravam por lá: chegavam em bandos, mas logo que viam o rei hesitavam. E San investia contra eles, abrindo caminho com o poder da sua espada negra.
– Onde está Jamila? – perguntou.

– Na floresta, ao sul da cidade.
Um esgar de triunfo desenhou-se em seus lábios.

Correram, correram com todo o fôlego que tinham. Adhara na frente, Amina logo atrás. Entre elas, tudo havia sido esquecido. O rancor, a dor, tudo mesmo. O que importava era chegar a tempo. Mas Adhara sentia no fundo do coração que não iriam conseguir. Sabia que alguma coisa absolutamente atroz estava a ponto de acontecer, algo inelutável.
O fim, é o fim, repetia incessantemente a voz da alma, e não havia jeito algum de calá-la.
Quando chegaram ao Palácio do Exército, já era um deus nos acuda. Corre-corre de soldados, ordens aflitas, agitação. Estavam na grande plataforma onde Adhara pousara com Amhal alguns meses antes.
Um soldado parou-as.
– Vossa Alteza! – gritou escandalizado, segurando Amina.
– Você não entende! Estão tentando libertar San, e o meu pai está lá embaixo com ele. Precisam ir salvá-lo! – berrou ela desesperada, o rosto acalorado pela correria.
– Já sabemos – disse o guarda, e Amina ficou sem palavras.
Adhara seguiu em frente, tentando de todas as formas superar o bloqueio ou pelo menos olhar.
E o viu.
San, como uma fúria, manuseando a sua espada negra, abatia os inimigos um depois do outro, como se fossem bonecos. E Amhal atrás dele, segurando nos braços o magro corpo de Neor e apontando o punhal para seu pescoço.
A imagem tinha algo de absurdo e ao mesmo tempo terrível, alguma coisa que lhe tirou a capacidade de falar. Um silêncio atônito desceu sobre a formação de soldados. San parou, ofegante, soltou um assovio, longo, agudo. E o encanto se quebrou.
– Amhal! – gritou Adhara a plenos pulmões, enquanto Amina invocava o pai entre as lágrimas.

* * *

Amhal nada ouviu. Para ele, na noite de Nova Enawar, o mundo parecia ter-se tornado de repente um lugar absurdamente quieto. E naquela quietude sobressaíam claras as palavras de Neor, que àquela altura o rapaz nem conseguia entender. Chegavam até ele confusas, como uma prece blasfema, e recortavam lentamente a sua mente como rasgos de lucidez. Sobrava somente a fúria, intata, perfeita, o último refúgio.

Só lhe falta dar este último passo, sabe disto. Entregue-se a ela, e tudo acabará bem.

Era um pensamento consolador, confortante, no caos daquele lugar perdido. San, diante dele, sangrava. Alguém devia tê-lo ferido num flanco. Em seguida um bater de asas, e no horizonte apareceu um ser terrível: uma serpente alada, a boca cheia de centenas de dentes afiados. Uma criatura aterradora. A viverna de San.

O silêncio desapareceu, substituído por uma balbúrdia de vozes indistintas. A de San sobrepujou as demais:

– Conseguimos. Solte Neor e vamos embora.

A viverna pousou, à espera. Embora com alguma dificuldade, San subiu na garupa. Amhal ficou por um instante petrificado. Chegara a hora da decisão.

– Ainda pode escolher. – A voz de Neor, clara, já sem medo. – Não vá com ele, Amhal. É um assassino, um monstro. Matou o seu mestre, e você sabe disto. Matou meu pai, quem trouxe a doença ao palácio foi ele. Você é diferente, Amhal, não é como ele. Nunca seria capaz de fazer o que ele fez. Não vá. Deixe-o desaparecer com sua viverna e fique aqui. Nada de mau irá lhe acontecer, eu mesmo cuidarei disto. Mas não o acompanhe.

Amhal engoliu em seco.

– Cale-se.

– Ele confessou. Como fez, como o matou. Mira. E não havia o menor remorso nas suas palavras, nos seus olhos.

– Calado! – berrou Amhal. E então sua mão moveu-se, quase sozinha, como se não lhe pertencesse. Afundou a lâmina naquela garganta e puxou-a para trás com violência. O sangue jorrou farto da ferida, quente e extremamente suave. O corpo de Neor só teve um único e leve estremecimento, para então jazer sem vida entre suas mãos. E enquanto o sangue escorria no chão, entre os berros dos súditos e os gritos desesperados de Amina, Amhal sorriu, beato. Tinha feito a sua escolha. Estava tudo acabado.

    Deixou o corpo tombar no chão, dirigiu um só olhar à multidão aglomerada, um olhar louco, desesperado. Começou a evocar a fórmula, enquanto o globo prateado se expandia entre suas mãos. Os soldados o cercaram, de armas em punho. Ele não teve medo. Ainda sorria, pronto a deixar fluir o poder das suas mãos, para destruir tudo e todos num holocausto purificador.

    E então a viu. Atropelada pelos soldados que corriam em todas as direções, os olhos dilatados de medo e compaixão, chorando. Adhara.

    Alguma coisa respondeu no fundo do seu coração. Um longínquo grito de dor, de hesitação. A esfera se apequenou em suas mãos. Soltou-a.

    Uma violenta luz envolveu tudo. Os soldados que estavam na frente não tiveram como fugir. A luz engoliu todos eles, consumindo seus corpos.

    Amhal pulou na garupa da viverna.

– Vamos embora – disse com calma.

– Por que hesitou? – perguntou San.

– Vamos embora – repetiu ele.

Adhara viu aquela luz ofuscante. Gritou de novo o nome de Amhal, numa desesperada tentativa para chamá-lo de volta. Depois tudo foi escuridão. Quando seus olhos conseguiram enxergar novamente, viu os corpos carbonizados de seis ou sete soldados. Os demais estavam caídos, as mãos sobre os olhos, feridos ou simplesmente abalados. No meio daquele horror, o corpo de Neor, intato. De olhos fechados, como se estivesse dormindo, e o grande rasgo na garganta, de onde o sangue continuava escorrendo, devagar.

    Amina correu para ele, segurou-o com força.

    Adhara lembrou o primeiro encontro com Neor, as suas maneiras afáveis, a sua sensibilidade, a sua inteligência. Seus olhos encheram-se de lágrimas.

    Aquela batida lenta, pujante. Virou-se de chofre. A viverna estava voando embora. Então ficou de pé e se afastou correndo.

    Não tinha acabado.

34
A VERDADE

Pararam num lugar ainda próximo do centro de Nova Enawar. A viverna pousou e deixou-os desmontar.
— Ficou louco? — perguntou Amhal. Deixara de ter qualquer sentimento. Ao lembrar os mais recentes acontecimentos, não sentia coisa alguma. Tudo se reduzia a gestos mecânicos, necessários. Só percebia a insatisfação da fúria, no fundo do peito. Não tinha matado o bastante.
— É um lugar seguro — disse San. — E, principalmente, encontraremos nele aquilo de que precisamos. Se por acaso não reparou, estou ferido — acrescentou, mostrando o longo corte que tinha num flanco. Amhal não fez mais perguntas.
Estavam diante de uma porta de madeira. Na arquitrave de pedra, um símbolo que Amhal não reconheceu. Cheirava a queimado. Entraram. Destruição por toda parte. Os muros estavam marcados pelo fogo; no chão, plantas arrancadas, frascos quebrados e os restos de corpos consumidos pelas chamas.
— Obra sua? — perguntou Amhal.
San deu uma risadinha.
— A minha primeira façanha ao chegar a Nova Enawar. Não estava incluída nas ordens, mas era uma coisa útil, e de qualquer maneira era algo que eu precisava fazer. Tenho certeza de que sabe do que estou falando.
Pois é, Amhal sabia.
Passaram por alguns aposentos destruídos pelo fogo, então pararam numa cela onde sobravam alguns potes intatos nas prateleiras.
— Imaginei que ainda houvesse alguma coisa — disse San. Examinou as ervas e pegou um arbusto que mostrou a Amhal. — Conhece?
O rapaz aspirou o cheiro. Sacudiu a cabeça.

– Terei de lhe ensinar algumas artes sacerdotais. Esta é uma planta desinfetante, muito boa para ferimentos de corte. Suponho, no entanto, que já conheça alguns encantos curativos.

Amhal assentiu.

– Que tal, então, me dar uma ajuda?

Com alguma dificuldade tirou o corpete de couro e a camisa que vestia por baixo. Procurou examinar a ferida. Era um corte bastante profundo, mas nada de mais.

– Quando estiver pronto... – disse a Amhal.

O jovem logo começou.

Ficaram por alguns minutos em silêncio, entre os escombros chamuscados daquele lugar.

Em seguida Amhal tomou a palavra:

– Quero que me explique tudo. Quero a verdade.

San deu uma risadinha.

– Neor também pediu a mesma coisa, agora há pouco. A verdade.

Os olhos de Amhal faiscaram.

San parou de rir.

– Matou-o. Porque você sabe que o que ele queria não era a verdade.

Amhal não respondeu, continuou a curá-lo.

– Quero saber quem sou. Por que sou assim. – Levantou os olhos. – E o que tenho de fazer.

– Saberá logo – disse San com calma. – Vou lhe contar tudo. Chegou a hora.

Amhal permaneceu impassível.

Alguma coisa se mexeu atrás deles.

Adhara fora no encalço deles, desesperada, os olhos para o céu tentando acompanhar o voo da viverna, rápida demais, muito distante para conseguir acompanhá-la. Havia tropeçado e caído, sempre voltando a se levantar. Tinha perambulado sem rumo quando já não podia vê-los voar, movendo-se às cegas, tentando intuir a direção que tomaram.

Nem se dava conta direito do que estava fazendo. Só sabia que àquela altura tudo estava acabado para sempre. Amhal tinha matado Neor, não havia retorno depois de uma atrocidade dessas. Se o capturassem, iriam matá-lo, e se tivesse conseguido fugir, nunca voltaria a ser o mesmo.

Mas o desejo de salvá-lo não tinha morrido nela. Acreditava no jovem, com firmeza, com desespero e aflição. Como se fosse a sua missão, desde sempre imprimida nela, a única razão pela qual havia acordado num gramado desconhecido e tinha agido assim até aquele momento.

Andara à toa, desesperada, mudando de caminho, perdendo-se, até sentir uma espécie de nó na garganta, uma sensação que a pregou no chão.

Parou no meio da rua, como que dominada por uma força invisível que lhe bloqueava as pernas.

Virou a cabeça devagar. Era uma porta qualquer, com um símbolo esculpido na arquitrave. A pedra estava enegrecida pelo fogo de um incêndio. A folha de madeira estava presa a um só gonzo, semicarbonizada.

Foi como adquirir uma repentina consciência, como despertar de um longo sono, um milagroso reconhecimento. As vivas lembranças dos seus sonhos alinharam-se com a realidade, e *soube* que vinha de lá, daquela porta queimada, daquela arquitrave enegrecida.

Aproximou-se lentamente da entrada, atraída por uma força à qual não podia resistir. Lembrava, *recordava*! O teto de pedra, abaulado, os corredores estreitos, o cheiro de mofo, de ranço.

Conheço este lugar.

Movia-se em transe, como se de repente tivesse esquecido o que realmente a levara até ali. Havia um chamado superior, agora, e ela estava respondendo.

Em alguns trechos o teto tinha desmoronado. O cheiro de queimado ardia na garganta, fazia lacrimejar. As suas recordações, aquelas mesmas lembranças escondidas sabe-se lá onde durante cinco meses, reconstituíam o lugar destruído, mostravam-no como havia sido antes que por lá passasse o fogo, e *ele*.

Ele quem?

Disto ela não se lembrava.
Um laboratório.
Um labirinto de corredores de teto baixo.
Inúmeros aposentos cheios de lamentações, todos iguais. Uma tosca mesa de madeira no meio, prateleiras repletas de frascos nas paredes.
E as celas. As celas das *criaturas*.
Adhara sentiu a cabeça rodar. E depois uma sensação familiar, que calou todas as demais, que as tornou supérfluas. Recomeçou a andar rápido, como se o encanto se tivesse finalmente quebrado. Um corredor, mais um, passando por cima dos escombros, e afinal uma sala, o teto parcialmente desmoronado, vigas consumidas pelo fogo, tijolos enegrecidos no chão. E Amhal. Ela o encontrara. Com as mãos iluminadas sobre o ferimento de San, sentado diante dele. Adhara cerrou as mandíbulas. Nem chegou a pensar no que devia fazer.
– Amhal!
Ele virou-se de chofre. Adhara ficou estática diante daquele semblante. Uma máscara atrás da qual só havia o nada. Não parecia alguém que acabara de matar um homem; o rosto inexpressivo, os olhos vazios.
San fez um gesto de desagrado.
– Que diabo está querendo?
Adhara estava gelada. Porque agora que olhava para ele, que o via naquele lugar, de repente *sentia*, compreendia. O que ouvira naquele dia eram ruídos de combate, de luta, corpos que caíam no chão, gritos, clangor de espadas. E o responsável por toda a destruição que mais tarde aparecera diante dos seus olhos era um só homem. *Ele*. San. Percebia claramente isto. Era obra dele, ele destruíra aquele lugar. Não chegara a vê-lo, então, mas de alguma forma tinha certeza de que fora ele. Um homem completamente vestido de preto.
– Foi você – murmurou. – Você levou a cabo esta chacina...
San levantou-se devagar, afastando Amhal. Sorria.
Adhara permaneceu imóvel. A vividez das lembranças, ressurgidas de súbito, todas juntas, paralisava-a, mas era principalmente aquele sorriso enigmático a deixá-la sem reação, um sorriso que percebia odiar mais que qualquer outra coisa no mundo.

Sacou o punhal.
– Não o terá. Tirou a vida de Mira, de Learco e de toda a corte, mas não pegará Amhal.
San deu alguns passos em frente.
– Eu não estou segurando ninguém. Amhal quer vir comigo.
Adhara movimentou o braço numa estocada.
San esquivou-se recuando.
– Vejo que não está brincando... – murmurou com um sorriso de escárnio.
– Mesmo que me custe a vida – sibilou Adhara.
– Desperdício de energia. Você, que nem mesmo pode considerar-se uma pessoa, que foi criada para não ter uma alma, acha realmente que pode nos compreender? Eu e Amhal somos *outra coisa*, estamos *acima* e *além*, e não há absolutamente nada que você possa fazer para nos alcançar.
– Só lhe contou mentiras, desde o começo, mas Amhal ainda pode salvar-se. – Adhara encarava-o com olhos flamejantes. – Porque o amo.
San riu descaradamente.
– Ama? Você nem sabe do que está falando. – Brandiu a espada de cristal negro, de Nihal, e deixou a lâmina ranger enquanto saía da bainha. – Não é uma questão de amor, mocinha. Estamos falando do que somos, do destino que nos envolve e condiciona. Não há força alguma, e menos ainda esse seu amor bobo, capaz de deter a tragédia que se desenvolve diante dos seus olhos.
Levantou a espada diante de si, em posição de combate.
– E agora saia da minha frente, afaste-se desta história que não pode compreender, antes de ficar esmagada. Pois o que estamos descortinando diante de você é a História, a única que jamais foi contada no Mundo Emerso, a que se repete idêntica há gerações, um século depois do outro.
Adhara investiu sem nem mesmo esperar que ele terminasse aquela conversa delirante. Jogou-se em cima dele com o punhal, reunindo no golpe toda a energia do seu corpo. Seu braço parou diante de uma barreira prateada que se materializou em torno do homem. Então recuou dando um passo de lado, enquanto por sua vez San partia para o ataque.

Começou assim, e foi como se tudo já tivesse sido escrito. Os movimentos de Adhara, os de San, a magia que ele usava e a que fluía das mãos dela, desconhecida, instintiva, benéfica. A espada negra e o punhal que traçavam arcos bicolores no ar espesso daquele lugar morto, o ranger das lâminas que se chocavam, o ruído surdo dos feitiços lançados, invocados. As Fórmulas Proibidas de San, as defensivas que Adhara evocava naturalmente.

Com raiva, percebeu que San tinha dito a verdade. Aquela era *a* História. Aquele combate já acontecera antes, e não uma vez só, mas, sim, inúmeras. Estava escrito em algum lugar, era necessário.

Amhal, num canto, observava inerte.

Adhara e San afastaram-se. Ele levou a mão à cintura, sangrava.

– Se pudesse contar com a plenitude das minhas forças, você já estaria morta. Ou talvez a tenha subestimado, talvez você seja algo mais que uma simples experiência.

Investiu novamente contra ela, mas algo deteve o seu golpe. Adhara ficou imóvel, olhando as costas de um homem que se tinha literalmente materializado do nada. Instintivamente, soube quem era.

– Ela, de fato, não é uma mera experiência.

A mesma voz que em suas confusas lembranças repetira até à exaustão: "Espere por mim, virei buscá-la." Adhara estremeceu. Então o homem afastou com a sua espada a arma negra de San e virou-se para ela.

– Você está bem?

A barba, os cabelos, os traços do rosto sobrepuseram-se aos seus sonhos, até darem uma identidade àquele desconhecido que prometera voltar para buscá-la.

– Quem é você? – sussurrou Adhara.

O homem não teve tempo para responder. Um assovio, e a arma de San abateu-se novamente sobre ele. O combate recomeçou, violento, e com um vencedor certo. Porque os movimentos do recém-chegado nem de longe se comparavam com os ataques sinuosos, fortes e insinuantes de San. Mais uma pirueta, no entanto, e o homem conseguiu ficar de novo a uma distância segura.

San aproveitou para recuperar o fôlego.

– Não pensei que um de vocês tivesse sobrevivido – gracejou.

O outro assumiu uma posição de defesa.

– Somos guiados por Thenaar. Nada pode nos deter.

San deu uma sonora gargalhada.

– Sim, claro... Mas os deuses estão comigo, você sabe disto. Não pode parar a história, porque ela está escrita na própria essência do Mundo Emerso.

– Talvez eu não possa, mas ela pode – disse o homem, segurando Adhara pelo braço.

De repente, San ficou sério.

– Uma experiência, talvez melhor que as outras, mas mesmo assim uma experiência de laboratório.

Desta vez, quem deu um sorriso enigmático foi o homem.

– E por que, então, se deu ao trabalho de matar todas as outras como ela? Ela é a verdadeira Sheireen, e no seu íntimo você sabe, Marvash.

San apertou o queixo.

– Deixe-a lutar comigo, então, e veremos quem ganha.

O homem apertou com mais vigor o braço da jovem.

– Ainda não chegou a hora.

– Mas, afinal, do que estão falando? – Adhara estava abalada. Quem era aquele homem? Que raio de conversa era aquela com San? E Amhal, qual era o papel dele em toda esta história?

Desvencilhou-se e ergueu novamente o punhal. Recuou para perto de Amhal.

– Não estou interessada nos seus desvarios.

– Acalme-se, Chandra – disse o homem, aproximando-se dela.

– Só estou interessada em Amhal, estão me entendendo? E o levarei embora comigo!

O homem sacudiu a cabeça.

– Ele é seu inimigo, Chandra. Ele também é um Marvash.

Adhara o ignorou.

– Levante-se, Amhal, vamos embora! Não há mais nada que possamos fazer neste lugar! – gritou.

Amhal pareceu sair da apatia. Levantou-se, olhou gelidamente para Adhara e desembainhou a espada.

Por um momento ela acreditou. Amhal tinha decidido, e optara pela vida. Conseguira ver com clareza todas as mentiras de San. Agora iria unir-se a ela, lutariam juntos para saírem dali, para se abrigarem em algum lugar onde não fosse preciso lutar, onde palavras como as que San e o outro homem haviam jogado um na cara do outro não pudessem ser pronunciadas.

Amhal avançou lentamente, apontou a espada para sua garganta. Adhara ficou paralisada.

– Amhal... – murmurou.

San sorriu com ferocidade.

– Mate-a – disse. – Ela é sua inimiga, sempre foi. Se não fizer isto agora, terá de fazer no futuro.

Adhara cravou os olhos nos de Amhal. Tentou transmitir com eles uma silenciosa súplica, procurou fazer-lhe entender que ainda havia esperança. Mas o olhar dele continuou vazio, de uma verde frieza. E aquela luz, que amiúde vislumbrara, e pela qual lutara desesperadamente, parecia ter desaparecido.

– Saia daqui – disse ele.

San virou-se na mesma hora.

– Precisa matá-la. Confie em mim, depois explicarei tudo, mas precisa matá-la, já!

– Você está ferido, precisamos ir embora. Parar aqui foi um erro.

San rangeu os dentes, mas sua testa estava coberta por um fino véu de suor, e o ferimento sangrava.

– Amhal, eu suplico...

– Saia daqui – repetiu ele, seco. Deu uns dois passos, guardou a espada, segurou o braço de San e desapareceu na escuridão.

– Amhal! – gritou Adhara, correndo para ele.

O homem a deteve.

– Deixe-o ir. É a nossa única salvação!

– Não, você não entende, eu... – Tentou desvencilhar-se, mas estava esgotada, e não só fisicamente. Suas pernas cederam, acabou no chão, sacudida por soluços incontroláveis. Chorava sem qualquer controle, cobrindo os olhos com as mãos. Percebeu que o desconhecido se aproximava e colocava a mão no seu ombro.

– Acabou – disse, baixinho. – Acabou.

E Adhara achou que era a terrível verdade.

* * *

— Quem é você? — murmurou depois de se acalmar.
Ele levantou o rosto.
— O meu nome é Adrass.
Não se lembrava daquele nome.
— Procurei tanto por você, e com tanta aflição...
— Por quê?
O homem suspirou.

Contou dos Vigias. Santos, mártires, defensores da verdadeira fé, que haviam tentado de todas as formas convencer os Irmãos do Raio da validade das suas razões, mas em vão. Quando Theana fechou todas as portas e até mandou persegui-los, tinham escolhido sumir na clandestinidade, para desta forma continuar o seu trabalho. Porque, depois das inúteis tentativas de matar Marvash antes que acordasse, decidiram sair em busca de Sheireen. Haviam procurado por todo o Mundo Emerso. E logo perceberam que era preciso adiantar-se ao inimigo. Não podiam esperar que Marvash aparecesse, tinham de ter Sheireen sempre disponível, precisavam desta vantagem sobre ele. Mas e se Sheireen não fosse a primeira a chegar?
Tinham de criá-la.
Com a magia, com qualquer arma. De qualquer maneira.
Pegaram meninas. Raptaram-nas de suas famílias. Tentaram treiná-las, mas não bastava. E, além do mais, as magias, os selos que lhes impunham acabavam matando as moças. Pensaram nos cadáveres. Carne morta com que fazer suas experiências, carne morta que podia voltar à vida graças a alguns selos proibidos que os Vigias conheciam, carne morta a ser moldada, modificada, fortalecida.

— Roubamos muitos corpos. No começo não foi fácil. Não era o mesmo que trazer alguém de volta à vida. Não queríamos levar a cabo um ato tão sacrílego quanto o de trazer uma alma de volta do além. Só queríamos um corpo capaz de se mexer e de lutar contra Marvash. Foi o que fizemos.
Adrass calou-se, e Adhara sentiu um longo arrepio correr pela espinha. Não podia acreditar.

– Era então isto que faziam aqui embaixo?
O homem anuiu com um ar aflito que Adhara odiou profundamente.
– Costumávamos chamá-las de "criaturas" e, por comodidade, as identificávamos com um número élfico. Cada um de nós trabalhava com uma delas: impunha selos, infundia conhecimentos inatos sobre as artes do combate e da magia, conforme seus próprios métodos. A prova final era a Lança de Dessar, um artefato élfico específico dos Consagrados: somente eles podem ativá-la. As criaturas eram levadas até lá e deviam segurar a lança nas mãos. Se conseguissem ativá-la, teríamos certeza de ter alcançado a meta. Mas nunca aconteceu.
Adhara tremia.
– O que acontecia com as... criaturas que não conseguiam ativar a lança?
– Morriam.
Teve medo daquele homem, da maneira com que falava daqueles pobres corpos torturados pelas experiências, arrancados da morte para serem novamente levados à aniquilação.
– Não eram realmente pessoas, está entendendo? – explicou Adrass, reparando na sua perturbação. As mesmas palavras que pouco antes San usara. Adhara sentiu a raiva correr solta em suas veias, irrefreável. – Não eram planejadas para ter uma alma, só eram... criaturas.
Adhara apertou os punhos.
– Continuo não entendendo o que isto tem a ver comigo. – Mas estava mentindo.
Adrass sorriu.
– Você é Chandra, quer dizer "sexta", em élfico. É a sexta na qual trabalhei, e é Sheireen.
Adhara avançou contra ele, sacou o punhal e apontou-o para sua garganta.
– Está mentindo! Eu tenho uma alma, eu amo, odeio, vivo! Eu *sou*!
Adrass ficou branco enquanto tentava falar, procurava explicar o que não podia ser esclarecido.
Adhara soltou-o, enojada consigo mesma. *Se agir desse jeito, será a mesma coisa que San*, disse a si mesma.

Adrass massageou o pescoço, retomou o fôlego.

— Não sei o que você é, os meus irmãos sempre me disseram que as criaturas não são pessoas. Mas será que realmente importa o lugar de onde veio, o que você é, uma pessoa, um experimento ou uma coisa? Você é Sheireen, e eu tive sucesso, dá-se conta disto? Criei a Consagrada!

Adhara fitou-o com desprezo.

— Você está louco...

— Você se lembra de mim, sei disto, e então não pode negar a verdade, não pode refutar o que estou dizendo, Chandra.

— Não me chame assim!

Sua garganta queimava. Não conseguia mais gritar. Deixou-se escorregar no chão. Olhou as próprias mãos. De quem eram aquelas mãos, antes que Adrass as trouxesse de volta à vida? O que haviam feito, enquanto pertenciam a outrem? Quem tinha sido ela, numa outra vida?

— Não se lembra de nada porque não há nada a lembrar — continuou Adrass — a não ser o breve período que passamos juntos quando a despertei, quando a criei com a minha magia. E o dia em que tudo acabou.

Quando San chegou, não sabiam quem era. Ele simplesmente entrou trazendo consigo a morte. Matou todos os que se meteram em seu caminho e exterminou as criaturas. Todas. A não ser uma: Chandra.

— Fugimos por um túnel secreto. Pedi que esperasse por mim. *Voltarei, virei buscá-la.* Adhara se lembrava.

— Mas depois não consegui voltar. Salvei minha vida fingindo-me de morto, e na verdade faltou muito pouco para eu morrer mesmo. Arrastar-me fora de lá, pedir ajuda... — Levou as mãos ao rosto. — Toda uma série de peripécias que não vale a pena contar. O resto é uma triste história.

Fitou-a com olhos cintilantes.

— Procurei por você por toda parte. Desesperadamente. E, enquanto isto, eu investigava. E compreendi quem era aquele homem. Marvash. San é Marvash.

Adhara sabia disto. Sentia.

Você é a Consagrada, é por isto que sabia.
Meneou a cabeça. Não, não podia ser. Era tudo mentira. Ela não era coisíssima nenhuma.
— Mas só hoje compreendi a verdade. São dois, Chandra. San e Amhal. Viu como lutam, não viu? São dois Destruidores.
O rosto do homem estava apavorado, mas nada comparado com o gelo que invadira o corpo de Adhara.
— Eu... não...
— Terá de enfrentar dois Destruidores. Terá de matar seja Amhal, seja San.
O mundo rodou em volta dela. Tudo pareceu dissolver-se naquelas palavras, lúcidas, terríveis e ao mesmo tempo insanas. Combater. Matar.
— Eu e Amhal somos amigos, ele salvou a minha vida... Eu o amo...
Adrass tapou a boca dela com a mão.
— Não diga blasfêmias! Ele é o inimigo, é o mal contra o qual tem de lutar.
Adhara ficou de pé.
— Não se atreva a dizer uma coisa dessas! É mentira!
— É o seu destino, Chandra, é por isto que foi criada, que *eu* a criei! Outras Consagradas, antes de você, já fizeram, e o mesmo acontecerá com você. Fará isto, mesmo que não queira; fará porque não pode fazer outra coisa.
Adhara continuava a menear a cabeça, como se tentasse livrar-se de um pesadelo.
— Está errado, eu não sou coisa alguma. Talvez me tenha criado, talvez você tenha pensado em bancar um deus, mas o resultado nada tem a ver com as Consagradas. Eu sou Adhara, a jovem do gramado, sou a pessoa à qual Amhal deu uma nova vida, um nome, um sentido!
Adrass sorria compadecido e continuava com a mesma lenga-lenga:
— Terá de fazer, não tem escolha...
Aquele sorriso, aquelas palavras imbuídas de uma certeza cega deixaram-na louca. Pulou em cima dele, rolaram no chão, e começou a golpeá-lo com fúria, com ódio.

Golpeou-o, mais e mais, até os nós dos dedos sangrarem. Só parou quando o sentiu inerte em suas mãos. E então teve nojo de si mesma, por aquele rancor raivoso que brotara do seu desespero e que movimentara suas mãos.

Afastou-se dele em prantos, e acabou curvada sobre si mesma, esgotada, vazia, com ânsias de vômito. Fugiu por aqueles mesmos corredores pelos quais Amhal havia escapado. Seus pés guiaram-na no labirinto de passagens que àquela altura reconhecia, levando-a a um lugar qualquer, não fazia diferença. Deixou que o corpo se mexesse, que escolhesse o caminho.

E quando parou, acima dela havia um impiedoso céu estrelado, que dominava com seu silêncio um amplo gramado. *Aquele* gramado, onde tudo começara. Caiu de joelhos, incapaz de seguir em frente. Soprava um vento gélido, presságio do inverno.

E em seguida foi a vez das lembranças. Chegaram uma depois da outra, como as contas de um colar de pedras, terríveis. E finalmente soube quem era.

EPÍLOGO

Imagens fugazes, repentinas. Sons intermitentes.
Gritos e estridor de espadas.
Nada.
Um teto de tijolos.
Nada.
Ampolas, livros abertos, filtros.
Nada, ainda nada.
Então ele. Um homem de barba, careca, com expressão preocupada, febril.
Fala, procura dizer alguma coisa, puxa-a da mesa. Chandra tem todo o corpo dolorido, mas não tem força para falar. Ele a apoia na parede, depois derrama água em cima dela. É como a espetada de milhares de alfinetes. Chandra sacode a cabeça, consegue entreabrir os olhos. O homem preenche por completo o seu campo de visão.
– Agora vou levá-la daqui, está bem? Escute!
São as primeiras palavras que Chandra consegue entender daquilo que ele diz. Mas tudo dói, e aqueles sons ensurdecedores, aqueles barulhos terríveis... Gostaria de ser deixada ali mesmo, no chão, a morrer, talvez, mas em paz. Dos dias anteriores, só tem lembranças muito vagas. Dor, principalmente, e palavras murmuradas, filtros de água a serem tomados, luzes estranhas. Só sabe que foi horrível, uma tortura. Mais para trás, o nada total, nem mesmo uma única lembrança.
O homem segura-a pelas axilas, arrasta-a para algum lugar. Ouve-o ofegar. Gostaria de gritar de dor, mas não consegue.
Estão num buraco escuro, que cheira a mofo.
Agora já consegue movimentar-se sozinha. Desliza naquela escuridão, com o homem diante dela.
Deixe-me aqui, deixe-me morrer... pensa, mas sabe que alguma coisa atroz espera por ela.

Uma fechadura que estala. Os ruídos ficaram abafados, quase não se ouve mais nada.
O homem empurra-a para uma cela: é apertado ali, e ela gostaria de se rebelar, mas não consegue. Não há outro jeito a não ser deixar-se trancar no cubículo.
— Fique quieta agora, está entendendo? Não vou demorar, espere até eu voltar, está bem?
Chandra anui debilmente.
— Virei buscá-la. Baterei na pedra, duas batidas fortes e uma fraca. — Mostra para ela. — Entendeu direito?
Ela acena que sim. Compreendeu.
— Boa menina. Não saia daqui por nenhum motivo.
Então a porta se fecha, e fica escuro.

Fica lá, não sabe por quanto tempo. Chora. Tenta bater na parede com os punhos, mas está fraca, sabe que ninguém poderá ouvi-la.
Então se lembra das palavras do homem. Virá buscá-la. Confia nele.
O tempo passa, num estilicídio de lentos segundos. As suas percepções se expandem. Ouve barulhos distantes. O cheiro do bolor que agride os tijolos. O rasgo de luz que filtra de cima, fino, apenas o suficiente para deixar passar o ar. Ar limpo, que sabe a noite. Encosta o olho naquela abertura. Vislumbra, por algum tempo, uma luz pálida acima dela. Então, trevas. Observa, parada, o breu que se suaviza em azul, cada vez mais claro, até tornar-se rosado. A luz torna-se mais intensa. Mas ninguém, ainda.
Passaram-se horas ou dias? Não sabe. Continua imóvel. A luminosidade volta a diminuir de intensidade, de novo o mesmo rosa de muitas, de demasiadas horas passadas. E, então, pálido azul, azul-escuro e preto.
Toma uma decisão. Precisa sair. Martela a parede com os punhos, com toda a sua força. Encontra um tijolo. Empurra-o para fora. Rodando sobre dobradiças, a parede se abre. Cai, fica algum tempo deitada no chão.
Está fraca, mas consegue se levantar e percorrer de volta o caminho que já fez. O cunículo está escuro, e à medida que avança percebe, cada vez mais forte, o penetrante cheiro de queimado.

Mais uma porta de tijolos. Desta vez sabe o que fazer. Sai do buraco. Há fumaça por todos os lados. Sua garganta arde, fica tossindo. No chão, escombros e cotos carbonizados. Corpos. Discerne braços, pernas, troncos e cabeças. Irreconhecíveis. Muitos. Chandra vomita. Está com medo, um terror obscuro.

Não vai voltar, pensa, e compreende que terá de dar um jeito sozinha.

Segue em frente procurando não olhar. Deixa para trás as escadas e os escombros, o instinto lhe diz para onde ir. Na verdade, ela sabe. Conhece o caminho. Instruíram-na. Da mesma forma que lhe ensinaram tudo o mais. Enfiando, sabe-se lá como, tudo aquilo em sua cabeça.

Vira num corredor lateral. Precisa sair de lá quanto antes. Sabe que por ali chegará ao lado de fora. Mas levará algum tempo. E está toda dolorida.

Apoia-se nos tijolos, deixa-se escorregar ao longo das paredes. Continua andando, movida pelo medo. O cheiro de carne queimada, atrás dela, persegue-a, revira seu estômago, mas quanto mais se afasta, mais vai ficando suportável.

Os tijolos deixam o lugar a um cunículo de terra. O fedor de morte quase desapareceu.

Pergunta a si mesma onde deve estar o homem que prometera voltar. O que fazer, agora? O que haverá lá fora? Existirá um lugar para ela?

Só sabe o que lhe ensinaram. Sabe como lutar, conhece a magia, sabe o que é uma Consagrada. Mas o que espera por ela lá fora? Há algo mais além do lugar escuro de onde vem?

Chora. De cansaço e de medo. A mente começa a ficar confusa. Não sabe onde está. Não se lembra, exatamente, do que aconteceu.

Preciso manter-me lúcida, se quiser salvar-me, diz para si mesma, mas não consegue impedir que a consciência se esvaia como água pelo ralo. Muito em breve só poderá contar com o desejo de seguir em frente. É a única certeza que tem, tudo o que ainda lhe resta. Não se lembra do rosto do homem, não recorda que alguém lhe disse que precisava esperar, que alguém iria buscá-la. Não lembra coisa alguma de si. Só sabe que precisa continuar em frente.

Finalmente, o exterior. Um círculo branco, imenso, acima da sua cabeça. Uma janela aberta na negritude do céu. Ao redor, uma multidão de luzes trêmulas. Está exausta, abalada, com todo o corpo dolorido. Só consegue dar mais alguns passos. Depois deixa-se cair no chão.

Está num gramado, um amplo gramado molhado de orvalho, onde sopra uma delicada brisa reconfortante. Acima, aquele céu imenso e desconhecido.

De braços abertos, pernas esticadas, a criatura esquece de si mesma e de tudo aquilo que aconteceu, perde a memória do seu destino e daquilo que é, fecha os olhos e mergulha num sono que apaga o que resta da sua consciência.

E é assim que a história começa.

PERSONAGENS

Adhara: uma jovem sem passado, que certo dia acorda num gramado sem saber quem é e onde está. Recebeu o seu nome de Amhal.

Adrass: um dos Vigias.

Amhal: aprendiz de Cavaleiro de Dragão; desde sempre luta contra um obscuro desejo de sangue e morte que percebe dentro de si.

Amina: filha de Fea e Neor, irmã gêmea de Kalth.

Aster: semielfo que cem anos antes tentou conquistar todo o Mundo Emerso.

Caridosos: os sobreviventes que se encarregam de cuidar dos doentes da peste.

Chandra: sexta, em élfico.

Dália: assistente de Theana no Templo.

Damilar: aldeia da Terra do Sol.

Dohor: pai de Learco, cruel rei da Terra do Sol que tentou conquistar todo o Mundo Emerso.

Dubhe: rainha da Terra do Sol, que já foi uma ladra extremamente habilidosa.

Elfos: antigos habitantes do Mundo Emerso. Abandonaram-no quando as outras raças começaram a povoá-lo, retirando-se para as Terras Desconhecidas.

Fea: gnomo, esposa de Neor.

Guilda dos Assassinos: seita secreta que perverteu o culto de Thenaar.

Homem de Preto: figura misteriosa que exterminou todos os Vigias e que está à procura de Amhal.

Ido: gnomo, Cavaleiro de Dragão, matou Dohor acabando com o seu sonho de conquista.

Irmãos do Raio: os sacerdotes do culto de Thenaar.

Jamila: dragão de Amhal.

Kalth: filho de Fea e Neor, irmão gêmeo de Amina.

Kriss: misterioso personagem do qual o homem de preto recebe ordens.

Laodameia: capital da Terra da Água.

Learco: soberano da Terra do Sol, o artífice dos cinquenta anos de paz que o Mundo Emerso viveu.

Lonerin: mago, marido de Theana, morto por doença vários anos antes.

Makrat: capital da Terra do Sol.

Marvash: Destruidor, em língua élfica.

Mira: Cavaleiro de Dragão, mestre de Amhal.

Nâmen: antigo rei dos semielfos, inaugurou um período de paz depois da Guerra dos Duzentos Anos.

Neor: único filho de Dubhe e Learco, paraplégico.

Nihal: semielfo, heroína que salvou o Mundo Emerso do Tirano cem anos atrás.

Nova Enawar: única cidade da Grande Terra, sede do Conselho do Mundo Emerso e do Exército Unitário.

Peste: doença mortal, muito contagiosa, que pouco a pouco se espalha por todo o Mundo Emerso.

Saar: grande rio que marca a fronteira entre o Mundo Emerso e as Terras Desconhecidas.

Salazar: cidade-torre, capital da Terra do Vento.

San: neto de Nihal e Senar; depois de uma longa ausência volta ao Mundo Emerso.

Senar: mago poderoso, marido de Nihal.

Sheireen: Consagrada, em língua élfica.

Terras Desconhecidas: territórios além do Saar.

Theana: maga e sacerdotisa, Ministro Oficiante dos Irmãos do Raio.

Tirano: nome pelo qual era conhecido Aster.

Vigias: seita secreta, dissidente dos Irmãos do Raio.

Este livro foi impresso na Editora JPA Ltda.,
Av. Brasil, 10.600 – Rio de Janeiro – RJ,
para a Editora Rocco Ltda.